U0458555

BLACK

黑点漩涡

[日] 松本清张 著

叶荣鼎 译

上海三联书店

WHIRLPOOL

松本清张，日本社会派推理侦探文学奠基人
（代序）
叶荣鼎

　　松本清张，日本著名作家，曾荣获日本文学界最有影响的芥川奖，是深受日本民众喜爱的平民作家。在日本文坛、他与紫式部、夏目漱石、松尾芭蕉、森鸥外、宫泽贤治、芥川龙之介、太宰治等大文豪出现在前八名行列。

　　松本清张创作的作品多样化，并且个性鲜明。他主张创作应由主题来决定写作形式和表现方法，他还主张文学作品应该是属于大众的，无论纯文学作品还是通俗文学作品，检验基准只有一个，就是看作品是否拥有广大读者以及能否流芳百世。

　　综观他的小说作品，博采众长，独辟蹊径，自成一家，翻开了日本文学多角化的新篇章，为日本文学树立了新的里程碑。松本清张创作的作品注重社会性，着重揭露日本上层的黑暗内幕，诉说生活在底层的工薪阶层的疾苦。

　　松本清张的作品还有一最大特点，即把侦探推理与

纯文学有机地结合在一起,表述的空间扩大到日本的全国各地,不仅地点和方位描写得一清二楚,就连列车、电车的时刻表以及中途停靠的站名和周围情景都交代得与实际不差分毫,可见他严谨踏实的创作态度。

1971年至1974年期间,他出任日本侦探推理作家协会理事长,为创新采用侦探推理手法撰写文学作品的新型创作模式和使纯文学以及推理文学走可持续发展之路作出了不可磨灭的贡献。在他的家乡北九州市小仓北区,建有豪华的松本清张纪念馆和庄严的纪念碑。

《黑点漩涡》二十五万字,是其创作生涯中炉火纯青的巨著之一,不仅社会性、思想性、文学性、艺术性和可读性极强,结构极其严密。截至2002年,已在日本国内印刷38次,赢得不计其数的读者青睐和评论家以及同行的高度评价。

《黑点漩涡》作品怒斥了电视行业的十佳收视排行榜有猫腻和舞弊行为。正因为无视公开、公平、公正和透明的竞争原则,以致出现了本不应该有的不和谐之音,扰乱了正常的社会秩序。富有正义感的副科长给报社写了匿名读者来信,揭露了收视率背后的阴暗内幕。没想到被上司识破而被迫离开公司。他尽管富有正义感,尽管有家室,却好色,在有职有权期间勾引有夫之妇,然而该有夫之妇又与其他有妇之夫勾搭,形成了起奇异的三角婚外恋关系。最终,这三个人以他杀和自杀的形式先后去了天国,酿成婚外恋悲剧。作品流畅,可读性、文学性和逻辑性强,属于深受读者青睐的畅销书。

松本清张生于1909年12月21日,是日本福冈县企救郡板柜村(现改为北九州市小仓北区)人,逝于1992年8月4日。从小家境贫寒,只上过小学。读小学时三次转学,15岁那年毕业于板柜寻常高等小学(现改名为清水小学)。小学毕业后,先后就职于川北电器有限公司小仓办事处和高崎印刷厂。

20岁那年,因与文学同仁宣讲无产阶级理论杂志被列为红色人物关押在小仓警署,拘留了十多天。释放后,相继在福冈市鸟井印刷厂和《朝日新闻》报社九州分社广告部工作,直到33岁那年才转为正式职工。可一年后被强行服役去朝鲜战场,36岁时即1945年回国。

41岁那年,松本清张参加了"周刊朝日"主办的百万人小说征稿活动,以小说《西乡札》获三等奖,崭露头角。仅隔了一年,他的小说《为石花菜》闪亮登场,获次席推荐奖。又隔了一年,他创作的《小仓日记》脱颖而出,被刊登在当时著名的《三田文学》杂志上,在日本文坛引起了震撼。并且,该作品于第二年荣获日本文学界最有影响的芥川奖(第28届)。同年,他被推选为日本宣传美术协会九州地区委员。44岁那年被调至《朝日新闻》报总社工作,可三年后,即47岁那年,松本清张毅然辞去了《朝日新闻》报社的工作,以写作谋生,正式步入文坛。在长达 40 年的作家生涯中，松本清张先后创作了逾千部脍炙人口的短篇和长篇作品，还撰写了许多评论。松本清张的文学作品多样化，内容涉及面广，时间跨度大，拥有广大不同领域、不同年龄和不同层次的读者。相继获得"周刊朝日"举办的百万人小说征稿活动三等奖、第 28 届芥川奖、日本推理作家协会奖、第 5 届日本记者会议奖、第 1 届吉川英治文学奖、第 18 届菊池宽奖、第 29 届 NHK 广播电视文化奖和 1989 年朝日奖等在日本文坛颇有影响的大奖。

松本清张虽只上过小学，可他勤奋好学、酷爱读书，迷恋于国内外文学名著和侦探推理小说。功夫不负有心人！锲而不舍、勤奋刻苦的他，终于以一鸣惊人的力作《点与线》刷新了日本的侦探推理文坛，开创了社会派侦探推理文学。之后，他又相继创作了《眼壁》《日本的黑雾》《彩色的河流》《深层海流》《现代官僚论》《黑色福音》《黑影地带》和《黑点漩涡》等作品，在日本文坛独领风骚，在社会上引起了极大反响，在日本侦探推理文学和纯文学有机结合史上具有划时代意义。《黑色福音》《黑影地带》《黑点漩涡》，必将与《点与线》《砂器》《日本的黑雾》《彩之河》一起，轰动我国大江南北，赢得众多读者。

2018 年端午节于上海东华美寓所

目 录

第一章　漩涡图案

古泽启助先生：

　　我是第一次给您写信，称不上超级话剧迷，因为没有去戏院看过您的演出，但是经常在电视上拜见您，一直钦佩您的高超演技。我这个陌生人寄信给先生，想必您会觉得是众多话剧迷来信的其中一封，其实不是的，我是有事想拜托您，也就冒昧地写信了。

　　事情是这样的。我的哥哥今年三十二岁，是一家电视台的制片人，迄今在工作中没犯过什么大错，然而大约一个月前，台里强行停止了我哥哥的制片工作。目前，他在家待岗。我问了哥哥被卸职的原因，最初几天他怎么也不愿意说。渐渐地，我明白了，哥哥担任制片的某电视连续剧因为收视率低下，广告赞助商满腹牢骚，于是中途被停止播放。不仅如此，我哥哥今后的制片工作也被剥夺。

　　所谓收视率，据说是由媒体调查机构将收视记录器安装在抽样家庭里，然后汇总记录数据计算后得出的。据说收视抽样家庭有五六百家，是从东京都以及周边市民的电视家庭里挑选出来的，然后在这些家庭里安装收视记录器。据说从最初安装以来，迄今已有大约十五年的历史了。可是，我家也好，附近邻居家也好，亲戚朋友家也好，都不曾听说谁家安装过收视记录器。前些天，我在东京车站见到十年没有见面的朋友时跟他提起这档事，他说压根儿没听说过有家庭安装过收视记录器的事情。

自从哥哥离开电视台回家待岗后，我千方百计地找朋友和熟人打听，请他们向他们的朋友和熟人打听，但得到的回答是，不论过去还是现在，既没有哪家被安装过那样的收视记录器，也没有听说过这样的传闻。那么，来自收视记录器汇总计算出来的收视率究竟是怎么回事？当然，我绝对不认为它是来历不明诸如幽灵之类的东西。不用说，广告赞助商相信它，在它的左右下，时而高兴，时而郁闷；电视台也相信它，在它的影响下，时而开心，时而忧愁，一旦发现收视率低的电视节目，无疑会责成该制片人下岗。

然而我呢，一想起空中楼阁般的收视率导致哥哥不幸离开工作岗位，就觉得窝火，心情极不舒畅。也许您能设法调查出收视率的真正来历……

枝村正子

城砦座话剧团总部在青山高树町，有事务所，还有彩排小剧场，掌门人古泽启助是男演员，表演艺术家。从一九三五年话剧运动蓬勃兴起开始，城砦座话剧团在戏剧史上属于走在前列的著名剧团，战败后经过多次分裂和重新组合，现在是最安定的剧团之一，团员人数约一百二十名，还有大约三十名研究生。

在小剧场观看了即将公演的话剧彩排后，古泽启助返回自己的办公室，在翻阅桌上的邮件时发现了这封来信。由于工作性质，剧迷寄给他的信相当多，可以通过笔迹和信封种类大致辨别来自剧迷还是其他。该信封上寄信人一栏里，写的是"新宿区东大久保××号山毛榉庄枝村正子"，文字写得相当流利，不是横式信封，

2

表面也没有图案,属于普通信封。

时值三月中旬,气温低,有丝丝寒意,房间里没有暖气设备,也没有煤气炉,周围墙上贴满了去年公演的广告画,也许是画面的热闹气氛上升了房间里的温度。

广告画上,印有古泽启助演出翻译过的外国话剧大幅剧照。其实他即便戴上假红发套化过装,与坐在大班桌后面的他的脸也没有丝毫区别,长脸、长下巴、眼窝略凹陷、双眼圆滚滚的,即人们常说的圆凹眼。也不能说绝对没有相同的第二张脸,但就是因为这张具有特征的脸相,从年轻时就受到话剧爱好者的爱戴。如今,他那具有乱蓬蓬特征的头发变稀了,有一半变成了银发。朱红色衬衫外面是穿旧了的上衣,脖子上缠着一条皱皱巴巴的围巾,围巾下面裸露的喉结凸出,周围聚集着许多皱纹。

这时,一高个且微胖的男子推门进来,满脑袋茂密的银发,像抹过发油似的富有光泽;脸颊丰满,下巴略短,圆脸,身着大方格花纹的漂亮西服,显得十分相称,颈脖上系有红色的宽领带。他叫山内耕司,是城砦座剧团的主要男演员,也是二十世纪三十年代前卫剧团的幸存者,与古泽启助是盟友。"哦,阿启,好些时不见了!"山内耕司伫立在门口内侧,摊开双手,胸脯挺起,满脸微笑,嗓音高尖。墙上广告画里也有他的舞台剧照,现在的那身打扮完全是舞台妆。

"是啊,好久不见!"古泽启助微笑着答道。尽管说好久不见,其实三天前他俩照过面。不熟悉的人,也许对他们的夸张用语而吃惊,觉得他俩那种大大咧咧的模样是在装腔作势。

然而这是山内耕司习惯了的秉性,不过演技高超。"我现在要去一趟 NHK 电视台,时间还稍早一点,就顺便到你这里来了。"山内耕司坐到旁边的椅子上,从口袋里取出装在皮套里的烟斗,在叼在嘴上前用手帕擦了一下,烟斗与丝般银发相似。

"去电视台干什么?"古泽启助坐在桌前问道。

"是一档对话节目,有剧评家和影评家,每次还邀请一些演员参加,是系列活动。这一回,他们邀请我作为嘉宾参加。"山内耕司眼睛朝下擦着烟斗,笑容可掬的嘴角和灵活的手势活脱在舞台上演戏。

"哎,那类谈话系列节目的收视率怎么样?"

"哦,究竟怎么样?据该节目负责人说收视率相当高!但该节目是由教育频道播放,好像比综合频道的收视率要低许多。"

"即便那样,可能是 NHK 的缘故,据说收视率的每个百分比有大约九十六万人,该系列节目一直维持在百分之五,也就是说有四百八十万人收看。"

"这收视率不低啊!阿启。"山内耕司把烟叶塞入擦亮的烟斗里,"还有呀,听说收视率也是看出场的嘉宾演员名气大小而上下浮动。"

他自言自语地说完,把烟斗衔在嘴唇之间,斜着打火机将烟点燃,那口吻似乎在说,这回是自己上场担任嘉宾,收视率多半高过平时。其实,如果认为他这种说法自高自大,也绝对不会有人认为他是自吹自擂。在话剧界男演员的排名中间,山内耕司始终是第一位,而且已经有很长时间了。古泽启助没有吭声,如果在平时也许会说点俏皮话,可眼下他把手搭在长长的下巴上。年轻而且身材苗条的姑娘端来咖啡,她是剧团的研究生。"如果是民营电视台播放,那收视率啊,是否正确?"研究生走出房间后,古泽启助嘴里冒出这么一句话。

"即便民营电视台播放,是否正确,反正有专门负责调查收视率的公司。"山内耕司没有喝咖啡，而是抽着烟，断言道。

"是什么调查方法呢？"

"那家专门调查公司委托东京都及其周边的电视观众，在他们家安装收视记录器。那种特别的调查装置不是固定安装在抽样家庭的，好像是随意决定自由挑选的。据说抽样家庭摁动电视频道按钮时，收视记录器就会自动记录该频道电波，完全是科学的统计方法！"

"那，收视记录器大概有多少台，是安装在抽样家庭里的收视记录器数量吗？"

山内耕司靠在座椅背上，嘴唇夹住烟斗，皱着眉头好像在思考。

"……他们是根据东京都和周边电视观众的家庭数量决定的，但是总数到底是多少呢？"

"哎，大概是三百万家庭吧？"古泽启助也不太清楚，估计了一个大概数字。

"照这么说，假设是该数字的百分之十，应该需要三十万台收视记录器吧？假设百分之一，应该是三万台吧！也就是说，应该在三十万家庭或者三万家庭里安装收视记录器吧！"

"嗯！"

"不，应该有那样的数量！阿启，本周高收视率的十佳节目，不是一直刊登在报纸文艺栏和文艺杂志里的吗？可进入十佳的电视节目，有相当一部分是不精彩的！"

"名列十佳的电视节目里，确实有许多无聊节目。"古泽启助点点头，但那不是人云亦云的措辞，而好像是进一步肯定的说法。

"但那种收视率确实是取决于严格公正的调查，电视台也好，广告赞助商也好，都把那种收视率当作可信赖的参考资料，同时他们对收视率非常敏感。为什么？因为他们在制作电视节目时投入了相当资金，所以某机构在调查收视率方面一定是严格公正，并且可信的。"

"那么，其依据是来自所有收视记录器汇总的数据吧？那种接受调查被安装了收视记录器的抽样家庭，你说是三十万或者三万家？"

"是东京都及其周围。"

"你家里被安装过那种收视记录器吗？"

"没有。像我家，他们是不会提出安装收视记录器要求的吧，因为知道我怕麻烦，要求的结果无疑是被我拒绝。"

"我再问一下，你亲戚家安装过收视记录器吗？"

"我没听说过！"

"邻居家呢？"

"邻居家情况我不知道，我妻子大概也不知道吧？"

"你身边的朋友和熟人，有没有那种情况？"

"也没有听说过，当然也从来没有人特地把收视率当作话题。"

"接下来我要说的是，那样的收视率看来可能有问题，就是说到底有没有已经被安装或者曾经被安装过这种收视记录器的家庭，因为，它几乎是没有人听说过的话题。其实，我家和亲戚家都不曾被安装过那样的记录器。当然，我还没有问过朋友和熟人。"

"你今天怎么会对收视率这么感兴趣？"

"有人寄给我这样一封信。"

古泽启助取出住在新宿区东大久保枝村正子的来信，山内耕司阅读了那封来信。

"原来是这么回事啊！"他把那封女人笔迹的信纸放回古泽启

助的面前,脸朝下抽起了烟:"'在东京车站偶然遇上十年没有见过面的朋友,打听后朋友家也不曾安装过那种收视记录器',这说法是写信人的真实感受吗?"他像在推敲脚本上的台词那样说道。

"被你这么一琢磨,其实我耳朵也没有听说过! 这不是指前面说的情况。我交往的朋友圈子也小,但有一点要说明的是,也许都不曾把它当一回事向别人打听过。这样吧,先问一下我们剧团的人!"古泽启助摁了一下桌上的呼叫铃按钮。

"假设东京都及其周围的电视家庭有三百万左右,那么,被委托安装收视记录器的抽样家庭应该是百分之十,也就是三十万。如果被委托安装收视记录器的抽样家庭应该是百分之一, 则应该是三万。这是一个惊人的大数字! 肯定有家庭被安装过那种记录器,只是我们不知道罢了。"山内耕司说。

"也许,被安装这种记录器的抽样家庭不是固定的吧? 可能是抽样家庭每三个月、每半年或者每年调换一次吧? 如果是这样,一年过后,被安装过收视记录器的抽样家庭从三万户上升到六万户,五年过后,应该上升到三十万户。这是保守估计的数字,是按照百分之一比例计算的。倘若按照百分之十比例计算,五年过后应该上升到三百万户! 有这么多的抽样家庭被安装过,不应该像这封信上说的那样收视率像幽灵。"

这时,一个留着长发、三十岁左右的高个男子走进房间,"是喊我吗?"

"是的。"古泽启助不好意思地微笑着说,"啊啊,是一件与剧团工作无关的事,有一件事想让你跟这里的所有人打听一下。"他让高个男子立即去周围了解同事家里是否被安装过收视记录器,还有被询问的人是否听说过亲戚、朋友和熟人家里被安装过那样的记录器。

"明白了！"

"哎，你家里有过这情况吗？"

"我家里没有被安装过您说的那种记录器，我也没有从其他人那里听说过有这事。"

"你看！"古泽启助待高个男子出去后便转过脸朝着山内耕司说，"我似乎越来越觉得写信人反映的情况是真实的。"

"绝对没有那种情况。我希望你从逻辑上思考一下。"山内耕司晃了一下脑袋上富有光泽的银发。

"统计电视收视率的专门公司是有信用的机构，电视台和广告赞助商都绝对信任这家公司调查统计的结果。广告费大概也受其左右吧？所以，就像这封信上说的那样，一旦电视节目收视率低，制片人便被晾在一边，也就是下岗。"

"下岗理由就在于收视率数据的可信度。在如此准确的数据面前，制片人也就无力为自己辩护，无疑，这跟莫须有的理由下岗不是一回事。"山内耕司大声说道，说话声足以传到小剧场，"我是说假设哟……阿启，如果调查公司公布的收视率数据与作为收视率基础的记录器安装数量没有信用，这可就是严重事件了！"

"三万户家庭是百分之一！每半年调换一次，就是六万户家庭，如果收视调查统计从成立至今就像那封信说的那样，已经有十五年，那可就是有九十万户家庭被安装过收视记录器。写这封信的人说，由于当制片人的哥哥被责令下岗，所以她肯定会拼命地在朋友和熟人之间到处打听，她可能大概与无关的人不一样，是认真调查的吧？！"古泽启助回答说。

"这可是为哥哥着想的妹妹啊！"山内耕司重新朝烟斗里塞烟

末,"……但是呢,我想问题在于收视率调查公司与抽样家庭之间的合同!合同里也许有规定,即安装收视记录器的抽样家庭必须履行对外保密的义务。如果 A 抽样家庭和 B 抽样家庭把被安装收视记录器的情况说漏了嘴,电视台和广告赞助商也许就会打听他们的具体地址。还有,出现在该电视节目里的男演员可能也会那么做。因为那些与收视率有关的人都会悄悄上门要求把频道锁定在他们关注的节目上吧?于是,红包和高档土特产礼品等等就会像雪片那样飞入他们家庭。这么一来,收视率就失去公正性和准确性。为此,合同里肯定要求被安装了收视记录器的抽样家庭对外绝对保密。为了保守秘密,普通人就打听不到抽样家庭的具体情况!"

"嗯,你说的在理。"古泽启助说,"……也许只有这样做,才能保持收视率调查结果的公正吧!但那是接受了委托的抽样家庭现状。被委托期间已经结束并被拆除了收视记录器的家庭,按理不应该有保守秘密的义务了吧?还有,电视台和广告赞助商也不可能再上他们家行贿。可是,偏偏也没有这样的家庭出来说有关收视记录器的情况呀!"

他俩说话间,刚才接受指示去打听的高个男子回来了。"我刚才跟这里的同事打听了一下,家里都没有被安装过收视记录器,还有,他们也不曾听说有其他家庭安装过那样的记录器。"

"原来是这样,谢谢你!"古泽启助等到高个男子走出办公室后便对山内耕司说:"你瞧!"

"嗯!"山内耕司看着从烟斗里冒出的飘荡的烟雾。

"你不觉得奇怪吗?"古泽启助问。

"这个嘛,只能说凑巧我们周围没有那样的家庭而已!哎,你今天为什么老是跟我说收视率的话题呢?哦,一定是这么回事,你太相信那封来信了吧？你是为那个因幽灵收视率而下岗的制片人打抱不平吧？"

"这妹妹太爱护哥哥了！不过，在那种行业遭遇下岗厄运的人，确实算得上人生失意啊！电视台的做法虽有点过分严格，可电视节目制作行业本身就是一个竞争的世界。"

"不只是那原因，这封信也跟我每天在思索的疑问撞在一起了。"

"什么疑问？"

"就是海鸥制片公司！他们制作了那么好的作品，可收视率就是上不到两位数。他们上次制作的《第七个人》电视连续剧，从放映的结果来看是很精彩的。"

"确实是不错的连续剧，我也看过。"山内耕司深深地点头表示同感。

"……是呀，收视率怎么会上不去呢？"

"一开始是百分之十三，可那以后逐渐下滑，等到放映进入尾声时好像跌到了百分之八。殿村君来我这里发牢骚，愤愤不平，据说播放途中险些被广告赞助商叫停。"

海鸥制片公司为民营电视台制作戏剧电影，殿村龙一郎是制作人出身，也是海鸥制片公司的法人代表。最近，所有民营电视台播放的电视节目几乎不自行制作，而都转让承包公司来制作，据说是节约制作费用的最佳劳务对策。

"那是因为低级庸俗节目过多占据了收视率。这已经是老生常谈的话题，是劣质产品在赶走优质产品。"山内耕司停止抽烟，把烟斗放到皮包里。

"尽管那样，我还是想了解和调查收视记录器的实际安装情况。"古泽启助把拇指搭在长长的下巴上。

已经聊到不走不行的时间了，山内耕司这才摇摇手走了。随后,古泽启助喊来宣传部的干事说:"给 E 报社的伍东打一个电话! 如果不在,他可能过一会儿会来我这里的。"

　　"明白了! 现在也许外出了。"宣传部干事走出办公室。

　　E 报社文化部的伍东胜郎记者是戏剧栏目的责任编辑兼记者,主要负责话剧报道工作,常去城砦座剧团采访。古泽启助把便笺放在桌上。

　　枝村正子:拜读了你的来信,我也实在不清楚电视收视率是怎么调查统计出来的。如果令兄现状如你所说的那样确实在受委屈,费尽心血制作的作品竟然受到收视率的支配,那太遗憾了!

　　他写到这里的时候, 旁边的电话铃忽然响了。"伍东先生在 E 报社,刚联系上,我把它转接到你的电话机上。"随之,电话里传来转换声响。

　　"是伍东君吗? 我是古泽。"

　　"啊,原来是古泽先生。您好! 上次见面后已经多日不见!"有点结巴的伍东说。

　　"怎么样,你近来好吗? "

　　"谢谢! 那, 那个, 我本想打算过几天上门拜访的,是为了了解接下来的演出情况。"

　　"好哇! 不管什么时候都欢迎你光临。"

　　"你这回有一段时间不离开东京吧? "

　　"是的……可是,我今天听说了一件怪事。喂,你对电视收视率怎么调查统计的情况很清楚吗? "

　　"那,是不是收视率调查公司? "伍东随后说了那家调查机构的公司名称,"……我不清楚那方面的情况,不负责电视和电台栏目,哎,有什么事吗?"

"情况是这样的。那家收视率调查公司是随意地选择电视家庭为抽样家庭,并在这些家庭中安装收视记录器,然后每星期一次收集所有抽样家庭该记录器里的数据,计算出收视率结果后送给民营电视台和广告赞助商。收视率的调查程序是这样的吧?"

"是的,好像是称那种抽样调查仪器为收视记录器。"

"是收视记录器吗?"

"就像您知道的那样,抽样调查的统计结果就是每周收视率的顺序排列。排在前十位的被称为'十佳',每星期三由调查公司用电话通知各民营电视台和广告赞助商,整个节目收视率的详细情况好像是星期五印成收视率通讯散发。因此对于民营电视台和制片人来说,星期三的电话通知是关键日,他们称那天为黑色星期三。"伍东胜郎结结巴巴地说。

"是有点像黑色星期三。"古泽启助在电话里附和着说。

"这么比喻也不是没有道理。因为能否进入收视率十佳的电视节目,与民营电视台有关人员的今后命运密切相关。因为收视率低而被从岗位上拽下来的制片人还真不少呢!"伍东说。

"是那么回事?"古泽启助脱口而出。

"什么?"

"不,哎呀,那是以后的事。不愧是搞新闻工作的,你了解得非常清楚!"

"了解到这种程度是应该的。每当星期三公布收视率时,有人伤心有人开心,我非常清楚电视节目有关人员的心情。所以把那天比喻成'黑色星期三',是最贴切不过了。"

"这么说,收视率调查公司去抽样家庭收集收视记录器上的数据带,然后汇总统计后计算成收视率作为调查结果发表,那么,发表日是每周的星期三吗?"

"是这样的。"

"有多少抽样家庭?"

"啊呀,那我不清楚。"

"东京都包括周围地区,大概要安装五万台左右的收视记录器吧?"

"没那么多吧!"伍东胜郎用肯定的口吻回答。

"那,三万台呢?"

"也没那么多。"

"两万台?"

"没那么多。"

"一万台或五千台总该有吧?"古泽启助一个劲地追问。

"我对那情况知道得不是很详细,估计五千台左右吧?"

"怎么那么少啊?"

"听说收视记录器价格非常昂贵。"

"那,我再问你一个问题,东京都和周边地区的电视家庭总数是多少户?"

"哎呀,我不是很清楚。"

"我的想象是三百万户左右。"

"这数字肯定不可靠!关东地区居住户数不是有五百万左右吗?"

"你说是五百万?"

"我知道得不是很清楚。"

"有那么多住户,却只安装五千台或者一万台收视记录器。"

"大概就那么多吧？"

"假设在五百万户家庭的地区只安装一万台收视记录器，不就是百分之零点二吗！如果只安装五千台，那就只有百分之零点一吧！"

"可能就那样的比例吧。"

"你说可能就那样的比例？喂，比例那么小，怎么可以成为正确收视率呢？"

"大概可以吧，因为大家都不怀疑那家公司公布的数据。"

"哎，你家被安装了收视记录器吗？"

"我家没有。"伍东胜郎回答说。

"那，你的亲戚、朋友和熟人呢？"古泽启助问。

"我没听说过，再者也没有主动打听过那样的事。"

"你现在如果还没有离开报社，能不能帮我问一下你们文化部或者其他部门的人。一是问他们有否被安装过收视记录器，再一个是问他们过去有否被安装过那种记录器。"

古泽启助是一个说干就干的急性子人。

"明白了，过一会儿给你打电话。"伍东胜郎夹杂着苦涩的声音留在古泽启助的电话听筒里。

这时，演出部的职员来喊古泽启助。他喝完杯子里的水来到小剧场，今天的演出排练时间已经剩下不多了。场上站着两个男演员和一个女演员，不用说穿的都是平时服装，用道具制作的室内放有桌子和椅子，桌上放有信。如果这里是正式舞台，那就算是巴黎美术家住宅，里面放有古色古香的法式家具、装饰摆件和书籍等。那是按照脚本里的内容布置的。

"好，开始吧！"古泽启助招呼三个演员。

他又看了一眼脚本，封面上写有剧名《过去》，波鲁多利休著、岸田国土译。这三个在排练的都是老演员，演技不必担心，由他们自己把握怎么演，只是有些地方需要调整，主要是他们按各自想法演出存在不和谐的地方。排练从中途开始，三个演员都按照脚本台词和顺序对白了起来。彩排结束后，古泽启助从小剧场回到办公室后正在擦汗的时候，E 报社的伍东胜郎打来电话。"刚才承蒙指教，谢谢！"

"没什么，也谢谢你！我托你的那件事，你问清楚了吗？"

"我问过了，先是问周围的人，都说家里没有被调查公司安装过收视记录器。我又问了朋友和熟人，也都说没有。"

"嗯，实在是不可思议！接你刚才的话说，东京都和周围地区的电视家庭有五百万户，如果其中有一万户被安装收视记录器，是百分之零点二；如果是五千户，是百分之零点一吧！如果是这样，安装的收视记录器数量太少了。虽数量不多，但那家调查公司从成立以来据说已经有十五个年头了。即便每半年调换一次抽样家庭，就是百分之零点二，迄今为止应该是百分之六哟！即便是百分之零点一，迄今为止至少应该是百分之三。你算算看，是那样的吧？"

"是的。"

"比率相当高。如果是这样的安装率，不可能没有人听说过有亲戚或者同事、朋友家里被安装过收视记录器。"

"其实呀！"伍东胜郎稍稍地压低了嗓音吞吞吐吐地说，"刚才，我向负责电视电台栏目的编辑同事打听了一下，据说东京都和周围地区收看电视的家庭远远超过五百万。"

"是吗？原来是这样！那，是多少？"

"东京都加上邻近几个县被称作关东地区，据说现在大约有九百万户吧？"

"有九百万户……有这么多吗？那不是超过我预估的户数一倍了吗！果真有那么多？"

"我估计了一下，邻县新居住小区屋顶上的天线多得像密林，应该有九百万户吧。"

"这么说，收视记录器的安装数量如果是它的百分之零点一，就是九千台吧，这就应该是被安装收视记录器的抽样家庭的数量！"

"听说没有安装那么多收视记录器。"

"那，是不是 0.005%？"

"用百分比说很难明白。总之，除去关西地区，仅关东地区而言，好像被安装在抽样家庭的收视记录器是五百台左右，这是我那个负责电视电台栏目的同事说的。"

"什么，五百台？我没听清楚，你再说一遍是几台？"

"大约五百台。"

"就五百台吗？对于九百万的收视家庭调查收视率，就只安装五百台收视记录器？喂，那是真的吗？"古泽启助吃惊不小。

"嗯，我在同事那里听到关东地区电视家庭数量和被安装收视记录器的抽样家庭数量后也大吃一惊，因为五百户与九百万户的抽样调查比率实在是太悬殊了。"

伍东胜郎的声音里出现了让人感到意外的口吻。

"这么说，那抽样调查的比率是多少呢？"对于如此悬殊的比率，古泽启助惊得连简单的百分比计算也忘到了脑后。

"是百分比吗？让我来算算看，哎，哎……"伍东胜郎像思考问题那样，声音渐渐地变细变轻了。

"大约是 0.005％吧。"

"是 0.005％？这，是真的？"

"关东地区有九百万户左右家庭的数据是官方公布的。在五百户抽样家庭安装收视记录器的数据，据说收视率调查公司向各电视台与广告赞助商说过的。"

"吓我一跳！只有 0.005％的比率能称得上正确的收视率吗？"

"大概可以吧！广告赞助商对他们的调查结果持绝对信任态度。听说，民营电视台的人对于黑色星期三有的喜有的忧。"

"嗯，与我们外行不同，也许专家会把 0.005％的抽样率称为收视率！"

"是啊，大概是那样吧，就那么一点点抽样比率，那也许是理所当然的结果。"

古泽启助想起叫枝村正子的女人在来信中这样说过：

我在车站偶然遇上十年没有见面的朋友，也没有听他说家里被安装过收视记录器。

"关于只有 0.005％的抽样家庭，调查公司究竟是怎样确定收视率的呢？"

"有关这情况，我刚才提到的负责电视电台栏目的同事说，他可以见你的面后把他知道的情况全告诉你。他的名字叫铃木幸三。"

"原来是这样啊！太难得了！虽说那情况跟我没有直接关系，但也好不容易产生了兴趣！"

"我让铃木君去你那里，什么时候方便呢？"

古泽启助告诉他明天下午一点半合适，说完便挂了电话。给枝村正子的回信还有一半没写，古泽启助继续写那封信的后半部分：

　　由于有那样的原因，我也不是很清楚，但是接下来的一段时间里，我也许会了解到一些情况，届时写信告诉你。

　　　　　　　　　　　　　　　　　　　　　古泽启助

　　古泽启助心想，也许枝村正子是漂亮女人！

　　第二天下午一点半，E报社铃木幸三的名片被接待小姐送到正在排练剧场的古泽启助的手上，凑巧是在休息的时候，古泽启助离开舞台走进会客室。铃木记者三十岁左右，脸色红润，是负责电视电台栏目的责任编辑。他坐在弹簧已经不起作用的沙发上，圆滚滚的身体凹陷在里面。"是伍东胜郎让我上门拜访你的，所以……"铃木说。

　　年轻女研究生端来茶水，铃木的视线立即移向那张脸蛋。

　　"如果你知道关于电视收视率和收视记录器的情况，请告诉我。听说，关东地区有五百户抽样家庭？"古泽问道。

　　"收视率调查公司公布的抽样户数是这样的。"

　　"电视家庭有九百万户左右，而调查公司只对其中五百户家庭抽样收视情况，我们外行觉得那样的抽样调查比例有疑问，究竟能否提供正确的收视率。"

　　"它抓住了要点，从客观上说是正确的，因为电视台和广告商都确信无疑。当然，你说的疑点好像许多人都有。"铃木的视线又转向女研究生背部，目送她走出房间。

　　"我收到这样一封信。"古泽启助先说了枝村正子来信的内容，接着说到自己也向周围人打听过，都说没有听到过谁家被安装过收视记录器的情况。

"这情况我从伍东胜郎那里听说了一些,其实我也没有听说过那样的情况,电视台的人也没有听说过。"

"电视台的人也没有?电视台的人对于那种情况应该特别敏感。"

"可是他们根本不把它当一回事,因为都知道抽样调查的家庭数量少,再说也都非常相信调查公司公布的收视率。那信上写的制片人,因为自己制作的节目收视率低而下岗,是不应该抗议或者反对的。说是收视率调查公司公布的收视率不真实,对于它像幽灵般地左右制片人的岗位愤愤不平,可能是局外直系亲属的朴素感情所致!而局内人谁也不会怀疑,都认为收视率数据是神圣的。"

"是神话吧!"古泽从衬衫口袋里取出满是皱折的烟袋。

"刚才,你说抽样家庭即便只有五百户也能抓住要点是吧?那怎么理解?"

"这是我听来的。"铃木幸三血色红润的脸朝着古泽启助,嘴里说,"任意从电视家庭选出抽样家庭,然后在他们家安装收视记录器。可是这种任意挑选方法,大体是以东京都为中心绘制螺旋图案……可能也就是涡形图案。听说,是在涡形线条里随意画上五百个点,以此确定五百户安装收视记录器的抽样家庭。"

也许,铃木幸三觉得光嘴上解说不能让古泽启助理解,便从袋里取出采访记录簿,用铅笔在纸背画上涡形图案。

"啊,我明白了,像盘香形状。"古泽启助望着说。

"完全可以认为它是盘香形状,被安装收视记录器的抽样家庭就在那线条里。不用说,每次移动漩涡形图案的中心点,随意挑选抽样家庭的点也就不同了。"

"可是,我熟悉的人为什么总是与涡形线条的随意点失之交臂呢?"

"那是因为收视记录器太少的缘故,确实有碰不上的可能。"

"可是收视率调查公司成立,据说已经有十五个年头了,偏偏……"

"有九百万户家庭啊!以后哪一年也许调查公司要求你为抽样家庭,并把收视记录器安装在你的家里。"

"在漩涡图案里定位应该能偶尔碰上我吧。"

"不,不管怎么说,调查公司挑选抽样家庭也不是很随便的。就我听到的情况来说,在下町区域和山手区域任意挑选抽样家庭时考虑得非常周到,下町区域的人喜欢娱乐节目,山手区域的人喜欢为文化人士制作的节目,听说那样做是为了公正。"

"原来如此。"古泽启助抽着烟稍稍沉思片刻,接着又问,"那情况我明白了,但是被安装了收视记录器的抽样家庭,必须从早到晚待在家里看电视吗?"

"有那样的义务,否则无法抽样。在你观看节目时,收视记录器便开始工作,在记录纸带上记载你正在收看的频道和收看的时间。当你转换频道时,它便记录转换后的收看频道和收看时间。你一旦关闭电视,记录纸带上的曲线图就会一片空白。因此有电视看厌的时候,但是不可能不休息。是啊,虽没有恰当的例子,但它与出租车计程器相似,引擎一旦停止,公里数记录也就停止。"

"那么,抽样家庭里不能断人吧,即便外出,也必须有人顶替在家里看电视?"

"应该是那样的。"铃木幸三的圆脸上猛地掠过讽刺的笑容,"如果实在没有人顶替观看,抽样家庭成员就不能随便外出。调查公司在决定抽样家庭时,多半是先调查家庭成员,家庭成员人少的不会成为抽样家庭。这只是我的想象。总之,是调查三百六十五天的收视率，是以每分钟为单位记录收视情况的。"红茶湿润了铃木幸三厚厚的嘴唇。

"原来是这么回事，居然是记录三百六十五天里的每一分钟！说麻烦倒也确实不小啊！"古泽启助点头说。

"投入大笔费用实施一天也不间断的收视调查，其他行业是没有的。听说调查公司发牢骚，说工作量那么大却从未受到过表扬。"

"但是呢，可能也有这种情况吧。有些电视节目是抽样家庭不愿意看的，但碍于情面硬着头皮看。这么说，像这样的收视情况不用说也被记录在收视记录器里。"

"刚才是用出租车计程器比喻。如果说为了调查公司名誉，他们实施的收视记录手法是非常科学的。将收视记录器与抽样家庭电视机接口连接，一旦开始收看电视节目，装有水晶钟的收视记录器便根据记号在纸带上打孔，机械性地记录锁定的频道和收视的时间。"

"那，是科学的。"古泽启助有点焦急起来，弯曲手指弄出响声，"……不过，收视记录方法是科学的，可是抽样家庭或者从早到晚开着电视或者全家外出，会是怎样的结果呢？"

"大概有那种情况吧。经常有人这么说，说在家看电视的只是猫。也就是责骂说，收视率里也包括猫收看电视节目的时间。"

"哈哈，有趣！"

"这是刊登在报上的消息，认真介绍了家猫收视率的情况。那是指日本人的生活方式最近完全发生了变化，禁止养猫养狗的出租公寓多了起来。某妇女杂志调查说，养猫的家庭是百分之六点五，每十五家只有一家。假设只有猫看电视的情况，有三种例子。首先，猫在有电视机的房间；其次，该房间里没有人；第三，该房间不仅没有人,而且电视机开着……"铃木幸三在袋里寻找,取出满是皱折的笔记簿后翻开:"是的, 有这样的情况……有关各节目的收视率,只有猫在房间的希望值是小数点两位以下的百分比,也就是数万分之一的准确率,包含在抽样误差里。"

"这可算是幽默的调查报告。唯猫在房间看电视的说法,也可能是夸张吧。但是,通过科学调查计算的收视率里有疑问。"

"然而,第三者是那样的看法,而当事者严谨,就像过分认真查考猫收视情况那样。"

"是那样吧。也许与这种情况相同,我们在舞台上严谨演戏,却不知道观众用什么眼光审视我们。意外的是,那也许是笑剧。"古泽启助收敛起脸上的微笑,吐着烟雾,突然想起铃木幸三说过的话,"刚才,你说装有水晶钟的收视记录器在工作时根据记号在纸带上打孔,机械性地记录锁定的频道和收视的时间。"

"是,是的。所谓记录纸带,哎,就是卷起来的条形纸带,说得通俗一些,很像洗手间用的卷纸形式。每收视一分钟,收视记录器里的键控穿孔器便在记录纸带上打孔,就是打那种一点点的小孔。"

"那么,调查公司每周去一次抽样家庭回收记录纸带吧?"

"是这样的。每周三回收所有抽样家庭的记录纸带,由另外仪器将孔恢复成数字后统计, 然后计算排定各电视台各电视节目的收视率名次,通常于那天下午用电话向各电视台和各广告赞助商公布十佳电视节目名单。"

"去抽样家庭回收记录纸带的回收员,是调查公司什么部门的?"

"这是绝对保密的。如果知道回收员是谁,那么每周三就会有人跟踪他们,就可以了解到抽样家庭的地址,广告赞助商和各电视台就会蜂拥而来,向抽样家庭行贿,因此肯定是保密的。"

"哦,如果那么小心翼翼,回收业务上也需要经费吧?"

"那是需要的。"去抽样家庭回收一周的记录纸带,调查公司也需要投入经费。铃木幸三接着说:"听说刚开始时,让每个回收员驾车去抽样家庭。这消息是行业报上刊登的。"

"现在的情况呢?"古泽启助想知道现状。

"哎呀,现在不可能那么奢侈,要节约经费和人工费。例如,去杉并区和练马区抽样家庭的回收员配备一至两名,去墨田区和台东区抽样家庭的回收员配备一至两名。其他地方也是这样,把距离近的区并在一起。回收员人数大概就是这些吧,因为关东地区被安装收视记录器的收视家庭也就五百户。"

"那也许是收视记录器的实际数量吧,如果是来路不明的幽灵数据,那会怎样呢?"

"不,我觉得调查公司没有营私舞弊。如果他们与大企业广告赞助商和所有电视台为敌弄虚作假,将陷入不可收拾的境地。并且,收视率也常在报上刊登,属于向社会公布的资料。只是……不可思议的是,没有家庭被安装过收视记录器。"

"有没有能了解到实际情况的办法?"

"这可能不是件容易的事。我想,各电视台和各广告赞助商也可能尝试过各种办法。也许还是了解不到真实情况只得罢休了吧。调查公司的保密工作一定是壁垒森严的。"

"哎,调查公司的员工到底有多少?"

"肯定不是很多的,因为它不是大型企业。"

古泽启助思考片刻,当察觉手上夹着的烟短得快要烧到手指了,遂把烟头扔入烟缸,同时说道:"那家公司里可能有退休的人吧?"

"嗯,也许有。"铃木幸三似乎察觉到古泽启助在想什么,厚嘴唇上堆起了微笑。

"如果能说服那些退休人员,也许会悄悄说出企业内部的实际情况吧。因为退休形式很多,有的是到年龄退休,有的是觉得公司没趣而中途辞职。总之,不管什么地方都有派系斗争,而有些人恰恰是牺牲品。问到他们,他们也许会提供一些我们希望知道的情况。"

"这是内部揭发呀!"铃木幸三血色红润的脸堆满笑容,但显得冷静,"古泽先生好不容易想出这么一个办法,也有可能竹篮打水一场空!"

"为什么?"古泽启助打量对方圆脸上的表情。

"恕我冒昧,那样的点子谁都想得出。"

"哦,你觉得我这点子太幼稚?"

"与其说幼稚,倒不如说太一般,你应该明白那办法是不会奏效的。外界还是有可能知道那家调查公司退休人员的名单。"

"原来如此,那情况你不知道吗?"

"不知道!那家调查公司里有人和广告赞助商、电视台的人交往!可那是为了生意。那家调查公司里的人当然知道内部情况,但无论对方是多么重要的客户,也绝对不会说出公司里某某人退休某某人中途辞职等情况。如今,靠这种方法打探情况是不会成功的。因为,保密是调查公司的生命。"

"说得好,说得好。"古泽启助叹了一口气说,"……铜墙铁壁啊!"

"是啊,一个个都守口如瓶。"

这时,有一个肤色较白、长着漂亮眉毛的年轻男子走进来对古泽启助说:"先生,尾关先生来电话了。"

尾关是位戏剧评论家,古泽启助脸上表情变得困惑起来,觉得这时候中断与铃木幸三的交谈太可惜了。

"你对尾关说,我现在排练脱不开身,过一会儿我给他打电话。"

"明白了!"年轻男子转身走出门外,古泽启助目送他的背影时好像突然想起什么,问:"那家收视率调查公司里有女职员吗?广告赞助商和电视台难道没有让英俊青年演员与该公司女职员亲密交往,以从中打听该公司的情况?有一点点像间谍电影里的情节。"

"不行!就是问女职员,她们也根本不知道公司里的重要情况,因为她们接触不到与收视率有关的工作。从事那种工作的,我想是上司信赖的男职员和干部级别的职员。"

报社文化部负责电视电台栏目的铃木编辑把古泽启助脑海里萌生的智慧,一一否定了。

"总之,调查电视收视率是谜中之谜,这是该谜产生的一览表,我把它给你留下。"

铃木幸三最后拿出一份印刷品,上面写着"东京各电视台收视率对照表"。

"这对你多少有些参考。"铃木幸三说,那张红润的脸和粗嗓音都带着微笑。

古泽启助两眼注视着 E 社文化部电视电台栏目编辑兼记者铃木幸三留下的对照表。

这是样本,上面排列着去年十二月三十一日十九时到二十二时各电视台节目名称以及收视率数字。每一小时分前三十分钟和后三十分钟,统计每分钟抽样的收视记录数据后,每三十分钟比较一次。播出节目因电视台而异,有从十九时开始到二十时结束的两小时里连续不断播放娱乐节目,这仍然获得很高的收视率。

本年度阳光歌曲歌谣大奖赛（两小时），收视率是43％，拔得头筹；

东西曲艺节目对抗赛（两小时），收视率是19.8％，获第二名；

受惊的照相机（两小时），收视率是18.3％，获第三名；

公开的歌谣进行曲，收视率是11.5％，获第四名；

新年明星歌手循环赛选手权比赛，收视率是11.6％，获第五名。

古泽启助看了之后心想，"公开的歌谣进行曲"只有11.5％的收视率，"新年明星歌手循环赛选手权比赛"也只有11.6％的收视率，这些节目的制片人险些被问责下岗吧？

就十九时播放一小时的电视节目来说，收视率如下：

初春歌谣大群舞（一小时），收视率是47％，获第一名；

新春室内体育淘汰赛（一小时），收视率是3％。

"初春歌谣大群舞"的收视率是47％，压倒群芳。但是该时间段的"新春室内体育淘汰赛"，收视率是3％。该时间段的前半小时和后半小时，大多是孩子们的收看时间。

二十时播放的电视节目，除去两小时的以外，都是一小时的，收视率如下：

连续历史（一小时），收视率是28％，排在第一位；

热带音乐（一小时），收视率是1.3％；

手枪迷雾（一小时），收视率是0.9％。

二十一时播放的电视节目，收视率如下：

红白歌比赛（两小时），收视率是72.2％；

筋疲力尽的红白歌比赛，收视率是6.4％。

"红白歌比赛"的收视率犹如巨峰耸立在榜首；与此相对抗的"筋疲力尽的红白歌比赛"的收视率却是6.4％，简直是壮烈倒下。

剩下的前半小时收视率如下:

假日剧院,收视率是21.8%;

绯色的跟踪,收视率是9%;

太阳的诗歌,收视率是18.6%;

花的小路连续剧,收视率是9%;

早春的热浪,收视率是5.7%;

在那歌声里苏醒,收视率是2.8%。

"太阳的诗歌"获得18.6%收视率,是出色节目。"在那歌声里苏醒"的收视率只有2.8%。其余获得11%和12%收视率的有很多。

二十二点的前半小时和后半小时是电影,那是因为老电影让人怀旧,不愧是曾经受到好评的电影。某进口片的收视率是18.9%;但其余电影都是一长溜不满10%收视率的,分别是8%,6.7%,5.6%,4.5%,3.9%,2.2%,1.7%,还有0.9%,0.8%,0.4%,0.3%的。

综合全部收视率,从早晨到傍晚的"全天"时间段是43.1%。属于A等级的,从9%到8.3%;属于B等级的,从7.3%到3.6%。A等级和B等级一到晚上的"G·H"(黄金时间段),9%的,上升到13.2%;8.3%的,跳到14.7%;3.6%的,也增加到5.1%。

晚间收视率如何?通过这张对照表则可一目了然。因为晚上家庭全体成员都集中在客厅观看电视,该收视率取代了白天的"猫收视率"。

只看这张"对照表",似乎觉得收视率调查公司提供的收视率是公正、公平的。

大约一个星期后,古泽启助又收到署名"枝村正子"寄来的一封厚信。上次古泽启助收到她来信后写了回信,因此她针对回信又写了一些新的情况。

古泽启助先生:

上次冒昧给你写信,没想到竟然收到你在百忙中抽出宝贵时间寄来的回信,在此衷心感谢。应该感谢上帝,我的信能在大量的戏迷来信中出现在你的视线里。同时,我还能承蒙你回信,使我沉浸在梦幻般的喜悦里。由于哥哥近来萎靡不振的神情,才迫使我鼓起勇气再次冒昧地给你写信。

谢谢你调查了电视台收视率的情况。正如我在上封信里写到的那样,不管问谁都没有人知道有谁家里被安装过收视记录器,所谓电视节目收视率仿佛被披上了极其神秘的面纱。那种秘密调查炮制的收视率左右着我的哥哥,其实他是把节目制作与体现男人价值紧紧联系在一起的,然而遭到的厄运,上回是降职调动,这回是被迫下岗。

对此,我怎么也无法理解。哥哥的性格小心谨慎、仔细认真,这回下岗给了他沉重的精神打击。我作为妹妹非常担心,希望这不是精神灾难,不会成为酿成哥哥在今后人生道路上持消极态度的根源。假若是我担心的结果,哥哥的男人生涯将因幽灵般的收视率而一蹶不振。我把收视率比作幽灵,也许说过分了。但是,只要一天不清楚收视率的来源,即收视记录器与抽样家庭的实际情况,我就无法摆脱它是幽灵的感觉。如果你的调查能达到我相信的程度,我深信,不仅我,就连我哥哥一定能重新焕发精神振作起来。

值此,我想稍稍说一下平日从哥哥那里听到的有关电视行业的情况,仅供参考。不用说,你是名声显赫的话剧团的当家人,早就知道这一情况,但如蒙作为笑柄赐阅,我则不胜荣幸。下述情况,我也并非有系统地从哥哥那里听来的，而是回忆他平日里提起过的有关电视行业情况的片言只语而已。现在我只是把自己回想到的情况写下来，为此先在这里向你致歉，请原谅我这种没有层次、不得要领的写法。

信笺上是枝村正子写的小字，密密麻麻的。古泽启助念了起来：

首先说说电视节目制作程序……广告代理公司把节目策划书送到广告赞助商（据说广告赞助商在该行业里是顾客）那里。该策划书，是在听取了广告赞助商的观点后制定的，据说有两大部分，一是本来就已经决定了的节目名称和演员的具体书面情况；二是还不能明确的模糊策划。

接下来，据说是广告代理公司与广告赞助商之间商量到达成协议。该程序大致结束后，由广告赞助商通过广告代理公司向指定的电视台试探意向。电视台营业部如果接受该意向便开始编制预算，节目部还要安排播放时间（包括播放对象和播放范围等）。该工作完毕，由营业部委托制作部（制片人）制作节目。接着由制作部与广告赞助商之间商定主要影星和其他演员。

在这里，说一下广告赞助商对于节目的权限。该节目的广告赞助商在一家公司或两家公司赞助的情况下，广告赞助商持有绝对权力。关于演员角色分配的情况就不用说了，还有电视脚本的细节都有许多要求。据说角色安排是根据广告赞助商的决定，一是根据广告赞助商印象；二是根据广告赞助商嗜好；三是不用在竞争企业电视广告里出现过的演员。

收视率低而被立即追究责任的，是该节目制片人和该节目导演。尤其电视台频繁调换导演，而电视台却不承担由此带来收视率低的责任。

　　但是，无论电视台单方面编造任何漂亮的借口，谁都明白频繁调换导演是造成收视率低的原因。该收视率的高和低，由调查公司分别于周三速报收视率前十名节目和周五详报各电视台的所有节目的收视率情况。作为收视率的特殊现象，据说有这种情况，如果前面时间段的节目收视率低，其影响就会波及接下来的节目而导致收视率下降。遇上这种情况，广告赞助商就向编排部发牢骚。

　　遇上多家公司联合决定的节目，也就是由许多广告赞助商合伙赞助的节目，制片人就可获得相当的制作自由。广告赞助商的权限分散到许多企业后也就失去了主导性，成了制作人的自由权限。遇这种情况，节目收视率低的责任当然直接弹回到制片人和导演身上。最近，类似这样的广告赞助商也觉悟起来，联合要求按照顺序做成广告系列片，听说系列广告出现由此变短的倾向。不过，遇上尚没有相应力量、由十多家广告赞助商赞助节目的情况，制片人无法归纳多家广告赞助商的意图和要求，允许制片人有相当的独断自由度。"豪华演出"等歌谣歌曲节目就是这样的形式。为此，时常刊登在杂志上关于与"金钱"和"美女"纠缠在一起的传闻，都是集中在制片人和导演身边。

　　用于电视播放的戏剧和电影，正如你知道的那样，是发包制作。在这方面，也有数家大型制片企业。承包戏剧电影制作的导演，有电影公司导演和自由导演两类。电影公司不景气走下坡路已经很长时间了，曾经名声显赫的导演签订了这类自由导演合同。

　　事实确实如此，是有那样的电影导演。古泽启助看到这里思索起来。电视剧字幕打出曾经制作过多部名作，驰名天下的大牌导演姓名，其中一大牌导演是古泽启助熟悉的，叫津田彰而，最近已经有四五年没见面了。

……电视台技术部门周围，有许多承包制作单位。像承包制作公司的剧务人员，据说大多是外面来的。例如，自由导演（美术和技术导演也是那样）和摄影技术员也是那样。这些大概是层层转包吧?! 如此发包给承包制作公司的工作，通过进一步分工，便有很多自由技术人员或者自由技术集体加入进来。那么复杂的结构情况，我们这些人根本就明白不了。

总之最近在节目制作方面，好像发包和承包的倾向特别快。首先是广告赞助商在赞助方面吝啬，其次是电视台与承包单位在经费上讨价还价。该现象起了不好的作用，成为最近粗制滥造节目增加的原因。不知是哪一天，一位年轻导演来哥哥这里玩，说了这样的话后叹息道，电视台已经不再需要导演了，今后发包给承包制作公司的做法将越来越普遍。即便偶尔负责制作，也往往会被追究收视率的责任，看来只好去承包制作公司走自由导演这条路了。事实上，我哥哥也是这样的选择。

唉，收视率是个幽灵! 我就想这么说。从周五下午开始，各电视台走廊上都贴有"每周收视率表"。听说聚集在那里看这张表的制片人和导演要么眼睛充血，要么脸色苍白，不过，也有放心喘口气的。该表和周三的电话速报，让这两天对这些人来说真是两个"黑色日子"。

如果制片人和导演几天不来上班，自己的办公桌不知什么时候被移到了别的地方，于是即便患病也不能安心休息。如上所述，哥哥现在被强行追究收视率低的责任而下岗，以致身体状况下降。我的哥哥曾经为了拟订计划而晚上睡不好觉，为了与营业部和广告代理公司交涉，为了与演员介绍公司交涉角色分配而神经衰弱。可现在看来，最终的落脚点也许只有去承包制作公司做临时工吧！

请原谅我啰啰唆唆写了一大堆，如能承蒙您亲自调查，将幽灵收视率的真相公布于众，我将不胜感谢。

枝村正子

　　排练剧场的坐席上稠人广众，尽是些年轻观众。正在排练的演员是年轻研究生，有五个男演员和一个女演员。导演是年轻人，导演助理也是年轻人。城砦座剧团第五期研究生编排的"早春会"小型公演，即将开始。古泽启助坐在观众前面的坐席上，舞台上演出的是《底层》第二幕。古泽启助一边观看排练一边提醒演员注意，同时又在盘算如何去接近那家收视率调查公司。从正面接近，不用说，这也不是随便可以打听的内容。再说没有引见人，就是有也无济于事。

　　为了保守秘密，该公司肯定是戒备森严，层层设卡，可以说是水泼不进针插不进。也许在相当一段时间里不会有什么进展。

　　据说，收视率调查公司在新桥。古泽启助心想，它会在新桥什么地方呢？如果翻阅电话簿查找地址，按理能找到。古泽启助继续观看了一会儿排练，觉得演员之间的配合和演技都不错也就一声没吭，干脆让他们自由排练，再说自己也在思考怎样接近收视率调查公司的方法。虽说该公司的保密措施也许十分周全，但也不能一开始就放弃吧！

　　古泽启助暗自思忖，写信人不问是否有人调查过收视率来历，说明接近该公司不是易事。那，我能行吗？是的，那家收视率调查公司每周三公布该周获前十名收视率的节目名称，因此当天上午该公司理应派出回收员去所有抽样家庭回收记录纸。如果跟踪回收员,就能了解到抽样家庭的地址,只要我们的询问方法得当,对方不管什么都会说的。

每周三上午由收视率调查公司派出回收员,去抽样家庭回收记录纸带。该记录纸带是记录上周三到本周二的收视数据,回收员回收后把它送到公司。只要每周三从早晨开始站在公司门口等候,就可以记住他们的长相。如果记住了他们的脸,接下来便可埋伏在门口等他们出来,随后跟踪在他们身后,就能了解到他们的住址。

为了统计和计算抽样数据,所有回收员必须把回收来的记录纸带于中午前送到公司,看来,他们多半清晨就出门了,因为周三最迟必须在傍晚前公布每周收视率的节目名次。

如果在回收员出门后展开跟踪……他们是一家一家地去抽样家庭,这么一来则可弄清楚回收员所负责的抽样家庭的地址。古泽启助觉得这方法最好。接下来的问题是,辨别进入收视率调查公司的人哪些是职员哪些是回收员。这是非常棘手的事,不过也不是没有办法。例如,回收员是去十多家抽样家庭回收记录纸带的,因此只要是周三,上班时间无疑比一般职员迟许多。假设普通职员的上班时间是上午九点,回收员大概是十点或者十一点到公司吧?

周三上班时间迟的职员,肯定是回收员。只要悄悄站在公司门前观察,记住他们的长相就可以了。可以用这种方法先查明抽样家庭地址,随后核实他们家里是否安装过收视记录器。这样的话,收视率的基本事实就可以弄明白了。但是了解清楚后也没必要向社会公布真相,只对有必要知道的人说,如果随便传出去,也许会遭别人反驳。

这方法虽行,但看上去需要大量人力和时间。完成该任务,需要派出一定监控人员,依靠自己一个人记住他们的脸是不够的。派出监控的人多了,就可以分头跟踪回收员,成功率也就提高了。看来,需要人手,需要时间。每周三从早晨到傍晚有自由支配时间的人,大概没那么多吧。并且这是临时工性质,不是什么人都可以委托的。而且必须至少找到三个忠心耿耿、守口如瓶的人。

古泽启助觉得,自己必须亲自出马,否则很难找到监控和跟踪的人选。

古泽启助看着彩排,刹那间萌生了让研究生出马的想法,但自己又踌躇不安起来,总觉得不能让正在接受自己指导的研究生去模仿侦探。如果自己开口,他们也许会跃跃欲试,其中还有许多是临时工,每周三能抽出时间。但是,那样会使他们偏离学习话剧的主航道。再者,如果跟踪回收员时被发现,弄不好会出现其他麻烦。

古泽启助悄悄环视一下观众席,因为是研究生公演前的彩排,来观摩的研究生和年轻团员多于平时。他的视线停留在一个留着长发、长着络腮胡子的男子脸上。他的大腿上放着一本摊开的大笔记簿,双眼认真地看着彩排,眼睛里流露出的是年轻人的朝气。像他这样胡须从耳朵下长到下巴的演员不多,即便有,那样的角色也非常少。

他叫小山修三,今年二十八岁,从事舞台美术研究。同时,他是"构图社"的油画同人,常去银座餐厅走廊和服饰品店二楼开个人画展。他于四年前学习舞台美术,买来简易舞台装置,准备布置在研究生即将公演的舞台上,虽常来这家剧团,但不是剧团的正式职员。

不用说,单靠画画是不能维持生活的,于是他在神田背后的小巷子里开了一家咖啡馆,雇用了两名男帮工,并让自己的妹妹坐在收银台前面。他隔天去一次咖啡馆,一到那里便系上围腰忙活开来。沏咖啡,切柠檬片用于沏红茶,打开罐头制作果汁槟治酒等等。他的咖啡馆由于咖啡味道香醇,让客人回味,因而在周围有点小名气。

他嘴唇周围的胡须,想必客人见了会觉得肮脏和恶心。布满胡须的脸上,一副不高兴的神情。可是滤式咖啡壶提炼出的褐色液体在升腾热气时,他那种看似不高兴的神情在朦胧的白色热气里反招人喜欢,在年轻客人中间特别受欢迎。这情况古泽启助听说过。这当儿,第二幕结束了,彩排也到此结束。担任导演的年轻男子急匆匆来到古泽启助边上,问道:"先生,不知道这样行不行啊?"

参加排练的研究生都没有移动脚步,不安地望着古泽启助。

"是那样的过程吧,不是很好吗?"

"是!"

"过一会儿慢慢谈感想!大家也……"

事实上自己也似看非看没往心里去,如果说了会尴尬的。

"哎!"古泽启助的视线在追逐着小山修三迈开大步朝那里走去。这时,小山修三已经离开椅子挤在涌向出口的人群里,察觉肩膀被人捣了一下便转过脸来。

"你来一下!"古泽启助用眼神告诉他去自己的办公室。

不一会儿,小山修三走进古泽启助的办公室,接受了这样的提问。

"有一种叫作收视记录器的仪器,能自动记录电视家庭收看的频道和收看的时间,其目的是调查收视率,据说被选定的抽样家庭一共有五百户,每户抽样家庭安装一台收视记录器。收视率调查已经有十五个年头了,你家里是否被收视率调查公司安装过收视记录器?或者说你是否从亲戚、朋友和熟人那里听说过有这么一回事?"

"没有,一次也没有。"画家兼舞台美术研究生的小山修三低着脑袋,用手指按着胡须思考后答道。

"据说每周三是电话速报,内容是一周来收视率前十名的电视节目;周五是详细公布一周来所有电视节目的收视率名次。该收视率,牢牢左右着制片人和导演的艺术生涯。演员也是有人忧有人喜,是保住明星位置继续演出还是被晾在一边走向沉沦;制片人和导演,因收视率低而被怀疑工作能力。对于演员来说是晴雨表,即是否受观众欢迎从而发生等级变化。对于电视台来说,收视率就是独裁者。"

"那传闻听说过。"

"可是,你有没有听说某家庭被安装过收视记录器? 那是调查收视率的重要线索。"

"没有,可能是我朋友少的缘故。"

"不光你,我也问了剧团里所有成员,迄今为止已有六十个人的回答与你相同,似乎都没有这回事儿。"

"关东地区的电视家庭大约有五六百万吧?"

"远不止这些,大约有九百万户。"

"有那么多吗? 可是收视记录器就五百台,它能成为正确的收视率吗?"

"太少了,仅仅是0.005%。听专家说,根据统计学理论,可以说是大致正确,还说那是根据0.005%存在为前提的。"

"是不存在吗!"小山修三提高了嗓门。

"或者根本就不存在,或者多少存在,总之,实际情况一点都不知道。如果你压根儿没有听说过,那你的周围就不存在抽样家庭,我的周围也不存在抽样家庭。我剧团团员六十人,他们周围也不存在抽样家庭。"

"那到底是什么样的机构？"

"我马上会告诉你的，因为还有事要拜托你。"

"真不可思议！"听完后，小山修三歪斜着满是胡须的脸感到困惑。

"因此，我想着手调查收视率的来历。"古泽启助正面望着小山修三吃惊的眼神，不由得迟疑起来。他似乎觉得刚才《底层》话剧彩排场上"你也是怪人？"的台词是在说自己。说这台词的，是扮演"演员"的研究生。是的，一旦有人知道我有这种想法，也许会说我是怪人。"哎，你看过海鸥制片公司为电视台制作的电视剧吗？"古泽启助赶紧转移话题。

"看过，那家公司制作的电视剧真棒！"

"你也是那么想的吧，上次在电视台播放的《第七个人》连续剧太精彩了！"

"我也很佩服他们。作为娱乐作品，简直是绝了！"

"是这样的吧！可据说它的收视率只有8％，令那个大腕制片人殿村君伤心得看不下去。"

"低级庸俗节目增加的幅度太大！打开电视尽是那样的节目！"

"虽说低级庸俗节目的增加幅度太大，却获得高收视率，而它是收视率调查公司提供的。而作为调查来源的基础数据，来自于我刚才说的抽样家庭收视记录器。可是数字的来历实在模糊不清，不仅我们身边，还有无论问谁，都不曾听说过有谁家里被安装过收视记录器。就是因为那样的数据，导致广告赞助商在制作费的支出上时松时紧，弄得电视台制片人啼笑皆非，甚至还有人被迫离开制片岗位。我当然认为，'收视率是上帝'的观点是正确的，但是收视率调查也许是假的。"

"不会吧!"

"那你觉得是可信的?正因为大家都觉得'不会吧',所以形成了莫须有的现象,我希望用事实来检验收视率。不经过事实验证的,不管什么都不可信。"

"那,先生打算亲自调查吗?"

"是要调查。"

"但是,那些抽样家庭的地址对于局外人是绝对保密的……"

"办法也不是没有。有关找出抽样家庭地址的方法呢,我已经想出来了,但也许还有更好的方法……关于这方面,想找你帮忙。"古泽启助一说那方法,小山修三的手指便立刻抚摸起嘴边的胡须来,这是证明他非常感兴趣的动作。

"明白了,我愿意效力!"他使劲点头。

"哎,愿意帮忙?"古泽启助的眼里炯炯有神起来。

"试试看!我也不光有好奇心,还喜欢跟在别人后面看热闹。"

"虽说你喜欢跟在别人后面看热闹是不太好,但这件事我想托你来办。因为,我不宜直接出面交涉这样的事情。"

"那倒也是,认识先生的人太多,不能亲自监视和跟踪。"

"这么说……"古泽启助紧盯着小山修三的眼睛,"……哎,你那酷似嬉皮士的胡须也太显眼,也许不利于跟踪和埋伏!只要被对方察觉一回,目标就会溜之大吉的!"

"像我这样留满面胡须的人,最近也多了起来,我觉得不会显眼。"

"不,即便那样,还是容易被别人记住特征。怎么样?能否剃掉这些胡须,即便在侦查工作期间剃也行?"

"把这剃掉？"小山修三用手掌舍不得似的按着整个胡须。

"怎么了，不是很快就能长成这般模样的吗！"

"没那么简单！留胡子过程中是很难看的。但是，哎，好吧，我考虑一下！先就这满面胡须的脸试试，一旦被察觉我就干净利落地剃掉。也许脸的外表变了，就能起到更好的效果。"

"这算是'变脸'啊。"古泽启助有趣地说。

"可是正如你刚才说的，一个人力量太弱。我也是这么想的，最好再增加两个伙伴，你有合适的人选吗？"

"办这事啊，不是谁都可以的，必须是可以信赖的人。"

"嗯，所以不能在我的朋友里找。"

"如果收视率跟他没有利害关系，他就不会认真投入。我已经想过了，请海鸥制片公司推荐怎么样？"古泽启助探出上身问小山修三。

"是海鸥制片公司的人吗？"小山修三的视线瞬间投向远处。

"我刚才也说过，那家制片公司尽管制作出好作品，可收视率还是低，肯定有不满情绪。所谓不满情绪，就是受害的意思，等于是他们的自身问题。他们站在制片公司的立场上，会绝对保密的。"古泽启助解释道。

海鸥制片公司的殿村龙一郎凑巧有事前往城砦座剧团，听到古泽启助说这事，圆脸上浮现出复杂表情，细长眼睛仿佛睁不开似的，弯曲着小嘴唇。

"瞧，我又想到有趣的事了！"

来东京已经二十多年，可他说话时还是没有忘掉关西腔，说了开头后没有立即说出自己的意见，尽管微胖身体忙碌地左晃右动的，却似乎十分慎重。

"怎么样,根据这方案试一下好吗?"在和殿村龙一郎交谈过程中,古泽启助也终于受他的影响说起了关西方言,双眼打量他那张脸。

"那,哦……"殿村龙一郎眨着眼睛。

"那什么呀,对于所谓的收视率,不管谁都多少抱有疑问是吧?迄今都没有人像我这样决定跟踪调查,是不可思议的事吧?"

"那,也不是没有人想过追查,但似乎都感到非常困难,最终都放弃了。"

"不能放弃!如果不相信它,就必须调查清楚。就说你那里吧,一直在为社会制作精良的连续剧,是因为有你这样技术出身的人才,方能制作出深受欢迎的好节目。这是唯利是图的生意人所做不到的,我一直很欣赏你们的作品。"

殿村龙一郎曾经是某电视台的摄影师,干了十五年摄影工作,于五年前成立了电视连续剧制片公司。该公司由四个人合伙经营,除他以外还有三个合伙人,分别是摄影师、照明师和道具师。摄影师是他的好友。不只是他年龄最大的缘故,总之,四十八岁的殿村龙一郎被推选为该公司法人代表。

由于都有技术,都想制作出好作品。同行的其他制片公司跟民营电视台签订合同后,经常这样那样被指手画脚地强行推着制作,据说是按照广告赞助商的意向制作,如果反其道而行之,制片公司的生存就难以为继,因而庸俗低级的节目就这样纷纷登场。而海鸥制片公司则不一样,他们的节目被称为"艺术家制作的节目"。

海鸥制片公司的节目尽管被宣传为"艺术家制作的节目",可"收视率"却一直在低位徘徊,险些被一直发包给他们制片业务的民营电视台拒之门外。好在与那家民营电视台签订了合同的广告赞助商是大企业,该企业对海鸥制片公司的评价颇高,一直钦点他们拍摄制作。

那家广告赞助商对他们的要求是:只要与该企业形象适合就行。由于条件如此宽松,他们才得以幸免于难。好在有一部比较好的连续剧,收视率保持在8%。但是,如果除去它,全部都是低收视率。刚才古泽启助说"我一直佩服你们拍摄的好作品",其中,包括评价他们工作非常努力的意思。

"怎么说呢? 由于收视率低,R电视台经常是指责和发牢骚吧!"

所谓R电视台,是发包制片任务给海鸥制片公司的单位。"是呀,横挑鼻子竖挑眼的,尤其是限止制作成本,当然不景气也是一个方面,还有广告赞助商付款不爽等过分的地方。R电视台说我们低收视率却不与他们妥协等等,从各方面压制我们。"殿村龙一郎苦笑着发牢骚。

"唉,所有都归咎于收视率! 如果排在前十名行列,我想那样的过分指责也许就没有了。"

"广告赞助商比电视台还要看重收视率。高收视率节目就是胜者为王。"

"低收视率节目的制片公司,就只能任人摆布了吗? "

"没错,目前状况就是你说的那样。"

"划分胜和败的分水岭,就是收视率。作为收视率基础的数据是来自收视记录器,而收视记录器被安装在抽样家庭,而抽样家庭问世的经纬就像我刚才说的那样,似乎暧昧加模糊。你们制片行业相信那样的数据,相信那家调查公司说的收视记录器的布局方法吗? "

"古泽先生,"殿村龙一郎脸上浮现出讽刺笑容,"……你,你大概看过森鸥外的《莫须有》小说吧？"

"什么，《莫须有》？嗯，也许看过，但内容忘了。"

古泽启助冷不防被殿村龙一郎拿出森鸥外小说举例而愣住了。

"那本书看一下好！小说情节怎么都行。《莫须有》好像是说，人们生活在世上，是因为许多现象似实际存在又不似实际存在，尽管模糊不清，但还是希望人们相信它是存在的。"

由于殿村龙一郎拿出这部森鸥外小说作为话题，古泽启助感到有些惊讶。

"真出乎我意料，你居然爱好文学？"

"不，根据原作拍摄电视连续剧时，如果不熟读该作品是无法拍摄的。在前面那家电视台工作的时候，拍摄制作了《大雁》电视剧，借拍摄机会稍稍阅读了森鸥外的作品。"殿村龙一郎难为情地说。

"这么说，尽管实际不存在，但是作为与收视率有利害关系的人，似乎还是应该相信'收视调查'是存在的吗？"

"无论什么事都那么想，人也就会度日如年。"

"如果真的是那么大彻大悟，什么也都不要说了。"古泽启助把已经吸短了的烟叼在嘴上。

广告赞助商相信收视调查公司提供的数据，电视台大概也没有不相信的理由吧？接到收视调查公司发布的收视率低的数据，广告赞助商便向电视台提出，能不能想方设法提高收视率。电视台接到这一要求，多半不可能反驳说，收视调查公司公布的收视率有问题。如果这么说了，等于为自己辩护，被认为强词夺理。于是，电视台制作方只得保持沉默，更换制片人和导演。无论什么人，都不得不认为收视率不是子虚乌有的。

"但是,古泽先生。"这一回,殿村龙一郎抬起脸来,"那解释就到这里！刚才先生说的事情我觉得有趣,如果我能做什么,请允许我效力。"

"什么,愿意为我帮忙？"古泽启助望着他的脸问。

"请允许我效力。说实话,我也怀疑收视调查方法。也不仅仅是怀疑,不过,让我效力的情况要绝对保密哟！不那样做,我可要挨广告赞助商和电视台的骂,到那时我可能就没饭吃了。"

"行！我理解你的担心,当然绝对保密,那就这样讲定了。"

"拜托。"

"接下来,我们立即进入具体商量阶段……"

这时传来轻轻的敲门声,还没等古泽启助回答门就开了。古泽启助正要发怒,却见来人脑袋上满头银发,有着一张胖乎乎的脸。

"阿启,我去电视台录像结束刚回来……你好呀,殿村君怎么也在这里？"

"哦,山内先生。"殿村龙一郎见到山内耕司便从椅子那儿站起来,而古泽启助则是一脸尴尬的表情。

新桥车站的北面出口附近有一条奥菲斯街,一天下午,人行道上有两男一女像逛大街似的行走着, 与匆匆行走的工薪族的脚步不同,他们像闲人那样时而朝道路两侧大厦门口张望,时而抬起头眺望大厦的上面部分。眼下还是早春,脱去风衣逛街还真抵御不住寒冷。

街上并不都是办公楼,中间也夹着商店,有进口服饰品店、服装饰品店、餐厅、咖啡馆、醋饭卷店和拉面店等,可以说是大街上的商店蔓延到这条奥菲斯街上, 也可以说奥菲斯街上的商业公司职员、银行职员和最近被称为 OL 的职业女性是顾客,所以出现了这样的店铺。

鳞次栉比的大楼都不怎么高,最高的也只有七八层楼,正面开间大约二十米,所有大楼的进深和正面都相差不多。

沿着这条路径直朝前走,转弯后再朝北走,就可到达日本标志性宾馆的前面。从那里开始,行人和车辆的数量剧增,那是因为有剧场和电影娱乐中心,另外离银座也很近。他们三人从宾馆侧门进入,由于地毯和装饰不同,走廊,包括行人的外表,与繁华街道没什么两样。外国人不少。

他们三人走进宾馆,来到宽敞的大堂桌子跟前,那里的顶上悬挂着大型水晶灯群,形状酷似颠倒过来的吴哥庙(柬埔寨古高棉王朝庞大的宫殿遗址)佛塔。数不清的桌子周围,坐着不计其数的男女客人。他们三人商量后坐在一张桌子边。满脸胡须的是小山修三,邋里邋遢、背有点驼的中年矮个男子,是海鸥制片公司照明师,叫平岛庄次。另外一个是女的,二十五六岁,头发垂到肩上。也许发型的原因脸变小了,虽然眼睛很大,可看上去有点吊眼皮,尽管鼻梁挺拔,但给人尖鼻子的感觉。不过,嘴角长得严实,没有间隙。她也来自海鸥制片公司,承担脚本的复印和场记等杂务工作,叫羽根村妙子。一小时前,他们三人在新桥车站广场碰头,相互自我介绍后来到这里。小山修三说,是城砦座剧团古泽启助先生让他来的;平岛庄次和羽根村妙子说,是海鸥制片公司殿村龙一郎让他俩来的。在那里,他们三人轻声商量了一会儿后,一起散步来到这家宾馆的大堂喝起了啤酒。喝啤酒过程中,他们的视线也在注意周围的人。

"那座大楼里的情况大致调查清楚了吧?"小山修三小声问平岛庄次和羽根村妙子。平岛庄次坐在沙发上,手里握着啤酒杯;羽根村妙子肩披长发，只是喝了一口啤酒就把杯子放在桌上。眼下，他俩点点头。那家收视调查公司就在里面，那是一幢九层楼的普通大楼，窗户小，与老式建筑非常协调，似乎对外面世界十分警惕。

"出入口是正面大门和旁边的客货两用门，好像就这两个。两用门右边的大楼里，有北川电机工业公司。两座大楼的间距可能是一米左右。回收员多半不会从客货两用门出入，因为是职员，大概也是从正面大门进出。"平岛庄次嘟哝着说。

"谁是回收员？辨别起来很困难，这需要观察一段时间。我想收视调查公司里的职员不少。五楼的上面是其他公司，职工数量不少。"小山修三用手指擦去沾在胡须上的啤酒沫。

"我到大门那里去了一下，看了五楼上面的公司名称。"羽根村妙子视线朝下轻声说，"……五楼是日本化学产业公司、关东钢材公司、东洋科学加工公司；六楼是日本铁器公司、东京精密机械公司、昭和钢铁产业公司；七楼是关东电气兴业公司、日本化学产品开发公司；八楼是极东光学工业公司、内国电气产业公司；九楼是关东机材公司、东京轻金属公司、日本计量仪表公司。不过，都不是总公司，尽是分公司和营业所。"

"你记忆力超人啊！"小山修三目光吃惊地朝着羽根村妙子。此时此刻，她脸上的一只眼睛被长发遮住了。

"羽根村妙子是舞台场记，可以边看脚本边听，核对演员是否准确无误地按脚本说台词，是那样的工作培养了她对文字的好记性。"平岛庄次眼角上堆起了皱纹。

"从五楼开始，上面尽是实力企业，相互之间非常团结。一楼是收视调查公司的什么部门？"小山修三问平岛庄次。

"一楼可能是营业部吧？因为不管哪家公司都是这样。"平岛庄次把杯子放在桌上。

"二楼呢？"

"二楼可能是财务部、资材部、总务部之类的部门。"

收视调查公司的一楼是营业部，二楼是财务部、资材部和总务部。那是因为任何一家公司都是那样设置部门的。平岛庄次说的情况是合乎逻辑的。"四楼是该公司最高的一层楼，多半是总经理办公室、高层干部办公室等，总之是公司大人物办公室集中的楼上吧。不管哪家公司都是这样，还有会议室和接待重要客人的贵宾室。"平岛庄次叽叽咕咕地说。

"照这么说，三楼应该是值得可疑的收视调查部。"小山修三用推断的眼神说，平岛庄次和羽根村妙子点头表示赞同。

"……它是该公司的中心部门，三楼的所有房间都归那部门吧。有的是把记录纸带上的孔转换成数字的操作室，那些记录纸带是从抽样家庭收视记录器里回收来的；有的是计算操作室，决定收视率的百分比顺序；有的是印刷室，印刷后分发；有的是回收员办公室，去抽样家庭回收收视记录器里的记录纸带；有的是调查研究室，决定下一步挑选哪五百户为安装收视记录器的抽样家庭。"

"如果真有那样的实体……"平岛庄次的嘴角处浮现出笑容。

凭良心制作的连续剧，居然被沦为低收视率行列。他作为海鸥制片公司的一员，觉得提供该收视率的收视调查公司可疑。殿村龙一郎从古泽启助那里回来对平岛庄次说了以后，他似乎非常乐意参加对"收视率"的调查活动。

"是啊，正如你说的那样，我们现在是把该公司视作实体，以此为前提着手调查。"小山修三说。

"完全赞成，完全赞成。"平岛庄次不停地上下晃着脑袋。

"今天是黑色星期三，是向各有关方面电话传达前十名收视率节目的日子。不过，我刚才从收视调查公司门前经过的时候，好像没有什么人在大门那里进进出出。现在，可能正是统计记录纸带上数据最忙碌的时候吧？"羽根村妙子用手指捋去遮在脸上的头发说道。

"现在是下午二点二十分，我们今天主要是侦查大楼及其周围，为此特地错开了回收员返回公司的时间。如果我们无所事事地在那家公司门前转来转去，很有可能被返回公司的回收员察觉，那可就麻烦了。"小山修三轻轻地抚摸下巴胡须。

因为是超一流宾馆的大堂，所以坐在厢式座位上的人看上去也算是高贵客人。中年男女摆出阔绰的架势面对面地坐着，年轻男女也装作有钱人的模样。他们像外国人那样，风度翩翩，举止潇洒，相互轻声轻气地攀谈。不用说，绅士们之间的交头接耳，有生意上的交谈，有企业内部派系的阴谋策划，也许还有股东与同伙间的商量。

在这种地方，大家谈笑尽量不出声。他们三人低声交谈，也丝毫没有给别人留下秘密碰头的感觉。"那家公司是九点上班，出入口是大门和边门，好在都面朝着道路。那么，我们的监控地点定在哪里好呢？"小山修三压低嗓音说。

"哎，那斜对面有家咖啡馆，也只有那里了！我瞥了一眼咖啡店门前的广告牌，上面写有'廉价早餐'四个字。"羽根村妙子瞪大一对大眼睛说。

"我也瞅过那里，只有那家咖啡馆是最适宜的，其他店堂都因为太早还没开门。"平岛庄次叼着烟说。

"是的，就那样吧！"小山修三表示同意。

"但是,小山君,就算是在那里监控,我们也难以分辨谁是收视调查公司的回收员啊!还有就像羽根村小姐说的那样,那幢大楼从五楼到九楼都是公司,想必上班时,大门口也非常拥挤。"

"或许能根据职员胸前的司徽区别吧?"羽根村妙子说。

"这也行!不过,那得使劲辨别才能弄清楚谁是收视调查公司职员,谁是职员里专门外出回收记录纸带的回收人员。总之,分辨起来很困难。"

"我想还是比较容易的。"小山修三对他俩说,"因为,回收员来公司前是去抽样家庭回收记录纸带。这是需要时间的!所以,到公司的时候肯定比其他职员迟许多时间。我估计,多半要到上午十一点左右才能出现在公司。凡是这个时候陆陆续续来公司上班的,我想基本上应该是回收员。再说他们是上门收集记录纸带,理所当然地手提着装有纸带的大包。"

其实,这判断谁是回收员的方法,还是古泽启助给小山修三点拨的。

"噢,原来如此,这是符合逻辑的辨别方法。"平岛庄次赞同似的点头。

"因此,我们要记住被我们视为回收员的脸貌特征,然后监控他到下班离开公司,最后尾随身后找到他的家庭地址。接着在下一个周三,我们在他家附近监控,尾随他去抽样家庭回收记录纸带。也许他们一个人至少要去二十户抽样家庭回收。这样,我们就可以核实清楚抽样家庭是否存在,是否有收视调查这回事也就清楚了。"这也是古泽启助传授给小山修三的智慧。

"符合逻辑!"平岛庄次不停地点头。

"不过,开始的时候我们也许会有失败。被我们视为回收员的对象,也许不是那么回事,也许跟踪的时候不见了。但是我们只要坚持下去,就一定能掌握抽样家庭地址,也就能估计出有多少抽样家庭。"小山修三说。

"我们也要想到抑或什么收获也没有。"羽根村妙子拨开散乱在鼻子上的头发,摇晃着头说。

"有那样的可能! 那样才显示出调查的意义,说明我们看到了幽灵般的收视率。"

"那倒是的。也许那样的结果,意义更大。"平岛庄次的双手合在一起搓了起来。

"我们就定在那家咖啡馆里监控。"小山修三的声音压得更低了,他们凑在一起低着脑袋。如果从上面看他们,三个脑袋汇聚成了一个点。

"我们必须记住他们的脸,然后跟踪到他的家。"小山修三因为胡须密,说话声音像蚊子那么轻。

"有的回收员虽说是径直回家,但他是驾驶私家车,在我们还没有乘上出租车时就已经无影无踪了。羽根村小姐,你有车吗?"见她点头,小山修三请她下次监控时把车开来。

"驾车跟踪最好是女性。这是因为对方通过后视镜观察背后情况,当一看到是女司机便会放下心来。"小山修三对羽根村妙子说。

"不过跟踪回收员去一二十户抽样家庭,就是女司机也会遭到对方怀疑的吧?"羽根村妙子歪着脑袋说。

"请在驾驶时别出现那样的情况。"

"那你怎么办? 满脸胡须。"她的视线扫了一下小山修三的脸,眼角堆起笑容。

"是这个吗? 就这样试一段时间。等到被人察觉时就剃光胡须,再把头发剃短。"小山修三说，与回答古泽启助相同。

"如果那么辛苦有效果也就好了！哎，到底会是怎样的结果呢……"

平岛庄次无声地笑了，眼角皱纹上布满了疑云。其实，他们三人都是半信半疑的。如果夸张一点说，是猜谜。虽然脸上是懒洋洋的表情，可心里兴奋不已。

"这么说，你俩在时间上没问题吧？我觉得可能需要相当长时间。就是正式开始后，看上去也需要相当长时间。我想，至少要有两三个月的思想准备。"小山修三说。

"这，没问题。因为是殿村先生布置我们任务的，尽管工作比较忙，但在时间上是可以调配的。"平岛庄次喝完杯里剩下的啤酒热情高涨地说。

"每周三分开调查的结果，在当天还要凑在一起研究讨论，商量下一步行动。你们说呢？"羽根村妙子边摆弄脸颊上的头发边提议说。

"就按你说的做！周三上午十点前在收视调查公司门前的若草咖啡馆集合，因为回收员来公司的时间迟。傍晚五时左右再去若草咖啡馆集合，各自找到自己的对象后，尾随跟踪到他们的家。下一个周三，各自清晨去回收员住宅附近监视，尾随去抽样家庭掌握地址。工作顺序就是这样，跟踪结果就在第二天下午一点集合时相互汇报，一起讨论研究。"

"行，地方呢？"

"这地方不行吗？我们得有相当一段时间在这里交流。"小山修三抬起脸打量周围。

从周三上午十点开始，他们三人在斜对面的若草咖啡馆里监视收视调查公司。持续了四周后才发现自己有错觉。连续了四周的监视,用去了一个月的时间。从*丝丝寒意*的早春开始到樱花凋谢的阳春,走在大街上已经不需要再穿风衣了,稍走快一点还会全身冒汗。从最初的监视结果来看,他们简直无法相信,收视调查公司里似乎没有回收员特征的职员。

小山修三他们瞄准的对象是,手提塞得满满的皮包或者其他包裹之类的东西;并且是十一点左右来公司上班的职员,但是即使等到十二点也没见到有那种人。正午了,职员们三三两两地从大楼里出来,其中有年轻女职员。他们都是去吃饭的,就是记住他们的特征也不起作用。

他们胸前有收视调查公司的徽章,无疑,是该公司职员。圆形里的三角形是横卧着的,其尖端像箭那样朝着左方。虽不清楚究竟表示什么意思,但如果是勉强解释它的意思,圆形可能是电波,三角形可能是电视塔。侧卧的形状如箭,其意思也许是指标、前进和本企业走在现代化前列的象征。

到了下午一两点的时候,始终没有出现类似回收员的公司职员。大楼里有十三家公司,外来客人相当多。

第一个周三的下午三点多,三人早早回家,心情糟糕透了,仿佛跟着狐狸白走了一遭。

关于第二个周三和第三个周三的监视结果,小山修三向古泽启助做了汇报:

“第二个周三的监视结果跟第一个周三相同,根本就没有我们假设为回收员的人。我觉得不可思议,按理不可能出现那样的情况。于是,我们第三个周三提前离开家,于上午七点就开始监视收视调查公司的门口。之所以这样做,是因为觉得回收员的上班时间也许比普通职员早。也就是说,假设该公司周三傍晚用电话向各方面传达收视率,无论如何必须使用电脑计算,但是电脑计算也是很费时间的。再说把记录纸带上的孔恢复成数字,肯定也需要相当时间。这么一来,我们觉得回收员可能是当天清晨从抽样家庭回收记录纸带。因为一周的收视数据里,包括那天凌晨两点多电视台最迟播放的一档节目。"

"哦,原来是这么回事,那,结果如何?"古泽启助坐在椅子上,一边不停地抖动右腿一边问。这是他高兴时候的举动。他不让任何人进入房间,尽管事务员和演员把门开出小缝朝里打量,但都被他的手势赶走了。

"时间那么早,对面的咖啡馆还没有开门。我和平岛庄次到达那里后坐在羽根村妙子的私家车里监视,车停在那座大楼的附近。我本想开车去,但考虑到两辆车停在那里会引人注目,便和平岛庄次乘电车去了那里。羽根村妙子非常热心,听说我们大清早吃不下早饭,便在家里做了两份三明治带给我们。"

"我知道她对人热心。但是那天清晨布控也一无所获吗?"

"嗯,空荡荡的,大楼门前一个人也没有,只有保安有时候出现,还有就是早晨散步的老年人。尽管那样,我们还是坚持监视到下午两点。在这段时间里,我们时而移动车辆,时而轮流下车吃午饭,可就是没有看到迟来公司上班的人。下午两点多,我们结束了当天的布控,三人聚集在宾馆大堂里协商。周三傍晚,是收视调查公司用电话快速告知各有关部门关于收视率情况的时候。无疑,他们是白天去抽样家庭回收记录纸带的。这是平岛庄次说的情况。他还说,回收员可能不直接将回收来的记录纸带送到公司,说对方也有可能高度警惕我们这样的人而特地避开。如果是那样,也许有中转站,也许回收员是去那里集中所有回收来的记录纸带,随后由公司派车运送到那里……"

小山修三不时地按着嘴上的胡须,继续向古泽启助汇报。

"平岛庄次说的话有一定道理,也许是那么回事。因为,谁都想了解收视调查的实际状况。也许,在我们以前经常有试着跟踪回收员的事。另外,收视率调查公司也可能是十二万分地处心积虑,在中转站那里集中回收来的记录纸带。装在包里后,派几个人送回公司。如果真是这样,中转站应该在其他大楼里。嗯,找到它又是件棘手的事。"

"没什么!其他大楼也是公开的,只要查一下电话簿就可以立刻知道了。"

"可能也不是什么有名的大楼。如果对方警惕性高,表面看上去可能与收视调查公司无关。如果这样,我们可就束手无策了,因为太难找了。好在他们反正要把集中起来的记录纸带送到公司,只要记住这些回收员的脸部特征就行了,看来今后还是要像过去那样,从周三上午十点开始监视那家公司大楼的大门。"

"加上这次,是第三次监视结束。接下来应该是第四次吧。"

"是的,可能也是徒劳的。"小山修三呼地吐了一口气说,"我们从上午十点到下午四点,连像回收员模样的人也没见着,按理他们是带着大包来收视调查公司的。这真让我们泄气了!如果该公司是根据从抽样家庭回收来的记录纸带数据计算出每周收视率,我想他们的防备泄漏和保密的措施肯定是不错的。但是,像我们这样严密监控,却还是从没见着有带着大包之类的回收员,足以说明这家公司发布的收视调查结果是幽灵,是不存在的。"

"哦,哦,你那样的说法不是没有意义吗?"

"有意义。为了核实收视率是否是幽灵,我们有必要再监控一段时间。"

"那倒也是,就监控了这么点时间,不能妄下结论。"

"尽管没有结果,你还是对我们抱有希望。有总比没有好,可以给我们鼓劲。那天下午四点,我们结束监视的时候,羽根村妙子叹了口气嘟哝地说,如果那只手提包和购物袋里装的是记录带就……"

"什么手提包和购物袋……"古泽启助听了小山修三说羽根村妙子的自言自语的内容后急忙问道。

"情况是这样的。"小山修三小心翼翼地按住脸上的胡子说,"从下午一点左右开始,女人们一个个稀稀拉拉地走进那座大楼,大多是中年妇女,就像事先商量好的,肩上都挎着大皮包和购物袋,其中还有一个是提着包裹的。"

"奇怪!"

"那是因为五楼的东洋科学加工有限公司,是制造玩具的。企业名称听上去,煞有介事的,可实际上好像是中小企业。另外,他们好像是委托妇女在家里制作玩具零件。这是大楼对面若草咖啡馆里的人告诉我们的……"

"原来是那些妇女把做好的零件送到公司?"

"我想是这样的。她们在进去大约二十分钟后就出来了,大概是一手交零件一手领报酬吧。羽根村妙子看到那些妇女后,就嘟哝地说,大皮包和购物袋里如果是装着记录纸带就好了……"

古泽启助的眼睛似乎发亮了。"那些妇女每天去那座大楼吗?"

"是不是每天去不知道,因为我们只是星期三才看到她们。"

"你们核实过她们是去五楼东洋科学加工有限公司吗?"

"没有,没有核实,因为觉得与我们无关。"

古泽启助突然脱口大声嚷道:"肯定是她们!"

"什么?"

"就是她们!从抽样家庭回收记录纸带后送到收视调查公司的人,就是那些妇女。"

"……"

"到现在为止,你们和我都疏忽了,一直以为从事记录纸带回收工作的是该公司职员,其实那样的工作即便不是正式职员也可完全胜任。因为,雇用家庭主妇担任临时回收员就够了!那样,可以不引起他人注意。那大皮包和购物袋里,一定是装着回收来的记录纸带。你们,"古泽启助继续对小山修三说,"……只有每星期三才看到那些主妇。因为一直是星期三实施监视,所以你们才那么想的。其实,那些主妇可能其他日子也提着皮包和购物袋去那座大楼,但也许不是那么回事。因此,请你们调查一下主妇们是否只是每星期三去大楼好吗?除星期三以外,你们去那里观察一下大楼大门的情况。"

"……"

"你们觉得那些主妇是什么年龄,来自什么家庭?"

"这个,我们没有把它放在心上,也就没有观察,是三十岁左右到四十岁左右的女性。她们中有穿戴华丽的,也有穿戴简朴的,有稍稍打扮漂亮的,也有不是那样的人,总之什么都有,但她们在家庭主妇的特征方面是一致的。"

"这些主妇是临时工,是的,都不是做玩具零件的,而是收视调查公司雇用的回收员。我想,我的这一直觉是不会错的。怎么样,从下星期三开始调查那些主妇好吗?"

"好的,我已经打算展开调查了。"小山修三镇定地说。

"哎,什么?"

"其实,在羽根村小姐自言自语时我和平岛庄次都吃了一惊,就跟刚才先生说的一样有所察觉了。"

"果然如此!"古泽启助吐了一口气,眼睛直盯着小山修三那满是胡须的脸。

"我粗心了,不能光凭想象。说到收视率,那可是这家调查公司的根基。因为是记录纸带的回收员,也就想当然他们是公司正式职员,绝没有想到那家公司连回收这么重要的记录纸带也让临时工主妇干,这是我的盲点。现在这么一琢磨,也就明白了主妇们拿着大皮包和购物袋走进大楼二十分钟左右后出来的原因。我想,她们先从抽样家庭回收记录纸带,然后送收视调查公司会计那里换取报酬。"

"看来,肯定是那么回事。"古泽启助满意地说。

"察觉到这一点后,我们昨天也就是星期一在大楼前实施监视,果然不出所料,那些主妇一个也没见着。"

"果真如此。"古泽启助搓着手。

"从明天星期三开始,我们根据新的方针展开调查,然后报告结果。但是,我就这身打扮每周来剧团与先生见面,也许让人感到不可思议。因此,我想还是把报告写成信后用快件寄送到先生这里。"

"行!"

稍顷,宣传部干事走进来说,要与古泽启助商量工作。

第二章　困惑

小山修三用快件寄来写有"古泽启助先生收"的书面报告。

从四月二十一日下午一点开始，我们三人在老地方监视。从时间上看，恰逢若草咖啡馆门庭若市拥挤不堪，羽根村小姐便将车开到距离公司大楼一百米左右的地方停下。我们装作在车里休息的模样实施监视，我们旁边停有三辆空车，路人不太注意。今天是晴天，从午饭后散步开始，大厦里各公司职员一个个从餐厅返回大厦，其中有许多职员胸前别有电视收视调查公司的徽章。大楼前面狭小的广场上，一些原本在打羽毛球的女职员身影也消失了，空空荡荡的，剩下没几个人。来来往往的车辆开始多了起来，但在大楼门前停车的只是少数，上客下客的只是那些匆匆忙忙的男职员。

十三点十分从大楼里出来一中年男子，身着衬衫站在路边，叉开双腿，时而举起双手，时而放下双手，时而转动腰部，时而运动。他额头较宽，头发稀少，发型五五开，看上去四十岁左右，圆脸上有一副眼镜，腹部微微凸出。他一边运动，一边朝左朝右张望，虽不清楚他是哪家公司的职员，但外表是典型的工薪族。午餐后的消化体操做了五分钟以后，男子回到大楼里。

十三点二十分，一个年龄约三十五岁、家庭主妇模样的女人，身穿浅褐色两件套装,右手提着印有东京都百货店标记的购物袋,左手提着黑色小皮包从东面走来。她不怎么朝周围打量,快速走进收视调查公司大楼里。还有,她骨瘦如柴的脸上戴着一副眼镜。我们三人坐在车上,记住了她的特征。

十三点二十五分,一个身着蓝底黑色方格图案连衣裙的微胖妇女从出租车上下来。这辆车是从西面拐角转弯后驶到大楼门前停下的。她从一开始就是背朝着我们的,我们没有看清楚她的脸。她也是手提购物袋,脚步匆匆走进大楼的。

十三点三十分,一个身材矮小、年龄四十岁左右,身穿和服的女人,手上抱着紫色包袱从东面走来。她也走进收视调查公司大楼里,没有朝四周打量。

十三点五十分,两个三十岁左右的女人,上着宽松短袖衣、下着红色长裤从东面走来,径直进入大楼。高个女人穿的是白色宽松衣,瓜子脸,脸蛋长得漂亮;个头稍矮的女人穿的是黄色宽松衣,圆脸,给人穿着华丽的感觉。她俩都是短发,手里都提着相同百货店的购物袋。

十四点零五分,一个三十五六岁左右的女人手牵着大约五岁的小女孩,身着蓝色两件套装,从西面走来进入大楼……

由此可见,从十三点开始,那些主妇陆陆续续地来到收视调查公司。虽然这是迄今为止每星期三监视掌握的情况。但是正如我前面说的那样,过去一直以为她们是去五楼东洋科学加工有限公司交付玩具零件,因而没有特别注意。

这一次,我们改用新的视角观察,从另一角度仔细记住了她们的相貌和服装特征。从十三点开始,如果这些主妇拿着装有收视记录纸带的购物袋进入收视调查公司,那么可以认为从十三点到十四点之间是回收的截止时间。反过来计算，主妇们去抽样家庭回收记录纸带大致要到十二点才能结束。那么，从自家住宅到新桥的这座大楼，距离比较近的需要一个小时，距离远的则需要两个小时。这么一来，倘若再反过来计算，她们去抽样家庭回收记录纸带必须是每星期三上午九点左右出门。

如果要去的抽样家庭多，可能上午八点左右就已经出门了。尽管那样，作为收视调查基础的记录纸带的回收，全让家庭主妇进行，确实是出乎意料。而且，就在我们监视的过程中，那个身着连衣裙乘出租车来的妇女从大楼里走出来，手上只拿着一只黑色小皮包，来时拿在手上的百货店购物袋不翼而飞了。由此可见，购物袋连同记录纸带交付给收视调查公司了。

"那女人肯定是回收员，怎么办？"平岛庄次从车窗打量对方后说。

他看着我，示意询问是否跟踪以及谁去跟踪。

"她是乘出租车来的，回家时也许到大路上喊出租车回家。"

这时，那妇女迈着轻快的脚步在路上行走。

"那，我开车跟踪好吗？"羽根村妙子手放在方向盘上说。

"不，我去！"平岛庄次直起腰打开车门，"她如果乘出租车回家，我也乘出租车跟踪。大路上出租车多，要喊多少就有多少。这里接下来的监视任务就拜托你们了，我们先把这位妇女定为 A 号目标吧！"

他说完下车走了，那主妇回收员还没有从平岛庄次的视线里消失。平岛庄次两手插在口袋里开始跟踪。

十四点十五分，第一个进入大楼的主妇回收员从大门出来，一来到路上眼镜片便在阳光照射下反光，原先手上提的购物袋已经无影无踪。

"怎么办？"羽根村妙子摆动着长发问道。

"哎呀！"我突然觉得难以决断。这时，从大楼里出来的主妇回收员牵着五岁小女孩的手。小女孩两手握着母亲的手，似乎不太听话。主妇回收员虽然手上拿着纸袋，但看上去没什么分量。从西面驶来的出租车停在跟前，车身遮住母女俩的身影。从车里下来两个妇女，上身分别穿的是黄色羊毛衫和蓝色羊毛衫，下身都是绿色长裤，手上没有购物袋，肩上挎着大黑皮包。母女俩乘上空车，好像告诉司机去的地方，于是出租车朝着东面驶去。

那后来不一会儿，从大楼里出来的是上着白色外衣，下着红色长裤的妇女。刚才，她是和身穿黄色外衣的妇女一起进入大楼的，可现在独自一人，站在路边朝左右张望，好像是等出租车。她三十出头，额头略宽，鸡蛋般脸形，看似有些神经质。虽然她的视线朝我们的车辆瞥了一眼，但似乎觉得我们这对"情侣"是在车里休息，也没有放在心上。由于没有等来出租车，她似乎没有耐心再等了，迈开双腿迅速朝西面走去。

"羽根村小姐，请你跟踪那个妇女！"我下车时说，"把她定为B号目标。"

羽根村妙子把披在肩上的头发扎成马尾巴辫，踩下油门跟了上去。

十四点二十分，一家庭主妇身着纯黑色连衣裙，年龄四十岁左右，手提着购物袋进入大楼。这当儿，上身穿黄色外衣、下身穿红色长裤的妇女，与她擦肩而过走出大楼，好像是与穿白色外衣妇女分别行动。她似乎也在等出租车，朝左右张望，可是也没等来出租车，于是不再等待，而是朝着与穿白色外衣妇女相反的方向走去。我隐约觉得还会有其他妇女进入大厦，便没理会她，而是继续站在原地等候。

果然不出我所料，十四点二十五分，一年近五十岁的主妇身着暗灰色连衣裙，将花白头发扎得紧而整齐，手提着跟刚才那些主妇一样的购物袋。大约过了几分钟，有一辆出租车猛地停在我面前，车门开了，平岛庄次搔着头发从车里出来，对我说跟踪失败了。

"喊出租车迟了一步。"平岛庄次苦笑着说道。

凑巧这时，在刚才的监视过程中身着和服的女人走出大楼，手上没有了来时的包裹，纯黑色衣服与白色草鞋很不协调。她朝出租车走去。

"我去跟踪她，这里就拜托你了！还有一些人没有从大楼里出来。我想接下来还会有人进入大楼。十分钟前，羽根村小姐驾车跟踪B号目标去了。"

平岛庄次点了点头，说："我们就定这个穿和服的女人为C号目标。"

我们定这位主妇为C号目标，她大约四十岁，从身着和服的情况来看，我猜想可能是从事酒吧业的女人，但是和服面料是化纤，像外出时嗜好穿和服的工薪族妻子，如果从事酒吧工作，也许是面向大众的餐馆女服务员。

她在银座某百货店橱窗前端详手表后走进店堂，好像很熟悉店里的情况。这时，一个个头不大的男子出现了，身着深蓝底色和红线条方格图案西装，领带和手帕都是深红底黄色条纹的。表面看上去，他对服装、饰品和配色非常讲究，年龄三十出头。也不知道他是从哪里冒出来的，若无其事地朝那妇女背后靠近。虽脑袋上是长发型，但头发并不怎么长，梳得整整齐齐的，颧骨稍凸出，宽下巴翘起。嘴周围到下巴的剃须刀痕迹，好像是被蓝色化妆粉掩盖了。

我还以为这英俊男子是正在挑选衬衫妇女的丈夫或者恋人，便注视着他。因为英俊男子说话的声音很轻，态度嬉皮笑脸的，好像跟妇女说着什么。可是出乎意料的是，妇女没有搭理，全神贯注地挑选衬衫。尽管那样，身着时尚服装的英俊男子仍然在她背后翕动嘴唇。妇女一改变位置，他也跟着改变位置。

妇女匆匆选定衬衫后让营业员打包，接着也不跟他打招呼就立刻朝自动扶梯走去。时尚男子留在原地，目送着妇女的背影，脸上浮现出淡淡的笑容，似乎说被她溜了。他瞥了我一眼，我赶紧朝自动扶梯走去。妇女已经下到一楼，而且穿过货架之间的小道朝门口走去。她走到地铁出入口，在自动售票机那里购买了车票，看不清楚她买的是什么价钱的车票。因为，售票机前有游客团队挡住了我的视线。我买了车票，但是没有找到她。这时，恰逢开往涉谷的银座线电车离站。

小山修三又用快件给古泽启助送去书面报告，内容如下。

昨天星期四下午三点，我们三人在老地方，也就是那家超一流宾馆大堂里临时碰头。所谓临时，是说尽管还模糊不清，但根据前一天星期三的监视和跟踪，我们已经大致清楚收视调查公司派去抽样家庭回收记录纸带的回收员基本情况，商量下周三的跟踪调查方法。

上一次，羽根村妙子跟踪了年龄三十出头的女子，也就是 B 号人物，我现在汇报跟踪结果。B 号妇女一来到新桥车站便走进商业街上的西式点心店，该店堂深处有张咖啡桌。她先在那里坐下。羽根村小姐停下车欲走进店堂，但估计她接下来不会喊出租车而是去地铁站，再者考虑自己最好别与她面对面，于是趁她喝咖啡时把车驶入停车场,随即去了西式点心店。那过程用去约十分钟,站在路上眺望店堂里的情况,可以透过玻璃门看见她身着白外衣的模样。她并不是等什么人,还是像刚才那样独自一人。大约五分钟后她出来了,没有在门口买这家店的西式点心,而是径直朝车站走去。以下是羽根村小姐的话,我简明扼要地归纳如下。

B号目标在东京车站下车后去了一号线站台,乘上开往立川的中央线电车。她身高一米六五,看上去长得很结实,上车后坐在第三节车厢的前面座位,车厢里乘客不多。她从挎在肩上的大皮包里取出一本杂志看了起来,但看不清楚那是什么杂志。从封面大小猜测,可能是周刊类杂志。女子左手的无名指上戴着一枚乳白色椭圆形的戒指,好像还是左撇子。她是用左手翻阅杂志的,还用手掌摁在打开的杂志页上。因此,那枚戒指非常显眼。

只是到达新宿车站的时候,她才从杂志上抬起脸望了一眼窗外,她的脸像鸡蛋形状,眼睛细,鼻梁挺拔,嘴巴略大,下巴较短,抹着浓妆。地铁驶过中野车站,她合上杂志塞入皮包,在高圆寺下车后来到北出口,接连两次转弯后朝东边走了五分钟,走进住宅区,进三号楼后乘上电梯,羽根村小姐也跟着乘上电梯,电梯里没有其他人,就她俩,洋溢着香水味道,相互间也没有打招呼。那妇女朝羽根村小姐瞥了一眼,目光似乎在说,你是住三号楼还是走访哪家的?她在九楼走出电梯时,又朝羽根村小姐看了一眼。

羽根村小姐也跟着在九楼走出电梯,由于在电梯里被她瞥了两眼,觉得不能再继续跟踪下去了,便在电梯前停下脚步,等到她的脚步声远去并在转角处消失。其实在她转弯的时候,羽根村小姐已经背朝着她,不知她是否转过脸来打量羽根村小姐。

羽根村小姐接着来到走廊上,转过弯后发现长走廊两侧的所有房门都是紧闭的,没有人影,没有关门声,只有不知从哪里传来的小孩声音。她觉得自己不能在这里逗留和徘徊,于是离开了。就这样,羽根村小姐跟踪B号目标的行动失败了。

……上述是羽根村小姐的汇报内容。我们三人在大堂里相互交换意见。平岛庄次说,我是跟踪A号目标的,失败后返回时是十四点三十五分左右。这时,一个三十四五岁的妇女手拿着购物袋走进收视调查公司大楼里。紧接着,又有一个相同年龄的妇女手提相同购物袋走进大楼。她是三十五分左右进入大楼,是五十分左右走出大楼的。

如上所述,那天的监视也有事先侦查的意思,因而暂时停止了。迄今为止走进大楼的妇女,就我们看到的是十二人,出来的是九人,因此大楼里还滞留三人。

问题是,进楼的那些妇女是否都是回收记录纸带的回收员。关于这一点,大家觉得即便不进行核实(目前也没有核实办法)也不会有错。对此,大家意见是一致的。清一色的百货店购物袋里,放有从抽样家庭回收来的记录纸带,随后没隔多久就分别从大楼里出来,可见她们与收视调查公司会计多半是一手交货一手领取报酬。

从妇女们的年龄和着装来看,无疑都是家庭主妇。依据上述监视,她们不像是刚从事这项工作的,而是相当娴熟和老练。分析她们的脚步,已经无数次来过收视调查公司,而且回家也不绕远路。我们一致认为,她们是老资格的回收员。由此可见,收视调查公司尽管雇用家庭主妇担任回收员,然而是定期去抽样家庭回收记录纸带的,因此给我们的印象是,收视调查的基础数据来源地……也就是抽样家庭是实际存在的。到了下午一点左右,戴着眼镜的圆脸职员像平时一样站在大门口，一边做工间操，一边左右张望。总之，他像收视调查公司的职员。一旦走来回收员，他便警惕地注视周围。由于他的缘故，我们很难实施监视。

古泽启助看了小山修三的书面报告后，沉思起来。

根据他们三人的初步调查，看来收视调查公司还是有"抽样家庭"的，属于名副其实的，不是幽灵。尽管迄今从未听说过有谁家安装收视记录器，然而怀疑该公司是无知的表现。我们不知道有这种情况，正说明该公司的保密工作做得非常好。

看来，所有电视台、广告赞助商和制片人等都相信该公司提供的收视率是正确的。收视调查公司统计抽样家庭的收视数据，以此为依据计算收视率名次，不可能掺有弄虚作假的成分。小山修三他们查清了这些回收员是实际存在的。

然而出乎古泽启助意料的是，回收员们居然是家庭主妇。对此，小山修三似乎也有相同感受。被安装收视记录器的，是普通家庭；回收记录纸带的，也是找普通的主妇担任回收。他总觉得前者还能说得过去，而后者过于随便。无论怎么节约人手，也不能那么随心所欲。

小山修三在报告中说，看到酷似家庭主妇的回收员有十二人。即便把那些没有进入他们视线的妇女算上去，充其量也顶多二十人左右。就这些回收员，能来得及回收关东地区五百户抽样家庭的记录纸带吗？据说，抽样家庭是分布在蚊香般漩涡线里的。照此分析，抽样家庭相互之间理应有距离的。看来，在回收时的机动力量上存在问题。

古泽启助陷入沉思。小山修三他们目睹主妇回收员手上的购物袋里装有记录纸带，虽不知这种纸带体积多大，但每只购物袋里多半装有八个左右。为使上午回收完相互间有一定距离的八户抽样家庭的记录纸带，需要相当速度，也许，要使用车辆回收吧。可是一看小山修三的报告，这些主妇回收员似乎没有私家车，眼下几乎都是乘地铁或电车来收视调查公司的。虽也有乘出租车的，可能是住在附近。

然而收视调查公司的公告说，是以东京都为中心，而抽样家庭的数量却不足两百户，究竟是什么原因？也许除去小山修三他们看到的家庭主妇以外，还有别的送记录纸带去公司的途径。星期五，小山修三的快件到了。自换成书面报告后，电话被取代了。汇报内容太多而电话里也说不清楚，加之小山修三可以不必亲自登门，避免常去剧团引人注目。书面报告内容如下。

这里简要地汇报平岛庄次和羽根村妙子组合跟踪 D 号目标的情况。所谓 D 号，就是第一天与身着白外衣红长裤的妇女一起去收视调查公司大楼的那个。那天她身穿黄色外衣，但是今天，她上着有系带的茶色风衣下着浅褐色喇叭裤。他俩记住了她脸部的特征，皮肤细腻，眼睛上面凹陷而有阴暗部分，似乎是近代人那样的面相，鼻尖上翘，嘴唇宽，是滑稽面相。

D 号从新桥地铁站乘车在赤坂见附下车，再乘其他地铁到新宿车站下车。平岛庄次和羽根村妙子的报告，是从这里开始的。D 号经过国铁西检票口朝小田急町车站走去，看了一眼手表后朝自动售票机里塞入两枚一百日元硬币，再取出一百八十日元车票和二十日元找头，快速下楼去站台。

走进站台，乘上已经满座的开往小田原方向的特快列车，接着朝前边走边找空座位。当发现空座后立即跑过去坐下，手上拿着塑料购物袋。接着,她像核实袋里的物品那样把手伸到袋里检查。当电车驶离站台时便闭上眼睛,把购物袋放在膝盖上好像睡着了。

她在小田急町车站下车,当时是十五点零五分。她快步沿站台前面的楼梯朝下走,转弯来到北面出口走进车站大厦的OK超市,买了三百克牛肉(一百克的单价是三百五十日元)和大约八个日式点心。接着,她好像又购买了其他两三样东西。该购物过程大约是二十分钟。

她抱着纸袋里的食品离开超市,走到对面路边上的停车场里,她先把东西放在白色小轿车的车顶上,开车门后脱去风衣,她里面穿的是灰底色上附有鲜艳图案的羊毛衫。她把东西放到后座上,唯风衣被她扔到座位上。

原以为车子发动后要么朝后面倒直,要么慢慢驶离停车场,没想到她猛踩油门飞也似地驶离停车位置。他俩只得使劲记住车牌号"相模-8963"。当时没有出租车,无法跟踪。

第二天,平岛庄次去了陆运管理处了解车牌号,得知那辆花冠车是叫尾形恒子的女人于今年二月一日刚登记的,家庭住址在町田市中森町2-5-6。他又去市政府户籍室查看了居民登记簿,得知她是八年前从藤泽市迁到这里的。丈夫叫尾形良平,根据出生年月计算,今年是三十九岁,尾形恒子是三十二岁,膝下没有子女。这是我们监视以来第一个打听到姓名的回收员。

接着,平岛庄次去了町田市他们夫妇俩的住所,那里是町田街道(在八王子和横滨之间),距离横滨只有三公里。他是在巴士的中森邮局门前车站下车的。这一带到处是东京政府经营的住宅区域,夫妇俩住所在邮局南面不远的地方。那里有当地的守护神神社,有杂树林和空地,有小杂货店,有蔬菜店,有面包房等等,好像是十年前新开发的住宅区。

平岛庄次驾车去町田尾形良平住宅查看情况，是为回收日跟踪去抽样家庭做准备的。经过那幢住宅门前的时候，发现停有一辆白色小型轿车，无疑这是上次从町田车站广场停车场驶出的花冠轿车。院子里有一个男子，多半是尾形良平，看上去五十岁左右，头发稀少，后脑勺朝着道路，上身穿茶色毛衣，下身穿蓝色工作裤。由于背朝着道路，因此看不清楚他脸长得什么模样。

大门玻璃移门呈敞开状态，D 号，即尾形恒子只出来过一次，年轻的外表与丈夫的年龄差似乎超过十五岁。他们的住宅，从丁字路的拐角数起第三幢，再前面拐角是空地，停有五六辆好像是附近住宅的私家车。平岛庄次驱车经过那里的时候，已经了解了这些情况。

为了下个周三跟踪尾形恒子，平岛庄次又驾车来到这里，经过这幢房屋前面的时候是八点差五分，但没有见着那辆白色小轿车，心想也许她送丈夫上班去车站了，于是待在空地一角监视。过了九点半，白色小轿车还是没有返回，二楼和一楼面临院子的防雨窗还是铁将军把门。平岛庄次估计她出门去抽样家庭的时间，是八点三十分多一点，其实这是他判断上的失误，她出门的时间还要早。

小山修三、平岛庄次、羽根村妙子三人与古泽启助见面，海鸥制片公司的法人代表殿村龙一郎也参加了，那天是星期三。原先商定在城砦座剧团见面，可那里太引人注目，便改在附近一家小餐馆。时逢中午，古泽启助和殿村龙一郎也有慰劳他们三人的打算，形式上的干杯后开始用餐。一到四月底，啤酒味道也突然变得可口起来。讨论调查的结果，成了饭桌上的话题。

结论是一致的，证实抽样家庭不是幽灵而是实体。

咖啡馆的生意通常因时间而异，有的时间段冷清，有的时间段会门庭若市，从中午十二点到下午一点多是一个高峰，三点前后也是一个高峰，傍晚从五点半开始又是一个高峰。小山修三经营的夏莫尼咖啡馆，坐落在神田背后的小巷里。那天傍晚尽管六点过去了，却没有什么客人来。其实门庭若市并非每天如此，毕竟生意有潮涨潮落的时候。妹妹久美子坐在收银台后阅读杂志，店员牧村排列好杯子后在擦拭，还有店员吉井在擦拭吧台。这实际上是消磨时间。

店堂的角落里只坐着一对年轻恋人，一边说话一边喝着咖啡。墙上挂有一幅广告照片，视角是从勃朗峰俯视夏莫尼街道，照片就在他俩的脑袋上方，在枝形小壁灯的灯光下显得栩栩如生。该咖啡馆与登山运动并没有什么关系，然而客人觉得店名与夏莫尼有关，把瑞士旅行社的宣传画带来送给他们。夏莫尼在法国，而小山修三一直认为在瑞士，当客人不多的时候，就这装饰挂件最为显眼。此外，墙上还挂有自己绘制的画。

小山修三的手肘支撑在吧台上，看着刚送来的晚报。他快速翻阅了社会版面后，接着将视线移到文化版面上。该版面时常刊登美术报道的文章，与它相连的是娱乐版面，娱乐版面上刊登话剧和电影报道的文章。上面印有身穿洁白服装的男流行歌手照片，该歌手经常出现在电视上，是一张看腻了的脸，旁边印有下述标题：

超一流歌手超级演出

第一名井田武二非凡的实力型歌手

光报道这些也许会一晃而过,可旁边的副标题吸引了他的眼球。

收视率:拥有众多追星族的实力型歌手

于是,他从头到尾阅读这篇报道文章。

"AVR超级演唱会"已经持续两年,参加人员大多是歌手,歌唱会采取独唱形式,因而都是实力型歌手。看了收视率后,可以说评出拥有众多追星族的实力型歌手是该演唱会的目标。歌手排名如下:

1.井田武二;2.高井六郎;3.足立美祢子;4.江藤奈良代;5.鸟井洋子;6.太田雄;7.肋坂达二;8.井田武二;9.杵岛美代子;10.岛原弓子。

引人注目的是井田武二,迄今已夺得第一名和第八名。在其他各种歌谣节演出也获得诸多奖项,在唱片销量上被视为"拥有众多歌迷的超实力型歌手",可以说在目前的歌手中数他名列榜首。其次是高井六郎、足立美祢子、江藤奈良代、鸟井洋子等,都拥有大量歌迷。以四十五分钟独唱形式选出打动观众的歌手,而以这些歌手为主的节目制作方法也将受到该倾向的影响。

实力型歌手有条件,虽说近年来不停演唱的可爱歌手不是作为重要歌星演唱,但启户板牙子、村越信夫、菊地秋子、隈部七郎、藤崎阳子、杉山利江和后藤笑子等现任歌手,好不容易以超过10%的成绩结束。

当然,超级歌手能否拥有大量歌迷取决于节目性质。但是在最近举行的LYD—RVU系列"太阳演唱会"上,横川登夫演唱得了7.3%的收视率;田所让二的第二次演唱陷入尴尬境地,收视率仅得了2.6%。但有观点认为,虽在节目制作上有缺陷,但他俩都是有特定知名度的。

这当儿有五六个客人推门进来。"欢迎光临!"坐在收银台那里的久美子扔下杂志,小山修三也叠起报纸在吧台里开始忙活起来,在沸腾的壶里放入六人份咖啡粉末后搅拌,减弱火势后维持两三分钟,使之不再沸腾,等到壶里的咖啡粉末沉底后,缓缓倒入过滤袋里过滤到其他壶里,再加温到适合喝的温度后,分别倒入六个咖啡杯里。

上述就是沏泡咖啡的程序,不用说是有要领的。小山修三也习惯了这样的操作。小山修三在咖啡热气抚摸自己脸的时候,大脑里的思维转移到了刚才在报上看到的艺术新闻报道文章。

自从跟踪调查了回收员去抽样家庭回收记录纸带的情况后,对于电视上关于演员知名度的排名顺序有了不同看法;也觉得不可思议,市民们迄今都还蒙在鼓里,盲目相信12%呀、2.6%呀的所谓收视率。与其说是盲目相信,倒不如说是漠不关心,只是对演员顺序很感兴趣而已。

原以为该百分比数据来源于回收员的辛苦奔波,因为抽样家庭的一个个收视记录是她们取来的。可是现在不再这么认为,而是觉得那些数字散发着人为虚假的臭味。此时此刻,他的眼前浮现出那个坐在车厢里的中年妇女,哈欠连连,不知不觉闭上眼睛的疲劳表情……

店堂里,来客的高潮暂时过去了。不知什么时候,久美子取出小山修三折叠的报纸看了起来。稍顷,她把报纸拿到小山修三面前:"哥哥,根据这张报纸,井田武二拥有不计其数的歌迷!"她用手指着歌手前十名收视率表。

"田所让二的收视率为什么这么低呀? 连10%也没有达到。奇怪! 即便'太阳演唱会'也只有2.6%。"久美子是田所让二的歌迷,小山修三则不太喜欢这歌手，看腻了那张作秀的酷男的冷漠表情，觉得厌恶："我丝毫不觉得奇怪，田所让二差不多已经让观众看腻了！"

"说什么呀，他的歌可是最优秀的！"

"我不认为他唱得好，声音甜美的技巧是靠鼻子，这情况所有观众都知道。电视不重视歌声，而是重视通过形象占据荧屏给人以强烈印象。反复让人看相同的脸，会让观众感到厌倦。"

"可收视率只是 2.6% 也太离谱了！我不信。"

小山修三顿时语塞了。妹妹对该收视率很有意见。"田所让二的人缘确实不是一时形成的，问题是 2.6% 的数字是否绝对可信，因为有疑点。"小山修三安慰妹妹。

就收视调查公司公布的情况来看，关东地区的抽样家庭仅五百户，而电视家庭大约有九百万户，然而抽样率只占 0.0055%。如果五户抽样家庭收看同一节目，该节目收视率就能增加一个百分点，如果是十户收看，就能增加两个百分点。

妹妹喜欢播送田所让二独唱会的频道，如果增加四十户抽样家庭收看，就能立刻升到两位数，便可使田所让二挽回面子。仅五十户抽样家庭收看，收视率就可登上两位数交椅。如果电视家庭有九百万户，对于这样的电视家庭总数，抽样家庭仅 500 户，即便不说它是沧海一粟，但也近似于这样的比喻。

然而，压根儿就没有听说过有谁家里现在被安装了收视记录器。如果曾经安装过，按理保密义务已经结束。抽样家庭多半不会被固定两三年的，理应经常变换。可是有谁家曾经被作为抽样家庭的传闻，也从来没有听说过。

城砦座剧团的古泽启助是第一次看到这种内容的信，根据对收视调查公司的监视,不仅发现了回收员,还深入观察了回收员的每周三行动,大致了解到抽样家庭是实际存在的。

剩下的是抽样家庭户数问题,收视调查公司公布的抽样家庭有五百户,如果没有人实际目睹过如此数量的抽样家庭,对于具体是否存在会自然而然感兴趣的。然而,古泽启助却觉得调查到目前程度已经心满意足,给小山修三他们的跟踪调查打上休止符号,认为回收员实际存在,等于抽样家庭实际存在。回收员是存在的,调查目的也就达到了,担心继续调查会产生侵犯个人隐私的法律问题。

小山修三观看过城砦座剧团研究生彩排的话剧《底层》,虽说那次出席获得古泽启助委托调查的机遇,记得当时研究生彩排的话剧里有印象深刻的台词,是说:跟踪人被反跟踪。

小山修三想到这里不由得吃了一惊。B号被跟踪到高圆寺车站附近的住宿楼里,C号被跟踪到地铁口,当时她们都好像转过脸,用可怕的眼神紧盯着我们的人,似乎在说:"你为什么跟踪我到这里?"

是的,不仅如此,从监视收视调查公司开始,他们三人的行动其实已经被进出大楼的主妇回收员察觉了。聚集在若草咖啡馆里也好,一发现回收员便立刻跟踪也好,似乎都已经被对方察觉。看来,最令人担心的是那个从大楼里出来的戴眼镜男子,四十岁左右,站在路边做工间操。也许他也是收视调查公司职员,是管理那些主妇回收员的。通常,做操时不必东张西望。莫非,我们当时的行动被他察觉了。

此外还有大楼窗户,人的眼睛习惯于朝左朝右,不太注意来自上面的视线。当时,我们几个好像并没有注意来自对面玻璃窗的俯视和窥探。刹那间,小山修三似乎觉得凡是与收视率有关的人都无声地怒吼:"你为什么要跟踪我?"

晨报上刊登了民营电视台广告:

今晚八点实况播送田所让二四十五分钟独唱豪华音乐会,请锁定 XX 频道。

下午两点左右,小山修三打电话给海鸥制片公司的平岛庄次。这电话,他一开始犹豫过到底打还是不打,最终还是下决心拨通了对方的电话号码。否则,心里总是平静不下来。

"喂,我的周围没有偷拍模样的可疑人物。"电话那头是平岛庄次乐呵呵的笑声。

"是啊,你羽根村小姐和我是一起行动的,我总觉得自己的脸被相同眼神注视过,还被偷拍过。"

"没有那回事,你是不是有幻觉?"

"如果是幻觉就好了,哎,羽根村小姐怎么样?"

"我没听她说过什么,她本人就在这里,我去喊她接电话好吗?"

平岛庄次没什么引起别人注意的特征,而羽根村妙子长发披在肩上,兴许那就是记号。

"早上好!"羽根村妙子说。剧场和话剧的人们之间如果这天是初次见面,纵然再晚也是说"早上好"之类的礼貌用语。

"我的周围根本就没有那种情况。"羽根村妙子爽朗地说。

"是真的吗?要是那样就好了!可我忐忑不安。"小山修三结结巴巴地说。

"多半是你想得太多了。"

"哦,也许是……"

"一定是这样的。是啊,假设跟踪被对方察觉,我们任何人都肯定会中途停止,而事实上根本就没有发生过这类情况。对方既没有向你提出过抗议,你背地里也没有被人怎么样。只凭看一眼,怎么就能知道你是小山修三和你的咖啡馆地址呢?"

"……"

"这是你的错觉,我建议你最好忘了它。哎,我们三人什么时候一起去喝酒好吗?"

通过前天聚会,知道羽根村妙子很能喝啤酒。

"我的神经可能有点过敏。"小山修三摇摇头,嘴角周围的胡须弄得乱蓬蓬的。

不凑巧,近来一直是梅雨季节那样的阴天气候。报上的天气预报说,最近一星期里天气不会转晴。要是去写生旅行,必须是蔚蓝的晴空,映入眼帘的颜色才会清晰。要是阴天,无论去哪里都会像脑袋被按住那样心情压抑和沉闷。由于是这样的气候而没有外出,稀里糊涂地在家度过了三四天。一天下午,平岛庄次打来电话。平时,他是很少打电话给自己的。

"哎,你看今天 R 报的《读者来信》栏目了吗?"平岛庄次朝前弯着腰,手持电话听筒。

"还没有呢!"小山修三觉得可能有什么精彩报道,正要进一步问,不料对方抢先说话了。

"五六天前,R 报上刊登了深受观众爱戴的歌手们的电视收视率,那你看了吗?"

"哦,我大致看了一下。"

"今天刊登的读者来信上,说了有关该收视率的情况,请看一下,也许有参考的价值。"

通话结束时,平岛庄次的声音里含笑。

翻开五月三十日 R 报的《读者来信》,是两段大小的标题,意思一目了然。

抽样家庭

对收视率的困惑

报道内容如下。

看了前天本报娱乐版面有关收视率反映歌手的实力和拥有的歌迷的报道,不由得发出了吼声。我家是电视收视率的抽样家庭之一,被收视调查公司安装了收视记录器。据说,是从关东地区几百万户电视家庭里选中的。收视调查公司说,为了保证收视率公正,要我对任何人绝对保密。

我遵守该约定,没有向亲朋好友泄露过。那以后大约过去一个月,歌手们的制片公司相继寄来许多小礼物包裹。并且,每星期还寄来印刷品,上面印有该节目的演员某某某出场,敬请锁定该频道。这些字的周围有时候用红框圈起来,有时候用底线标明。遇上电视播放独唱会节目的日子,从清晨开始就有人打电话到我家,自我介绍说是 XX 制片公司等等。当该节目即将播出时,又是该制片公司打来电话提醒我们,尽管说话声音和蔼可亲,但声音里夹带奇特且强硬的推销之类的用语。更有甚者,说今晚演出的某某歌手唱歌时,要我们注意歌手手持的话筒是否从左手换到右手。并说如果回答正确,将赠送奖品。还强调说只是送奖品而已,绝没有其他意思,请放心收下,等等。

我问对方,我家是抽样家庭,电话号码是绝密的,你怎么会知道的?对方回答说,那是因为……接着用令人讨厌的笑声转移话题。对每周三上门来回收记录纸带的回收员诉说上述烦恼时,回收员回答说,抽样家庭姓名和电话号码按理是不能对外泄露的;但同时含糊其辞地告知说,在评唱歌节目的十佳收视率背后,某种形式的舞弊行为也是实际存在的。以这种见不得人的手段左右收视率的高与低,再由电视台和媒体向社会公布如此收视率是极其不公正的。为此,我打算近日解除与收视调查公司之间签订的抽样家庭合同。

(服部梅子,主妇,三十七岁,住神奈川县大矶町)

"这不像是读者来信的措辞。"小山修三看了报道全文,不由得说道。不管问谁都不曾听说过的抽样家庭,忽然间出现在报上,首先给人的感觉是惊讶不已。古泽启助用"幽灵"比喻过抽样家庭,但它现在登场亮相了。还有,海鸥制片公司的殿村龙一郎引用森鸥外小说,意思是说,这世上无论什么都好像是实际存在的,以此打消疑虑或者进行妥协是上策。但现在它不是"好像存在""莫须有",而是以文字形式出现在报上。

不愧是报纸!小山修三由最初吃惊转变成对媒体的佩服。报纸一登出,立刻就会有读者反应,根本不是神秘或者其他什么。为了解神秘的收视率,前不久一直在监视收视调查公司跟踪妇女回收员,但那么费时间费功夫的调查,在这篇读者来信面前以"徒劳"而失去光环。

我们只是跟踪回收员,没有跟踪去抽样家庭调查,而报上的读者来信是抽样家庭的如是说,失去了神秘的面纱。与收视调查公司之间签订《保密协议》的抽样家庭,岂止向朋友泄露,公然以真名实姓给报社写读者来信,暴露了隐藏在收视率背后的实际情况。小山修三一直到现在把它作为秘密,眼下已黯然失色。

然而来信的读者敢于解除与收视调查公司之间的契约，痛斥制片公司要求抽样家庭收看指定频道或收看某演员演出节目、赠送礼物和电话骚扰等卑劣举动。那是因为抽样家庭痛恨"公正"背后的舞弊行为。由于《保密协议》的前提是"公正"，抽样家庭也就承诺该义务。如果公正只是幌子，而背后是暗箱交易，保密义务也就没有必要履行。基于收视率骗取媒体信任、蒙骗歌迷和欺骗广告赞助商，该抽样家庭以该报读者的名义书写了这封信。

　　如果来信内容属实将是什么局面呢？例如，礼物和电话在五十户抽样家庭之间进行，收视率就会猛然上升10%，加上其他抽样家庭按照自己意愿收看的记录，百分比将再上升。制片公司为了体现节目价值，电视台为了确保广告赞助商，致使收视率成了虚设。

　　小山修三一连看了好几遍这篇报道，与写信人一样变得怒气冲冲。制片公司知道抽样家庭的住址、姓名和电话号码，无疑是收视调查公司透露的。为保证收视率的公正性，原本应该绝对保守抽样家庭情况秘密的收视调查公司，偏偏向制片公司泄露抽样家庭的信息，这到底是怎么回事？

　　刊登的读者来信中提到，回收员暗示十佳收视率背后有舞弊行为。不用说，这是制片公司在暗地里拉拢收视调查公司。《周刊》杂志在最近的报道上说，诞生一名新歌手需要两亿日元活动经费。可见，提高收视率的幕后工作是需要金钱和礼品的，不难想象是为了操纵收视率。

　　当然，小山修三不认为是收视调查公司组织在背后收受贿赂，而多半是公司内部掌握抽样家庭分布情况的人。该分布大权理应在几个人手里：首先是决定抽样家庭的大权归总经理，总经理居高临下，按理知道一切；其次是直接谈判的人物，是被动地接受命令，不知道抽样家庭的具体情况;再者是记录纸带验收员,他验收回收员从抽样家庭中回收来的记录纸带,多半是按照抽样家庭一览表实施检查,可能知道抽样家庭的具体情况。

上述三种人最易受到制片公司和电视台的诱惑,拒绝也是很困难的。读者来信里说,赠送礼物的制片公司不止三四家,暗中透露的内情好像范围更广。

小山修三的脑子里还在思考读者来信。来信说,制片公司打电话时要求抽样家庭仔细看清楚歌手的肢体语言,回答正确时赠送奖品,强调只是赠送奖品而别无他意,放心收下。

该手段也确实天衣无缝。如果是礼品,可说是贿赂,但换成奖品,也许可以避开行贿之嫌。这种"悬赏课题"歌手,将话筒从左手换到右手时唱什么歌之类的问题,简单而又明了。例如,类似著名棒球运动员 R 球衣是什么号码之类的单纯悬赏。由于要知道歌手将话筒从左手转换到右手的实际情况,势必打开电视收看,赢得该时间的抽样家庭收视率,可谓争夺观众的手法巧妙。

读者来信称,回收员说过有人在收视率背后舞弊。小山修三觉得,也许她们亲眼目睹其他妇女回收员泄露有关抽样家庭的情况。看来,或许还有其他回收员。该情况,只是监视时没有察觉而已。去服部梅子抽样家庭的回收员,也许是该公司的专门回收员。

想到这里,小山修三又连锁般地思考起来。回收员当然知道抽样家庭的住址、姓名和电话号码,因为每周三必须上门回收记录纸带。如果回收十户抽样家庭的记录纸带,就当然知道那些家庭的情况,倘若两个回收员相互勾结,就是二十户;三个回收员勾结,就是三十户;四个回收员勾结,就是四十户。

对! 也许是去服部梅子抽样家庭的回收员透露的,因为妇女难以经受住制片公司的诱惑。小山修三长时间里有这种假设,与此同时,不可思议的是,迄今怀疑自己患有的神经过敏症状不翼而飞了,刚才的胆怯似乎被勇气替代,内疚的应该是对方。

小山修三打算与写信人见面,写信人还一定知道更多的情况。然而报上只是写"神奈川县大矶町服部梅子",没有写地址。

即便打电话问报社,对方也肯定不会说出服部梅子的住址。要想了解这一情况,必须找 R 报社里的熟人。可是,小山修三没有这样的门路。他想委托别人打听,但想不起来那样的朋友。第二天,平岛庄次打来电话,让他看 R 报上有关"读者来信"的反响。

"怎么样? 看了吗?"平岛庄次笑着问。

"看了,抽样家庭亲自写信给报社让我感到意外。"小山修三照实说了心里话。

"我跟你是同样想法,我也告诉了殿村先生和羽根村小姐,他俩都吃惊不小。"

"殿村先生怎么说?"

"他吼叫似地说,还真有抽样家庭!"

一直持"莫须有"观点的殿村龙一郎,似乎知道抽样家庭是实际存在的。

"羽根村小姐怎么说?"

羽根村妙子曾一起跟踪调查"拎购物袋的妇女们",小山修三觉得,她对于读者来信的理解也许跟自己相同。

"她真的吃惊了!"

平岛庄次说的情况跟自己假设的完全一样。小山修三的眼前,浮现出羽根村妙子瞪大双眼吃惊的情景。

"可是,平岛君,我想知道写信人的详细住址,你在 R 报社文化部里有熟悉的记者吗？"

"哦,你打算与那个写信人见面？"

"如果可能的话……好不容易观察到这程度,我想再跟踪调查一下。"

"是古泽先生委托你的吗？"

"不,跟古泽先生无关,只是我个人有这样的想法。"

"原来是这么回事!"平岛庄次沉默了一会儿,说:"好吧,我试试看。"

三天过去了,没有什么回音。第四天下午,平岛庄次打来电话。

"对不起,晚了好几天。"平岛庄次首先是道歉。

"我在R报社文化部里实在是没有熟悉的记者,也没有认识记者的人,不过我想到了广告部。我公司殿村先生拜托了广告赞助商大丰食品股份有限公司,请他们通过R报社广告部与卧B社文化部接触,大丰公司每月在R报上做好几十个通栏广告,如果R报社广告部出面交涉,文化部不会说不愿意的。"

"这倒是麻烦事!"

"不那样做,文化部无论如何也不会透露写信人的住址和其他情况的!""是吗,那太谢谢你了!"

"请记下来,我说了哟,大矶町杉谷第五街12-3。"

"电话号码呢？"小山修三问。

"听说读者来信上没有写电话号码。我问过大矶电话局管号码的职员,他回答说电话簿上没有服部梅子的名字,也许读者来信上写的是主妇姓名,而电话簿登记的可能是其丈夫姓名,可是姓服部的人不计其数。"

"明白了,实在是让你费心了!"

"怎么办？你去大矶见服部梅子吗？"

"当然，已经调查到这种程度了，怎么样？平岛君如果行，也一起去？"

"是啊，我也想去一下，可现在手头上有急于完成的节目呢！唉，我们受电视台指使，一直在加班！"

在民营电视台下面承包制片任务，酷似大企业下面承包的街道工厂，任务几乎全是加急。"我工作忙离不开，怎么样，让羽根村小姐跟你一起去？"平岛庄次问。

"是和羽根村小姐吗？"

"是啊，其实已经跟她说了，她好像愿意去！"平岛庄次说完笑了笑，提醒说，"是去拜见主妇，也许身边有女性比较好吧！"

小山修三在大矶町下车的时候，已经是上午十一点多。走出检票口，羽根村妙子已经在那里等候了。她还是跟以前一样，肩上飘逸着洗过的长发，只是今天身上穿了件淡粉红色与黄色相间的短袖外衣，下面穿了一条蓝色贴身长裤。在跟小山修三打照面时，美丽清纯的眼睛里流露出腼腆的微笑。

"没给你添麻烦吧？我是主动要求的。"她用这句话代替问候。

"不，一点不麻烦。平岛庄次提醒后，我才意识到与你一起去的重要性。拜访写信人，不请女性去难以营造好的气氛。"

"我很感兴趣，抽样家庭给报社写信太让我感到意外，压根儿没有想到有那样的事。不管向谁打听，都说家里没有安装过收视记录器，而这时抽样家庭却突然以真实姓名写信给报社，原来的那种神秘感也荡然无存了，所谓神秘，也许就是意外之类的东西。"

他俩来到车站广场，商业街背后是一片松林，在耀眼阳光照射下，已经是初夏的季节了。

"杉谷在铁路西侧,好像是山那里。"

羽根村妙子从别人那里打听到具体方位后,朝着商业街相反方向走去。

长蛇般的电车通过后,他们跨过道口,等候的人比较少,也没有一辆机动车。正面是树林茂盛的丘陵,路沿着下面的铁路朝南朝北延伸。狭窄的路上,有推着婴儿车经过的年轻母亲,有骑着自行车去购物的女孩,还有媳妇搀扶着老人在路上走走停停。这一带住宅并不多。"这儿好像是新开辟的住宅区。"羽根村妙子说,"海岸边的东海道那里有许多住宅,这一带很开阔。"

路弯弯曲曲成了坡道,被松树包围的洼地上有几户农家,绿色小麦在旱地里向前延伸。沿坡道朝前走,两侧是一长溜的石墙住宅,几乎所有家庭都拥有小院和车库,背后的丘陵依然是松树和杂树林。院子那里有一位正在晒被褥的中年主妇,停下手来从石阶上俯视他俩。小山修三特地站在有相当距离的地方,眼前是"小川公寓所"门牌,羽根村妙子一人朝主妇身边走去。过了五分钟左右,她从那家的石阶下来,脸上是复杂表情。

"怎么样,弄清楚了吗?"

羽根村妙子摇了摇连长发一起晃动的脑袋,表示要再走一会儿,随后慢腾腾地沿坡道下来。小山修三像被拽着那样跟在她身后。羽根村妙子沿坡道走了十来步停住了,转过脸朝着身后的小山修三说:"那夫人说,这里就是杉谷,不过是第四街的1–2。"

"那,第五街在哪里呢?"小山修三的视线正要转向来的方向。

"她说没有第五街。"羽根村妙子说。

"什么,没有?"

"嗯。她说杉谷到第四街就为止了。"

小山修三不由得环视周围住宅,不可能!他用目光搜寻"第五街"。

"我也觉得意外,可她这么说了我就不能再继续问了,刚要沿坡道下来时又被她喊住。她说,在你们之前已经有两批人来过,问杉谷第五街12-3在哪里?"

"什么!问第五街12-3在哪里?"小山修三瞠目结舌。

"是的。我吃惊地问夫人,来人是不是找服部家?她回答说,果然跟你们是一回事!第一批人只是问名字,第二批人听说没有第五街后,脸上也是迷惑不解的表情,一声不吭地走了。"

"等一下,那批人是一个还是两个?"

"第一批是三个三十岁左右的男子结伴乘包租车来的;两天后又是那样年龄的四个男子乘包租车来的。不用说,有两个坐在车里。"

"R报刊登大矶町服部梅子的读者来信,是六天前。那,第一批三个男子是哪天来小川家问情况的?"

"我也问夫人了,她说是四天前。"

"四天前……"

"听说第二批四个男子是前两天。"

"这么说,第一批三个男子是在R报刊登读者来信的第二天;第二批四个男子比他们还要晚两天是吧!"

"是的。夫人还说,两辆包租车都是东京车牌,但没有记住车牌号。她说住在偏僻地方,警惕性不得不高些,一旦有陌生车辆驶来就会注意。如果是到前面横穴式古墓观光的,自己才能放下心来。"

"横穴式古墓?"

"听说那山里有横穴式古墓。"

小山修三听说这以前有两批人来这里找服部梅子家,瞬间似乎觉得背后有影子晃动。

"我想起来了！"已经走完大半坡道后，羽根村妙子说。

"哎，想起什么啦？"小山修三由于听说她想起什么来，冷不防大吃一惊。

"这坡道尽头有警务站，瞧！我们沿这条铁路旁边的道走，分岔成这条坡道和旧住宅街的角上不是有警务站吗？"

"没有注意到。"

"是小警务站，也许你没注意，走，去那里问一下。"

"是问杉谷第五街12-3服部梅子的家吗？"

"那也许没有指望！小川夫人已经说得很清楚了。"

"这么说，清楚什么了？"

"是清楚乘东京包租车来的男人们。"

"那情况警务站能知道吗？警官怎么能拦在警务站前面经过的车呢？"

"不，不是那回事！我有一种感觉，那两辆车的人去小川家打听后可能都去警务站核实了。我突然想起那个不显眼的小警务站，根据这些情况进行了推测。"

"……"

"如果去警务站，也许能打听到那两批人的情况。如果第六感显灵，也许能察觉那些男人的职业吧。可能是浪费时间，姑且去一下警务站！"

小警务站里的办公桌边，一个不到四十岁的胖巡查部长正在写什么，察觉门口地面上有两个人的倒影，便抬起红光满面的脸来。

"我们正在找杉谷的地址。"羽根村妙子低下脑袋说。

"噢，几号？"巡查部长的细长眼睛比较着她和小山修三。

"是第五街12-3。"

"是第五街12-3?"他像鹦鹉学舌地念了一遍后,张开小嘴目瞪口呆,"是谁的住宅?"

"是服部梅子的。好像是妻子的姓名,不知道她丈夫叫什么名字。"

巡查部长没有马上说什么,只是点点头。

"那里并没有叫作服部的住宅哟!"巡查部长没有转过脸查看墙上的町内地图,也没有看户籍资料簿说。

"噢……"羽根村妙子紧盯着穿着制服的胖警官脸。

"呀,其实呢!"巡查部长也许觉得什么也不看就回答会被视为没有诚意,于是再次眯起眼睛解释,"就这地址和这户人家,已经有几批人来问过。我也调查过,没有这户人家!"

"啊,啊,原来是这样。"羽根村妙子一脸困惑的表情,"我们是看了报上刊登的地址和姓名后从东京赶来的。"羽根村妙子似乎还没有死心,继续在原地站着。

"上次来问这情况的三个男子也是这么说的!"如果是三个男子结伴,应该是 R 报刊登来信后的第二天出现在小川家门口的那批人。

"对不起!"小山修三从旁边问巡查部长,"该不是报社和《周刊》杂志的记者吧?"

巡查部长看着小山修三,脸上掠过可疑的神情:"不,不是的,据说是电视台的。"巡查部长直截了当地回答。

小山修三不由得身体朝前探出。那是可能的,对于巡查部长的回答,羽根村妙子不由得晃动了一下肩膀上的头发。

为了制止小山修三继续再问,她插嘴道:"啊,啊,果然是电视台的,跟我想的一样。"

"那不会是 KDD 电视台的吧？"

"不，他们说是 VVC 电视台的。"

年近四十的巡查部长被年轻女子略有点撒娇的声音吸引住了。

"对啦，原来是这么回事。"羽根村妙子歪了一下脑袋，"奇怪呀，应该是 KDD 电视台的人来呀……"她不可思议地嘀咕。

"这么说，后面来的那些人也许是那家电视台的！"巡查部长圆脸上浮现出愉快表情。

"后面来的人也是电视台的吗？"羽根村妙子赶紧接着问。

"VVC 电视台来的两天后，据说又有人来警务站打听第五街12-3 服部梅子家，自称是东京电视台的。是呀，我当时不在，另一年轻巡查警官是那么说的。他刚才去巡查了，马上就会回来的。"

"如果您觉得不麻烦，我们可以在这里等他回来吗？"

"没问题，哎，请坐吧。"巡查部长指着靠墙边的两张并排椅子。

"是，谢谢！"

"你们也是电视台的？"巡查部长微笑着问羽根村妙子。

"是，是的。"羽根村妙子竟然也编造身份，这还真少见。此时，小山修三为如何回答感到困惑，万一被警官问起是哪家电视台……

"电视台也很忙啊！为了挖掘新人歌手，所有电视台都在睁大眼睛寻找。"

羽根村妙子咽唾沫到喉咙里的声音，传到了小山修三的耳朵。好像是说，前面来过的两家电视台是借口找演员来这里找服部梅子家的，似乎根本没说出来这里寻找在 R 报上公布内幕的抽样家庭。也许,电视台也避免刺激收视调查公司。

"哎呀,哎呀,各行各业竞争都十分激烈。"就在羽根村妙子随口说着这些话时,一辆白色自行车停在警务站门口,只见年轻巡查警官敏捷地下车后便立即走进来朝桌前的上司行礼,帽檐下露出长发。"内藤警官,我刚从管辖区域巡查回来,没有发现异常情况。"

面对年轻警官毕恭毕敬地站着报告,胖上司警官温和地对他说,你辛苦了!接着介绍小山修三他俩来找人的情况。年轻警官脱下大盖帽,不再是刚才笔直站立的样子。长发盖住了衣领,肤色比较白,长脸形,眼睛有神,是英俊的小伙子。

"我当时见到的人是RBC电视台的。"巡查警官嘴里露出雪白的牙齿。

"啊,啊,原来是这么回事,不是KDD的?现在电视台也多得弄不清楚。"胖上司警官苦笑。

"他们在得知第五街12-3不是实际地址后说了一些什么?"小山修三问。

"说奇怪和不可能之类的话。我被他们纠缠了好一会儿,可我说没有就是没有,会不会是你们弄错了?于是他们接下来问,杉谷有服部家吗?虽地址不用说是错的,但姓服部的住家在杉谷有六户。我查看了这六户叫服部的户籍资料,可没有一户叫服部梅子的。"

"那,RBC电视台的人接下来说了些什么?"

"我为他们调查到那种程度,他们最终也只好死心了。我当时问,你们寻找的地址和姓名是不是假的?对方苦笑着说,也许是这么回事。他们走进警务站的是两人,车里坐着两人。"

这与小川夫人说的情况大致相同。

从警务站出来沿着铁路旁边的路一边走，羽根村妙子一边对身旁的小山修三说："奇怪！写信给 R 报社的抽样家庭，其姓名和地址居然都是假的。"

"虽说到现在才这么想，可我觉得写信人太能说会道了。"小山修三眺望前面阳光下的大矶车站，"……那是因为被保密的抽样家庭是不可能向报社写读者来信的。而我们居然立刻兴奋起来，真不知是怎么回事！"

"可是，看了读者来信而激动的人，不单小山君和我，在我们之前不是还有两家电视台吗！他们是特地驱车赶到大矶町来的。"

"是呀！连电视台也不清楚抽样家庭情况，看来收视调查公司确保了收视率的公正性。"

"不过，读者来信的内容是相反的！有时是制片公司向抽样家庭送礼，有时是电视台给抽样家庭打电话。"

"如果真是那样，可能只是部分电视台和制片公司，不会是全部吧？"

"啊，我明白了。"

"什么意思？"

"说明 VVC 电视台和 RBC 电视台不熟悉抽样家庭，他们是在看了那篇报道后来这里找写信人调查的，想了解是哪家电视台在干那种卑鄙勾当。他们三个四个派人乘包租车来这里。人也太多了。我想其目的是找到服部梅子后彻底调查一些电视台和制片公司的卑鄙行为。因为电视行业的竞争也很激烈。"

"也许是这样。刚才警官说他们带照相机了。"小山修三还记着照相机。

"那是当然的！因为是来调查，是想把服部梅子和她的家拍下来作为调查资料的对吧？"

年轻警官记住了来警务站打听的那辆车牌号。

他俩来到大矶车站广场，由于在阳光下走了许多路而感到喉咙干渴，凑巧附近有家咖啡馆，里面没什么客人。由于在外面转了一大圈，刚进入暗淡光线的店堂时，眼睛里有凉丝丝的感觉。服务小姐送来饮料去看电视了，荧屏上播放的是歌谣节目。

"我觉得那封读者来信与恶作剧不是一回事，他了解收视调查内幕。"羽根村妙子说。

"我也是那样想的，因为有两家电视台立刻赶去了。"小山修三表示赞同。

"可是，你不觉得他们到那里的速度是否太提前了一点？"

"为什么？"

"不是吗，小山君为了从R报社文化部记者那里打听到写信人的家庭地址而委托了其他人，而且还等了好几天吧？而VVC电视台呢，是在R报刊登读者来信的第二天去那里，还去了警务站。至于RBC电视台，是那两天以后。"

"嗯，原来是那样……这么说，VVC电视台和RBC电视台与报社之间有背后交易。"

通常，读者来信的住址和姓名原则上是不对其他媒体公开的。

"像我们这样的小制片公司没有那样的门路，可大制片公司啦、电视台啦，与报社的文化部记者有工作联系。因为有这样的关系，来这里调查写信人的时间便可以提前了！"

"嗯，可以想象，终究是我们这种没有门路的人落在别人后头，比不过他们调查行家。"

"那些调查行家着急了，赶来这里寻找。读者来信内容也给了制片公司沉重打击。"

"如果是那样,读者来信的动机是什么呢?"

"是啊,重要的是他的动机……我想是内部揭发的。"

"内部揭发?这么说,不是抽样家庭写的?"

"一看读者来信内容就会明白,通常不会是那种说法,一般在解除契约后写读者来信才是自然的。我觉得,写这封读者来信的似乎不是抽样家庭,因为字里行间里有破绽。"

店堂里的电视荧屏上,崭露头角的女歌手一边大幅度地晃动全身一边唱歌。羽根村妙子的分析合乎逻辑,小山修三没有反对的理由。

"那么,内部揭发也有各种各样的,你想象的是什么样的揭发方式?"

"是与收视调查公司有关系的制片公司或者电视台内部的人揭发的!因为,无论哪家公司都有主流派和反主流派。"羽根村妙子说。

"原来如此。"

"已经是好久以前的事了!就我公司的计划安排来说,曾经策划过……以渎职犯罪和贪污犯罪为题材的连续剧。当时写剧本的人幽默地说,所谓渎职犯罪和贪污犯罪,都是事先计划得非常周密的,操作方式是绝对不让局外人知道的。要说怎么会泄露到检察院反贪局和警视厅的,有许多是来自内部反主流派的秘密揭发和检举。"

"是内部人?"

"因为是内部人,所以有关渎职和贪污的数据才知道得如此具体和详细。据说反贪局从一开始就掌握了问题的核心。据说也有不写举报信的,而是用打电话的方式揭发。无疑,举报人是不会说出自己姓名和住址的,只是说一些反贪局查案关注的问题,随后单方面先挂断电话。"

"只是说要点吗?"

"是的。如果说,反贪局与警视厅一样也是侦查渎职和贪污案件的高手,听完电话就能知道是怎么回事。据说,侦破复杂的渎职贪污案件,也是根据举报人提供的线索。不然的话,反贪局就是有三头六臂也难以掌握内幕。"

"说的也是。"

"除此之外,还有生意上的竞争对手的秘密检举形式。大企业之间在相互争夺公共项目和要求政府批准时,败北方往往泄私愤而秘密揭发。"

"你说的电视剧拍摄成功了吗?"

"没有,在策划阶段就流产了!电视台不可能对那样的题材感兴趣!"

"我认为两方面都有可能。制片公司和电视台内部的反主流派是采用写'读者来信'的手段窥测动向,根据反应实施接下来的正式步骤。抽样调查过程的舞弊行为够不上渎职贪污,无法向检察院和警视厅检举。只有通过媒体暴露其内幕,才可能在社会上形成谴责舆论,打击主流派或者打败属于竞争对手的电视台。"

"那么说,VVC电视台和RBC电视台匆忙赶到这里寻找写信人,也许他们都用礼物驯服抽样家庭的吧?"

"因为VVC电视台和RBC电视台从收视调查公司打听到抽样家庭住址后,平时一直是他们送礼物,所以急忙赶到写信人家里。我觉得,这样分析是合乎逻辑的。"

羽根村妙子赞同小山修三的推断，一边喝饮料一边用手分开垂在脸上的长发。

"还有，写信人在信上向读者暗示了一条线索。"

"什么线索？"

"写信人向回收员诉说，制片公司每周都向抽样家庭赠送礼物。回收员则回答说，抽样家庭的姓名、住址和电话等个人信息理应不会向外泄露，但又透露说，歌谣节目收视率里有某种形式的舞弊行为。"

"是的，是的。"

小山修三也考虑过抽样家庭和回收员之间的上述对话。不用说，回收员是清楚自己对口回收的抽样家庭户数、地址、姓名和电话号码的。倘若一人回收十户，回收员应该知道十户抽样家庭的情况；倘若两个回收员联手，她们泄露的应该是二十户；倘若三个回收员联手，她们泄露的应该是三十户；倘若四个回收员……作为被收视率左右的电视台和制片公司，按理注意到了上述情况。我们可以轻而易举地想象，他们企图收买的对象，无疑包括回收员。即便属于收视调查公司的绝密资料，只要有回收员内线，电视台和制片公司就可轻松掌握。

因为上述情况来到写信人服部梅子的大矶町住宅，承认十佳收视率背后有舞弊行为的回收员，多半是主妇回收员中间的一个。但是，假设大矶町杉谷第五街12-3和服部梅子是虚构的，那么，连去那里的回收员也是子虚乌有的。

"纵然服部梅子是虚构的姓名，但写信人是确实存在的。"

羽根村妙子说的情况，与小山修三思考的情况是两码事。

"你说什么？"

"我还是觉得写信人住在神奈川县。"

"但是在用虚假姓名检举,尽量将写信地址虚构在离自己家远的地方。例如家住千叶县的,将地址虚构在神奈川县;家住神奈川县的,将地址虚构在栃木县等等,通常是把住址虚构在与自己家方向完全相反的地方。其目的,是为了转移别人的视线。"

"一般情况是这样的,不过……"

羽根村妙子打断小山修三的话说:"我觉得写信人还是住在神奈川县,如果问理由我说不上来,只是凭自己的直觉。"

"如果说神奈川县,D 号是住在町田市的!町田市归属东京都,与神奈川县的距离近。根据该情况,写信人可能是回收员,回收的抽样家庭范围,好像是住相模原市与大和市等神奈川县境内。这是平岛君调查得来的。"小山修三回忆说。

"接下来改变回东京的路线,经过一下町田好吗?"羽根村妙子突然这么说。

"行,是顺便去 D 号家吗?"

"我并不打算与她本人对话,只是想在她家门口路过打量一下。住址是从平岛君那里打听来的,是町田市中森町第二街 5-6,名字叫尾形恒子。我监控收视调查公司大楼时,在那些手持购物袋进出大楼的妇女中间,D 号是最年轻时髦的一个。"

D 号上穿黄色外衣和下着红色长裤的身影,此时此刻出现在小山修三的眼前。每周三的整个上午,她驾驶自备车去抽样家庭,途中把车停在小田急线町田车站广场的收费停车场,然后乘电车去新桥车站。"如果有自备车,回收范围可能相当大。"

"是那样的!也许,尾形恒子回收的神奈川县抽样家庭中间有那个写信人!"

94

"不至于吧……"小山修三嘴上这么说，可也不是没有这么想过。反正回东京，虽多少要绕一点远路，但心里很想去打量一下那女人的家。虽说就那么看一下她的家也不会有什么新的发现，但或许也是好奇心驱使。总之从跟踪以来……就一直觉得被这种氛围笼罩着。

第三章　人间蒸发

　　町田市是东京的城郊住宅区,城市面貌迅猛发展。随着电车驶近车站,窗外是一派住宅楼鳞次栉比的市街风景。车站周围欣欣向荣,呈现新兴城市街头商店的热闹景象。车站广场附近有收费停车场,大约停有二十辆轿车和小型卡车,还有许多停车位置。也许是白天的缘故,许多车辆都在路上行驶。在入口处收费站那里,身着工作服的老人正因无所事事在看书。羽根村妙子曾经见过尾形恒子的自备车,与小山修三都记得她的车牌号,于是环视停车场上的所有车辆,但是没有发现那辆车。

　　"这里没有小轿车!"羽根村妙子眺望着停车场说。这话引起了小山修三的回忆。记得平岛庄次的书面报告说,尾形恒子回收记录纸带时驾驶的是白色小轿车。除车牌号外, 车身颜色也是一条线索。但是这里并没有小轿车,可能是尾形恒子驾车出去或者停在自己家里。

　　尾形恒子家住中森町第二街5-6。根据车站广场上的大型指示地图计算,距离这里有相当路程。开往那里的巴士,十分钟后发车。他俩在中森邮局门前的巴士车站下车。坐落在平地上的巴士道路,是连接横滨和八王子的町田大街。中森町的位置,是在町田市与横滨之间靠近横滨的地方。这一带可以说是面貌一新，与其说是新街，倒不如说是新开发的住宅城，到处是东京都经营的大型住宅楼。

不用说，第二街5-6是真实的地址。从邮局门前往南走，一路上是杂树林，笔直的道路两侧是紧挨着的小店和住宅。小店和住宅之间有好些小十字路，第二街5号就在第三条十字路东面进去的地方。那里有分成小块出售的土地，建有新住宅区和过去流传至今相互连接在一起的农家。新住宅面积狭窄，但拥有院子和小片树丛。五六家农家聚集在一起，周围是防风树林。

十字路口竖有向导地图，指示各自住宅的位置。向导地图里，有"尾形家"字样。他俩以此为目标朝前行走，这一带几乎没有人经过。羽根村妙子捣了一下小山修三的胳膊肘，她发现道路右侧有"尾形家"门牌。总占地面积大约有二百六十平方米，里面的日本式二层楼房的建筑占地面积八十多平方米。

表面看上去，这幢住宅从建成到现在大约有七八年历史，旁边有卷帘门紧闭的小车库。不光车库，连大门和其他所有的门都关得紧紧的。小山修三和羽根村妙子并肩经过尾形家门前后，走了一百多米，这里住宅很少，是一大片杂树林、稻田和旱地。走到路延伸到旱地里的地方停住脚步，羽根村妙子说："那好像是她家！"

"不从尾形家门前经过好吗？"

"你看见了吗？"

"哎，看见什么啦？"小山修三问道。

羽根村妙子抬起眼睛望着他的脸："尾形家对面路上聚集着四五个邻居家的妇女，好像站在那里说什么来着。刚才经过时，我朝那里瞅了一眼。"

"我没看你那边。像现在这种时候正是主妇们准备傍晚出门购物的时候，也是她们在一起拉家常的时候。"

"不，她们好像在悄悄说着什么，与平时在井边洗衣服聊天的气氛不一样。其中，有两个妇女脸朝着尾形家张望。"

"你是边走边看，也只是稍稍扫视了一下就观察得那么仔细。"

"那情景是瞬间映入眼帘的，也算是我的直觉吧。我想她们相互是在谈论尾形家，并且不是什么吉利的话！是啊，妇女们聚集在路上扎堆聊天不会是什么好事，大多是幸灾乐祸之类的，从她们的表情可以看得出来。"

"……"

"我认为，那些主妇之间的悄悄话肯定是说尾形家，好像说铁将军把门是意味着尾形家遇上倒霉的事了。"

"你是说遇上倒霉的事了？"

"嗯，我总觉得是那样的，门窗紧闭的尾形家多半有不幸的事。"

"那你去妇女那里打听一下好吗？我是男的，不方便打听那样的事，凭我的直觉她们暂时还不会离开。"

"可我不知道怎么问。"

"你装作保险公司或者化妆品公司的收款员或者其他什么不就行了吗。你就说，我去过尾形女士的家，可好像家里没有人，大概是外出旅游了吧？如果她们窃窃私语的内容是尾形家的事，肯定会对你有反应的。"

羽根村妙子被小山修三这么一说，似乎下了决心似的，独自一人迈开脚步，朝着来的地方转过身，再次来到尾形家的门前。羽根村妙子抬头望着铁将军把门的房子，用手按门框上的门铃，然后摆出等待屋里回答那样的姿势。

这当儿，一直站在对面路上的四个邻居妇女不约而同地转过脸朝着她。羽根村妙子心想，果然像小山修三说的那样，她们把大门紧闭的尾形家作为谈论的话题，见有客人来访，注意力自然转移到了羽根村妙子的身上。羽根村妙子背对着她们又按了一下门铃，屋里仍然没有反应，于是装作束手无策的模样望着尾形家。

"喂喂。"身后传来招呼声，"尾形家没有人。"

羽根村妙子转过脸来，看见四个妇女中间有个戴黑边眼镜、胖乎乎的中年妇女摇摇头。于是她便朝她们那里走去。"我是生命保险公司的。"她把长发朝上拢了拢，尽量装出业务员脸上的微笑，"……尾形家没有人吗？"

除戴眼镜的胖女人外，还有脸色不佳的女人、矮个女人和肩膀较宽的女人，年龄大约都在三四十岁。那个从身后喊她的女人是年龄最大的。

"你是找尾形家丈夫还是夫人？"还是那个戴黑边眼镜的女人问道。

"是尾形夫人。"

"如果是找夫人，可能有相当一段时间不会回来。"戴眼镜女人冷冷地说。

"您说的相当一段时间是两三天还是大约一个星期？"羽根村妙子进一步用温和的语气问对方，"哎呀，那，什么时候回来呢？"

戴眼镜女人和其他三个妇女无声地相互对视。

"是夫妇一起外出旅行吗？"

"不，就夫人一个人，好像不是旅行。"

"哦，原来是这样。其实，是夫人打电话约我今天来的，也就登门拜访了，没想到……"

"那是什么时候的电话？"矮个瘦女人问道，说话频率相当快。

"是呀！"羽根村妙子觉得不能漏出破绽，小心翼翼地说是十天前。

"嗯，十天前？如果是十天前，夫人还在家吧。她是一星期前不见的。"

戴眼镜妇女对其他三个妇女说。听说一星期前尾形恒子就不见了，羽根村妙子大吃一惊。说"不见了"那不是一般说法。如果不是去旅行，该会是什么呢？

"大概有什么事吧？"戴眼镜妇女似乎代表大家说，可其他三个妇女也面面相觑，脸上露出复杂表情，似乎不太愿意向别人泄露他人隐私，但也不太想隐瞒真情，是一种非常矛盾的心理。

戴眼镜妇女好像不是那样的心理，嘴巴微微张开，好像是在等羽根村妙子进一步询问。

"那个，如果说尾形夫人有事，是不是担心什么……"羽根村妙子皱着眉头，极力表现出为客户担忧的神情。

"哎呀……"戴眼镜妇女迟疑了一下想说的话，像商量征求意见那样看着其他三人脸上的表情，她们好像是用微笑在相互交谈。

"那个……她是我的老客户，我绝对不会把你们告诉我的情况透露给其他人。"

羽根村妙子低声说道，脸上的表情一半是担忧尾形家，一半是主动与她们亲近。也不知是什么时候，她已经站在她们身边。

"既然是工作，那我就告诉你吧！"戴眼镜妇女终于翕动起嘴唇。

"好，请说！不管被怎么问，我绝不对别人讲！"羽根村妙子再次像发誓那样对她们说。

"那就拜托你了！请一定要保密，别说出是我们给你提供这情况的。"

"您不必担心。"

"其实……"戴眼镜主妇又朝那三个妇女扫了一眼,"尾形夫人一星期前就下落不明了!"她来到羽根村妙子身边,嘴凑到耳边压低嗓音说。

"啊,真的吗?"

看到羽根村妙子瞠目结舌的表情,主妇们觉得像自己预料的那样感到满足,连连点头。

"是真的。其实,她丈夫已经于四天前向警方报案了,要求寻找。"

由于这情况太出乎意料,羽根村妙子一下蒙了,说不出话来,只是两眼瞪得眼眸快要蹦出眼眶似的。其实,尽管是意外,但……

"我真不敢相信!那么,尾形夫人的行踪还没有线索吗?"羽根村妙子咽了口唾沫问道。

"听说警方跟她丈夫联系过,说是还没有找到任何线索。"戴眼镜妇女的粗脖子眼看快要挨着羽根村妙子了。

羽根村妙子从平岛庄次那里听说过,尾形恒子和她丈夫两人一起生活。

"噢,原来是那么回事!"羽根村妙子脸上表情好像屏了一会儿呼吸,随后又装出提心吊胆的模样问,"那个,夫人是离家出走还是被什么人诱拐而下落不明的呢?"

"那个嘛,实在不清楚。有关夫人离家的原因,她丈夫什么也没说。"

"夫人是在丈夫不在家时出走的吗?"

"夫人好像在外做什么临时工,上班外出后就没有再回来。"

假设去做临时工没有回家,那多半是星期三。猛然间,羽根村妙子的心里像翻江倒海那样焦急不安起来。

"夫人音信全无是哪一天？"

"哎呀……"戴眼镜妇女与其他三个主妇面面相觑。

宽肩膀妇女说："夫人是这个月十二日失踪的。她丈夫是这么对我说的，我记得很清楚。"

"如果是十二日，大概是星期三吧？"羽根村妙子自言自语地说完，赶紧掏出笔记本翻看上面的日历，五月十二日确实是星期三。

"尾形夫人每周三去东京做临时工，这你清楚吗？"矮个妇女立即问道，她长着薄嘴唇。

"是的。因为夫人说过，星期三她家里没人，希望这天别到她家里收保险费。"

"噢，原来是那么回事。"矮个子女人赞同这样的回答，点点头说。

"那么说，夫人每星期要出去做一次临时工，那是什么样的工作？"主妇们是否知道这情况，羽根村妙子想核实一下。

"据尾形夫人说是调查新桥那里某新产品的销售状况，每周三早晨驾车上班。"

调查新桥那里某公司新产品的销售情况……羽根村妙子想起收视调查公司大楼门口挂着许多铜牌，上面有许多公司名称。为了隐瞒临时工的工作内容，尾形夫人以巧妙的借口搪塞，而借口则是那些铜招牌。突然，主妇们都沉默不语了。因为，尾形家的两用门里走出一个骨瘦如柴的高个男人。主妇们即刻变得忐忑不安了，有的脸朝下看，有的背朝那里，再也不说尾形夫人的情况了，就好像突然想起什么急事那样各自离开了。

羽根村妙子转过脸仃立着打量那里，那高个男人的外表看上去年龄五十岁左右，头发大片稀疏，也许还有消瘦的原因，比起长脸，下巴显得更尖。肤色黑，眼睛凹陷，但目光炯炯。从他只穿衬衫和长裤出现的外表，从正在议论的妇女们见到他时朝四处散开的现象看，他无疑是丈夫尾形良平。羽根村妙子回到小山修三的身边，汇报妇女们在尾形家附近说的悄悄话。

"十二日是星期三，邻居主妇们也知道那天是尾形恒子外出做临时工的日子，但是尾形恒子把自己的工作说成调查新产品销售情况，隐瞒了去收视调查公司上班的实情。我觉得她不一般。"羽根村妙子说。

"她说是调查某新产品销售情况，那大楼门口肯定挂有与该内容相似的公司招牌吧？"小山修三也这么猜测。

"这样说大凡可以巧妙掩饰临时工的工作内容?！我觉得她这借口太妙了。"

"可尾形恒子是十二日外出做临时工后就再也没有回来过吗？"

"那些妇女刚才是这么说的。"

"真是吃惊不小！我一直有一种奇怪的预感，没想到竟然应验了。并且，那妇女还真的失踪了！"小山修三无意识地抚摸着胡须，一旦情绪亢奋，手就会不知不觉地抚摸胡须。

"她丈夫表情如何？"

"好像是萎靡不振，不知所措。那是自然的吧。"

"那些主妇是怎么看尾形恒子失踪的？"

"她们说话吞吞吐吐，顾虑重重的。不过，她们内心似乎想透露一点给我。"

"这是有可能的吧。想说却又打算隐瞒，犹豫不决。这是人的心理。尤其妇女，那种摇摆性非常强烈。还有，她们透露的内容大多是自己的推断吧?！"

"哎，哎，尽管小心谨慎，但她们还是怀疑尾形恒子的失踪与婚外恋有关。"

"是说尾形恒子有情人？"

"不是这么回事。她们说尾形恒子长得漂亮,总是把打扮挂在嘴上;还说这不是她们自己的推断,是警署告诉说他们从婚外恋着手侦查。"

"警察啊,尾形良平好像已经正式要求警方寻找妻子,可警察是否正儿八经地在找呢？"

"那不知道。最近,警方也可能把受害人家属提交的寻妻案作为被害嫌疑案展开侦查。报上是这么说的。"

"嗯,报上是这么说的,但是……"小山修三似乎注意到什么似的瞪大眼睛。接着,他根据羽根村妙子提供的情况继续说,"最近有许多离家出走被害案,警方根据家属要求展开侦查,该情况都刊登在报上,但是,刊登在报上的案例,大致被杀害的疑点很大。据说,警方向附近妇女透露那些情况是为了排查。"他窥视羽根村妙子脸上的表情。

"哎呀,那情况我不知道!对于婚外恋的推测,我想那些夫人难以启齿,可能会谎称那是警方说的。"羽根村妙子连自己也歪斜着脑袋。

"在我们见到过的临时回收员妇女中间,就数尾形恒子最漂亮,打扮也很时髦。"

她似乎话里有话:婚外恋之说法不是没有道理。"还有其丈夫外表,年龄好像要大她许多,听说是东京某商业公司的办事员。关于她丈夫的情况,平岛君也介绍过。"羽根村妙子说。

小山修三听平岛庄次说过"跟踪调查"的结果。平岛庄次在核实尾形恒子住宅后,于第二天再去那里观察,见其丈夫尾形良平的年龄看上去快五十岁了，后脑勺上头发稀少，上身穿羊毛衫，下身穿工作裤。由于背朝着外面，没有看清楚他的脸。那个漂亮的尾形恒子只从家里出来过一次，家里就他们夫妻俩，年龄似乎相差有十多岁。

"夫妻间年龄相差较大，并且尾形恒子人又长得漂亮。根据这些情况，附近主妇们也就围绕她有婚外恋而众说纷纭。"

羽根村妙子捣了一下小山修三，担心自己和他在光线暗淡且没有行人的地方交谈会被误解为谈恋爱。如果从尾形家门前经过，担心附近的主妇们又在那里议论，因而改走另一条路朝车站方向走去。

"除此之外，作为尾形恒子失踪的原因，还有可能是什么呢？"一路上小山修三说。

"剩下的可能就是金钱吧。"

"哎呀，有这个可能。我们对于那些回收员跟踪和观察了很长时间，发现几乎所有的主妇都是疲惫不堪的模样。她们一乘上电车就无精打采地打瞌睡。"

"我跟踪和观察的C号，她在百货商店衬衫开架柜台那里，为买一件衬衫居然犹豫了很长时间，最后才选中了一件，而且还是便宜货。从主妇们担任的回收员工作来看，金钱问题有那么点可能……"

尾形恒子的失踪是离家出走，还是跟外面的人走的？倘若前者，无疑是婚外恋；倘若后者，那就是金钱问题。总之，两者目前都难以确定。那些主妇回收员把记录纸带送到公司后不是去逛银座，然而径直回家也好，在回家的电车上打瞌睡也好，都不像尾形恒子失踪那样在经济上有大的纠缠。然而，那是妇女回收员们在外表上的共同印象。如果属于尾形个人内情,那是特别的。从小田急线町田车站驶往新宿的电车里,小山修三还在不停地思考。

少时,他对旁边头发遮着耳朵的羽根村妙子说:"此外,看来还有其他原因。"

羽根村妙子正在看杂志,那对清纯的眼睛向上仰视:"那是什么呀？也许跟署名大矶町服部梅子的写信人有关。"羽根村妙子的目光闪了一下。

"有什么关联要素？"这时,窗外已经暮色浓浓。

"哎,你一说关联要素,我可就没法回答了！是不是那种要素,我也一时说不上来,只是脑海里突然浮现出这么一个想法。"

羽根村妙子没有吱声,又恢复到没有眼神的表情。这只是小山君的突发奇想,脸上是不感兴趣的表情。车站周围,有街上的热闹灯光群。电车驶过那里便又在黑暗里行进,平原上遥远的灯光在断断续续晃动。

迄今为止了解到的情况有一些,但它不像远处闪烁的灯光那样相互有关联。小山修三自言自语:但是不能说与尾形恒子下落不明以及写信人服部梅子的来信有关。然而,小山修三在这时突然想到一件事。回收员尾形恒子失踪那天,是五月十二日星期三,距今已经有一个星期。报上刊登署名服部梅子写信人的来信,不也是那时候吗？为慎重起见,他问羽根村妙子那封信是哪一天刊登在报上的。

"是六天前,那是五月十三日的报纸。"羽根村妙子睡眼惺忪地回答他的提问。

去大矶町回来的第二天,小山修三去区图书馆打算查阅三本报纸合订本。尾形恒子是五月十二日失踪的,他想知道报上是否有那样的报道。仅凭羽根村妙子从尾形家附近打听来的传闻,不是很充分,不知道究竟详细和彻底到什么程度。为了解这一情况有三条渠道。

第一、去接受报案的警视厅或警署打听详细情况。不用说,与该案无关的自己即便去了,警方也肯定什么都不会说。

第二、见到尾形恒子丈夫后打听原委。不过这很难实现,没有理由让他开口。

第三、去新桥的收视调查公司打听。尾形恒子是该公司回收员,尽管是临时工,但好像已经干了很长时间,跟正式职员差不多,尤其尾形恒子失踪是星期三回收日,该公司应该清楚。然而,这点比前两点更不可能实施,尽管与前者一样没有理由让对方告诉自己,可是自己却硬是监视和跟踪回收员。纵然该动机出于“好奇心”,但从某种意义上说,该行为与秘密侦查相同。在实施秘密侦查的过程中,连该公司都没有拜访过。

由此看来,从这三方面打听情况根本就没有希望。虽说昨晚在电车上思考过,但不清楚报上的那篇读者来信和尾形恒子的失踪是否有关联。随着电车颠簸摇晃,他的这一想法像泡沫那样涌现在脑海里。如果这样,剩下的仅仅就是查阅报上报道过的文章。在图书馆,他查阅了三本报刊合订本。在尾形良平向警方提交了寻妻请求书后,报上就不再报道了。而是最近有一幼儿下落不明,则立刻见报了。

丈夫向警方提交寻妻请求书之类的内容,也许不能成为报道对象。那样的新闻报道如果稍稍刊登一下,那些议论尾形恒子的邻居主妇们理应告诉羽根村妙子。她们之所以没说,是因为报上还没有刊登。小山修三顺便还翻阅了五月十二日前的报纸。他并不是想

从那里寻找与回收员尾形恒子失踪有关的报道,只是偶尔翻阅,渐渐地,被社会版上的精彩报道给吸引住了。其中有这样的标题:

被诱拐的女童惠子平安无事地回家了,而犯罪嫌疑人和监禁场所至今情况不明。

看了该标题后,小山修三开始回忆,是啊,怎么会有这样的诱拐案件。刚才,之所以觉得如果是幼儿被拐案也许会立即见报,好像是这种情况一直留在大脑里的缘故。某公司干部家住涉谷区松涛,其第三个女儿惠子今年六岁,在附近公园玩耍时突然去向不明,蒸发了。这是四月十六日发生的事情,警方作为诱拐案展开侦查。

"啊,这些情况也是通过报纸看到的。"

小山修三一边回忆一边慢腾腾地翻阅报纸合订本。区图书馆的座位,几乎都被初中生和高中生占领了,没有几个成年读者。

小山修三将报纸合订本归还后走出图书馆,觉得脑袋有疼痛感。报上刊登的消息,看上去与住町田市回收员尾形恒子失踪案都没有丝毫关系。其实,这是理所当然的,报上也不可能什么都刊登。那种觉得看报纸就能发现什么的想法,仅仅是不成熟的空想而已。

外面天气晴朗,小山修三走着回家,一路上是许多来来往往的行人,但都是与自己毫无关系的人。他慢腾腾地行走着,突然感到有人在背后紧盯着自己,便猛地转过身去,然而都是陌生人,没有特别注视他的人。

小山修三心里不舒服地返回咖啡馆,只见平岛庄次已经来到店里,正在喝咖啡等他。

"你好!"平岛庄次从桌上挺起略驼的背朝小山修三笑。

妹妹久美子走到哥哥身边说:"他已经等你快一个小时了!"

"噢,真对不起!"

小山修三说完立即坐到平岛庄次旁边,没想到平岛庄次会光临自己的咖啡馆。

"没什么,没什么,因为什么联系都没有,我就不打招呼地来了。"

小山修三环视一下店堂,有年轻情侣和学生,十来个人左右,大多是常客。平岛庄次从一开始就坐在角落座位上。

"羽根村小姐昨天把大矶的情况和町田市尾形恒子的情况全告诉我了。"

小山修三静了静心后,压低嗓门问道:"原来是这样。那,你有什么想法?"

小山修三察觉到,平岛庄次来这里是因为羽根村妙子对他说过尾形恒子的情况。

"你辛苦了!"平岛庄次先说,"……刊登在报上署名服部梅子的写信人,我从一开始就觉得可疑,两家电视台风尘仆仆地赶到大矶寻找……那封读者来信,还真让电视台和制作公司大惊失色。"

"可是,平岛君,虽说写信人的姓名是虚构的,但去那里寻找写信人的两家电视台,我觉得后来去那里自称 RBC 电视台的,也是假的。"

平岛庄次用汤匙在久美子端来的杯子里搅拌,也不知道喝了多少杯了。他稍稍思考后说:"那,不像是电视台,也许是制片公司。或许是觉得制片公司来头小,便冒充 RBC 电视台,前面去大矶的那家 VVC 电视台抑或是真的。"

"嗯,我也那么想。"

"无论电视台还是制片公司,他们都可以被解释为是去找服部梅子的,但是……"

平岛庄次推断后面赶去大矶的是制片公司，但是语气里也含有不是那么肯定的口吻。小山修三不知道那是怎么回事。

"正如上次听到的那样,那封信的内容与收视调查公司内部检举相同。我想许多方面都在追根刨底寻找写信人。"平岛庄次说。

"其次,町田市尾形恒子下落不明太让人吃惊了！因为 D 号尾形恒子被平岛君跟踪过。"

"是呀,我从羽根村妙子那里听说尾形恒子音信全无后茫然不知所措。"平岛庄次一副目瞪口呆的表情。

"是那样吧？因为你去町田市甚至调查过她的家庭结构。我也和羽根村妙子交谈过,说你知道这情况后肯定会大吃一惊的！"小山修三望着平岛庄次眼圈周围的皱纹。

"确实吃惊不小！因为曾经见过尾形恒子本人,也观察过她的丈夫和她的住宅,总觉得像是发生在别人身上的事情。"

"我明白你心里的感受。不过听了羽根村妙子说的大致情况后,你是怎样推断尾形恒子失踪案的？"

"还没有什么确凿的依据,目前还不能判断,但作为推测,有三点可以考虑。首先她分明有丈夫,却与其他男人有婚外恋关系。其次,她和丈夫之间年龄有不小的差距。再有,是金钱问题。钱的借出和借入往往导致是非,直到悲剧发生。"

"嗯,原来如此。"

"但是,我觉得这种可能性极小。就我们观察到的那些主妇,虽说是临时工,但回收工作却累得她们筋疲力尽的。还有,我认为她们家里的经济条件都不宽裕。"

"是啊,因为不宽裕有时难免借钱,借来的钱也会发生纠纷。"

"如果不是借巨款,是不会发展成恶性案件的。"

"那倒是……哎,说到这,还可以考虑的是,是否与电视台有关。"

"我和羽根村妙子在回家的电车上聊过这种可能性。尾形恒子是五月十二日星期三早晨离家后失踪的,而星期三是回收记录纸带的日子。无疑,附近主妇们不知道她是收视调查公司雇用的回收员。既然是那个星期三失踪的,我觉得可能与电视台有关。"

"是说电视台调查收视率吧?"

"不,那我不知道。"

"我有样东西给你看。"平岛庄次从袋里掏出折叠的纸张,展开后让小山修三看,像文稿纸那么大小,是折成两折的内部刊物,正面和反面都是印刷字体。第一版上段印有长方形边框,套红印有"TR 通讯"刊头,字体匠心独运。"这好像是电视台与电台的刊物。"平岛庄次说。

无疑"T"指的是电视台,"R"指的是电台。该标题下面,是某电视台台长与记者之间的对话报道。第二版是信息报道,例如,各电视台电台高层干部的人事变动;某电视台获得技术开发成功;某电视台购买了外国最新器材;有关海外电视台行业的信息等等,都是可靠的报道。第三版是轻松报道,例如,新节目的内幕、采访演员、匿名座谈会等。第四版,也就是底页,报道的是各电视台制作现场的声音和读者声音。该版下段刊登的是各电视台的人事变动。总之是温和的内部刊物,每页的下面三段有许多电视台电台的广告。

小山修三大致翻阅了每页的内容,不明白平岛庄次拿来这份TR 通讯是什么意思。

"这样的内容不看也行。"平岛庄次手伸到小山修三面前拿起放在桌上的 TR 通讯,翻到第四版。

"这上面刊登了各电视台电台的人事变动任免事项。这一期的 TR 通讯里,好像刊登了收视调查公司的任免事项,还有各台变动的最后情况。"

"有,有,啊,就连收视调查公司的人事变动情况也刊登在上面!"他感到有点意外。

"果然是收视调查公司!请仔细看看那家公司的任免事项。"

电视收视调查公司人事变动如下:

一、批准资材科长南庄三郎年满退休,享受部长级待遇。5 月 5 日

二、任命资材科副科长近藤岁夫为资材科科长。5 月 5 日

三、任命资材科员山崎猛夫为资材科副科长。5 月 5 日

四、批准管理科副科长长野博太请求退职的申请。5 月 15 日

今天是五月二十日。小山修三抬起脸看着平岛庄次,好像是问这是怎么回事。

TR 通讯上刊登的收视调查公司的人事任免有什么疑点呢?小山修三注视着平岛庄次脸上的表情。"是这样的,这家公司的管理科,好像就是负责调查电视收视率的部门,包括回收员去抽样家庭回收记录纸带。"平岛庄次喃喃地说。

"哎,是真的吗?"小山修三只问了这句话,便觉得这里面好像有文章。既然辞职人是负责与抽样家庭有关的部门的干部,有可能与妇女回收员有关,刹那间也明白了平岛庄次特地来这里的原因。

"管理科居然是负责收视调查的部门,我根本没有察觉。"

小山修三为了打听平岛庄次已经了解到的情况,便说:"我也没有

察觉,原以为管理科的职责范围因公司而异有许多不同的地方。"

"我打电话给这家 TR 通讯编辑部,得到的是这样的回答。我虽说对电视台和电台的人事变动不感兴趣,可这里面由于有收视调查公司的人事变动报道,也真是太凑巧了,把我的眼球紧紧吸引住了。"

"明白了!那,管理科副科长长野博太要求辞职,有什么特别意思吗?"

"说这一情况之前,必须先解说收视调查公司管理科的结构。"

"啊,啊,原来是这么回事。"

"管理科的主要职责好像是管理抽样家庭,是从挑选到与被选定的电视家庭签订抽样家庭合同,以及回收记录纸带。"

"这么说,他们的职责范围还包括妇女回收员吧?"

"当然啰!回收员好像也是该部门选拔的,指定她们负责回收的抽样家庭范围。"

"此外还有其他职责哟!从回收员手里接过她们从抽样家庭回收来的记录纸带,放入仪器里还原数字。该数字,是计算收视率名次的基础数据。"

"是中枢部门。"小山修三轻声说道。

"是的,是根据来自抽样家庭的基础收据,计算收视率名次的部门,也就是收视调查公司的中枢机构。"

"平岛君,这情况你在哪里听说的?"

"那是 TR 通讯编辑部的人在电话里告诉我的。不用说,肯定是那么回事。"

"既然那样,说明 TR 通讯编辑部非常清楚收视调查公司的组织结构和各自职能。"

小山修三对收视调查公司一直有神秘感，所以听到这消息后感到意外。

　　"尽管它对外称收视调查公司，其实是一家商务公司，组织结构和职责结构毫无秘密可言。但是其他情况，例如抽样家庭的实际户数，抽样家庭的户主、姓名和住址等家庭信息资料都是保密的。即便 TR 通讯编辑部，也不清楚该情况。"平岛庄次说。

　　"TR 通讯编辑部大概是专业刊物，尽管那样，也可能不清楚收视调查公司的核心保密部分吧？"

　　"大概是不知道的，你看一下排列在那里的广告。基本上都是民营电视台和民营电台的！而且都是应酬广告。根据这样的情况可以判断，该 TR 通讯编辑部的属性，说是行业刊物，但它不是揭行业短处的刊物，是行业内部的友好俱乐部通讯刊物！"

　　"这么说，报道方面也是把友好放在第一位的吧？"

　　小山修三重新翻开摆在自己面前的 TR 通讯阅读。

　　"因此从这家 TR 通讯编辑部的角度来看，收视调查公司不会有什么问题。不管怎么说，报道的主要对象是各电视台。"

　　"但是从我们的角度分析，希望了解收视调查公司的情况，哪怕一点点信息也行。"

　　"那呀，没指望。"平岛庄次摇摇头。

　　"为什么？"

　　"因为这家收视调查公司是由各民营电视台出资设立的，各民营电视台都是它的股东。我认为，TR 通讯编辑部也不会为难这家收视调查公司，否则会得罪各重要股东的。"

　　"各民营电视台之所以不希望 TR 通讯编辑部挑剔收视调查公司，是因为在收视率内容方面，民营电视台与收视调查公司之间很默契。"

"啊,这到底怎么回事呀？我觉得可以这么说,收视调查公司计算的收视率确实已经成为民营电视台之间的收视率基准。绝对保护收视调查公司的观点,已经成为民营电视台的统一认识。如果阴暗面被揭露出来,收视率是上帝的神话就会崩溃,受收视率左右的电视台内外秩序就会乱成一片。"平岛庄次接着说出受收视率统治的内外秩序会出现一片混乱的理由,"收视率是上帝之神话,既是掌管电视行业秩序的绝对权威,又是让广告赞助商和社会大众相信收视率是公平的科学调查结果。我认为,收视调查公司的收视率在维持电视行业内部和外部社会的信用秩序。因此,电视台也不太希望收视调查公司被挑出什么毛病,否则会导致原有的秩序崩溃而不受社会大众欢迎的吧?！"

"如果是这意思,我明白了。"小山修三用手帕擦拭着粘在胡须上的咖啡,点点头。

"……原来如此！那么,TR通讯当然不能彻底调查那家收视调查公司！因为那里是禁区。"

"对于温和型的行业刊物来说,那里确实可以说是禁区。"

"那,上面刊登收视调查公司任免事项和管理科副科长的辞职批复有什么意思呢？"

小山修三猜测,这大概也是平岛庄次来这里的目的吧？瞧他那模样,他觉得平岛庄次从极其普通的任免事项报道中嗅出了点什么,咽了口唾沫后期待他往下说。

"我先补充一点,收视调查公司管理科里有正副科长各一人、股长两人和科员八人。这是我向TR通讯编辑部打听时他们告诉我的,因为内部的组织结构是不保密的。"平岛庄次一边看小笔记本一边说,"两个股长是这样分工的。一个股长的工作职责是,选定抽样家庭,与抽样家庭交涉签订合同,酬谢抽样家庭,负责出借收视记录器和回收记录纸带, 也就是负责管理那些妇女回收员。另一个股长的工作职责是,把回收来的记录纸带放在仪器里还原成数字,然后进行统计。从某种意义上讲,是负责技术管理。所谓记录纸带,有点像常见的卷筒纸,但细长,表面像键盘穿孔器那样有许多孔洞。统计,可能是采用电脑计算。各电视台的节目顺序,包括小数点以下的百分比,都要在第二天才能计算出来。这,通常由电脑操作。"

"往下说!"

平岛庄次继续说:"……提出辞职申请的管理科副科长,其职责是实际指挥这两个股长工作。科长是总管理,副科长在科长与股长之间,是具体的事务工作。无论什么企业,都是这种分工管理模式。"

平岛庄次一个劲地把综合评论作为前提,没有直接进入话题中心。现在终于说了:"可是,五月十五日辞职的管理科副科长长野博太,就是那个在收视调查公司大楼门前做午后工间操的人。"

"什么?"小山修三吃惊地看着平岛庄次。

他开始回忆:宽额,圆脸上戴着眼镜,两脚叉开,两手忽上忽下,还不时地转动腰部,小肚子朝外凸出。眼镜后面的一对眼睛很大,一边左右张望,一边煞有介事地做着体操。那个时候,凑巧是妇女回收员开始返回公司交付记录纸带的时间。

长野博太站在门口做操,是观察是否有人跟踪和监视妇女回收员。关于该情况,小山修三、平岛庄次和羽根村妙子都已察觉了。原来,做操的人就是被批准辞职的长野博太,还是收视调查公司的管理科副科长。现在回想起来，其职务与当时警惕周围的举止相符。小山修三虽然吃惊不小，但没有感到意外。

"你怎么知道他就是长野博太？"

"我装作一无所知的模样打听，于是收视调查公司的接待小姐告诉我了。我是装扮成书店伙计问她的，我比划着长野博太的长相，说他应该是贵公司的职员，承蒙他向我们商店预订书籍，可我粗心大意，忘了他说的名字。我这么一说，接待小姐回答说：'啊，那是长野博太副科长，可他已经不在我们公司工作了。'""不用说，接待小姐没有提起他辞职的事情。另外，她也许不知道是哪种原因而辞职的。我也没问……但是，长野博太副科长离开公司一定是有原因的！"

"这是怎么回事？"当平岛庄次说到收视调查公司管理科副科长辞职一事时，小山修三瞪大眼睛注视着他。

"那也是从 TR 通讯编辑部得到的暗示，因为我说出了自己是海鸥制片公司的平岛庄次。尽管我们公司不大，但毕竟是制片公司，TR 通讯编辑部的人就不会像对待其他询问那样冷淡。还有，我提的问题是长野博太现在的年龄。"

"是怎么回答的？"

"哎，希望你听听。不愧是行业刊物！TR 通讯编辑部的资料库里，保存着收视调查公司的职员一览表。"

"啊！"

"他们查阅职员一览表后把长野博太的年龄告诉了我。原来，他刚满三十四岁。"

"比较年轻。"

"是的。大学毕业进公司，那么年轻就被提升为管理科副科长，受到公司器重的他现在却辞职不干了。我觉得肯定有问题。"

"我想,可能是找到了更好的工作,或者自己单干经营什么……"

"这情况我难以开口询问,但还是要求 TR 通讯编辑部打听一下收视调查公司有关长野博太辞职的原因。我对他们说了,海鸥制片公司得到过他的关照,不能不关心他现在的情况。多亏制片公司这块招牌起了作用,一小时后对方来电话回答说,关于长野博太辞职,收视调查公司的答复非常暧昧,似乎是不太希望向外界公开似的。不用说,TR 通讯编辑部不能再打听什么了。"

"这么说,长野博太的辞职……"

"是啊,形式上要求辞职,实际上可能是被迫辞职。这是我的判断。"

"你那么早下结论,能与实际情况相吻合吗?"

"我打听到了长野博太的住址,也是根据职员一览表。他住在杉并区高圆寺栎树住宅区 3-8-23。"

"你说什么?"小山修三大脑的角落里涌现出当时的情景。

如果是高圆寺住宅区,岂不是与羽根村妙子跟踪的 B 号目标住址相同吗……"喂,喂,听平岛君的口吻,是调查过长野博太的情况了吧?"

"其实,我今天下午去了高圆寺,确实是太想了解长野博太被迫辞职的原因。"

"啊啊,果然是那么回事!所以你来咖啡馆等我。"小山修三这才明白了他的来意。

"那,结果是怎么回事?"

"长野博太三天前就失踪了。"

"长野博太三天前出走后就没有回来过?"

小山修三问后，又一次盯着平岛庄次睡眼惺忪的眼睛。

"是啊，他夫人在家呢！就是3-8-23房屋。她说，丈夫因找新的工作单位去了大阪。我则自我介绍说是某制片公司的，是来拜访她丈夫的。"平岛庄次说。

"三天前？如果是三天前，那是十七日吧！也就是他辞职申请被批准后没几天嘛！"

"是的，我因为听说他是去大阪找新的工作单位，所以越来越觉得长野博太多半是被迫辞职。否则，他不可能匆忙去大阪找工作。"

"他在大阪那里有亲戚还是熟人？"

"他夫人无精打采的，我没向她打听。"

"他夫人垂头丧气吗？"

"嗯，看上去神情沮丧。"

"这么说，果然像你说的那样，长野博太被解除收视调查公司的工作？"

"也许比解除工作还要严重！是被迫辞职。如果真是解除工作，在任免事项上有可能写成辞职。"

小山修三单肘支撑在桌上，无意识地抚摸胡须。

"……原因是什么呢？"

"那是我想了解的地方。"

"是挪用公司公款吗？"

"他的职责范围触及不到公司巨款。"

"那么，也许操作过给抽样家庭的酬谢金吧？"

"哦，那没几个钱！每月支付给每户的酬谢金，充其量只有两三千日元吧?！"

"一个月给抽样家庭酬谢金只有两三千日元？那么便宜？绝对

不可能那么少。为了保证收视记录,凡是有节目的时候就必须整天开着电视机。这么麻烦的事情,偏偏……"

"是的……我就觉得支付给抽样家庭的酬谢金不会很多!"

"尽管那样,可总数量不少!假设支付每户三千日元,关东地区的抽样家庭有五百户,那就是一百五十万日元呢。"

"那只是收视调查公司对外公布的数字而已。"

"噢,原来是这样。问题就出在那里!假设三百户,那就是九十万日元吧?"

"其实,抽样家庭在关东地区实际有多少,每户一个月的酬谢金是多少,与管理科副科长挪用联系不上。"

"为什么?"

"我想,那样的酬谢金是以支票或者汇款形式由财务科直接汇给抽样家庭的。"

"……"

"长野博太被迫辞职是其他原因。"

"企业内部派系的斗争是常有的事。"小山修三嘟哝着说。

"不,不能那么想。他只不过是管理科副科长。容易被卷入派系斗争成为牺牲品的,多半是企业里的高层干部!"平岛庄次这么说。

"那么说,是为了女人?"小山修三觉得以前也说过类似的话。

那是说谁?对,是说 D 号尾形恒子。顿时,他好像察觉到什么了,兴奋得心脏怦怦直跳。

因为,第一次监视收视调查公司大楼门前的时候,记得那天,尾形恒子穿黄色上衣和红色喇叭裤。自五月十二日星期三以来,尾形恒子行踪不明,音信全无。而批准长野博太辞职的通知,是三天后的五月十五日。据妻子说,丈夫长野博太是五月十七日去大阪找工作的。这几个日子很接近。

"有关长野博太和 D 号之间的情况,由于 D 号身世尚未了解清楚,因此目前什么也不能说。"小山修三说道。

"根据长野妻子的说话语气,我丝毫不觉得他的辞职与婚外恋有关。"

"我想,无论什么男人,如果是婚外恋,多半要对妻子隐瞒。"

"不,不,那是最近的情况。如果被迫辞职或者说被公司辞退,丈夫就无法隐瞒,不得不向妻子坦白婚外恋情况。"

"他会那样吗?"

"会的,我曾把长野博太的辞职和昨天羽根村小姐提供的尾形恒子失踪联系起来推测过。就像我刚才说的那样,长野妻子的话里没有提到过什么女人。所以,我在推测其他理由。"

"已经有谱了吗?"

"不知是否能对上号,就是上次刊登在报上的读者来信,住在大矶町的服部梅子……我考虑过,那封读者来信很有可能是内部检举的匿名信。我还推测,那封来信多半是长野博太寄给报社的!"

小山修三听了以后大惊失色。假设署名大矶町服部梅子的写信人真是收视调查公司管理科副科长长野博太,那么自下而上一脉相承的相互关系隐约浮现在眼前。"服部梅子"的读者来信多半是"内部揭发"。这一推断,小山修三曾经也想过。因为,管理科副科长知道所有抽样家庭的个人资料。

如果民营电视台和制片公司有这样的舞弊行为,即采用向抽样家庭赠送礼品的方式,诱惑抽样家庭锁定该台频道节目,或者诱惑抽样家庭锁定该制片公司在某电视台上的演出频道,那么,能一目了然的也大多是管理科副科长。

虽然企业内部有人把公司的绝密信息，即抽样家庭的地址、户主姓名泄露给民营电视台和制片公司，但在外人看来，检举人只有以"读者来信"的形式揭露十佳收视率背后存在舞弊行为。"读者来信"称那是回收员说的话，然而它其实是写信人声讨舞弊行为的檄文。

"由此看来，长野博太是冒名服部梅子的写信人。但是，怎么断定写信人就是收视调查公司内部的人呢？"小山修三满腹狐疑地问平岛庄次。

"因为是知情人！由此大致推测出属于内部检举的形式，顺藤摸瓜便可缩小嫌疑人范围，由此找到最清楚内情的知情人，但还必须符合两个条件，一是在公司内部被冷落的人；二是不再有晋升希望而牢骚满腹的人。"

"长野博太大概对公司有意见吧？"

"那情况我还不清楚，因为我是以一般惯例分析的。"

"假设长野博太辞职批准书是五月十五日公布，几天后独自一人去大阪找新的工作，那么，可能是非常匆忙。"

"好像是的。因为，他本人可能没想到'读者来信'会败露。"

"但是，就那种程度的信会被解职吗？"

"可能是特殊企业的缘故吧？正如我刚才说的那样，如果有人揭发公司内部公布十佳收视率背后的舞弊行为，那么，以严格公正标榜的收视调查公司，就必须向民营电视台和制片公司的股东道歉；面对加盟会员的广告赞助商也会无地自容。"

"长野博太夫人大凡也不清楚丈夫到底去了大阪哪里？"小山修三说出自己的猜测。

"哎，这世上，不知道丈夫去哪里的妻子好像还没有。"

平岛庄次立刻打消小山修三的猜测。

"……当然,我担心遭到拒绝,没有向夫人打听长野博太去的地点。"

"也许蒸发了?"小山修三冷不防嘴里冒出这么一句。

"蒸发?嗯,这是现在最流行的说法。"平岛庄次脸上浮现出滑稽的表情说,"应该明白,长野博太是不希望自己蒸发的!因为对他而言目前是激烈动荡的时期。拜访大阪朋友后,不管能否立即找到新的工作,总之,我能揣摩出他的内心是想趁这次机会在关西转一段时间。他不与家庭联系,独自过段流浪生活……"

其实,小山修三嘴上说的"蒸发"意思与此不同,是大脑里有不祥预感后才脱口而出的。平岛庄次把"蒸发"想得很简单。在平岛庄次接下来的话里,小山修三明白了。

"男人的蒸发例子还是不少啊!不用说,最近,蒸发后不再出现的情况好像少了,多则隐居一两年,这大多是中年人,其目的是想寻求自由,或者是由于单位和家庭有压迫感,还有感到生活像干燥的沙漠那样令人窒息。"

平岛庄次也处在"中年男子期",好像对此颇有同感。

"是刊登在报上的吗?"小山修三这么说,是因为他想起今天在图书馆翻阅报纸合订本时,里面有关于蒸发的一两篇报道。然而现在,蒸发也不那么罕见了。

"虽说报上也经常刊登蒸发之类的报道文章,好像是前些天的报纸吧,说是某电视台技术员在外景拍摄现场下落不明。那篇报道文章竟然占据了相当大的版面,可报道他第二天回家的消息时,篇幅却变小了许多。也许,该技术员只想让自己阵发性且短时间蒸发。"

小山修三想起平岛庄次说的"报上也出现蒸发"的话来。

"除报上的报道以外，还有没有听说过蒸发的例子？"

"有。"平岛庄次点点头。

"虽说不是直接知情人，可他是广告代理公司职员，据说蒸发已经快一个月了……"

"是广告代理公司职员蒸发快一个月吗？"

小山修三对长野博太的话题不怎么感兴趣，觉得好像是无关的闲聊。

"是我们公司业务员从 AAB 电视台那里听来的。"平岛庄次说，他们海鸥制片公司也时常做 AAB 电视台委托的制片业务。

"那家与 AAB 电视台有业务关系的日荣广告代理公司，是家中型广告代理公司，该公司广告代理员近一个月来音信全无。AAB 电视台营业部的人向该公司的其他同事打听，回答说还在旷工，而且本人连家也没有回。哎，是蒸发了！"

"这是怎么回事？"小山修三这么说只是打算敷衍对方。

"嗯！"平岛庄次张开嘴说，"日荣公司里有叫小高的职员，据说特别讨女人喜欢，年龄三十二岁，工作上敬业，但是热衷于与女性交往。"平岛庄次一边笑一边说。

"是个花花公子吧！"小山修三的说话声音仍然是无精打采。

"嗯，可以这么说吧。不过，他不是那种用钱勾引女人到处玩耍的花花公子。其实，他就是想那么做也没有钱，相反女人主动与他亲热。这男人讨女人喜欢，无论是单身女子、家庭主妇还是寡妇，他都交往。"

"真不简单！他长得帅吗？"

"我想应该是英俊男子吧。可谁知问了以后，根本不是那么回事,据说长得有点穷酸相。虽说体形瘦长,但对女人非常殷勤,细致周到。好像天下所有女人对那种热情的倾倒,远远超过男人的英俊外貌和魁伟体形。"

"嗨,女人也不全是那样。小高勾引的对象,比起酒吧女郎之类的女性来,主要是那些涉足不深的女子吧?"

"去酒吧之类的地方需要花钱。他好像喜欢在街头、咖啡馆和百货店里勾引普通女子和陌生的有夫之妇。"

"什么,在百货店?"

"是的。听说他本人也从不隐瞒那样的经历,还常对公司同事说,他在百货店里如果见到陌生女人独自逛商场,便伺机主动迎上去搭讪引诱对方去咖啡馆。还据说,他迄今交往的女人已经不止七八个……"

小山修三的脑海里忽然掠过这么一个情景,身着和服的C号在百货商店挑选衬衫时,有一打扮入时的三十岁左右男子走到她旁边,若无其事地凑上前跟她小声说话。该男子身着深蓝底色和红色线条方格图案的西装,系一条深红底色和黄色斜纹的领带,上衣口袋插有与领带相配的手帕,个头不怎么高,但颧骨略凸出,宽下巴。C号迅速离开后,男子则笑嘻嘻地目送她的背影。

小山修三只是心里想,没有说出口。平岛庄次则仍然继续说着日荣广告公司职员小高君是花花公子的传闻:"就说男人吹嘘自己讨女人喜欢的例子,在现实生活里其实是十分罕见的。一开始,公司同事并没有把小高君的自我吹嘘放在心上,但听着听着也觉得不像是撒谎。他对同事说要在百货店与女人约会,说那女人也是上回在这家百货店认识的,还要同事跟他到百货店去看,于是同事跟着去了这家百货店。据同事说,小高君确实与完全像有夫之妇的女人亲热交谈,还结伴走出百货店,随后不知他俩去了哪里。"

"小高君专门在百货店勾引家庭主妇吗？"

"大概没有专门吧。总之,好像从不错过机会。由于他是广告代理公司的业务员,工作性质决定了他时常外出,例如去民营电视台联系工作和广告赞助商打交道等。不过,他在工作上很敬业,成绩也斐然。但是一直执著地与许多女人交往,据说在女人堆里忙得脱不开身。"

"身体一定很结实吧？"

"嗯。公司所有同事好像都很佩服他,羡慕那么瘦的身体能保持那么充沛的精力。据说,女人给他打电话的频率很高。"

"那么多女人电话,难道不引起家庭纠纷吗？"

"据说太太好像是睁一只眼闭一只眼,知道丈夫喜好在外面拈花惹草,太太反倒放心了。小高君这一回蒸发,太太觉得没准又是找到了新欢,并不怎么放在心上。"

"失踪快一个月了吧？"

"以前也好像不常在家,一直在外与女人交往,而且不停地换人,也有接连两三个星期不回家的事。对此,公司只是批评而已。据说是考虑到他对工作敬业,业绩持续上升,也就没有辞退他。他人缘好,也很讨广告赞助商赏识,即便擅自不上班,公司也会用他的每年固定休假抵消。是啊,蒸发的形式各种各样。"

"但是,长野博太是被迫离开公司副科长职位的,也许与小高那样的蒸发不同吧？"

"虽说与广告代理公司的小高君不一样,但也能察觉他多半是躲在哪里解闷。长野博太尽管是辞职,但也是获得批准的,也许领了退职金吧……是啊,在他出现前看情况再说吧!"

　　小山修三在自己的咖啡馆里与平岛庄次见面后又过去了几天。这天恰逢星期三,正午一点刚过,小山修三和平岛庄次还有羽根村妙子在新桥收视调查公司附近集合,又开始了久违的监控。

　　……平岛庄次前些天在小山修三的咖啡馆里与他碰头,离开时共同做出继续监控的决定。也许,失踪了的尾形恒子不久前回家了,如果她回家了,作为回收员,今天按理会出现在收视调查公司大楼里。即便没有见着尾形恒子,也应该能找到与她关系友好、年龄相仿、穿白色上衣和红色喇叭裤的妇女,然后对她实施跟踪。该妇女回收员曾经被一直跟踪到高圆寺栎树住宅区3号楼,在她身后尾随的羽根村妙子是在九楼的电梯门前停止跟踪的。

　　由于没有跟踪到底,没有了解到她居住的具体房间号码。而在她下面的八楼23室,是长野博太的家。从表面上看,穿白色上衣的女人是尾形恒子与长野博太两者之间的重要人物。

　　他们今天再次跟踪,打算弄清楚她住的房间号,作为后天与她接触的线索,或者今天通过见面与她随便聊聊。对于尾形恒子失踪和管理科副科长长野博太被迫辞职的真相,她多少应该知道一些。此外,还希望在观察妇女回收员的过程中出现能成为线索的回收员。

　　根据昨天平岛庄次在电话里的要求,羽根村妙子把车开来了。征得海鸥制片公司法人代表殿村龙一郎的同意,他俩早早离开了公司。羽根村妙子把车停在稍稍远离大楼的停车场。他们三人有时坐在车里,有时去若草咖啡馆,有时走出咖啡馆站在遮掩物背后,监视收视调查公司大楼门口的情况。

"我觉得,好像是继续两个月前的监视。"

"我也是的,眺望相同的风景,自然会有那样的错觉。"

羽根村妙子用眼神示意的方向,有一个拄着拐杖的老人,正迈着颤巍巍的步子行走,好像散步是老人的日常运动。这条街上的建筑周围不仅有老人,还有以前经常出现的行人身影。然而,没有妇女回收员连续进入大楼的情景。下午一点过去了,两点过去了,仍然如此。

从下午大约一点半开始,他们感到情况不对劲。下午三点左右,他们察觉情况有异常变化。收视调查公司大楼门口,连一个手持购物袋的妇女回收员也没有。过去从下午一点开始,就可以看到妇女们三三两两进出于那幢大楼,可现在一个也没有。他们三人执著地监视到下午四点。"奇怪,星期三是专门回收记录纸带的日子!怎么改期啦?"羽根村妙子歪着脑袋疑惑不解地问。监视结束后,他们三人去附近一家宾馆大厅休息。

平岛庄次说:"不,收视率发表时间是不会改变的,发表日更是以前规定了的,不可能中途随意改变。只要发表日不改变,记录纸带的回收日理应也不会改变。"

小山修三也这么想,可理应不变的星期三,和他们想监视的那些妇女回收员,连人影也没见着。这是怎么回事?

"我说说我的看法,不过这只是我的猜测。"平岛庄次轻声说道,"……莫非,收视调查公司察觉我们在监视和跟踪而解雇了妇女回收员。"

"解雇了?"小山修三和羽根村妙子的视线不约而同地投向平岛庄次。

"那么,抽样家庭记录纸带的回收工作交给谁干?"

"不用说,回收在继续进行。也许已经不是家庭主妇们回收,而是改由男职员回收。"

"可是,也没有看到你说的男回收员进出那幢大楼呀!"

"所以呢,送交记录纸带回大楼的方式也许换了!例如收视调查公司在其他地方有办公大楼,男回收员把回收来的记录纸带分别送到那里,集中到一起后用车送到这里。他们那样做,就可以蒙蔽我们的视线。"

"这么说,今天下午三点到四点之间有大量车辆频繁驶到大楼门前。可我们在等候手持购物袋的回收员出现,没有把注意力放在那些车辆上。"

"我们的注意力都在同一个地方,再说大楼里有许多公司,车辆频频驶来也不会引起我们的注意……"

"假设收视调查公司注意到我们了,有可能调换回收员!"

"对于收视调查公司来说,一旦察觉回收员遭到监视和跟踪会感到棘手。因为,抽样家庭的分布状况、实际户数和收视率之神话将会彻底崩溃。"

平岛庄次回答羽根村妙子的疑问:"对,不仅如此,跟踪者甚至可以了解到各抽样家庭情况。这对于收视调查公司来说,不亚于毁灭性打击。为摆脱这种厄运,该公司立刻采取更换所有回收员的措施。"

说这话时,他将两个手指组合在一起放在下巴上。假设是平岛庄次推测的那样,小山修三觉得收视调查公司为了生存会充分考虑改变回收方式。

"那么,收视调查公司又是怎么知道我们情况的呢?"羽根村妙子自言自语地嘀咕道。

"哎呀,是根据妇女回收员的汇报!"平岛庄次苦笑着说。

"……我们执著地跟踪手持购物袋的妇女,并且了解了回收员住宅。这,我想对方多半有所察觉,妇女们已经把该情况向公司汇报,公司则立即警觉,制定了相应对策吧?"

被他这么一说,小山修三好像觉得有这么一回事。在跟踪途中,经常发生对方转过脸来回看的情况。那个身着和服的C号也是如此。在百货商店衬衫柜台转悠好长时间,说不定也察觉有人跟踪,却装作不知道被跟踪那样挑选衬衣。这么说,在百货店地下层的地铁自动售票机前,她混入正巧在那里的旅游团体人群后眨眼不见了。肯定是对方意识到有跟踪者才溜走的。

……平岛庄次的推断里,有不少是小山修三想到的。但是,他们为收视调查公司警惕性如此之高而惊讶,似乎胆怯了。他们三人做梦也没想过该公司会更换所有的妇女回收员。

"那么多妇女现在怎样了?她们担任回收工作好像已经有很长时间了。"

羽根村妙子眼睛朝下担心地说。其实,不仅她,他俩心里也充满了自责和忧愁。这些妇女尽管只是临时工,但长期认真地从事这份回收工作。这种感受,是他们三人经过一番跟踪后产生的。回收员领取报酬后逛商店,并没有去饭店享受。尽管银座就在眼前,但几乎都是径直朝家赶路,这说明她们的酬金并不高。手持购物袋,不是随意为自己购买衣物饰品。那些微薄的收入,是用来贴补家庭开支的。

收视调查公司解雇妇女回收员,这是阻挡外部侦查力量的手段。不立刻采取措施,可能导致十佳收视率背后的舞弊行为暴露无遗,导致公司垮台。可是一想起妇女回收员们因为被跟踪遭到解雇,他们三人都觉得内疚,心里充满了自责。他们想上门道歉,但又不能一一去回收员家里,更不能为她们出面抗议收视调查公司。

"哎,到宾馆外面,去气氛轻松的醋饭卷店好吗?"平岛庄次提议。他想和他俩一起重新焕发精神。

宾馆大门亮着耀眼的灯光,外面光线暗淡。三人从大厅沙发上站起身来朝玄关走去。大厅里的热闹氛围与他们三人郁闷的心情格格不入。在犹如水晶宫那样灯火辉煌的大型水晶灯下面,身着华丽服饰的女士们愉悦地聚集在一起聊天、嬉笑。

"对不起,我到那里去一下。"平岛庄次快要走到大门的时候,发现旁边有小卖部,于是突然停住脚步朝那里摇摇晃晃地走去。他买了一份晚报,趁营业员数找头的时候顺手翻阅报纸。忽然,他像遭到猛击那样愤怒地合上报纸,一把攥住营业员递来的找头回到他俩身边。他俩正站在那里等他。

"长野博太死了,刊登在这份晚报上!"平岛庄次用快窒息般的声音对他俩说。

他把小山修三和羽根村妙子拽到大厅角落,翻开手上的晚报给他俩看。

晚报的社会版下面写有下列标题:

出租车司机打瞌睡,在町田街道与卡车相撞,车上一名乘客当场死亡

该版面上并没有刊登什么吸引人的报道,但是长野博太四个字映入眼帘。

五月二十六日上午十一点四十分左右,在东京都町田市南面的町田街道,西丰汽车运输公司的卡车(司机叫铃木秀夫)与从町田市方向驶来的太阳交通公司出租车正面相撞,出租车上的一名

乘客和出租车司机杉原二郎(五十二岁)当场死亡。

根据乘客西服口袋里的名片得知,死亡乘客叫长野博太,居住在杉并区高圆寺栎树住宅区 3-8-23,是公司职员。事故原因,是司机驾驶失误。卡车司机铃木秀夫说,出租车突然越过道路中心线撞上了卡车。经过现场勘察,也证实了司机的这一说法。因此,出租车司机被推断为边打瞌睡边驾车。该司机在十年里因安全驾驶受到过上级表彰。长野博太是在町田市乘上司机杉原二郎的出租车,随后遭遇这起事故。事故现场,在东名高速公路距离横滨道路立交桥两公里的地方。是今天发生的事故!

"到底是怎么回事?"平岛庄次愤怒了。

如果现在不是在宾馆大厅,他无疑会大吼大叫。小山修三把报纸拿在手上反复看了两遍,羽根村妙子则捂着脸呆呆地发愣。少时,他们三人走出宾馆,谁都没有因为这则报道而各走各的。公园就在眼前,穿过宽敞的道路后,三人慢悠悠地在两侧有黑电线杆路灯的人行小道上行走。那旁边有行人休息的座椅。昏暗树荫下的座位上,坐着一对对年轻的情侣。

"长野博太去尾形恒子家了解情况了。"

喷水池和花坛那里,有三三两两的人影。小山修三走到那里,停下脚步说。

"长野博太一定是担心尾形恒子失踪,从大阪回来后就立即去了她家。"

羽根村妙子情绪低落地说道。

"……真可怜!长野博太刚辞职离开公司,就因车祸死了。"

"尾形恒子也许回家了,或许……"

"不会的,也许还没有回家。如果她回家了,长野博太不可能突然乘出租车外出的。"

平岛庄次背朝着黑色电线杆上路灯的圆形光线，周围一片浓浓的夜色。

小山修三早晨起床后，感觉头重，后脑勺疼痛与睡意混在一起。翻开晨报，无疑上面不会有交通事故之类的连续报道。长野博太为什么从大阪一回来就去了町田市尾形恒子的家呢？昨晚，大脑因为这问题一直在思考，而且睡梦中也在思考。

长野博太出车祸的地点，确实是去尾形家回来的路上。不然的话，他不可能在町田市乘出租车。据说出租车是沿町田街道朝南行驶，在驶入不到东名高速公路横滨立交桥两公里的地方，十年里没有事故记录的老司机居然打起了瞌睡。这也算是长野博太不走运，厄运连连。

正如推测的那样，长野博太是打算从那里乘车沿高速公路回东京高圆寺公寓。长野博太为找工作去了大阪，可又担心行踪不明的尾形恒子，多半是一回到东京就去她家了解近况。他不知道尾形恒子是否回家，无疑从尾形恒子的丈夫那里听说了什么情况。

长野博太如此挂念尾形恒子的失踪，也许是出于管理科副科长和回收员之间的上下级关系。妇女回收员的工作任务，多半是由副科长掌管的，因此，对于尾形恒子在回收日也就是星期三的失踪原因，也许想到了什么。

回收记录纸带和回收员失踪……两者之间究竟有什么关联？小山修三没有推测出结果来。如果罪犯与她的失踪有关联，结果会怎样呢？可是从抽样家庭回收记录纸带这一不起眼的临时工作，没丁点儿犯罪方面的要素。

或许她的下落不明，与回收工作没有任何瓜葛。如果是那样，通常可以分析为金钱关系与爱情关系所致。倘若不是金钱借贷，也有可能是保险金之类的问题。不知道尾形恒子的丈夫为她投了多少额度的保险。说到爱情关系，以前也分析过。因为夫妻之间的年龄差别较悬殊，加之外表的年龄差距更大。何况她又非常喜欢打扮。可是仅凭这些，长野博太不可能把她的失踪那么当一回事。但是假设那种爱情关系与长野博太有关，那结果是怎样呢？

下午四点左右，平岛庄次打来电话："如果你现在有空，我立刻去你那里。"

平日里，很少听到平岛庄次高嗓门的声音。

"不管什么时候我都有空，请来我的咖啡馆！"

"不行，有好多客人在你那里喝咖啡。我说的话是不能让别人知道的，你的咖啡馆不太合适，还是在羽根村小姐的车里说吧！那里面是最安全的。"

"羽根村小姐也来了吗？"

"嗯，因为是接着前面的话题。如果重要的话瞒了她，以后会遭她恨的。"平岛庄次在电话那头咪咪地笑着。

"那么，去哪里好呢？"

"先去神保町的十字路口，请四点四十分在那里等！上车后再决定说话地点。"

"明白了！"

眼下，离约定时间还剩四十分钟。平岛庄次又要介绍什么情况呢？根据电话里他平时没有过的兴奋声音分析，也许发现长野博太和尾形恒子之间有什么情况，或许有什么新的事态。其他想象不出，眼下，还是赶紧做外出准备吧！这时，坐在收银台那里的妹妹开口说道："哥哥，是出去约会吗？"说完，扑哧笑了。

车从神保町朝着九段坡驶去，目的地是与平岛庄次已经商量好了的。羽根村妙子什么话也没有说，一边不时地将遮住视线的长发朝两边分开，一边转动方向盘。傍晚，车辆很多。经过每一个信号灯时都出现拥堵，通过路口需要不少时间。

"有些话我一定要现在对你说，不能等到明天。"

平岛庄次坐在边上弓着腰笑哈哈地说，就像在电话里听到的声音那样，但是他的侧面脸上的神情显得非常紧张。

"说那情况之前先告诉你，尾形恒子还没有回来。这情况，我用电话已确认过了。由于男人声音有可能引起对方不悦，我是请羽根村小姐打电话核实的。"

羽根村妙子晃了一下头，示意是那么回事："接电话的人是她丈夫，说妻子不在家。我问什么时候可以上门收保险费，她丈夫回答说，可能要两三个星期以后回来。我担心再问下去露出马脚，就挂断了电话。"

"他说妻子过两三个星期后才能回来。大概是丈夫知道妻子行踪而这么说的吧？"

"不是的。我认为，作为丈夫，当别人这么问了，只能这么回答。也许他真的不知道！"平岛庄次表明着自己的观点。

小山修三没能说出昨晚推测的关于尾形恒子的失踪理由，平岛庄次似乎也不想给小山修三说话的机会，只顾自己说，而且是兴奋地说个不停。

"其实呀，我今天整个上午是在高圆寺住宅区拜访长野夫人，并向她表示由衷的哀悼。"平岛庄次的话语里显然带着叹息的口吻。

"什么，那，太早了点吧！"小山修三被平岛庄次的快速反应和敏捷行动感到吃惊。

"嗯,是稍稍早了点。但我想,这种事情还是早一点好。去晚了,也许会引起对方顾虑而打听不到真实的情况。"

妻子因丈夫出车祸身亡而失魂落魄。趁这种机会向她打听,确实能了解到真实情况。然而,这种做法确实欠妥。车从九段坡上向左转弯后驶向坡下那条街时,遇上了红灯。

"那,打听到新情况了吗?"

"我不只是说说安慰话,还从夫人那里得到了重要东西。"

"什么?从长野夫人那里得到了重要东西?"

小山修三望着前面那辆因红灯而停车的出租车尾问。那辆车的后排座里,并肩坐着一对男女。平岛庄次没有立即回答而是先解释说,公寓房间里没有停放死者遗体,在与夫人隔一段距离的地方有两三个远房亲戚模样的女人,她们时而站起,时而坐下,适宜于自己向长野夫人问些问题。

长野博太的遗体在亲戚护送下已经运往殡仪馆。按风俗习惯,妻子留在家中,葬礼提前在故乡奥三河那里举行过了。长野夫人,说得确切点,从昨天开始成了遗孀。她气呼呼地说,昨天晚上,收视调查公司一个人也没有来参加守灵。即便不是这样,她也对解除丈夫工作的收视调查公司有怨恨。那些过去的上司和同事一个都没来吊唁,这更令她满腹牢骚。由于是被解除工作的职员,冷冰冰的领导们也许觉得公司已经与死者没有任何关系了。

平岛庄次像上回拜访时说的那样,声称自己是受到长野博太生前关照的制片公司的人,非常同情夫人的处境。在听夫人流着泪倾诉的同时,还不时地随声附和,谴责收视调查公司冷冰冰、毫无人情的做法。

为了把话题自然而然地引到长野博太辞职的事上,平岛庄次可谓费了不少心思。他是这样问的:你作为妻子,有没有从深处了解到什么情况。夫人像醒悟似地说,丈夫被迫离开公司是大约十天前,当时他把这东西拿回了家里。说完,她从里屋把一样东西拿了出来。

"夫人保管的东西,就是这玩意儿。"平岛庄次接着将一个茶色大纸袋递给小山修三看。

"这,是什么?"

"把车再往前开一点,停车后继续说。"平岛庄次把纸袋放在大腿上,两眼望着驾驶席玻璃窗。说话间,车向着三号街方向那条宽敞的坡道朝下驶去。左侧是皇宫的高石墙和护壕,右侧是鳞次栉比的高级住宅,那中间夹杂着外国大使馆。较前面的远处,是聚集在一起矗立着的白色大楼。"车停在那一带好吗?"平岛庄次朝着正在驾驶的羽根村妙子说。

车在靠近路边宽敞的地方停下,那里是千岛渊公园的旁边。快接近傍晚六点了,可太阳还没有下山。平岛庄次从纸袋里取出三个圆形东西,与录音带里的磁带相同。

"是记录纸带。"平岛庄次拿在手上说。

"啊,这就是安装在抽样家庭里收视记录器里的记录纸带吗?"

小山修三把眼睛凑到平岛庄次带来的记录纸带跟前观察。

"名字老提起,可实物倒还是第一次看到。"他说这话时,眼睛里充满了好奇。

千岛渊公园附近,没有其他停着的车辆,也没有人。只是与他们隔一段距离的地方,有一两对情侣在并肩漫步。

"是的。"平岛庄次解释遗孀说的话,也就是把该记录纸带放在长野博太家里的理由。

驾驶席上的羽根村妙子转过身问:"正如刚才说的那样,夫人说长野博太是辞职十天前把它拿回家里的, 大概是因为有疑问吧。"

　　"那,长野博太看了复原的频道数据了吧? "

　　"看到了,因为他是管理科副科长。"

　　"既然看到了,就没有必要把使用完毕的记录纸带拿回家里。"

　　"当然有必要! 可能是打算拿到家里详细研究吧,好像实际上也研究过了。"

　　"该记录纸带是从哪些抽样家庭回收来的? "

　　"这是重要的问题! 但遗憾的是,我不知道那情况。记录纸带的端部就是这样剪掉的。我想这里肯定有记号,显示是该抽样家庭的特别记号。也许只要有这些个记号,就能知道抽样家庭的住所和姓名。但是长野博太也太小心了,把那里剪掉了。可能是考虑到怕被外人知道吧! 抽样家庭属绝对保密的警惕性,时时铭刻在他的脑子里。"

　　"那么,经手该记录纸带的回收员是谁? "小山修三的脑海里掠过尾形恒子的身影。

　　"不知道这位回收员是谁。听说,长野博太有关公司的情况什么都不对妻子说……那么,我们现在看一下,这些记录纸带上记录了多少数据以及哪些频道。"

　　"在这里看? 不是没有记录纸带代码的翻译机器吗? "

　　"正如你说的那样,这里是没有机器,但可以判断。只需要目不转睛地看就行。"

　　这是只有小孔成点的连续记录纸带。如果不把它放在机器里翻译成阿拉伯数字,就连记录什么也判断不出。三盘记录纸带的纸,有两厘米左右的宽度,中间部位是连续的孔点,两侧不规则地排列着各一个或者各两个相同的孔。

"如果放在机器里翻译,当然可以一目了然。只是必须把它拿到收视调查公司的机器里。"平岛庄次说。

"那机器大概与电脑仪器相同吧?拿到其他公司请有关技术人员把它放入相同机器复原,不是也可以成为阿拉伯数字的吗?"羽根村妙子身体朝着前方,琢磨了片刻后说。

"那不行!因为这样的记录纸带需要收视调查公司的专用机器翻译。其他公司由于机器不同,纸带上的记录还是不能翻译成阿拉伯数字的。"

"这么说,只有拿到收视调查公司,没有其他办法了?"

"不,有办法的。即便没有那样的设备,可以采用推理的办法呀!"

平岛庄次给小山修三看三盘其中的一盘记录纸带。

"中间的孔可能是显示自动传递记录纸带的时间,每个孔可能是显示几秒时间。显示频道的,我想可能是排列在两侧的孔。"

"但是这样推测,根本就无法明白到底是什么时候看什么频道。"这时,小山修三思考时的习惯动作出现了,他一边抚摸胡子一边说。

"这盘记录带是一个星期的收视记录,三盘记录带就是三个星期的收视记录。表示哪月哪天开始记录的记号,也许是在记录纸带的端部。但是,长野博太把它和抽样家庭户主姓名一起剪下,也就无法明白。但是我们可以推断,根据他夫人说的话,可以大致判断长野博太把它拿回家的日期。他是在公司通过专用机器把这三盘纸带上的记录孔翻译成阿拉伯数字,然后在档案上标明使用完毕的记号,再把它拿回家研究。所以,多半是四月十日左右开始到月底的收视记录。"

"哈哈哈!"

"晚上电视结束的时候,显现的是纸带中间孔。当收看电视节目的时候,显示的是纸带两侧孔,可以由此推断纸带孔是星期几的收视记录。如果把显示频道开始和关闭的两侧连续孔分成几个等分,就是收视时间也能大致判断出来。"

仅根据纸带上的孔是不能判断它表示什么频道。对于小山修三的疑问,平岛庄次从纸袋里取出三本宣传小册子。封面上写有"收视调查公司的调查周报"字样,上面是密密麻麻的小数字和节目名称。

"这是发表的一周收视率。该收视率里包括这三盘纸带上记录的收视数据,是从四月十四日星期三到五月四日星期二的三周收视记录。这张周报是从某电视台导演那里借来的。"

据说死去的长野博太是五月十五日辞职的。在此几天前,他把这三盘翻译过的记录纸带拿回家,进行了多次调查。平岛庄次说,向前推算,第一盘纸带上是四月十四日星期三开始的收视记录数据。每周收视记录的截止时间,是每周二的深夜二十四点。

"原来是这么回事!我明白了。但是周报上的数字可能是汇总四五百户抽样家庭后计算出来的百分比吧?可这盘记录纸带只是记录了一户抽样家庭的收视数据。该周报公布的总体调查情况,对于这盘记录纸带有作用吗?"

"我想应该有作用。公布的总体调查情况是平均值,可那是通常受欢迎的节目。例如某抽样家庭经常选择异常频道,收视调查公司就有可能把那盘记录纸带搁在一边。如果这盘记录纸带没有被搁在一边,理应与周报上的调查结果是一致的。"

"那倒是的。"

"因此，我把这三盘记录纸带与这份周报上的收视率一边比较，一边试着推断记录纸带两侧显示频道的记录孔。请听好了，关东地区有 NHK 等七个频道，因此，纸带两侧显示频道的孔也应该是七个种类。即便还有其他特别记号，可能也不会太多！"

平岛庄次从收视记录器里拽出纸带的端部，一边朝外拉，一边继续说。

"先说 NHK 吧！一看收视率，数字非常大的是平日里早晨七点到八点的节目和新闻。由于各家庭为了知道标准时间而打开频道，该收视率数字则接近 50％。另外，星期日晚上七点到九点收视率最高的是播放大型电视连续剧。该数字接近 25％，这就是了解该记录纸带上某频道的线索……"

羽根村妙子也从驾驶席朝着后座，探出上身一直在听。

"接着，"平岛庄次继续解说，"凭借这三盘记录纸带试着调查了 NHK 的两个黄金时间的收视情况，一是我刚才说的平日里早晨七点开始一个半小时的节目；二是我刚才说的星期日晚上黄金时段。记录纸带上显现的孔，果然是相同形式，排列在两侧。还有，该孔排列形式在晚上十一点半以后的深夜时间，一处也没有发现。由此可见，应该可以把它确定为 NHK 吧！"

羽根村妙子跟着小山修三连连点头。

"接下来，说说其他电视台！最有特征的是 ABB 电视台，该台拥有棒球 G 队晚上比赛的转播权。转播日从晚上七点半开始，一个半小时的收视率直线上升到近 30％。这盘记录纸带两侧，也显现了与该时间段相一致的记录孔。这种现象表明，该抽样家庭喜欢看棒球比赛。"

平岛庄次一边将记录纸带朝外拉一边说："VVC电视台的情况，也可以采用相同方法推断。根据这份周报，每星期日早上八点开始的话剧连续剧收视率是20%，星期日晚上九点开始的'星期日剧场'，收视率约20%。该节目是由一家大企业广告赞助的。这三盘记录纸带上记录的该节目时间段，记录孔都是相同形式排列，可能是该抽样家庭主妇喜欢的频道。由此可见，该孔的排列形式，从客观上是显示VVC电视台。"平岛庄次像解密那样说道，脸上显露出一副得意的表情。

　　"……接下来，是根据周报和第二盘记录纸带分析KDO电视台。这上面有四月二十四日星期六集中话题的世界拳击运动员比赛转播，收视率接近40%。虽说该数据在第二盘记录纸带里，但显示的孔排列形式与其时间段又是不同的。由此可见，这种排列形式是显示KDO的。"

　　"原来是这么回事啊！"

　　"是啊，如果比较周报上报道的高收视率时间段和这三盘记录纸带上的孔的排列形式，就可以判断其他各电视台的孔排列形式。"

　　"这说法符合逻辑。"

　　"反过来，还有比较低收视率节目与三盘记录纸带孔的对应方法！在七个频道里，NHK教育电视台一直是1%；接下来是东京的地方电视台，收视率也很低。记录纸带上，孔排列得很少的就是这两家电视台。因此，与其是相对应的。用这种方法将该周报上的收视率与三盘记录纸带的排列孔一一对应，不仅可以弄清楚七个电视台的孔排列形式，也可以弄清楚这三盘记录纸带上星期几和几点的时间段记录了哪一家电视台的电视节目。"

平岛庄次借助收视调查公司周报，不经过专门翻译机器就可以分辨，三盘记录纸带里的数据分别来自关东地区七家电视台的哪一家，以及哪一天和什么时间段的节目。对此，小山修三感到十分意外。没想到貌不惊人的他，居然有如此高超的智慧。

他不由得想起，美国著名侦探推理作家爱伦·坡曾经写过一部颇有影响的作品《金甲虫》。《金甲虫》从全是记号排列的暗号书里找到其中最多的记号，由此判断那是英文记录册里出现率最高的E。由于在E结尾的三个字母的单词里最常用的是THE，再根据前面的两个记号得出T和H。这是一部通过解开上述组合读解所有暗号的小说。据说，这是当时读书界的热门话题。福尔摩斯的《舞偶》，作品里也采用了解读暗号的写作手法。但是不管怎么说，都不及《金甲虫》标新立异的创作力。

小山修三是从平岛庄次刚才的推断里感受到，酷似阅读破解《金甲虫》暗号时的激动。

"这太让人激动了！是非常累人的暗号破解。"小山修三脱口而出。

"真的，太精彩了！"羽根村妙子也忘了将遮住脸颊的长发朝两边分开，感慨地说。

"哎呀，被你俩这么直截了当地表扬，我感到难为情。"

平岛庄次脸色骤红。这也许凑巧是初夏太阳西落时，蔓延在空中的红色透过车窗射入车内的缘故。千岛渊公园周围依然人烟稀少，身后道路上车流不断，司机也不朝他们那里瞟上一眼。"哎，奇妙的现象出现在这里啊！瞧！"平岛庄次恢复原来的表情，示意看他手上的一盘记录纸带。

"那是什么？"小山修三和羽根村妙子的视线都投向那里。

"根据上述辨别方法,这种孔的排列形式是表示电视台;那种孔的排列形式是RBC电视台。明白了吧?"

　　"是的,明白了。"

　　"将这三盘记录纸带全部拉出来观察是最好的办法,但这样做非常麻烦。我把调查结果记录在笔记本上,如果说这情况……"平岛庄次从口袋里掏出弄得皱巴巴的笔记本,翻开夹有火柴棒代替书签的地方,一边看笔记本一边说,"这三盘记录纸带也像我刚才说的那样,一盘是四月十四日星期三起至二十日星期二的一周收视记录。如果按顺序排列,设这盘记录纸带为一号。第二盘是二十一日星期三起至二十七日星期二的一周收视记录,就设这盘记录纸带为二号。第三盘是二十八日星期三起至五月四日星期二的一周收视记录,就设这盘记录纸带为三号。记住了吗?"

　　"记住了!"小山修三点点头。

　　"长野博太把这三盘记录纸带拿回家后调查多次,于是,我也模仿长野博太当时的心情仔细检查,看看记录纸带里是否有可疑之处。结果,我发现那里面确实有疑点。"

　　"什么疑点?"

　　"疑点是在一号记录纸带里,是从傍晚五点起至晚上七点半的时间段。就四月十四日星期三起至十五日星期四的两天时间来说,根据记录纸带上的孔排列形式分析,那是NHK电视台。因为,该频道从早上七点开始是播放新闻节目。但是,那后来十六日星期五起至二十日星期二的五天时间里,从傍晚五点起至七点半的时间段却相继转换成VVC、RBV、SKT和ABB等电视台频道。这四家电视台,也是根据刚才说的方法,即依孔的排列形式辨别出来的。"

　　"嗯,嗯。"

"基于该现象试着对照收视调查公司公布的收视率周报，四家电视台的该时间段都是播放少儿节目，大多是用特技拍摄的怪兽与超人的格斗电视片和动漫电视片。尤其是七点至七点三十分，VVC电视台播放的是连续动漫节目。也就是说，从四月十六日星期五开始。该抽样家庭成员连NHK晚上七点播放的新闻节目也不看了。"

"啊！"

"也就是说，根据一号记录纸带的收视情况分析，最初两天里是收看一般的成人节目，而后五天里收看的则是少儿节目。这种情况，二号和三号的记录纸带里都分别有记录。"

"说不定有什么小孩来这户抽样家庭里玩了三个星期？"羽根村妙子思考后说。

"可以那么假设。但如果这家里有儿童，一开始就应该收看少儿节目！也许从四月十六日下午开始，亲戚家孩子住在该抽样家庭。那是因为十七日上午起至八点半的时间段时常收看少儿节目。晚上七点播放的NHK新闻，无论谁都想看，它也是目前收视率最高的节目。可是，该抽样家庭于十七日以后就连每天早间新闻节目也不看了。给我的感觉是，该抽样家庭的大人们为了孩子居然不再收看上午七点和晚上七点的新闻节目。"平岛庄次说到这里停顿了一下，"由此可见，二号记录纸带里记录的早晨和晚上时间段都是少儿频道。这也就像我刚才说的那样，区别出日期，就可以把用于显示夜间播放结束的孔作为一天结束的记号，推定日期与时间。二号记录纸带，是四月二十一日星期三起至二十七日星期二的一周收视记录。那一周的早晚电视，被少儿节目占据了。"

"果然是亲戚家孩子一直住在那户抽样家庭吧？"羽根村妙子

重复刚才说过的想法。

"也许是那样。这户抽样家庭里好像没有孩子,是亲戚家孩子逗留了一段时间。三号记录纸带也证明了这一情况,该记录纸带是四月二十八日星期三起至五月四日星期二的一周收视记录。但在这个星期里,连接着二号记录纸带在上午和晚上播放少儿频道的,仅二十八日一天。接下来二十九日起至五月四日的六天时间里,恢复到原来大人看的普通频道。不用说,上午七点以后和晚上七点以后的时间段是 NHK 新闻节目的收视记录。"

"请停一下!那么,分析三盘记录纸带,四月的十四日、十五日两天是成人频道的收视记录;十六日起至二十八日的十三天是少儿频道的收视记录;二十九日起至五月四日的六天是再次恢复成人频道的收视记录。"小山修三核实后,自己也做了记录。

"是的,所以就像羽根村小姐说的那样,该抽样家庭本身可能没有孩子,即便有也不会那样每天都收看怪兽和动漫节目。"

"我邻居家情况就像你说的那样,有五个分别在幼儿园和小学二年级读书的孩子。他们的爸爸发牢骚说,根本就看不了上午七点和晚上七点的新闻节目,几个孩子都热衷于收看少儿节目,做父母的只能满足他们。"羽根村妙子说。

"是来自孩子的变相暴力啊!少儿节目又改变频道后,没完没了地延续。就像周报上刊登的节目时间表那样,与其对应地记录在这盘记录纸带上。"平岛庄次回答羽根村妙子。

"那我明白。但它为什么是疑问呢?"

"不知道。是长野博太认为这些记录纸带上有疑问。我觉得奇怪,长野博太究竟在怀疑什么。"

平岛庄次费了很大劲解说了这三盘记录纸带,其目的是想找到长野博太把三盘记录纸带拿回家频频调查的动机。

"这三盘记录纸带不就是孩子于四月十六日起至二十八日在该抽样家庭逗留和一直收看少儿节目频道吗？究竟什么地方可疑？"羽根村妙子脸朝着平岛庄次。

"凡是根据这样的思路分析，就像你说的那样，确实找不到有什么与众不同的地方。只是孩子于该期间住在这户抽样家庭收看少儿节目，由此占据了大人平日里收看电视节目的时间而已。但是，长野博太为什么要把这三盘普通记录纸带拿回家调查呢？"

"……"

"并且，记录纸带端部理应标有显示该抽样家庭情况的记号，可这一部分却被剪掉。这多半是长野博太干的。尽管是收看各电视台节目的收视记录，可长野博太为什么那么小心谨慎呢？我刚才说过，他担心这些记录纸带拿回家后万一被别人看到，于是剪掉了标有抽样家庭情况的记号。不用说，虽然只看该记录纸带不明白究竟是什么收视记录，但也不可否认人采用与我相同的办法来解读纸带上的孔排列。长野博太这样做的理由是什么？疑问也许就在这里！"

平岛庄次转过脸端详羽根村妙子的表情，只见她半闭着细长而清纯的眼眸，晃着脑袋点头。小山修三依然没有开口说话，但他心里像海水涨潮那样汹涌澎湃，不断涌现电影等屏幕上重叠出现的报纸大标题的画面。

"还有更重要的情况，"平岛庄次继续说与小山修三内心无关的事，"假设表示抽样家庭情况的记号是被剪掉的，无疑，是无法知道该抽样家庭住所的，也就无法知道回收员负责的回收区域。"

羽根村妙子嘴里轻轻地发出"啊"的声音。"这么说，负责回收该抽样家庭记录纸带的是町田市的尾形恒子吧？"羽根村妙子瞪大眼睛问。

"这，现在还不能这么说。因为不知道该抽样家庭的住址和姓名等。能说的，只是表示该抽样家庭的记号被剪掉了，以至连回收员负责的回收区域也无法知道。"平岛庄次失望地嘟哝着。

"这些记录纸带，我觉得肯定是尾形恒子从自己负责的抽样家庭回收来的。"羽根村妙子从驾驶席转过身来，朝着坐在后座的他俩兴奋地说。

长时间停留在空中的落日余晖终于消失了。城墙里高高耸立的松树林，被光线暗淡的暮色笼罩得黑糊糊的。夜色从护城河底朝空中蔓延。道路一侧是高级住宅区，一长溜的路灯竞相争辉。车里没有开灯，他们三人在黑暗的车厢里面对面地低声说话。

"那可能是尾形恒子不在的缘故？"平岛庄次问。

"哎，哎，是那样。"

"怎么把那情况联系起来？"

"我不清楚具体情况。不过，尾形恒子是在五月十二日星期三开始失踪的。那天是回收日，出门去回收记录纸带，随后就杳无音信了。这三盘记录纸带上的记录，是四月十四星期三起至五月四日星期二的三周收视情况。因此，尾形恒子是五月五日回收第三盘记录纸带后送到收视调查公司的，可以假设她是该星期的下一星期的星期三，即五月十二日下午下落不明的。因此，我觉得，长野博太带回家调查的这些记录纸带，肯定是尾形恒子回收区域里某抽样家庭的。"

"记录纸带上的最后收视记录是五月四日晚上。无疑，尾形恒子是把记录纸带送回收视调查公司后的第二周消失的，也就是到五月四日星期二的记录纸带。"

"……那么,尾形恒子为什么失踪?究竟是什么理由?"

"那不清楚。也许与长野博太的疑问有关吧?因为他在调查该记录纸带。"

"所谓记录纸带上有疑问,只是少儿节目的收视记录有突然增加的变化而已。可以想象,那是孩子在该抽样家庭逗留期间的特殊情况。"

"不过,长野博太调查了那盘记录纸带,因此那里面肯定有疑问。"

"但是我无论怎么思考,觉得这盘记录纸带上并没有什么疑问。"

平岛庄次在黑暗里歪着脑袋思考。小山修三不再保持沉默,开口说道:"关于这盘记录纸带上的疑问,我已经心里有谱了。"

平岛庄次和羽根村妙子都对小山修三的"心里有谱"这句话感到惊讶,不约而同地看着他。他们三人交谈中,他几乎没有怎么说过话,因为日期和时间不是记得很清楚。

第二天上午,小山修三立刻去区图书馆翻阅以前看过的报纸合订本。他查阅的是,有关涉谷区松涛发生的六岁女孩被拐案。

上次曾心不在焉地翻阅过这起案件,大脑里好像有印象。他在听平岛庄次解说三盘记录纸带内容的时候,该记忆突然在脑海里涌动。根据报上的报道,他简短扼要地记录在笔记本上:四月十六日上午十点左右,该公司高层干部的三女儿惠子在附近小公园下落不明。

"女儿下落不明——四月十六日上午十点左右。"小山修三把它抄写在记录本上。

在女孩身边驾车的女司机年龄不太清楚，约莫三十五岁左右，因为她比三十八岁的妈妈稍年轻一点。车没有经过涉谷的热闹街道，而是在其他道上行驶，一路上遇到好几个信号灯，司机阿姨在途中买了口香糖。那后来的行驶路上，女孩在车上睡着了。

两个星期后，安然无恙的惠子出现在小公园里被人发现。警方专案组根据她的叙述沿路寻找，但最终没能找到惠子被软禁的住宅。惠子说她被软禁的地方是二楼的漂亮房间，那是一幢两层楼住宅。阿姨让她看电视动漫片，那是惠子她在自己家一直看的动漫连续剧。

"动漫电视片的播放时间，是每天傍晚五点四十五分起至七点二十五分。但是，播放的电视台与上次不一样。"小山修三写在笔记本上。

惠子在司机阿姨家住了两个星期，叔叔每天早晨出门傍晚回来。惠子每天上午和晚上看动漫电视连续剧，直至自己回到家那天都没有停止过。小山修三是这样写在笔记本上的："惠子乘阿姨的车来到自家附近小公园，被抱下车的那天，是遭诱拐后的第二周的四月三十日上午十点左右。"

……小山修三又仔细查阅了一遍被装订好的报纸，将内容摘要抄写下来，随后目不转睛地盯着抄写下来的数据看。小山修三看着摘录内容，得知惠子是被一个三十五六岁的女人驾车从涉谷区松涛小公园诱拐走的。从四月十六日起至三十日惠子返回小公园那天凑巧两个星期，惠子两个星期的收视情况清清楚楚记录在三盘记录纸带里。

一号记录纸带：四月十四日星期三起至四月二十日星期二；

二号记录纸带：四月二十一日星期三起至四月二十七日星期二；

三号记录纸带:四月二十八日星期三起至五月四日星期二;

根据平岛庄次的解释归纳如下:

一号记录纸带里的收视记录:四月十四日和十五日是一般节目;四月十六日傍晚五点起至七点半是少儿节目(动漫和怪兽、超人电视剧);

二号记录纸带里的收视记录:四月二十一日起至四月二十七日的上午和晚上都是少儿节目;

三号记录纸带里的收视记录:只有四月二十八日是连接前面的少儿节目,四月二十九日起至五月四日的六天是一般节目,没有收看少儿节目。

惠子是四月十六日上午十点左右被诱拐的。分析一号记录纸带,这天的整个上午只是一般节目,从傍晚五点才开始播放少儿节目。由于惠子来到被软禁的家时是上午十点以后,因而与早上没有收看少儿节目的记录是一致的。

回家后的惠子说,每天在那二楼的漂亮房间里看少儿节目。十六日以后记录纸带上显示的各电视台频道,证实了上述情况,出现在二号记录纸带全卷上和三号记录纸带的开头。然而,最后是到四月二十八日为止。三十日上午十点,惠子被和蔼的阿姨送到小公园。按理说,二十九日的上午、晚上和三十日上午的少儿节目应该都有记录,但是记录纸带上没有。

也许有时间上的原因?特别是三十日上午,为在上午十点前后把惠子送到涩谷区松涛小公园,在时间上没有让她看电视的余地。惠子被拐案,虽说最终被平安送回,但没有抓获犯罪嫌疑人。在解除不准报道的禁令后,警方继续进行严密的排查,可至今仍然没有侦破。

昨天,小山修三由于没有记清楚具体日期和时间,因此没能对平岛庄次和羽根村妙子说起惠子被拐案和记录纸带有关,现在经过核实,斗志再次激发起来。长野博太分析这三盘记录纸带后,推测出竞相报道的惠子被拐案与记录纸带之间的关系,就有回收员开始调查该抽样家庭。

不用说,长野博太是收视调查公司的管理科副科长,知道两周里那些少儿节目收视记录的记录纸带来自某抽样家庭以及回收员是谁。当推断该收视记录与惠子被拐案有关时,长野博太是采用什么方法调查的呢?首先是长野博太亲自调查该抽样家庭。对于他来说,这是最能接受的方法。

其次让回收员调查。看上去是迂回,其实是安全方法。倘若长野博太亲自调查,身为管理科副科长的他会被视为过于公开问题。毕竟是问题,调查时需要相应的内部保密。因此,星期三让回收员去抽样家庭是最安全的。因为都是女人,可以通过拉家常深入了解情况。并且还可以从附近打听到,该抽样家庭有没有孩子。就是说,如果是十来岁以上的孩子,也许没有那样的兴趣;同样,三岁以下的幼儿,兴许还没有产生那样的兴趣。假设该抽样家庭里来了个六岁左右的女孩,并且从四月十六日逗留到三十日,即便这些日子不外出,多半也应该有邻居看到她。

另外,根据报上刊登的“惠子的话”分析,该抽样家庭主妇约三十五六岁左右,二层住宅很漂亮。无疑,回收员理应清楚软禁场所与其担任回收的抽样家庭是否一致。

还有,诱拐惠子的主妇会驾车。因为是幼儿,只能说清楚车身颜色,说不清是什么型号。然而,如果是回收员,既知道该抽样家庭有否车辆,还应知道主妇会否驾车。

根据这些情况,长野博太很有可能向负责该区域的回收员说明情况,让她寻找提供可疑记录纸带的抽样家庭。那么,该回收员怎么去寻找呢?如果借简单的寻找方法,寻找工作也许可以轻松结束。如果寻找方法过于暴露,无疑让对方产生远远超出警惕的恐怖情绪。

女性,特别是中年女性,好奇心浓。也许中年妇女出于那种好奇和兴趣,会过于深入寻找可疑的抽样家庭。可以想象,那种过于深入的寻找方法只会把灾难带给回收员。三盘记录纸带被送到收视调查公司的日期,是五月五日星期三。而尾形恒子的失踪日期是五月十二日星期三。在这个星期里,长野博太调查了记录纸带和秘密寻找尾形恒子……

小山修三觉得问题的症结,在于该抽样家庭是否存在。如果回收员是尾形恒子,该区域就是她负责回收的区域。她住在町田市,负责东京都南部的记录纸带回收任务。说到南部,回收区域好像很大。但是在现实生活里,抽样家庭及其本身是否存在似乎没有人听说过。户数极少,回收员的回收量肯定也不多。因为,尾形恒子每周星期三驾车回收时,只要一上午就足够了。

由此,小山修三回忆报上刊登的一则报道,是根据"惠子的话"展开的搜查经纬。警方专案组凭着惠子的记忆,从涉谷区松涛小公园开始,对可能到达犯罪嫌疑人住宅的道路进行一番排查。司机阿姨比妈妈年轻,叔叔比爸爸年龄小,由此可以判断,诱拐惠子的女犯罪嫌疑人年龄在三十五六岁,其丈夫年龄在四十二三岁。但关于他俩的脸部特征,惠子因年龄小表达不清楚。

警方让惠子坐在车上寻找以松涛小公园为起点的所有路。因为惠子说没有去涉谷繁华的街道，警方便选择了几条车流量大的道路边行驶边寻找。惠子说的路，好像是从涉谷去新宿的神宫大道。惠子说，蓝色轿车从那里驶入小路，在有许多商店的热闹街上停下车后买了口香糖。警方专案组虽然寻找过那条小路和四月十六日上午十点十五分到四十分左右停车买口香糖的那家商店，但都没有发现。

这之后，惠子在贼车上不知不觉地睡着了，也就不知道经过的是一些什么路。由此分析，犯罪嫌疑人驾车从涉谷进入通往新宿的明治大道后途中驶入小路，由于目的地不是新宿，也就不清楚那条路是在左侧还是在右侧。左边和右边的小路，分别经过的地方都是完全不同的。

如果把它缩小到以尾形恒子回收区域町田市为中心的东京都南部，那又是什么路线？从涉谷立交桥进入那里，只有上东名高速公路。如果从松涛小公园驶入明治大道，这座立交桥则与新宿成了相反方向，朝小路上转弯也不太合乎逻辑。载着惠子的贼车没有直接驶向软禁地。小山修三做了这样的判断。犯罪嫌疑人可能从一开始就故意朝反方向行驶，途中又转了好几个圈，等到核实清楚没有人跟踪后，她这才改成去目的地。小山修三继续沉思。

三盘记录纸带，是四月十四日起至五月四日的三周收视记录。其中没有少儿节目收视记录的，是十四日、十五日和十六日上午。惠子是十六日上午十点左右被诱拐到那户人家，因此可以理解记录纸带里关于少儿节目的收视记录是从那天傍晚开始的。

还有不明白的是，四月二十八日的最后收视记录是傍晚的少儿节目；从二十九日起至五月四日收看的是其他节目。惠子于四月三十日上午十点左右被送回自己家附近的小公园，可见她二十九日整个一天都待在软禁地点。因而,那天的收视记录是那以前的继续。上午和傍晚,都应该有少儿节目的收视记录。

另外,即便三十日,少儿节目是从上午七点开始,因而至上午十点左右把惠子送到涉谷区松涛小公园的时间段,按理可以让她看少儿节目。如果减去路上所需时间,那么,从七点开始的少儿节目收视记录,多少应该有一点。不管时间多么少,孩子一般都希望看自己熟悉的少儿节目。

小山修三完全了解孩子的这种心理。他亲戚家有读小学三年级的男孩和读小学一年级的女孩,总是在去学校前盯着少儿节目,一边做上学准备,一边不时地转过脸看电视。他俩年龄还小,家长再怎么说也不管用。孩子的爸爸说,上午七点和傍晚七点的新闻频道根本就看不成。

就拿诱拐惠子的那户人家来说,为使惠子顺从他们动了不少脑筋。惠子称诱拐她的人是“善良”的司机阿姨,多半是犯罪嫌疑人出于使孩子顺从的考虑显得很亲热。不用说,理应让惠子看二十九日上午、傍晚和三十日上午七点开始的少儿节目。但是,没有那样的记录。

小山修三起初以为,该诱拐夫妇逐渐害怕诱拐他人是犯罪行为,于是决定三十日早晨送她到原来的小公园,而在二十九日和三十日上午为送惠子回家做准备,没有打开少儿节目频道。

但是细想,这又不太可能,因为记录纸带上是其他频道节目的收视记录。按理说,应该换成少儿频道。小山修三察觉四月二十九日是国定假日,这天可能没有少儿节目。

“国定假日也播放少儿节目。”电视台回答了小山修三的电话询问。

可见,国定假日和星期天也播放少儿节目。那么,四月二十九日的记录纸带里没有少儿节目收视记录,这又是怎么回事?那户人家也许发生过什么情况?!

如果有情况发生,也不能成为不让惠子看少儿节目的理由。因为,善良的司机阿姨为了让惠子能待在她家,除哄骗外还处处宠她。大凡这户人家二十九日外出了。小山修三心想,这天是固定假日,夫妻俩可能带着惠子一大早就外出游玩了,一直到晚上才回来。一整天家里没有人,但仍要打开电视让收视记录器工作。这是抽样家庭签订过合同而出于履行义务的需要。即便家里没有人,记录纸带上也要有节目收视情况,是所谓的猫收视率。这是比喻抽样家庭没有人的时候,家猫代看电视的时间也可成为收视率的组成部分。

某妇女杂志的调查报告说,平均每十五户中有一户是养猫家庭,比例为6.5%。唯猫看电视的期待值,是小数点两位数以下的百分比,也就是数万分之一的精确率,被包括在抽样误差里……总之,是那样的道理。关东地区有九百万户电视家庭,抽样家庭仅五百户,因而误差幅度也理应相当大。理所当然,小数点两位数以下的猫收视率多半被包括在抽样误差。然而,无聊的猫收视率条件是"电视房间只有猫而没有人",还要增加另外一个条件,即始终是同一频道的收视记录。因为,猫不会变换频道。

四月二十九日那天,如果诱拐惠子的家庭从早到晚都没有人在电视房间里,正在记录的纸带上显示的必须是相同频道。如果该收视记录里有频道变化,说明这家没有人外出。

由于平岛庄次没有对自己说过上述情况,小山修三为了核实给平岛庄次挂了电话。

"四月二十九日的记录带里,频道在不断调换。不是少儿节目而是其他节目。即便白天,也是主妇非常喜欢的醉人节目!"平岛庄次答道。

第四章　马路求爱者

　　总之，小山修三觉得找到提供该三盘记录纸带的抽样家庭住址是最首要的。该抽样家庭可能是尚未侦破的诱拐惠子的嫌疑犯，或者与该案多少有牵连。当时,管理科副科长长野博太怀疑这些记录纸带时，无疑也联想起报上的"读者来信"。确定该回收员是町田市的尾形恒子，是因为长野博太的出车祸地点在町田街道。很显然,他担心尾形恒子失踪。然而,他在回家路上遭遇车祸。

　　小山修三推断，三盘记录纸带的记录里藏有惠子被拐案和尾形恒子失踪有关的秘密。如果真是这么回事，仅自己单枪匹马调查只能是望洋兴叹，至少要向平岛庄次和羽根村妙子公开自己的这一推测。该想法，是在他次日早晨醒来时出现在大脑里的。于是,想见他俩。上午十一时左右,他打电话到海鸥制片公司。"平岛庄次今天请假没来上班。"接电话的人说。

　　"哦,是吗? 请叫羽根村妙子接电话! "

　　"早上好! "羽根村妙子接过电话后先问候。

　　"听说平岛君今天休息? "

　　"是的,是的,他今天和明天都休息。"

　　"是吗? 哎,我有话想对你俩说,真希望快点告诉你俩。既然平

158

岛君休息,那我就只能告诉你并且跟你商量,内容有关上次记录纸带。我好像觉得自己破解了一些,而且意义相当重大。能否在中午休息时在附近和你见面?"

"哎,行,在哪里见面好呢?"由于对方说破解了记录纸带之谜,还说意义相当大,于是羽根村妙子变得兴奋起来,立刻答应跟他见面。

"银座人多,反而不会引起别人注意。"

"要是在那里,倒不如干脆在百货店前面,怎么样?店门前进进出出的人多,我俩就在那里见面,随后在附近随便找一家咖啡馆。我中午十二点到一点只有一小时休息时间。"

"一个小时足够了。"两人约定十二点十分在银座的百货店门前见面。

可是,小山修三到达银座转角那家百货店门前时已经十二点三十分,整整晚到二十分钟。事不凑巧,他刚要出门时来了一位画友,怎么也不让他马上离开。告别画友乘出租车匆匆赶到银座时,转角那儿显眼的百货店门前聚集着许多男女,脸上都是等人的表情,朝着周围不停地张望。

羽根村妙子披着长发,在这些男女中间脸似乎变小了。小山修三来到她旁边时猛地停住匆忙的脚步,好像看到她身边有男朋友。那人看上去是四十岁左右,仿佛贴着她的背部,嘴巴不停地在动,似乎在对她说着什么,可是她没有搭理,伫立在原地。

小山修三不知如何是好。自己分明在电话里告诉过她有重要话说,可她为什么要把男友带到约好与自己见面的地方呢?小山修三觉得她太随便了。可是既然她带来了,也许是海鸥制片公司的同事。羽根村妙子发现小山修三后,一边朝他微笑,一边主动朝他走来。那个中年男子见状,赶紧改变方向走进百货店。"对不起,来晚了,让你等这么久实在抱歉。"

"没关系。"

"那个……"小山修三惦记着消失在百货店里的中年男子,"哎,你不是还带着一个人来的吗?"他还以为跟她来的中年男人觉得不好意思避开了。

"不是的。"羽根村妙子脸上是尴尬的笑容,催促小山修三说,"哎,可以说话的咖啡馆在哪里?"他俩商定后去林荫大道那里的咖啡馆。

"总之,到咖啡馆后再说!我发现记录纸带上有重大疑问,说出后想请你判断是否合乎逻辑。刚才在百货店前面好像是你的男友站在你的身边,我觉得不知如何是好。"

"我根本就没带什么男友,那是一个陌生男人。"

"是吗?可我看见他一直在跟你说话?"

"那是他在自言自语。"羽根村妙子微笑着说。

"自言自语?"小山修三眼前浮现出那男子站在她背后不断说话的模样。

"假若自言自语,那家伙还真说了很长时间呢!"

"因为,我站在那里等小山君已经很长时间了。那男人与其说是自言自语,倒不如说是主动邀请。"

"邀请你什么了?"小山修三歪着脑袋。

羽根村妙子一边走一边脸朝着小山修三,那双细长清纯的眼睛俏皮得眯成一条线。

"那男子在我身后是自言自语地邀请:'小姐,如果,如果你等的人还没来,请和我一起到咖啡馆喝咖啡好吗?'"

"嗨……"

"我没理他,他接着又邀请说:'可以一起吃饭吗?去美味饭店,我请客!'但是,我脸上装出没有听见的表情。于是他又邀请说:'饭吃完了去散步好吗?你等的人如果没有来,反正时间闲着也是闲着是吧。'他的邀请就是这样逐步升级的。"

"哎,还真让我吃惊不小!可那男子为什么要在你背后邀请呢?"

"担心被我拒绝后脸上出现的窘相吧。不管怎么说,这种场合丢面子的是男人。站在背后自言自语地邀请,就是对方不搭理,男人也不会觉得丢面子。"

"那原因在我,让你等了那么长时间。"

"没关系。像这种情况,不光我,女人都会碰上。有一天,我的女友被一名男子也从这条林荫道一直跟踪到新桥车站。跟踪过程中,那男子一直在自言自语地邀请她,可始终不走到正面来,而是在背后喃喃自语。"

"嗨,女人独自一人的时候居然会遇上那样的事?"

"古时候的邀请是正儿八经的,是用唱歌形式邀请。"

"……但是像陌生男人那样邀请,也就是求爱,能获得成功吗?"小山修三抚摸胡子。

"像那样主动求爱的男子经常有,据说其中好像也有成功的!"羽根村妙子回答道。

"反正我是吃惊不小,也不敢相信这种事那么简单就能顺利成功!"小山修三半信半疑。

"哎,你想说的大概是上次平岛君说的广告代理公司外勤职员的情况吧?"

被羽根村妙子这么一提醒,小山修三也想起来了。"哦,是的。"

平岛庄次所说的,就是指日荣广告代理公司花花公子职员小高君,这人嗜好在百货店和街头引诱有夫之妇。小高君是日荣广告代理公司的外勤人员,因经常与广告赞助商和民营电视台打交道一直在外。尽管非常敬业,但喜欢与女人交往,因而忙得不可开交。

据说小高君的同事跟他去过百货店,看到他在百货店引诱陌生的有夫之妇,还当着同事的面带上有夫之妇离开百货店。他为了邀请女人外出,经常利用每年的休假,最近又没有去公司上班。他的妻子虽不高兴,但也不怎么发牢骚,于是也就不存在家庭争议。

根据家庭心理咨询顾问对这种情况的分析结果,说接受该邀请的有夫之妇心里除对丈夫不满以及家庭烦恼之类的原因外,也可能有为人之妻的厌倦感而希望暂时摆脱,也可能有整天泡在家务堆里的厌恶感而盼望短时轻松。社会心理学者也发表过这样的言论,说是电视上的醉人节目扭曲了主妇的心理。

小山修三瞥了一眼羽根村妙子被刘海遮住额头的脸。刚才,那张脸被自言自语求爱的中年男子求过爱。从她这样二十五六岁的年龄来说,可能被误解为有夫之妇。最近,单从女性的穿着来看,丝毫分辨不出谁是未婚女子谁是有夫之妇。羽根村妙子的外表沉着,举止不活泼,于是被嗜好自言自语求爱的男子误以为有夫之妇,或者被误认为对家庭有厌倦感。

映入小山修三眼帘的,是一家比咖啡馆还要小的餐馆。站在她的角度考虑,羽根村妙子是十二点离开公司,随后在百货店门前等自己很长时间,无疑午餐还没有吃。由于是利用午休离开公司来这里的,必须在下午一点前赶回公司,而眼下离上班时间只剩十五分钟了。

"话说起来比较复杂,说完至少需要三十分钟,怎么办?打电话事先征求公司意见,请求把休息时间延长到下午一点四十分,那样的话,我们可以边说边吃,因为我也空着肚子呢!"小山修三停住脚步站在小餐馆门口试探着对她说。

"如果只延长四十分钟,不需要征得公司同意,也不必打电话,只是今天平岛君也请假,现场稍稍忙了一点,不过就延长那么点时间,请不要介意。"羽根村妙子细长的眼睛朝着他说。

正值午餐时间,小餐馆里相当拥挤,五分钟过后,才被引导到客人刚离开的墙角餐桌那里。羽根村妙子点了粟米汤和油炸虾,小山修三点了葡萄酒和煮牛肉。他俩点的尽是烹调费时的菜肴,好让小山修三详细地把话说完。"平岛君将休息几天?"在进入记录纸带话题前,先是这样的闲谈。

"据说是今明两天。"

羽根村妙子因为位置关系,从窗外射来的光线把她的头发染成了银色,餐馆里的灯光则把她的脸染成了橙色。"他去哪里了?"

在昨晚的电话里,平岛庄次只字未提请假。

"哦,多半是带着一家人去附近借宿一夜的旅游吧?他是模范丈夫,既操心孩子又疼爱妻子,经常是一家人短期外出旅游。"羽根村妙子笑容可掬地说。

"原来是这么回事!其实,昨晚我为上次提到的记录纸带一事跟平岛君通过电话。因此,我也很想请平岛君听我说,但是他请假了,遗憾啊!如果是家庭旅游,那就无法通知他了。"

"听说小山君就记录纸带有重大发现,我想尽快知道。"

羽根村妙子把头发朝后拢了拢,两肘撑在桌上。小山修三对羽根村妙子说起"惠子被拐案",让她看自己从图书馆报纸合订本上抄写下来的案件摘要。

"三盘记录纸带里少儿节目的收视期间,和这起幼儿被拐案的发生时间凑巧一致。"

少儿节目的收视记录是从四月十六日开始的，该收视数据出现在四月十四日星期三开始的第一盘记录纸带里。从四月二十一日星期三起至四月二十七日的第二盘记录纸带里，记录的都是少儿节目。从四月二十八日星期三起至五月四日星期三的第三盘记录纸带里，只有四月二十八日记录的是少儿节目。

他把依据平岛庄次提供的情况制作的表格给羽根村妙子看，再把该表格与四月十六日起至四月三十日早晨惠子被诱拐的两周时间进行比较。羽根村妙子把小山修三制作的表格放在桌上聚精会神地比较,耳朵听着小山修三解说。

"也许是我想得太多了。如果说是偶然,但我觉得这种巧合太不可思议了！"

羽根村妙子的胳膊肘撑在桌上,双手托着下巴,细长的双眼紧闭着陷入沉思。就连服务员把菜端上桌的时候,她也全然没有察觉。

"我很感兴趣。"羽根村妙子沉思了一会儿,睁开细长的眼睛,清纯而不大的眼眸里闪烁着好奇的目光。她伸出手夹菜,但注意力没有集中在餐刀尖端。那是因为大脑还在沉思。

"我可以向你提一两个问题吗？"她停下拿着餐刀的手问,"第一,小山君有错觉！"

"错觉？"

"平岛君有关三盘记录纸带的解说,我和小山君在千岛渊那里听说了。就当时的情况,每天的傍晚时间确实是少儿节目,可早上的少儿节目不是天天播放,而是有时播放。"

"哎,早上不是天天播放?"

小山修三大吃一惊,自己确实一直认为每天早晨播放少儿节目是平岛庄次说的。

"哎,那是确实的。因为我那天回家后立刻写了备忘录。"羽根村妙子从皮包里取出红封面小笔记本翻开。"我果然没有弄错。记录纸带上的四月十六日起至二十八日,确实从早晨开始播放少儿节目的。可是,早晨的少儿节目不是天天播放。从四月十七日开始,早晨七点起至八点半的时间段有时候播放少儿动漫节目,不是天天播放。平岛君是那样说的,我的笔记本上也是那样写的。"

小山修三被羽根村妙子这么一说,即刻陷入了沉思。那些记录纸带里记录的少儿节目,确实是四月十七日以后早晨和傍晚播放,自己记得平岛君是这样说的。而早晨的少儿节目是"有时候播放"的话,是不是自己听错了?如果那天,羽根村妙子是听说后回家立刻记在笔记本上的,那么,她说的也许是真的。

"小山君由于那三盘记录纸带上是天天傍晚播放少儿节目的数据,因而我想你可能把早晨的时间段也联想为天天播放。"

羽根村妙子这么一说,小山修三开始觉得也许是那么回事,深知自己有过早理解和盲目推断的不良习惯。如果那样,自己的推测可能站不住脚。他觉得推测的根据在摇摇欲坠。

"不,你不必那样。"羽根村妙子朝着左右直晃脑袋,"只是把少儿节目和惠子被拐案联系起来推断,你就已经立功了哟!因为我还一直以为亲戚家孩子是十六日下午开始住在那户抽样家庭的。"

小山修三记得车停在千岛渊的时候,羽根村妙子在车里这样说过。

"然而，我是通过翻阅报纸合订本才知道惠子被拐案的。"

如果不去图书馆查阅报纸，脑子里就没有惠子被拐案的印象，后来觉得有道理也没有再去重复查阅有关新闻报道。羽根村妙子表扬自己是立功，觉得纯属巧合，感到难为情。

"记录纸带里记录的少儿节目是十三天，惠子被拐期间是十五天，少儿节目差两天。"

羽根村妙子抓住这两天的不足部分。

"那是这样的。因为记录纸带里没有四月二十九日和四月三十日早晨的收视记录。三十日早晨是离开软禁住宅被送回去的一天，可以暂且不去考虑。二十九日是国定假日，当天早晨和晚上记录纸带上显现的，是大人看的一般节目。"

"即便节假日也播放少儿节目。"

"我打电话去电视台才知道这情况的，过去还一直以为节假日停止播放少儿节目呢！"

"那么，为什么就二十九日这天没有看少儿节目呢？"

"因为是节假日，主妇可能有事没有出门，而是丈夫带着惠子外出游玩。"

"可是，那情况有点不可思议啊！该夫妻俩应该清楚警方正在寻找失踪的惠子，即便新闻媒体没有报道，但是把惠子带到外面很有可能被熟人撞见。这对于嫌疑夫妻来说，不是增加危险吗！他难道会冒那么大险带惠子出去玩吗？"

羽根村妙子歪着脑袋思索，觉得这里有疑问。她的疑问，确实指出小山修三的想象中不符合逻辑的地方。他俩不可能在人多的节假日里把被拐骗的惠子带到外面去玩。

"夫妻俩可能假日那天有什么情况，没时间让惠子看少儿节目……"羽根村妙子说,那里好像有自己尚未察觉的地方,"在次日,也就是三十日,嫌疑夫妻有步骤地把惠子送回涉谷。但是我认为,为了保持孩子的高兴情绪,嫌疑夫妻应该在出门时停止惠子看动漫电视剧,然而记录纸带上没有那样的收视记录,实在不清楚嫌疑夫妻家究竟发生了什么。"

这时,羽根村妙子"哦"地叫了一声,于是小山修三抬起脸来,这当儿她打起嗝来,赶紧举起玻璃杯喝水。"对不起!"羽根村妙子小声道歉。接着,她转动餐刀和叉子的动作好像精疲力竭似的。小山修三的视线在她脸上扫了一眼,只见她满脸沉思的表情,清纯的眼眸出神地注视着某个焦点,瞬间目光炯炯的,不过该情景并没有映入小山修三的眼帘。"问题是,提供那三盘记录纸带的抽样家庭。无疑,该抽样家庭属于尾形恒子的回收区域。知道该抽样家庭详细住址的,是死去的长野博太和失踪的尾形恒子。"羽根村妙子沉浸在思索之中。

小山修三说:"长野博太离开町田市的尾形家后打算去哪里呢?"

羽根村妙子回答说:"他呀,可能是打算回东京吧?因为,是在东名高速公路上接近横滨立交桥入口的地方遭遇交通事故的。"

"我也一直是那么想的。"

"你也一直是那么想的?"

"嗯,不过,我现在改变了想法,因为驶上东名高速公路未必返回东京。如果长野博太乘坐的出租车驶上了东名高速公路,我们就可以清楚是去东京还是去名古屋。然而事故是在没有驶上立交桥之前发生的,无法辨别出租车究竟朝哪里行驶。"

"你是说……"

"长野博太可能是打算直接去抽样家庭。"

长野博太离开町田市的尾形家后，也许打算直接去提供可疑记录纸带的抽样家庭。羽根村妙子的假设，是完全站得住脚的。小山修三也这么认为，如果长野博太不是打算乘出租车去东京，那就是朝名古屋方向行驶。

　　从立交桥朝西行驶，一路上经过厚木、大井松和御殿场等驶往名古屋。刹那间，小山修三茅塞顿开。从厚木开始分岔的南侧收费公路，名叫小田原厚木公路，不就是驶往平冢、大矶和小田原的吗！小山修三想起"读者来信"上的落款：大矶町服部梅子，主妇，三十七岁。

　　假设长野博太打算乘出租车去大矶拜访"服部梅子"，那结果又是怎么回事呢？

　　小山修三认定：服部梅子是长野博太虚构的名字，他以虚名形式向报社投递读者来信。也就是说属于内部检举。但事后被公司察觉，从而解除与他之间的劳务合同。

　　现在，他仍然坚持上述推测。大矶町是尾形恒子负责回收的区域。她负责的回收范围不光东京都，还包括神奈川县，而且是很长时间。她去抽样家庭回收时，多半是驾驶私家车。因此，大矶町无疑是她负责的回收区域。那么，长野博太从大阪回来后的途中为何急着去町田市的尾形家，随后又为何乘出租车沿东名高速公路西行去大矶町？

　　理由很简单，长野博太早就怀疑提供该三盘记录纸带的抽样家庭，以大矶町服部梅子的名义写读者来信通过媒体将丑闻公布于众，同时由于该三盘记录纸带上的疑问越来越大，便委托尾形恒子去抽样家庭调查。他得知她还没有回家后担心起她的安全来，也许打算直接去该抽样家庭了解情况。对于尾形恒子的失踪，长野博太也负有责任。

小山修三说，自己的推测是基于长野博太打算去大矾町的推断。而羽根村妙子却陷入沉思，似乎在对他的推测做出判断。

"怀疑三盘记录纸带，是指该抽样家庭与惠子被拐案之间有关联吗？"

"报上是五月十三日刊登服部梅子的读者来信的，我在电话里听平岛庄次说起该事，于是我找到那张晨报翻阅。所以，日期我记得很清楚。

"如果是五月十三日，那么服部梅子给报社寄信的时间大约是半个月以前。也就是说，客观上可能是四月二十八日前后。如果是四月二十八日，惠子还被软禁在嫌疑夫妻家里。"

小山修三的手指一边摁着胡子一边说。

"不过，有少儿节目收视记录的最后那盘记录纸带，时间可能是到五月四日为止，长野博太怀疑那盘记录纸带的时间，大概是那以后吧？"

"因此我觉得，推测长野博太以服部梅子名义于四月二十八日给报社寄读者来信的时间过早了一点。"

对于羽根村妙子的指出，小山修三答道："但是，长野博太并没有看完这三盘记录纸带里的全部记录。那之前，回收员每星期去该抽样家庭回收一盘，然后送到收视调查公司。也就是说，第一盘是四月二十一日星期三下午，第二盘是二十八日星期三下午。可见，那些记录纸带里有收视记录。第一盘的前半部分是普通节目，后半部分是少儿节目。

"如果第二盘全是少儿节目的收视情况，那么，长野博太怀疑给记录纸带的日期应该是四月二十八九日。因此，这与他以服部梅子名义写读者来信的日期大致相同。"

"明白了!"羽根村妙子点点头,好像理解了他的解释。可仔细观察后,才觉得她脸上并没有表示赞同的神情。

"该抽样家庭就是诱拐惠子的那户家庭吗?"

"是的,只能那么考虑。"

"无论问什么人,都说不曾见过听过某家庭被安装过收视记录器。数量少得可怜的抽样家庭,为什么偏与惠子被拐案有如此缘分?"

"该奇怪的缘分有也好没有也好,犯罪是不选择家庭和场所的。"

"那倒是的。"羽根村妙子叹了一口气。

"你这么说,我不由得担心起尾形恒子来。"

由于小山修三提到"犯罪"两个字,羽根村妙子的表情仿佛看到充满杀机的乌云那样暗了下来。有关尾形恒子的失踪,确实有不祥预感。如果像羽根村妙子推测的那样,长野博太走访町田市的尾形家后乘出租车匆匆去了大矶町,那么,他无疑是打算去大矶町那户抽样家庭了解尾形恒子的安危。那是因为,长野博太可能担心尾形恒子是否遭到该抽样家庭的毒手。

这与小山修三的推测有关联,即很有可能是,尾形恒子受长野博太委托去该抽样家庭侦查,因出于好奇而发展到调查,又因调查过于深入而被对方察觉,以致最终陷入被害境地。

"小山君的推测是,那户抽样家庭眼看惠子被拐案就要败露而不得不杀了尾形恒子。但这大概是害怕诱拐事实暴露而杀人灭口吧?"即便现在,羽根村妙子也还是屏住呼吸那样胆怯地问道。

"诱拐惠子的嫌疑夫妻虽说让惠子平安回家了,但是诱拐事实是不能否认的。因为诱拐是重罪。原先考虑到惠子的安全,媒体之间统一商定停止报道。可是现在解除禁令了,见诸报端后大街小巷都在议论。专案组仍然在马不停蹄地继续侦查。作为夫妻犯罪嫌疑人,无疑在千方百计隐蔽自己。如果该抽样家庭是受尊敬的善良市民,防止暴露的本能则有过之而无不及。虽说不是有计划有预谋,但我认为在回收员通过秘密侦查接近真相的时候,该抽样家庭就有可能失去理智对回收员下毒手。"

"受到尊敬的善良市民……"羽根村妙子喃喃自语。

像这样的说法经常出现在外国小说里。羽根村妙子也好像想起那句话,可脸上没有微笑,相反,她那对细长眼睛里清纯眼眸的深处再度闪烁着深邃的目光。

"尾形恒子可能没对丈夫说去某户抽样家庭调查的事吧?"

"大概没有说,如果说了,丈夫可能要求警方寻找失踪的妻子,警方也就可能根据丈夫提供的情况侦查该抽样家庭。"

"因此,从大阪回来的长野博太就是匆匆去町田市的尾形恒子家,也不敢向她丈夫公开去调查之秘密。再说长野博太也负有重大责任,当然不能明确对尾形丈夫说起尾形恒子的安危情况!正如你说的那样,他是打算亲自调查该抽样家庭。"

羽根村妙子默默地点头,好像对于他的推断没有异议。必须尽快找到那户可能住在大矶町的抽样家庭。虽说收视调查公司里有记载所有抽样家庭的花名册,但是对于小山修三他们来说那里有不可逾越的铜墙铁壁。要了解真相,只有两个方法。在银座告别羽根村妙子回到自己在神田经营的咖啡馆后,小山修三仍在沉思。

一是要求收视调查公司就尾形恒子的失踪展开调查。该公司管理科里,有尾形恒子负责回收区域的抽样家庭花名册。她是五月十二日星期三回收记录纸带那天下午去向不明的,她的失踪完全可能与工作单位有关。鉴于上述原因，可以要求该公司展开调查。

二是直接向警方说出该疑问，请警方展开侦查。警方可能会通知收视调查公司交出保密资料，然后对尾形恒子负责回收的抽样家庭展开地毯式排查，尤其要重点排查大矶町周边。

上述办法既是一条解决眼下困惑的捷径，也是最恰当的。但是实施该方法，必须要有尾形恒子丈夫配合。对于小山修三来说，这是最难办到的。小山修三最后决定，看事态发展再说。其实，他还是打算依靠自己解开疑团。傍晚，咖啡馆渐渐忙了起来。这时，一位看上去约四十二三岁的胖男子走进店堂，坐在吧台前面。

"哎呀，好久不见，你今天怎么在咖啡馆？"来客叫越智，大阪人，是某大学教授。

"欢迎光临，好久不见。"小山修三朝滴滤式咖啡壶里灌满开水。

"我常来这里喝咖啡，而你一直不在店里。"

"哦，大多是外出写生。失礼了！"

"一边画画一边做生意，这是最好的工作组合。"

"画的水平没怎么上去，生意状况就像你看到的这样，勉强维持，不是什么好工作……哎，你今天打哪里来呀？"

越智旁边放有四五本书。

"从旧书店回家。"越智教授逛附近书店街后来这里，他从四五本书里取出袋袋本书举到小山修三眼前："哎，你没看过这本书吧？"

封面上书名是《沙的墓碑》。

"没有，没有看过。"

"我在旧书店里大致看了一遍，非常精彩，是美国中部地区叫玛依利库兰的人写的，描述恐怖的电脑信息社会。"

"哎,你说什么?"小山修三将三杯制作好的咖啡送到客人面前,朝吧台探出上身说:

"那书的内容怎么样?"小山修三用比较的目光打量书和教授的脸。

"是写家庭主妇抽样调查员展开的市场调查。"越智一边哗啦哗啦地翻书一边说。

"啊?"

"主妇是抽样调查实体!据说是利用传话主体展开抽样调查的方法。"

"……"

"把捏造的信息暗示给主妇抽样调查员,通过她们的抽样调查以造成市场恐慌。喂,你明白了吧!前不久受到石油冲击的时候,就因某传闻造成市场上肥皂消失殆尽,还有人把大量手纸买回家囤积。总之以主妇为抽样对象调查,传闻就会变形。"胖教授越智端起桌上的咖啡杯喝了一口,"还有,信息通过抽样记录器而数字化。这部小说描述的'家庭妇女社'是一家收集信息用电脑分析的杂志社。"

小山修三听说该"家庭妇女社"之类的媒体利用妇女进行信息操作后,感到震惊。虽情况有所不同,可收视调查公司也雇用主妇去抽样家庭回收记录纸带。假若该公司雇用主妇回收员给抽样家庭某些暗示,收视率数字就有可能出现变化。小山修三的眼前又浮现出那封以"大矶町服部梅子"名义寄给报社的读者来信。

所谓歌谣界的舞弊行为,是指制片公司向抽样家庭展开礼品攻势和电话攻势。然而小山修三认为,假设收视调查公司的人暗中将该抽样家庭住所泄露给制片公司,那么,实施极密组织化手段操作舞弊的,多半是收视调查公司。

两天后的下午四点左右,平岛庄次给小山修三挂电话。

"你好,好久不见! 听说你在休假。是羽根村小姐告诉我的!"

尽管最后一次与平岛分手也没几天,可小山修三却夹杂着十分想念的语气。如果与对方说话投缘,只要稍有几天没有见面就会觉得仿佛过去了很长时间。

"啊,说是休假,其实也就是两天时间。"平岛庄次的笑声传到电话这头。

"去哪里了?"

"就两天时间,什么远地方也去不了! 就在邻近的旅游点住了一晚。"

平岛庄次喜欢带全家人外出旅行,这是从羽根村妙子那里听来的。

"哎呀,我也是今天上班后从羽根村小姐那里听说了你俩交谈的内容! 深受感动。"

午休时在餐馆说的话,羽根村妙子好像立刻告诉了平岛庄次。他说"深受感动",实在是有点夸大其词。不过,把记录纸带和惠子被拐案并案分析,也许让平岛庄次吃了一惊。

"怎么样? 今晚如果有空去银座好吗?"平岛庄次发出邀请。

"我什么时候都有空,当然想听听你的高见。"

"哎,没有什么高见。可我经常从羽根村妙子那里听到你的高见呢! 不过,今晚那样的话免了吧! 一醉方休。"

"那里门庭若市,太闹了,像夜总会那样的酒吧你讨厌吗?"

"也说不上讨厌。"

"是稍有不同的酒吧。好了,我带路,十点左右开始怎么样?"

"是十点吗？"

"酒吧那种地方就是那段时间热闹，也是最合适的时候。我俩十点前在银座地铁入口碰头好吗？提前二十分钟！"

小山修三于九点四十分到达那里时，见平岛庄次身穿黑色西服套装早已站在地铁口的暗处。商业街上的沿街落地橱窗熄灯后，银座好像少了灯光似的。"让你久等了！"

"哪里哪里。"平岛庄次与小山修三并肩迈开脚步，方向是林荫大道。

小山修三心想平岛庄次也许会主动提起，再说自己也想谈谈。可是平岛庄次步子急匆匆地朝前走，似乎是因为去让人心情舒畅的酒吧，一路上根本就没有说话的时间。

"小山君，你来过这里吗？"

平岛庄次站在距离林荫大道很近的路边，抬起脸仰视大约六层建筑的黑色大厦。"没有……"

"这座大厦三楼有一家我刚才在电话里说的酒吧，叫戛纳酒吧……你听说过吗？"

"没有。"

"是歌声和音乐尽兴的酒吧。服务小姐也唱歌，都是年轻姑娘。来这里的顾客，大多是各电视台的制片人、导演和各制片公司的人。"

"真的？这里居然是这些人的休息场所？"

"哦，是的。并且迄今为止，从戛纳酒吧走上电视荧屏成为演员的服务小姐相当多。"

"哦……"

"在这里唱歌的服务小姐，经常受到电视台制片人、导演和制片公司的关注。他们在听歌喝酒的同时也在物色人才。"

"这么说这里是一个非常好的地方。"

"嗯。对唱歌有自信的年轻姑娘,似乎都想成为这家酒吧的服务小姐,希望在唱歌的过程中被电视台相中。"

"这么说,来这里的人大多是有头有脸的吧?"

"没错。作曲家、作词家,还有电视节目的评论家……"

"如此群星璀璨的酒吧,我进去恐怕不太合适吧?"小山修三站在大厦前面犹豫起来。

"我来这里也是第一次。反正海鸥制片公司没有名气,没有钱,与经常上电视的歌手也没有关系。来,咱俩就装作什么也不知道的模样进去!"电梯里就他俩,平岛庄次说道。

电梯外面就是那家酒吧的门。漆黑而又厚实的门与普通酒吧没什么两样,可大门推开的时候,刺耳的爵士乐响声从烟雾弥漫的空气里涌来直扑耳朵。内侧紧挨着门口的地方站着系着黑色领结的服务生,嘴上说着欢迎光临一类的客套话,可看到他俩眼睛里射出的是惊讶目光时,欲上前对两个陌生人说,我们酒吧是俱乐部会员制。没想到,平岛庄次已经从口袋里取出名片让服务生看。

尽管是不起眼的海鸥制片公司,但毕竟是制片公司的名片,立即打消了服务生欲将他俩拒之门外的念头。店堂并不是很大,可狭小的场地却凝聚了热闹的氛围。正前方是小型舞台,旁边是乐队,有弹钢琴、吹小号和击鼓的器乐手。比地面高出一截的小舞台上,站着二十出头、身材苗条的服务小姐,正在唱歌。以小舞台为中心,十来张餐桌呈扇形朝两边摆开。他俩进来的时候,已经在里面的客人就已经热闹开了,没有上年岁的和过于年轻的人,差不多都是三十岁左右的,打扮和普通工薪族不同,室内的气氛有点凌乱。

平岛庄次与小山修三被引导到乐队边上的餐桌那里坐下。这儿是散客坐席,服务质量也数这里最差,就一个服务小姐,表情冷漠地站在旁边,仿佛被上司强行安排在这里似的。其他座席的服务小姐,则与客人坐在一起有说有笑的。

他俩进门时,里面的一些客人若无其事地朝他俩瞥了一眼,但目光是锐利的。朝他俩瞅,无非是判断他们的身份。当察觉与自己无关时,又目中无人似的恢复到刚才无拘无束的高兴状态。服务小姐唱完走下舞台,飞也似的跑到掌声最响的餐桌那里。"这里的客人全是电视台的。"等到站在边上的服务小姐溜到其他客人那里后,平岛庄次对小山修三说。

"大概是吧,看他们的表情就可大致清楚了。"

"大多是制片人和导演,他们对于收视率非常敏感,稍上升一点便聚在这里愉快地喧闹。如果收视率下去了,则在这里似乎自暴自弃地喧哗。"面对爵士乐的响声,平岛庄次只得附在小山修三的耳边轻轻地说。这时,对面餐桌那里响起了男人的叫声和笑声。

"因收视率原因,电视人难免有喜有忧。那些被迫下岗的制片人大概也在这里大喝失意酒吧。哎,就像曾经寄信给城砦座剧团古泽启助先生的写信女子的哥哥那样。"

小山修三心想,这家酒吧里或许也有类似那样遭遇的人,于是环视起周围其他客人来。

一个十七八岁模样的服务小姐走上舞台,一边唱一边跳,肢体语言非常活跃。

"从这家酒吧成名的电视歌手已经有四五个了。"平岛庄次在噪声里列举那些电视歌手的姓名。

"这么说,她们如此卖力地演唱,是希望给制片人和导演等客人留下好印象吧？"小山修三一边看正在台上边歌边舞的服务小姐，一边看着其他客人的脸说。

"嗯，大概有这种想法吧。可惜这服务小姐歌唱得并不是很好。"平岛庄次听着从舞台话筒里传出的歌声后苦笑道。

"这么说，不就没有希望了吗？"

稍稍扫视一下店堂，客人们正笑嘻嘻地望着舞台。

"那不一定！如今比起歌声，主要是看姑娘的脸蛋和肢体语言，根据这些来打分。"

"歌如果唱得不好也能打高分吗？"

"这，电视与电台不同，有感动视觉的功能，电视的拍摄技巧可以达到使姑娘脸蛋可爱的效果。通常，是录用肢体语言活泼的可爱少女。即便少女不可爱，只要肢体语言美就行。因为制片公司里有肢体语言设计师，据说可以指导一整套符合该少女的肢体语言动作。"

"制片公司里有各专业的设计师吧？"

"有的。但是歌唱不好是无法改变的，也就不能让她上电台唱。因为在电台里唱歌，既看不到脸也看不到身体，因此谁都能清楚分辨她有没有歌唱能力。这与实力型歌手一样，能不能上电台演唱可以立刻分辨出来！"平岛庄次说完低头看了一眼手上的表嘟哝着说，"已过十点了！应该是到出现的时候了！"他将视线投向门口。

"你是等人吗？"

"不，不是等约好的人，而是在等那个人出现。据可靠消息说，他今天晚上来这里。"

"是什么人？"

小山修三话音刚落，店堂里响起了掌声和喝彩声，只见唱歌的服务小姐走下舞台。

这时，一个系着领结的高个中年男子走到他俩桌前说："欢迎光临！衷心欢迎你俩今晚光临，我是本酒吧的经理。"中年男子自我介绍完，彬彬有礼地低下漂亮的三七开分头。

"噢，你好！"平岛庄次答道。也许看到门口接待生转交的"海鸥制片公司常务董事平岛庄次"名片，这位经理才来这里打招呼的。即便名不见经传的制片公司，在这家酒吧经理来看，同属制片行业，都是他热情接待的客人。

"光临这里的客人都是电视台的人吧？"

"不，不光是他们，还有许多制片人和导演。有的是 VVC，有的是 RBC……"

经理列举了其他几个电视台的名称后离开他俩的餐桌。

"我等的人……"平岛庄次望着经理身着黑服的背影对小山修三说。

这时，惊天动地的爵士乐演奏又开始了，平岛庄次的嘴不凑到小山修三的耳边，悄悄话就传不到对方的耳朵里。

"是电视大评论家。"

"什么，电视大评论家？"

"嗯，是模仿文艺评论大家起的雅号。他叫冈林浩，你听说过这个人吗？"

"没有。"

"报上电视电台栏目的每周头条，是评论各电视台该周播放的节目吧？"

"哦，那栏目我有时看。"

"那是在即将播放的一周或两三周前，各电视台邀请那样的评论家、报纸和周刊杂志等媒体的有关记者,用放录像的形式试放给他们看。随后,他们的评论文章刊登在报上。其中,冈林浩的评论出类拔萃,命中率很高。"

"命中率?那是怎么回事?宛如预测赛马那样。是正确评论作品价值吗?"

"赛马预测很有趣!因为他正确评论了作品价值,所以收视率很高。"

"这么说,凡受到冈林浩赞扬的电视连续剧的收视率就高吗?"

"是的,有时难免也有落空,但大多获得很高的收视率。因此在这个行业里,他被誉为有人缘的电视大评论家。"

"哦,了不起!"

"我得到了冈林浩今晚要来这家酒吧的消息,其实我也想让你见识见识他。我不直接认识冈林浩,只能在这座位上悄悄向你介绍他的情况。"

"冈林浩很早以前就是专门评论电视的吗?"

"不,不是的。他是三四年以前开始的。以前是一家电影专业杂志的主编。"

"哦,原来如此。所以,他能恰如其分地评论电视节目。他既然曾经是电影杂志主编,那么应该很熟悉电影,看了节目试播后大致可以清楚观众的接受程度?!"

"也许吧!总之,被冈林浩肯定的节目基本上获高收视率,他也摘得了评论大家的桂冠。"

"这么说,电视台的人都非常尊重冈林浩吧?"

"那当然!所以我也想让你见见他。"

平岛庄次再次一边看门口一边看手表。这之后大约过了七八分钟,平岛庄次忽然捣了一下小山修三的胳膊肘。这时有人出现在门口,与来人距离很近的酒吧经理向他致以最虔诚的敬礼。"冈林浩先生,欢迎光临!"站在一旁系领结的服务生也一起模仿经理的敬礼姿势。

小山修三抬起脸看着走进店堂的男子,觉得他是极其普通的人,外表朴实,目光凝重。

他身上穿的深藏青底色加红线大方格图案的西服套装,首先映入人们的视线;其次是深红底色上黄色条纹蜜蜂图案的领带;上装口袋裸露出与领带相同的手帕。头发稍长,下巴翘起,很有特征。这一切有条有理,可以说是一齐映入眼帘的。

咦!记得C号在百货店挑选衬衫时,她旁边走来一个男子,那男子不就是这个所谓电视大评论家冈林浩吗!此前,小山修三一直认定小高君是默默无闻的广告代理公司外交员,没料到……他仿佛第二次受到了精神打击似的,似乎快要窒息。

那男子朝店堂深处走来的时候,在场客人几乎都站了起来,有的深鞠躬,有的微笑着向他打招呼。冈林浩则摆出高傲的架势微微带笑地向他们回礼,手将长发朝两边分开。先到的客人,赶紧起立让开走廊,以使那男子顺利走到已经腾出的中央餐桌那里。

这时,担任制片、导演等电视节目的男人们相继走到评论大家前面主动与他说话。他们脸上的笑容,很显然是跟随着他的表情变化。大评论家点头示意。当看到有客人在稍有些距离的餐桌那里站起来弯腰鞠躬时,他便举起一只手示意回礼,俨然"评论大家"的威严派头。当然,他脸上的微笑与和C号从百货店逃走时的苦笑没什么两样。

舞台上立志当歌手的约二十岁的服务小姐,手握话筒一边跳一边非常专注地在唱歌。大评论家好像没有在听，而是将注意力放在身旁的小姐身上，两手还不时地伸到她们的胸部和大腿抚摸。在他前面候补席上并排坐着的服务小姐们，在侍候他的服务上也没有怠慢。

平岛庄次和小山修三坐的地方没有一个服务小姐，显得很冷清。而冈林浩身边围着一大堆服务小姐，显得很热闹。两者之间，形成了鲜明对照。

"他很讨女人喜欢。他多大年龄？"小山修三的嘴凑到站在旁边的服务小姐耳边问。

"哦，可能四十一二岁吧？"

"哎，你是说四十一二岁？"小山修三重新凝视冈林浩的脸，"看不出有那样的年龄！我还以为才三十岁出头呢！"

"工作好，看上去就年轻了，再加上他那身打扮就显得更加潇洒了。你不这样认为吗？"

"说得对，是这么回事。"店堂里不光是服务小姐，就连服务生也轮流走到评论大家的身旁，又是迎合似地笑，又是阿谀奉承地说。

"那些制片人和导演中间，有的因为受到过大评论家的赞赏，制作的节目获得高收视率而名声大振，有的盼望评论大家在今后的日子里多多指教和美言几句。"平岛庄次在震耳欲聋的爵士乐响声中，嘴附在小山修三的耳边说。

"冈林浩的评论有如此权威吗？"

"人们是因为他的评论有权威而锁定他赞美的电视节目，还是根据报上刊登的冈林浩的预测收视率等，目前尚不清楚究竟是前者还是后者。"

"但是，人们即便看了冈林浩写的节目评论，也不会完全受其左右而选择频道的吧？"

"当然不可能那样。不过，公布出来的收视率与他预测的几乎完全一致。"

"好像是神在助他！"

"如果不是神助他，就不会被称为大评论家了。"

这时，从门口传来热闹的声音。一个消瘦的中年男子在三个花枝招展小姐的簇拥下走进酒吧。当中年男子在不远处看到冈林浩后，两腿立即并拢摆出立正姿势，朝他深深地鞠了一躬。

"这男子是小有名气的制片公司总经理，身旁的三个小姐都是他麾下的电视歌手。"平岛庄次告诉小山修三道。

他俩都有点醉了，小山修三从茶色信封里拿出剪辑的报纸摊在桌上阅读。在从酒吧回家的路上，平岛庄次说，如果对冈林浩的评论文章有兴趣就请带回去看，随后把茶色信封交给小山修三。

VVC电视台播放的《夜幕下的旅行》（星期三晚上九点），在最近停滞不前的电视剧里，属于成功的制作。不管怎么说，策划、脚本、配角和主角这四匹马如果都勇敢朝着各自喜欢的方向奔驰，结果是前进不了的。然而动机与效果达到一致的成功制作，就必须是驾驭这部电视剧的制片人能得心应手地让四匹马朝着同一方向前进。电视行业为使电视剧富有新意，以致不消化和夹生之类的破绽在电视剧里比比皆是。

因此，制作雄心勃勃的作品也好，制作富有新意的作品也好，作为电视行业，似乎也应该充分认识到，唯根据这部电视剧的剧情有节奏地控制，才能使动机与效果达到一致。不用说，这部《夜幕下的旅行》在这方面也并没有做到十全十美，尽管每一场面尚有明显破绽的地方,可是从头到尾看完后能让人觉得它是一部成功的电视剧,似乎没有必要在乎那些有不太吻合的地方。(冈林浩)收视率18%。

　　上述收视率结果,是平岛庄次用红铅笔在栏目外面注明的。

　　今天的电视剧,由于日常性直接与写实主义结合,而经常导致故事情节萎缩和僵硬。但是《爱到死》(星期六晚上十点播放)电视剧,让观众享受从草棚到远洋那般浩瀚空间里的特有氛围。不似标题,是令读者渴望的主题,动机效果的焦点与尖锐相吻合。我们必须摆脱这样的狂想,即打着写实主义旗帜,可以任意地把家庭内部隐私全部搬上荧屏。因为家庭成员坐在客厅电视机前,喜爱的不只是像自家延伸那样的演播舞台,还正由于坐在客厅里而更希望有身临大自然的感觉。

　　RBC的这部电视剧充分体现了外景的效果,可以说是满足了持有上述愿望的电视观众。在这里,我们也要告诫切勿随意拍摄经常在外景里出现的场面,要静下心来认真寻找拍摄对象,才会有写实性。一开始出现在雄伟大自然面前的人类,力量非常弱小,渐渐地与自然对等。不知什么时候,人类的行动变得可以征服大自然。这是最近出现的优秀作品,让观众相信电视剧里还有许多尚未开发的可能性。(冈林浩)收视率21%

　　印刷字下面,没有传来冈林浩走到C号背后轻轻说话的声音。果然是这么回事,18%和21%都是非常高的收视率。虽说过去压根儿没有关心过那样的数字,可这一回涉足收视率调查后,才得知大于10%的收视率是非常高的。小山修三继续往下看。

上星期我在本栏目写过关于 KDO 电视台《太阳绳索》的评论文章,该情节暧昧模糊,仍然是微胖男影星扮作刑事侦查警官,即角色性质不明确,设定的观众群形态也不明确。这类采用老影星招揽观众的制片方法,其实正在加速电视剧没落的步伐。但是,SKT这一回即将播出的《市街冰河》(星期四晚上九点),一律不用影星,全部起用新人担任各角色。画面上,洋溢着富有新意的写实主义氛围。不使用熟悉演员,使作品里的每个角色在荧屏上保持了鲜活的本色,让观众忘却它是电视剧,忘记自己是在家里,通过荧屏从客厅里浏览人们街头相遇的人生缩影。

　　就脚本和演出顺序来说,这部电视剧果断地删除了长篇小说里的赘述,使之情节紧凑,主题鲜明。许多失败电视剧的问题大多在于,前半场有滋有味的精彩部分在后半场变得无滋无味。像这样的失败,是因为制片人与自己意识里的广大观众妥协。也就是说,过于包罗万象地考虑所有观众的因素,以致电视剧镜头无法抓住要点。但是,《市街冰河》这部电视剧不搭理上述愚昧的制片方法。

　　虽说到最后是少数,但它设定的电视观众很明确,就是具有共鸣和同感的电视观众,而坚定不移地朝着这一目标努力。因此,看完这部电视剧后,会觉得它对电视观众叙述的主题明确,印象深刻。其他电视剧里出现的拖沓结局,倘若是出于与广告赞助商意向之间的妥协,那么,《市街冰河》这部电视剧对于广告赞助商来说,是最好的启蒙教育。它是最近的出色之作,让人们相信镜头模糊的电视剧在未来从电视行业撤出的可能性。(冈林浩)收视率 20%

　　ABB 的四十五分钟节目《植物园》(星期五晚上九点),从名称上看虽不像是电视剧,但它用拟人的手法描述各类植物,在植物主干上挂各种姓名牌,把植物群比作人类社会。精心制作没有人影、充满可怕氛围的夜色植物园,让它一开始出现在人们的视线里,预测电视剧的走向,获得了很好的效果。

与其相比,许多电视剧,画面是稀里糊涂地展开,或者是突如其来,相反以骇人听闻的画面展开。而这部电视剧不同,从一开始就给予电视观众完整的性格。它的展开经过周密计算,途中丝毫没有拖拉场面。最后的场面,是夏日阳光在路上投下一群漆黑的人影,使人联想起电视剧展开时植物园里的树影夜景,就连最后电视剧结束的时候,幻影还在眼前浮现,可以评价它是好久没有见到过的精彩电视剧。(冈林浩)收视率21%

除了阅读冈林浩的评论文章外,小山修三还一篇连一篇地阅读其他人撰写的评论。平岛庄次在栏目外面用红铅笔注明的节目,收视率都超过了20%,其中还有超过25%遥遥领先的高收视率。小山修三不禁感叹,称冈林浩不愧是"电视大评论家"。也许在百货店引诱身着和服C号的男子,不是真正的冈林浩吧?

第二天下午,小山修三接到平岛庄次打来的电话。

"昨天晚上给你添麻烦了!"

相互说完客套话后,平岛庄次问道:"你看我剪辑的报纸了吗?"

"嗯,看了,他确是一个了不起的人物!正如你说的那样,凡是博得冈林浩高度评价的电视剧几乎都是高收视率,佩服,佩服。"小山修三说到这里,眼前浮现出剪辑报上18%、21%、20%和21%等红字。那都是平岛庄次用红铅笔注明的。

"那数字还需要注解!因为是同时间段的预备节目,也就是其他电视台的节目。如果是观众喜欢看的热门节目,无疑会给该节目的收视率产生相对影响。但是,我注明的18％啦、21％啦,各自都有预备的热门节目。

"例如获21％收视率的时间段,有其他电视台的热门喜剧;获18％的收视率的时间段,有NHK大型歌谣节目。尽管有那样的节目,可冈林浩高度评价的电视剧仍然获得这样的收视率,因此如果没有这两台节目,获18％和21％的节目,其收视率还将更高。"

"不愧是大评论家!我看了冈林浩在报上的评论,那是大评论家的说教。"

"没有大评论家首肯的节目评论文章,你也看了吗?"

"看了,因评论而被打败的节目,按你写的,基本上都是4％、5％和7％之类的个位数节目。虽然也有12％和15％的,但比不上18％、20％和21％的高收视率。"

"你说得没错,前者也许不是一般节目,因冈林浩的点评而收视率遥遥领先,不可思议。"

"唯大评论家在显灵,推波助澜!"小山修三开玩笑似地说。

"是的,也许是显灵。"

平岛庄次回答的语气是认真的。大概也有人依靠显灵吸引疲惫不堪的女人。

"那种威力可能存在的,昨晚酒吧里的情景让我吃了一惊!"

在戛纳酒吧里,电视台的人对冈林浩简直是阿谀奉承。他的评论似乎可以提高节目收视率,同时又为大家提供服务。夸张地说,也直接关系到电视制片人的存亡。后来走进酒吧的著名制片公司经营者,当见到大评论家时,其表现得竟然也非常唯唯诺诺。这个因经营成绩斐然而闻名的总经理,在冈林浩面前卑躬屈膝,一连朝他鞠了好几个躬,嘴里不停地说着恭维话。尽管听不清楚他在说什么,但从小山修三和平岛庄次的座位看过去,可以大致猜测出他说的内容。冈林浩身着笔挺的西装,高傲地接受大家的奉承。

下午四点左右,平岛庄次突然出现在神田夏莫尼咖啡馆里。小山修三被妹妹喊到一楼,只见平岛庄次耸着肩膀站在吧台前面等他。这时候,店里坐着五六个客人。见平岛庄次没打招呼就来了,小山修三心想可能还是为收视调查事宜,就请他上二楼自己的房间。这是大约二十平方米的房间,室内摆放着欧式家具,有桌子、书架、西服柜和床等,因为桌子和椅子的摆放,使得空间变得狭小。夕阳从邻居家屋顶与屋顶之间射入房间,显得十分暖和。房间里开着空调,但由于是老旧空调,声音响得耳朵受不了。

"房间里不是很干净吗?"平岛庄次一半屁股坐在狭小空间里的椅子上,打量整个房间。

久美子的脚步声在楼梯上响起,她端来的是冰啤酒。

"哎呀,哥哥,你怎么把客人请到这么凌乱拥挤的房间里呀……请客人到咖啡馆坐不是很好吗?"

小山修三把责备自己的妹妹赶到楼下咖啡馆,房间里就他俩,于是继续昨晚有关冈林浩的话题。虽在电话里也说起过,可光电话说还是不过瘾,见了面后相互又重新说了起来。

"伟大的电视评论家冈林浩,我是通过剪辑的报纸和高收视率结果知道他大名的。不用说,他在戛纳酒吧受到了名人那样的欢迎。"

"我只是想请你见识一下大评论家。"

"托你的福,使我明白这世上有形形色色的人。"

小山修三感谢平岛庄次的好意,大评论家引诱C号的影子又在自己的脑海里涌现。

不过，小山修三觉得有点奇怪。平岛庄次可能仅仅是抱着让自己见识大评论家的目的，特意带自己去戛纳酒吧的。在去那家酒吧之前，他什么都没说，包括去什么地方。他在电话里的语气，只是暗示小山修三只要跟着他去就能明白。约定时间在银座地铁站入口等候，那模样似乎很神秘，于是，抱着好奇心的小山修三期待着。

小山修三将啤酒倒入玻璃杯后观察起平岛庄次的表情。平岛庄次喝了一口啤酒后什么话也没说。小山修三不由得回想起平岛庄次在戛纳酒吧说的话："他就要来了！"随后看着手表，眼睛频频地望着酒吧门口。平岛庄次当然知道冈林浩该来戛纳酒吧的时间，但他说的意思是"收到了那样的情报"。所谓"情报"是夸大其词，总之，他可能从电视台朋友那里听来的。给小山修三的感觉，那情报也是想方设法打听来的。

小山修三问平岛庄次，他为什么对冈林浩那么关注，为什么让自己见冈林浩。

"那个吗，我是想请你见识提高收视率的电视大评论家本人的模样。"

平岛庄次放下啤酒杯，用纸巾擦去嘴角上的泡沫。

"他本人情况我知道得很清楚，是自我表现欲很强的人，当然希望受到电视人的奉承。"

小山修三的眼前浮现出摆着臭架子坐在椅子上的冈林浩。

"看上去确实威风凛凛，也显示了大评论家的超人魅力。其实，社会大评论家也好，文艺大评论家也好，电视剧大评论家也罢，都一样。特别是电视剧收视率，与他们的说教不能说没有关系。无论评论多么出色，如果与提高收视率无关，就显示不出任何权威。因为,该行业都是以收视率为评判标准,与其他社会评论和文艺评论不同。在电视行业,出色的评论必须要有高收视率具体数字来支撑。因为在电视行业,谁也不会把没有高收视率支撑的评论当一回事。"

"这么说,冈林浩是出色的评论家。是否因为他的评论使收视率上升,或者是否因为他洞察了高收视率的要素后撰写评论,关于这方面的情况我还不清楚……"

"你昨晚听我说的话以后说了一句,简直是一语道破。"

"哎,我说什么啦?"

"我说凡是受到冈林浩好评的电视节目必然是高收视率这句话后,你却说宛如经常猜中获胜赛马的预测大师……"

"我说过那样的话吗?"

"你确实那么说了!说是赛马预测大师,这说法有趣。"平岛庄次皱着鼻子。他觉得,小山修三把冈林浩说成赛马预测大师是绝妙的比喻。

"所谓赛马预测大师呢,预测的赛马获胜率不高就不会有人拥戴。哎,在举行赛马比赛的跑马场门口,预测大师大多把以往高命中率的预测成绩表写在大纸上,贴在墙上。于是,许多追星族看了以后便购买预测成绩表。"

"我已经忘了自己是否说过这句话。但如果把冈林浩说成赛马预测大师,是一种对于冈林浩不礼貌的说法。"小山修三说。

"哦,那情况相同。倘若电视大评论家的说教与高收视率联系不上,权威性也就下降。为此,评论家就必须竭尽全力保持高收视率。"

"哎,为保持高收视率要竭尽全力?然而收视率是作为结果公布于众？那么，为该结果竭尽全力的意思是……"小山修三说到这里，吃惊地注视着平岛庄次的脸。

"是的，那是人为的结果。"平岛庄次抢先说出小山修三想说的意思。

"人为操作……"小山修三目瞪口呆地嘟哝着。

"电视大评论家为继续保持其料事如神般的权威，不能让自己赞扬过的节目出现低收视率。低收视率，意味着大评论家走下坡路。"平岛庄次弓着背，也自言自语地说。

"但是……能那样想象吗？"小山修三像窥探漆黑深渊那般说道。

"人吗，为了名誉不管什么都干！能否想象一下高傲的冈林浩惨败时是什么模样？即便他自己也一定在那么想吧？是的，我觉得他害怕那样的局面。一旦落到那种地步将意味：过去阿谀奉承的人们将翻脸不认他，赞美将瞬间变成冷嘲。"

"……"

"就像爱虚荣的人那样，他们自我保护的本能非常强，从而有可能不择手段，在背地里人为地操作收视率。"

"平岛君，请说得具体一点！怎么回事？"小山修三催问。

"冈林浩吧，只需掌握四个妇女回收员就能人为操作收视率。"平岛庄次突然答道。

平岛庄次说"冈林浩吧，只需掌握四个妇女回收员……"的声音，仿佛洞内响起的回音那样，拖着尾音在小山修三的耳边回响。

"你认为，每个妇女回收员负责回收多少户抽样家庭的记录纸带？"平岛庄次问。

"大概是十五户或者二十户吧？"小山修三根据曾经跟踪调查的经历答道。

不用说,平岛庄次也一起参加了跟踪调查,按理说判断大致是一致的。

"是的,假设每个妇女回收十五户抽样家庭的记录纸带,四个妇女就是回收六十户!"

"嗯……"

"就关东地区来说,九百万户的电视观众家庭里只有五百户抽样家庭,因此六十户只占抽样家庭户数的 12%……"

"12%……"小山修三嘴里嘀咕,觉得是大数字。

"假设现在有人指示收看 A 电视台的'B 电视剧',假设六十户抽样家庭都在该播放时段锁定 A 电视台的频道, 如果合计该六十户抽样家庭记录纸带上的收视数据,尽管就这些抽样家庭,便可达到 12%的收视率。若还有其他抽样家庭不经意地锁定该频道,其收视率是 5%,那么,两者收视率合在一起就可达到 17%。"

"17%是高收视率!"

"无疑,该收视率是六十户抽样家庭全部按照指示锁定 A 台 B 节目时得出的。假设六十户抽样家庭中间有三十户没有按照指示,即便是这样的场合,收视率大致也能达到 11%。"

平岛庄次似乎是计算过的, 从口袋里取出写有计算公式和数字的纸让小山修三看。他列出的计算公式和答案似乎都没有错。

"原本五百户抽样家庭不经意收看该节目的收视率也许是 5%,可加上六十户抽样家庭的故意行为,收视率就可一举飙升到 17%。"平岛庄次说。

"这么说,冈林浩收买了四个负责回收六十户抽样家庭记录纸带的回收员?"

小山修三凝视着平岛庄次脸上的表情。

"只有那么推断。"平岛庄次点头说。

平岛庄次明确地说,冈林浩收买了四个妇女回收员。

"我继续说好吗？虽说听上去六十户抽样家庭是惊人数字,但只需掌握四个回收员就可以保持高收视率。就四个人！"

"你说的那种掌握,是采用什么方法？"小山修三问。

"收买！"

"收买？"

"只有采用这种方法。我们跟踪调查的那些妇女回收员,她们脸上的表情都是筋疲力尽。每周去一次收视调查公司,一手交付回收来的记录纸,一手从出纳手上领取相应报酬。大多回收员离开公司后不是逛商店购物或购食品什么的,而是径直赶路回家。就是在车站广场咖啡馆里逗留,充其量喝一杯咖啡或者红茶,从来就没看见她们给孩子买礼物什么的。"

"嗯,这倒是的。"

"不知收视调查公司支付给妇女回收员们的报酬是多少,我觉得非常低廉,也许每月的报酬是四五千日元吧！"

"每月就只支付四五千日元？"

"嗯,这是我的推测！给抽样家庭报酬就那么些,回收员大概每次回收领取的报酬是四五千日元。一月是回收四次,总共就是一万六千日元或两万日元吧？不用说,交通费由公司支付。"

"就那么点？"

"因此,话是难听,收买容易成功！人数也不多,只有四个。"平岛庄次说。

小山修三听完,猛然觉得大脑像触电那样在颤抖。

冈林浩走到C号身旁小声说的内容,也许是其他诱惑？或许不是色情引诱，而是在知道她是收视调查公司回收员的基础上进行劝诱，就是平岛庄次说的那种"收买"。怎么回事？假设是那么回事，我的判断大错特错！现在，必须向平岛庄次了解收买情况。

"那么，四个回收员又是怎么收买抽样家庭的？"小山修三随意地摆弄胡子。

"你大概还记得服部梅子那封写给报社的读者来信吧？"

小山修三问回收员如何收买抽样家庭的情况，平岛庄次却对他说："这个吗，有时候是制片公司打电话要求抽样家庭锁定他们的节目频道，有时候则以奖品借口送去礼物。正如前面说的那样，原本应该保密的抽样家庭情况，却被泄露给电视台和制片公司。这很有可能是回收员捅出去的，回收员从他们那里获得报酬。根据那封读者来信，上门回收记录纸带的回收员说过'歌谣节目的十佳收视率背后有舞弊行为'。也许，黑手已经伸向回收员，并且通过回收员已经伸向抽样家庭。"

"大致明白了你推测的情况！"小山修三希望快些进入话题中心，因此说道。

"……冈林浩为能继续保持自己评论电视的权威性，也就是说，凡是他肯定的电视剧就必须获得高收视率，为了维护这样的神话，他收买了四个回收员。这些妇女并没有获得多大报酬，为应付他的收买去负责回收的抽样家庭进行引诱，要他们锁定冈林浩指定的电视频道。"

"是的。"

"引诱抽样家庭的时候行贿吗？"

"不用说，光回收员嘴巴引诱，抽样家庭是不会顺从的。"

"纵然能够收买四个回收员，但六十户抽样家庭不是那么容易收买的吧？"

"为什么？"

"收买显然需要一大笔钱，毕竟是六十户家庭！而且每个月都要支付。纵然抽样家庭在回收员的引诱下勉强顺从一两回，但毕竟是每个月都要那样做。我觉得很难持续。"

"可以不是每个月，或者隔月、三个月一次。总之，那种效果只要能持续就行。"

"那，酬金多少？"

"回收员的酬金可能是两万日元吧？那么，四个人就是八万日元。通过四个回收员向那些抽样家庭发放礼品，礼品价值可能五千日元左右。如果六十户，那就是三十万日元。但多半是隔月，因此每月可能是它的一半，也就是十五万日元，加上给回收员的八万日元津贴，合计是二十三万日元……"

"那么多酬金支付得起吗？再怎么保持声誉也难以办到。倘若没有相当经济实力，他是支付不起这笔钱的。"

"冈林浩是平冢市的土地暴发户。"平岛庄次冷不防脱口说道。

在小山修三听来，平岛庄次说这番话的声音，是仿佛突然敲打屋顶的倾盆大雨声。

"电视大评论家是平冢市的土地暴发户吗……"小山修三像条件反射那样追问。

"这个，我向熟悉冈林浩的电视台朋友打听过。在平冢，冈林浩家族从明治朝代开始就是有钱有势的富农。虽说战后的土地改革使他们家族失去了大半耕地，但他的父亲手里仍然持有五公顷耕地和十公顷的平原树林。父亲三年前死了，他作为长子缴纳了财产继承税后，还拥有两公顷耕地和四公顷平原树林。现在，他出售了其中一半。作为东京卫星城,平冢得到了迅速开发。比较十年前的行情,现在的地价上涨的速度令人难以置信,可谓直线上扬。因其父亲留下的遗产,冈林浩一跃成为当地的暴发户。"

小山修三瞠目结舌地听平岛庄次叙述。

"出售后剩下的土地还有许多,冈林浩即便只是分割零售上述土地,别的什么都不干,也仍然可以过着非常富裕的生活。因此,廉价的电视评论报酬只能是他的一点零花钱。通常,从事电视评论的人还兼职其他工作。唯独冈林浩可以什么都不干,而生活质量却丝毫不受任何影响。他过去担任电影杂志主编是出于爱好,也许现在的大评论家桂冠才是他真正的抱负,真正体现了他自身的价值。此外没其他什么,故而他对于该荣誉异常看重……再说,对于他这样的土地暴发户来说,每月支付区区二三十万日元的收买酬金算不了什么!"

"平岛君,仅凭非常富有就推测他收买回收员是缺乏说服力的,你手上有这样的证据吗?"

"有,冈林浩住在神奈川县平冢市就是证据之一。"

"噢!"小山修三轻声嚷道,视线盯在平岛庄次的脸上。

"我正打算要说那情况呢!"

"平冢市距离大矶町就一站路。如果走小田原厚木公路,出口是相同的。"

"是的。"

"长野博太原来是收视调查公司的管理科副科长,去町田市走访失踪的尾形恒子家后打算乘出租车上东名高速公路。那架势不像是返回东京,而好像是沿东名高速公路从厚木驶入小田原厚木公路。倘若不是交通事故死亡,长野博太可能是按计划去平冢市见

196

冈林浩。"

　　顿时,小山修三的耳朵像触了电一般。这不是因为第一次听说冈林浩是名副其实的土地暴发户,而是因为他早就知道冈林浩住在平冢市。平岛庄次说的"长野博太可能是打算从町田市乘出租车去平冢市见冈林浩"的情况,其实是小山修三想告诉平岛庄次的。

　　"这么说,尾形恒子是冈林浩收买的回收员中的一个?"

　　刹那间,小山修三稍稍沉默了一会儿,问道:"长野博太知道尾形恒子被冈林浩收买了吗?"

　　"不知道他是什么时候察觉的,但他知道。因此,长野博太去町田市知道尾形恒子失踪后还没有音信,于是打算去冈林浩那里打听情况。我是这样想的。如果出租车不发生那样的撞车事故⋯⋯"

　　"请等一下!如果长野博太是在担任副科长时察觉冈林浩收买了尾形恒子,那么,他应该知道你推测的其他三个回收员也被收买的情况吧?"

　　"我想肯定是那么回事。"

　　"那么,为什么不提醒尾形恒子等四个回收员,也不解除与她们之间的劳务合同呢?"

　　"这谜团我也解不开。"平岛庄次的眼睛里流露出困惑的目光。

　　"⋯⋯可以考虑的是,他是在最近才得知她们被收买的情况,抑或就在考虑如何提醒和处分她们的时候,他自己也被迫离开了公司。总之,对手是在电视剧行业具有非常影响力的大评论家,不是普通人物。"如此分析,该原因也就明白了。

　　"这么说,长野博太离开企业时可能没有把回收员被收买的情况告诉后任吧?"

"听我继续分析好吗？长野博太不是到年龄辞职的哟！是被公司解雇的。因此，他对收视调查公司恨之入骨。试想，一个对公司没有好感的被解雇员工，怎么会把不利于公司的情况告诉后任呢？我觉得，有关四个回收员被冈林浩收买以及她们为冈林浩引诱六十户抽样家庭的舞弊行为，长野博太根本没有向后任说就匆匆离开了公司。"

平岛庄次一开始就是这么说的，被冈林浩收买的四个回收员，拉拢六十户抽样家庭锁定有关频道，以维持电视大评论家的权威。但是，小山修三觉得不能就这么轻易相信平岛庄次说的收视率背后的舞弊行为……假设一个回收员最少负责十五户抽样家庭的记录纸带回收，那么，四个回收员就是回收六十户的记录纸带。如果这些抽样家庭都按照指定的时间锁定指定的频道，仅这些收视数据合计后就是 12％的收视率。

加之其他抽样家庭按照自己喜好锁定相同频道，收视率便可增加 5％，两项数据合计后就是 17％的收视率。尽管四个回收员拉拢各自负责回收的抽样家庭，但六十户抽样家庭未必都锁定她们指定的节目频道，其中也有按照自己喜好锁定频道的，假设该收视比例不是六十户的 30％而是 50％。这是平岛庄次慎重起见的假设。虽不能说有三十户掉队，但还是保守一些比较好。

因此，假设按照指示锁定频道的抽样家庭收视率降低至6％，加上按照自己喜好锁定该频道的 5％，合起来就是 11％。上述收视数据，似乎是无懈可击的推断。如果六十户抽样家庭按照指示锁定该频道的收视率，加上按照自己喜好锁定该频道的收视率，那么，该收视率应该是 17％。如果六十户中间的 20％掉队，那就是 14.6％；如果是六十户中间的 30％掉队，那就是

13.4％。另外,按自己喜好选择该频道的 5％如果上升到 7％,该收视率就相应上升。总之,无论怎么看,收视率成为两位数是不容置疑的。在电视行业,一位数和二位数在价值观上大不相同。就 9％和 18％来说,超过 1％的物理性差异,心理上则感到天壤之别那样的悬殊。

平岛庄次的计算是合理的,但小山修三觉得过于合理的计算是不准确的。不知怎么地,他又觉得那样计算也行得通。

"这么说,尾形恒子的失踪与冈林浩之间有很深的关系吗？"

假设尾形恒子被杀害,确实应该把这样的提问包括在内,即是否是冈林浩的黑手所为？就平岛庄次的推断来说,他俩与收视率背后的舞弊有关。

"不,大概没有直接联系。但我想,冈林浩大致清楚尾形恒子是如何失踪的。因为,长野博太得知尾形恒子还没有回町田市自己家后,曾打算去平冢的冈林浩那里打听情况。"

"还有什么能证明你这推断的证据吗？"

"就目前来说,还尚未掌握有说服力的证据。"

除东名高速公路外,似乎没有能佐证推断长野博太打算去冈林浩那里的有力证据。此刻,他的眼神变得无精打采了。

"按你的想法,冈林浩收买的回收员除尾形恒子外还有其他三人吧？"

"是的,确实是四个回收员被冈林浩收买了。"平岛庄次坚持自己的想法。

"你有没有判断出另外三个回收员是谁？"

"这很难！这些家庭主妇不是收视调查公司的正式员工,也就很难向该公司正式职员打听。"平岛庄次用手指咚咚地敲打桌边,那模样似乎是对思考问题感到厌倦了。

"剩下的三个回收员可能在动摇吧？"

小山修三话音刚落,平岛庄次脱口说出:"是真的？"随即视线朝上。

"我想是这样的! 我觉得长野博太在位时稍稍调查过。他遭到公司解雇后,与收视调查有关的回收员尾形恒子下落不明。既然有见不得人的行为,我想她一定在动摇。说不定,其中一两个妇女回收员已经离开该公司了。"

"……"平岛庄次闭上眼睛点点头。

"也许无法了解到这种情况。如果能了解到,或许能成为揭示真相的线索!"

平岛庄次睁开眼睛:"用什么办法才能找到那些已经不干的妇女回收员呢？"

"嗯,这确实难以办到,也许不是收视调查公司职员是不可能找到她们的。哎,我有一个主意。"

"什么主意？"

"我们过去的跟踪调查,只了解到一个回收员的姓名和家庭住址,她是住在千叶县佐仓市的,叫川端常子,今年五十二岁。我们与该主妇接触一下,不就能打听到情况了吗? 既然是打听她同事的情况,我想她会对我们说的,例如这个回收员有点奇怪啦、那个回收员最近突然不干了之类的情况。"

"你这主意好!"平岛庄次吼叫似地说道。听了小山修三说的这一主意后, 他脱口说道这个主意有趣,但随后就一声不吭地沉思着,突然说道:

"然而,问题是如何接触那个住在佐仓的妇女回收员。冷不防有陌生人去她家,也许不会告诉我们重要情况的。"

"干那事我可不行！真要那样做,我建议最好委托你公司的羽根村妙子。"

"是羽根村小姐吗……"

"嗯,她曾经和我一起跟踪川端常子到佐仓。"

"你突然想到的主意,我觉得非常有趣。如果真能从川端常子那里了解到我们需要的情况那就好了,不过,我担心羽根村小姐胜任不了这样的角色。"

"不要小看她！你是因为她是贵公司的职员,平时经常在一起,就感觉不到她出众的才华。其实,她在和我们一起跟踪调查时非常敬业,例如为了能从尾形恒子邻居那里打听到情况,她扮作保险公司收款员,干得非常漂亮！"

"是吗? 原来是这样。"平岛庄次看着对方,小眼睛眨了几下。

小山修三被他的目光射得似乎慌了神，手也不由自主地抚摸起胡须来。

"我忽然又想到一件事情。"说这话的意思,他是想快些转换话题,"是惠子被拐案。"

这是他记忆里最清楚的事情,可以详细叙述。平岛庄次聚精会神地听,等到小山修三说完时,他微微一笑说道:"你说的这番话,我已经在羽根村小姐那儿听说了……"

"哦,是吗? 我还对她谈了自己的想法。"小山修三再次用手指搓揉胡须。

"嗯,那些有趣的话我听说了,可是好像有点牵强。"

"怎么,不合逻辑吗?"

"也不是不合逻辑,只觉得惠子被拐案和那三盘记录纸带是非常的巧合。是的,我本人从羽根村小姐那里听说时曾激动不已。因为,我从记录纸带里发现该抽样家庭接连几天的早上和晚上都在收看少儿节目频道。"

"是的,是的。"

"就凭那些记录纸带,我觉得可以侦破惠子被拐案。可经过一番仔细思考后又觉得这两件事太过于巧合,必须慎重对待。其实,我难以接受这种巧合。"平岛庄次的表情变得冷淡了。

几天过后,小山修三他们绘画爱好者组织的素描学习会有活动。一位请大家欣赏作品的画家,家住新宿区下落合,每星期一次,大家借他的创作室画裸妇素描。该模特儿是出钱雇的。

会员人数不到十个,从事的职业各自不同。这天,有五个会员参加活动。学习会下午六点结束,大家乘上出租车去新宿车站附近。坐在右侧车窗边上的,是神保旧书店店主的儿子。他努了努嘴示意某水果店门前,说:"瞧,许多恋人是在这里相互等候。"

这会儿适逢红色信号灯,出租车停在水果店门前的车道上。年轻男女们聚集在那里,背对着水果店电灯射出的明亮光线。由于人太多,似乎看不清楚门在哪里。

"这儿人太多了!"旧书店店主的儿子感慨地说,"这么一来,N 食品店门前乱七八糟的。"

坐在他旁边的会员,是人形町玩具批发商的次子,他笑着说:"你大概不知道恋人等候地点变化的情况吧?"

"不知道。你说说看,是怎么变化的?"

"新宿车站东面出口,由于新添设备而变得狭小拥挤。于是,恋人们相互等候的地方便移到这家水果店门前了。"

"嗨,那情况,我一点也不知道。什么时候开始的?"

"已经,特别是……"

"我跟你不一样,不经常来这里。"

"这么说,你大概听谁说我经常来这里吧?其实,我也只是偶然来这里玩赌吧。你光去浅草,所以就不知道这里的情况了。"

出租车稍稍朝前移动。水果店门前的人群宛如一动不动的固体,与周围流动的风景似乎没有任何关系。由于背朝着店堂里的耀眼灯光,所有人都成了黑影,唯独脸由于有来自旁边的灯光和道路上川流不息的车灯而显得模模糊糊的。那些年轻人都目不转睛,凝视着恋爱对象来的方向。

这时一旦有男青年或女青年出现在人行道上时,水果店门前的人群里就会蹦出一个人来,兴致勃勃地跑上去与来者合为一体。小山修三想起了羽根村妙子说的"马路求爱者"。

酒店,在车站西面出口附近的轨道旁边路上。五个人挎着大型素描画夹,虽然是用细绳扎起来的,可里面的裸妇素描画是用木炭和炭笔绘制的。"今天阿健没来,有点冷清。"旧书店店主儿子把酒杯凑在嘴上,眼睛环视大家的脸说。阿健也是素描学习会的成员,是秋叶原电气照明器具店主的第三个儿子。

"是呀,他上星期也没来!"小川町西服面料批发商的儿子说。

"可能仍然在和姑娘鬼混吧?"君影草餐馆经营者的次子说。

"听阿健说,他像磁铁那样把姑娘给吸引住了。这话只需听一半,我就觉得他了不起。"

"不,这多少有些夸张,不过大部分是真实的。"玩具批发商的次子放下酒杯说。

"像他那张脸能讨女人喜欢吗?至少,他那张脸沾不上英俊男子的边,额头凸出,眼睛凹陷,眼眸酷似橡果,脸上颧骨过分凸起。"

面料批发商的儿子歪着脑袋说,"他呀,长相丑陋,但这是我们男人的看法,可是女人就不这样了,似乎觉得他具有特别魅力。"

"确实是那么回事。"餐馆经营者的次子将长把酒壶咚地一下放在桌上说。

"……记不清楚是哪一天,阿健来过我的店。他走后,我问女营业员是什么印象,她居然回答说阿健有男人魅力。"

"我也听说过相同的描述。"旧书店店主的儿子说。

"……有一次我和阿健一起去神田车站广场的小餐馆,阿健吃完先走。谁知那里的女服务员都在悄悄议论,说看那张脸就知道他在性生活上非常'能干'。"四个人一起笑了。

"看来,是他经常抹油把脸上弄得油光光的。"

"说有男人味,也是表达同样意思。"

"要说女人是怎么回事,不到中年大概是明白不了的。"

"所以,阿健说他自己常和年轻寡妇或有夫之妇交往。"

"如果男人是古典英俊相,可能不讨女人喜欢,反而稍稍长得不怎么样的男人倒让女人感到有魅力。"小山修三一边说笑,一边把酒杯重叠起来。

在新宿酒店,小山修三和素描学习会的成员一起喝酒喝得很晚。如果在平时,第二天则要睡到很晚才会起床。可是今天上午九点半,他却睁开眼睛醒了。人一有心事,睡意也就全无了。好不容易等到十点,小山修三给海鸥制片公司打了电话。

"早上好,前些天实在是给你添了不少麻烦。"

平岛庄次的说话声音比较爽朗,与他的风格和举止一样,不大夹有喜怒哀乐的口吻。即便现在,他的声音也还是愉快的。"哪里哪里,我也给你添麻烦了。你说的内容太有趣了!"那样的客套话说了两三句后，平岛庄次似乎已察觉，小山修三这么早打来电话可能是想问些什么。

"曾有一次听平岛君说，某广告代理公司业务员好长时间没有回家，后来怎样啦？"

"广告代理公司业务员？"平岛庄次似乎没有立刻想起来。

"哎，你不是说，他的脾气非常讨女人喜欢，经常不事先跟公司请假就和情妇失踪好几天；还有他经常调换情妇。怎么，你已经忘了……"

平岛庄次没有吭声，好像在努力回忆。少时，他仿佛终于想起来了，边笑边说："听说他已经去公司上班了。"

"原来是这样。"

"怎么啦？"

平岛庄次说这话的语气与过去有所不同，是认真的口吻，于是，小山修三接下来想说的话全堵在喉咙口了。

"哎，其实呀，我昨晚跟那些绘画的朋友们一起喝酒了，有一个非常讨女人喜欢的朋友没有来，于是就围绕女人喜欢什么类型男人的话题交谈起来。是啊，是一个无聊的话题。"

"啊，原来如此。"

"当时，我的脑海里忽然冒出平岛庄次说过的广告代理公司业务员的情况，很想知道他现在怎样了。"

"他呀，据说已经去公司上班了！他这种男人尽管喜欢交情妇，但不会放弃工作。"

"大概是吧！"与平岛庄次的电话结束后，小山修三又朦朦胧胧地思考了一会儿。平岛庄次说的广告代理公司名称和那个业务员的姓名，接着出现在小山修三与羽根村妙子的电话交谈里。他俩之间的交谈,从羽根村妙子在银座转角上等很长时间的往事说起,记得当时一个马路求爱者走到她背后自言自语的。

怎么会忘呢,哎,不就是和平岛君上回说的广告代理公司业务员的情况相同吗? 羽根村妙子是这么回答的,广告代理公司名称确实叫"日荣公司";业务员确实姓小高。不是记忆模糊不清,而是想从平岛庄次嘴里得到证实,没想到他的声音突然不可思议地认真起来,也就错过了问的机会。

但是,如果该业务员已经上班,也就没有必要再问下去。兴趣也就不翼而飞了。然而小山修三察觉,平岛庄次好像是道听途说,没有核实小高是否真的已经上班。在电话里,平岛庄次是这样的说话语气。小山修三翻阅电话簿后打电话问。

"这里是日荣广告代理公司。"总机小姐说。

"请问小高君在吗? "小山修三用业务联系的口吻问。

"小高? 是哪一个部的小高? "

"是业务员小高。"

"如果是找业务员,我们公司第一部到第三部都有业务员。叫小高的也有三个。"

从声音分析,总机小姐是个急性子。

"那个,就是前不久有一段时间没来公司上班的那个小高。"

"你是谁? "总机小姐问。

"我是VVC电视台的。"他听平岛庄次说过,小高业务员的外交对象是电视台。

"要是联系VVC电视台的,那可能就是第三部的小高了。如果你找这个小高,那对不起,他还没来公司上班。"

总机小姐没有将电话转接到第三部,而是立刻做了回答。无疑,她非常清楚小高没有来公司上班。当然,也可能有其他人打电话找小高的,因此她知道这情况。

"他好像没来公司上班有相当长时间了!嗯,小高是什么时候开始没来公司的?"

"是四月三十日开始的。"

"那……是生病吗?"

"我不清楚,你是VVC电视台的哪位先生?要不要转接到第三部部长的电话上?"

"不必了,我等一会儿再打来。"小山修三挂了电话。

小高君是日荣广告代理公司第三部的业务员,从四月三十日开始就没去公司上班。这是小山修三从该公司总机小姐那里得到的消息。平岛庄次好像不知道小高君还没有上班的情况。

如此把小高君放在心上,小山修三连自己也感到吃惊。原因是出于昨天在新宿与绘画朋友喝酒时提到的阿健讨女人喜欢的话题。毫无意义的兴趣,急速转到上回从平岛庄次嘴里听说的情况,然而当时没有继续深入思考。有时候,人的大脑会产生没有意义的即兴想象。然而,小山修三被总机小姐刚才在电话里回答的情况吸引住了:小高从四月三十日开始就没有去公司上班。

小高是日荣广告代理公司的业务员,由于工作性质的原因,始终周旋于广告赞助商和民营电视台之间。在工作上敬业,在与女人交往上也"敬业",经常是忙得不可开交。据说同事跟着他去百货店,亲眼看见他引诱有夫之妇,并带着那位有夫主妇在同事面前扬长而去。

为了和女人在一起鬼混,他经常提前使用年休假时间不去公司上班。当时谈起这事的平岛庄次是什么时候说这话的呢?那好像是五月中旬不是十九日就是二十日的时候。

"说小高现在还是没有上班",是说四月三十日以后没有上班,该情况在小高对口联系的一些电视台联系人之间成了话题,该话题也传到了海鸥制片公司人的耳朵里。无疑,小高很有知名度。说到四月三十日,是惠子被软禁两个星期后于上午十点送到涉谷区松涛小公园的日子。打那以后,小高君便没有去公司上班,而惠子则回到父母身边,简直是无巧不成书!广告代理公司业务员小高君和住在涉谷的六岁惠子之间毫无关系,与女童的父母亲之间多半也没有关系。四月三十日,小高君没有上班,惠子出现了,两者只是偶然发生。

小山修三下到一楼店堂,走到账台前对妹妹说:"哎,代我打一下电话!"

"是代替哥哥?"

"是的,被对方听到男人声音不太好。"

"是请你女友听电话?"

"要是有女友就好啦!是打电话向广告代理公司打听。"

小山修三把写在纸上的电话号码交给妹妹。

"哥哥你打不行吗?"

"刚才我打过电话了,可是该公司对于没有业务关系的人打给他们的电话非常谨慎。"

"那,我打电话去就行吗?"

"你代我问这两件事。该公司第三部有叫小高的业务员,目前没有去公司上班。我想知道他的住所和电话号码。"

"有关职员的住所和电话号码,不管哪家公司都不会轻易告诉陌生人的。"

"想想办法。你就说你是小高学生时代的同学,要举行校友会,急需与他联系上,请对方说出他的电话号码和住所。"

"既然是借口校友会,哥哥自己在电话里那么说不就行了吗?"

"我不能打,因为我刚给日荣广告代理公司打过电话!总机小姐的耳朵受过职业训练,辨别出我是刚打过电话的人,无论再怎么说也不会理我!"

"明白了。"久美子根据纸上写的电话号码按键。

"喂,喂,是日荣广告代理公司吗?请转接到第三部的小高君。什么,休息?那,明天上班吗?明天也休息?真伤脑筋……这样好吗?我叫田中,是为同窗会的事情想马上联系到他本人。是的,我是他的同班同学。"

妙,太妙了!小山修三用赞赏的表情望着妹妹。妹妹调皮地眨了眨眼睛。

"好的,不好意思。"妹妹抽出旁边的纸,手握着铅笔。

"是,是。"她一边听一边写"0463-22-8971……"

0463不是东京都内,而是市外电话号码,那是什么地区的电话号码呢?小山修三看着妹妹写的数字思索。

"噢噢,我明白了,那他的住所呢?"久美子继续接着写。

看到那后面的文字,小山修三目瞪口呆。久美子写的是"平冢市本堂2-71"。平冢市,就是电视大评论家冈林浩的住地!小山修三激动得真想吼叫,视线紧盯着便条上的地址与号码。接着,他给某报社打电话。

"请电视电台栏目的责任编辑接电话。"

"什么事?"接电话的责任编辑用生硬的语气问道。

"我是贵报读者。"

"噢！"

"我经常拜读冈林浩先生的电视评论文章。"

"还有呢？"

由于对方语气过于傲慢，小山修三没有立即接着说。

"是这样的，那个，我想直接写信给冈林浩先生，能否告诉我他的地址？"

"请等一下！"

尽管语气生硬，但好像还是位热心的编辑，或许听到"读者"两字变得懦弱了。

"冈林浩先生的住所是，平冢市中岛 3-181。"编辑顺便连电话号码也告诉了小山修三。

小山修三去附近书店，被告知没有平冢市地图，但神奈川县地图上印有平冢市内简图。

他将买来的地图拿到二楼房间摊开，虽说是平冢市简图，但上面印有"本堂第二街"和"中岛第三街"的道路。只看"本堂"和"中岛"文字好像离得很远，其实在地图上很接近。平冢市本身很狭小，那个讨女人喜欢的小高住所和电视评论家的冈林浩住所之间似乎仅隔五百米。这也许是巧合。两个人居然都住在平冢市内。然而就这种"调查"来说，却排列在一条线上。根据小地图，这两个点似乎是粘在一起的。平岛庄次也许知道这一情况，或许还没有察觉。小山修三一边捏胡子一边继续看着地图思考，是否要把这情况告诉平岛庄次。这时，从一楼店堂传来久美子的叫喊声："哥哥，你的电话！"

小山修三急忙跑到楼下，返回收银台的妹妹瞪大眼睛朝着搁在电话机旁边的听筒笑着说："是女人打来的。"

他拿起电话听筒，电话那头传来羽根村妙子的声音："我是羽根村妙子。"

"好久不见！"

"你现在忙吗？"

以往，羽根村妙子很少主动打来电话。她的语气似乎让小山修三感到，你再忙也得抽空。

"不，不怎么忙。"

"如果是这样，我想见你，有话跟你说。"

"行。"

"那是因为……"羽根村妙子觉得只说想见面怕被误解，赶紧补充说，"其实，我昨天走访了町田市尾形恒子的家。"

"真的！尾形恒子情况怎么样？"

"她还没有回家，我见到她丈夫了。现在，我想尽快把她丈夫说的情况告诉你。"

小山修三明白了，她好像从尾形恒子丈夫那里听到了重要情况赶紧打电话来的。

"那情况跟平岛君说了吗？"

"没，还没有，我昨天和今天都没见到平岛君。"

"明白了，去哪里见面好呢？"

"就上次那家宾馆大堂怎么样？如果行，我们十二点半在那里见面。哎，请抓紧时间。"

一看手表，时针快指向十二点了。

"好！"放下电话听筒，他正要返回二楼做出门准备。

"哥哥，你怎么突然忙了起来？怎么，中午有约会？"久美子边说边笑。

"别开玩笑!"

"哎,那女人声音很好听的。"

出门准备结束后来到一楼时,正是中午时分,店堂里门庭若市。

"对不起,拜托你们了!"他对正在制作咖啡的店员说。

从收银台前面经过时,妹妹正在整理发票,笑笑说:"哥哥,走慢点!"

走进宾馆大堂时,羽根村妙子从坐满了人的沙发那里站起来。她今天穿着一套白色套装,也许担心小山修三马上察觉不了而站起来。小山修三看到后立刻走过去,两人在原来位置并肩坐下。凑巧两边都有人,说话时不会引起别人注意,并且旁边的人始终是流动的。

"我刚才在电话里稍稍听到一点,你说你昨天见到尾形恒子的丈夫了。他说什么啦?"

小山修三取出香烟,镇定自若的表情。

"尾形恒子还没有回家。"羽根村妙子开口说。

"你见到她丈夫了吧?"小山修三不怎么转过脸看旁边的羽根村妙子,避免让周围人误认为他俩在亲密说话。

"是的,我突然想那么做,因为我很担心尾形恒子。"

"平岛君说,尾形恒子是电视大评论家冈林浩收买的回收员。你也是这么想的吧?她就那样下落不明,你感到十分担心,便去她家向她丈夫打听情况。是这原因吧?"

"尾形恒子杳无音信已经一个多月了,一想起她至今没有回家,总是放心不下。"

羽根村妙子说这话时没有提及电视大评论家冈林浩。

"一个多月?已经有这么长时间了吗?"

"今天是六月十五日,尾形恒子是五月十二日星期三失踪的。"

确实是这样的。平岛庄次从长野博太妻子那里拿到的三盘记录纸带上的最后记录,是五月四日星期二,而一星期后凑巧是去抽样家庭的日子,尾形恒子出门后再也没有回去。

"和你去大矶町寻找服部梅子的回家路上,顺便去过町田市尾形恒子的家。这回,我是从大门进去拜访的。"

羽根村妙子说的"这回",显然是跟上回遇到的情况相比较。记得她上回急得直打转,适逢尾形家附近有一些妇女在议论,于是她急中生智扮作保险公司收款员走到那里打听。

"她丈夫凑巧在家,我递上印有海鸥制片公司名称的名片。"

"你怎么说的?"

"我说是死去的长野博太的好朋友,想为尾形恒子的失踪出力。他看名片后,立刻让我进屋了。"

"那太好了!"

"尾形恒子还是没有回家,也还是没有任何消息。还有,他已经向警方报案了,可警方什么新的消息也没有。他问警方,回答说没有找到任何线索。他还说,报案后警方根本没有动作。他对警方说妻子有可能被杀害了。警方回答说只要没有确凿证据,是不可能立案侦查的。"

"长野博太是五月十五日离开公司,二十六日从大阪回东京的,一回来就去了尾形恒子家。新闻报道说,他离开该住宅后乘上出租车,出租车在町田街道那里与卡车相撞。撞车时间,是上午十一点四十分前后。如果确实是二十六日,那么,就是尾形恒子失踪后的第十四天。"小山修三说完,羽根村妙子点点头,表示赞同他的说法。

"我认为长野博太是那前一天晚上或者那天早晨给尾形恒子家打电话,当听她丈夫说还没有尾形恒子音信后,由于不放心而去尾形恒子家的。你见到她丈夫时,没提到长野博太吗?"

"提到了,他说长野博太是那天上午十一点去他家的。那情况跟你的推断相同,长野博太于前一天晚上打电话问了尾形恒子的情况。"

"他和长野博太是怎么交谈的,她丈夫说了吗?"

小山修三的旁边坐着两个上了年龄的女人,打算在这家宾馆举行婚宴,正一个劲地合计费用。羽根村妙子旁边坐着的中年男子,由于跟他约会的女友到了而站起来离开了。随后坐在那里的是年轻姑娘,正在翻阅随身带来的杂志。正午时分的大堂空空荡荡的,只有外国客人三三两两地站在那里,身着红色服装的服务生和行李搬运员也在那里闲得无聊。

"那是我问他的。他答道,长野博太说尾形恒子好像在调查某个抽样家庭。"她压低嗓音。

"好像,他说的好像是什么意思?长野博太让尾形恒子调查抽样家庭在我们的意料之中。"

"嗯,我也是这么想的。但是,长野博太之所以对她丈夫这么说,是因为不这么说,万一有什么意外,他自己有推卸不了的责任。"

"哦,原来是这么回事。这么说,他是以一个旁观者身份说的,长野博太有没有说出尾形恒子正在调查的抽样家庭的住所和户主姓名?"这是非常关键的内容,说话时小山修三不由得咽了一口唾沫。

"没有,听说长野博太也没有提起那情况,说是不知道。"

"哼,说不知道是撒谎。"

"我也这么想。被长野博太撕下记号的那三盘记录纸带上其实是最好的证明。显然，他对那抽样家庭的住址和户主是一清二楚的。总之，只是对她丈夫说不知道和不表明态度而已。下述情况可以证明……"这时，羽根村妙子旁边的年轻女人把烟叼在嘴上，向羽根村妙子借火。

小山修三掏出打火机递给女人。羽根村妙子开始继续轻声往下说："……长野博太好像非常关注抽样家庭，让尾形恒子进行秘密调查。这是根据他和尾形恒子丈夫之间交谈内容察觉的。他对尾形恒子丈夫说的时候，不知不觉地说到自己被迫离开收视调查公司的理由，他说：'我觉得，社会上关注电视节目的人们正在用不可思议的目光审视收视调查公司。为此，我本人想公开收视率调查的情况。其实，关注的人们即便不这样，我本人也在深思：0.005％抽样家庭的收视情况，究竟能否真正代表收视率。该小数点以下三位数的百分比已经非常小，不允许存在任何舞弊行为。为消除它，我给报社写了一封匿名信，结果被公司察觉而不得不辞职。'听说他向尾形恒子丈夫公开了这一情况，多半与尾形恒子'好像在调查'这话有关。"

"明白了！和我们推测的一样，'大矶町的服部梅子'果然是长野博太。"小山修三激动得脱口说道，声音来得突然，尽管一眨眼的工夫，中断了旁边两位女人为婚宴费用的交谈。"但是，奇怪啊！"小山修三重新跷起二郎腿，抬头仰望从天花板上朝下垂挂的水晶吊灯，模样酷似山里人戴的斗笠。

"……怎么回事？长野博太怀疑的三盘记录纸带里，少儿节目的收视记录可能是中途开始的。歌谣节目也好，电视剧也罢，从读者来信里可以明白，许多舞弊行为来自电视台和制片公司。但是没想到,少儿节目里也有那样的诱惑。"

"那情况,我不清楚。"

"……"

"目前,四家民营电视台围绕早晨和傍晚的少儿节目展开了激烈竞争。在有孩子的家庭里,少儿节目远远超过那些蹩脚的电视剧,因为家长们被迫不看新闻节目。小山君认为少儿节目与惠子被拐案有关,这方面情况理应比我清楚。"

"是的。"

"孩子记歌是最快的,因为喜欢唱歌,和同学们一起唱动漫电视片的主题歌。对于广告赞助商来说,这样的宣传效果是最好的。我认为,各电视台为了争取上午和傍晚少儿节目时间段的收视率,在拉拢抽样家庭锁定自家频道展开了激烈的竞争。"

"于是,各电视台和各制片公司通过回收员中介向抽样家庭渗透。是这样吧?"

"虽说是想象,但只要把给孩子的礼品送到抽样家庭就行了。"

坐在羽根村妙子旁边的年轻姑娘终于等来男友,是一个漂亮英俊的小伙子。她合上手里的杂志站起身来,与男子手挽着手走出宾馆。接着,是外国老年绅士模样的人坐下,好像站了很长时间了。"这么说,平岛君的推理有误?"小山修三有点沮丧地说。

"啊,是说冈林浩吗?"

羽根村妙子知道这情况,从平岛庄次那里听说过。

"是的,据说电视大评论家冈林浩收买回收员是为保住自己在评论界的权威。"

"平岛君的这一推断还是管用。"

"什么?"

"冈林浩的评论,不光成人电视剧,还包括少儿节目,而且评论已经持续一年多了。"

"哎,是真的吗?"

羽根村妙子从包里取出五六张剪辑报纸。

《瞄准童心》《诗的世界》《给孩子好心情》《崭新的观点》《大人也愉快》《被统一的色彩》……即便只看标题,也能知道该评论的内容。有关冈林浩评论文章的结构,小山修三已经非常熟悉。不可思议的是,年轻的电视评论员们好像都在模仿他的文章结构。

"啊,原来是这么回事……"小山修三把那些剪辑报纸还给羽根村妙子,嚷道。

"冈林浩的兴趣非常广泛。"

"嗯,不仅成人电视剧……哎,平岛君为什么不对我说冈林浩的评论还涉足少儿节目呢,为什么不给我们看这种剪辑报纸呢?"

"大概是疏忽了吧? 一定是那样的。"

虽说小山修三有那样的假设,可心里还是觉得有点不可思议。把惠子被拐案和那三盘记录纸带并案调查,是因为重视记录纸带里少儿节目的收视数据。平岛庄次一个劲地听该推断,而丝毫没有提及冈林浩关于少儿节目的评论,不知是什么原因。

"小山君的推测重点倾向于惠子被拐案,而平岛君从普通电视剧这条线怀疑冈林浩,也许认为记录纸带里的少儿节目收视数据没有关系。你们推测焦点的错位可能就在这里!"

羽根村妙子说,似乎知道他不满意表情的原因。

"哦,也许是那样。"小山修三改变了话题,重新回到刚才的疑问,"这么一来,长野博太的交通事故是难以推断的问题。尾形恒子的丈夫叫尾形良平,这是平岛庄次上回监控时通过町田市政府户籍部门打听到的。尾形恒子已经失踪一个多月了,丈夫尾形良平理应估猜妻子有生命危险,为什么不强烈要求警方尽快立案侦查?"

"我也劝说过尾形良平, 最好请警方把普通寻人改为立案侦查……"

不知什么时候, 两个坐在小山修三旁边商讨婚宴费用的女人离开了,取而代之坐下的好像是一对说拉丁语的外国黑人夫妇。

"大概不能作为凶杀案侦查吧?因为关系到尾形恒子的生命安危。"

小山修三和羽根村妙子的两侧都坐着外国人,因此该内容的话题可以无拘无束地交谈。

"是啊,我曾极力劝说过,可是尾形良平仍然吞吞吐吐的,他说,就现阶段来看,也不能肯定妻子一定怎么样了……"

"作为丈夫,也许会抱有这种想法,也就是不愿意假设妻子已经遇难,理所当然按自己希望的方向设想。那可能就是夫妻感情吧?"

"我一开始也是那样想的。但在交谈中,渐渐察觉他提及妻子时有语调上的变化。"

"啊,这是怎么回事?"

"小山君,我就是想对你说这情况才约你来这里的。"

鉴于重要话题就要开始,羽根村妙子习惯地用手指分开脸上的头发,视线紧盯着小山修三的侧脸。

"也许是我极力劝说尾形良平尽快请警方作为凶杀案立案侦查,他的表情变得复杂起来,说,如果请警方以妻子被害嫌疑立案侦查,警方有可能排查妻子最近的所有行动。为此,他不打算这么做。"

"……"

"我对他这番话感到吃惊。尽管尾形良平说这话时眼睛朝下,但他那表情大概在说,如果警方知道妻子的各种情况,无疑会传到社会上。与其这样,倒不如还是按照原来的离家出走报案,继续请警方寻找就是了。他不希望警方把妻子失踪作为凶杀案立案侦查。"

"有关妻子的各种情况?"

"嗯,尾形良平是这么说的,他妻子最近开始喜欢驾车外出,还是收视调查公司的回收员。妻子究竟在外面干什么,自己几乎不清楚。他说问她的时候,她总是满脸不高兴的表情,于是也就不再追问了。也就是这原因,他讨厌警方立案侦查,不想知道妻子在外面的情况。"

坐在羽根村妙子旁边的是外国老绅士,满头银发,正在打瞌睡。

"这么说……"小山修三咽了一口唾沫说,"尾形良平是不是觉得妻子在外面有外遇?"

"好像是那样。"羽根村妙子眼睛朝下点点头。

根据平岛庄次调查到的情况,尾形良平三十九岁,尾形恒子三十二岁,膝下没有子女。在主妇回收员中就数尾形恒子年轻,虽长相不是特别漂亮,可对于男人来说具有勾魂的魅力。她上穿黄色外衣,下穿红色喇叭裤,打扮得非常引人注目。没有孩子,加上妻子有几分姿色且喜欢打扮喜欢外出。像这样的家庭,老实丈夫是什么叱责的话也不能说的,如果独自待在家里胡思乱想妻子去了哪里,无疑苦不堪言。

"尾形良平是什么职业?"这情况,平岛庄次在调查报告里没有写。

"据说,他是品川一家商业公司的职员。"从事这种职业的人,无疑是循规蹈矩的。

"我问尾形良平,恕我冒昧,妻子负责回收的抽样家庭在什么区域?"

"他怎么说的?"

"他说,妻子是负责回收町田市和神奈川县部分抽样家庭的记录纸带。"

"果然不出所料!"那早就是意料之中的。

"你说是神奈川县一部分,具体在哪里呢?"

"这,我问了。他说,横滨市和横须贺市一带由于地方大而由别人负责回收,另外小田原以西地方的回收员也是其他人,妻子负责回收的地方是东面藤泽市与西面大矶町之间。"

"啊,这下我明白了,回收区域全是长野博太指定的。所以他写读者来信时伪造服部梅子,把地址写成大矶町。我这判断是正确的。通常,人伪造姓名和地址时总是习惯自己知道的地方或者与自己有缘的地方。"

"也许是的。尾形良平还说,妻子负责该地区回收工作,是因为八年前在藤泽市住过,对那一带地理情况非常清楚。"

这情况确实如此。平岛庄次根据户籍资料得知,尾形恒子和她丈夫是八年前从藤泽市迁入町田市的。现在,小山修三想起了当时调查的情况。

"他妻子因为熟悉藤泽和平冢的地理情况,所以落到这种地步。尾形良平还说,那区域里好像有妻子的相好。"

"相好? 是婚外恋?"

"是那样的语气。"

"知道对方姓名吗?"

"这他没说。就我的感觉而言,尾形良平好像迄今还不知道是谁,只是他的推测而已。由于每天仅来往于家和公司之间,不清楚妻子外出去了哪里,因此可能是猜疑妻子有那种男女关系。"

"小高满夫是日荣广告代理公司业务员,是平岛君说的讨女人喜欢的男人,也住平冢。"

"哦,真的吗?"

"我打电话请教过日荣广告代理公司关于他的地址,回答说他住平冢市本堂2-17。"

"……"

"通过电话我还问过那家公司,回答说他还没去公司上班。总机小姐说,小高君是四月三十日开始没来公司上班的,还说至今也没有上班。照此看来,他已经一个多月没去公司了。"

羽根村妙子听了这话就像精神上受到沉重打击似的。

"小高满夫是花花公子,经常不上班,据说一直在外和女人鬼混。这一回不去公司上班,好像已经很长时间了。"

"尾形恒子该不会是受小高满夫勾引,最后一起私奔吧?"

"你说尾形良平自言自语,说妻子的相好住藤泽市或平冢市,我就自然而然想起了小高满夫。"

"可是,小高满夫家根本就不是抽样家庭吧?再说,他也没有机会与尾形恒子交往。"

"那得问你说的'马路求爱者'了。因为,我听说过小高满夫擅长在百货店等地方勾搭陌生女人,并约她们一起外出鬼混。尾形恒子是在他居住的平冢市回收记录纸带,所以我想小高满夫很容易找到主动与她搭讪的机会。"

羽根村妙子似乎无奈地叹了口气。"我现在才知道小高满夫住平冢市。"她沉默了片刻说,"冈林浩也住平冢市吗?"

"是的,他家住平冢市中岛 3-181。这我在地图上查过了,他们两家的距离好像连五百米也没有。"

羽根村妙子旁边的外国老绅士还在打瞌睡。

"比起小高满夫和尾形恒子人不知鬼不觉勾搭上的偶然性,我则更加觉得尾形恒子有作为回收员被冈林浩收买的可能性。"

"比起小高满夫和尾形恒子的偶然性,我则越发觉得确实与尾形恒子有关,但是……"

小山修三说:"……你是说没有犯罪迹象。"

"尽管冈林浩收买回收员是我们的想象,然而冈林浩也非等闲之辈,虽舞弊行为有可能暴露,但他不太会加害于尾形恒子。他作为电视大评论家,不管怎么说,有身份和社会地位。"

"他用贿赂收买回收员的勾当一旦暴露,无疑身败名裂。因此,他为了保住多年来筑就的社会地位和名望,很有可能一时冲动而走上犯罪道路。"

在旁边打瞌睡的外国老绅士,猛然睁开眼睛吃惊似的环视周围。这时,他俩沉默了一会儿。

"小山君,你推断的惠子被拐案现在怎样了?"

"我已经渐渐淡忘了。我对三盘记录纸带里的少儿节目饶有兴趣,但在知道冈林浩也评论少儿节目后,与其说对惠子被拐案不抱希望,倒不如说在精神上受到了沉重打击。"

"如果那样,重点要放在冈林浩这条线索上。难道不是吗?"

"好啦,现在还深入不到那里,总之尾形良平说尾形恒子的相好住藤泽与平冢的情况,是今天最有参考价值的。"

"尾形恒子有相好也许只是她丈夫的推测吧,如果尾形恒子被冈林浩收买,他俩之间的接触就会频繁,也许就会变成那样的关系！”

　　羽根村妙子旁边的老绅士用手掌捂住嘴打哈欠。虽然羽根村妙子没有说，但是小山修三似乎预感到尾形恒子已经死了，眼前浮现出她死后的惨状。

第五章　海底沉车中的男尸女尸

八月了,小山修三和四个绘画朋友去房州写生和游泳,预定住两个晚上。五日晚上,他翻阅当天的晚报,社会版左侧印有两行大小的标题,吸引了他的眼球。

西伊豆大海里有辆小轿车,车内有男女两具尸体。

五日上午八点半左右,住东京都练马区上石神井5-21的公司职员山田孝三(二十七岁)使用水中呼吸器,潜入静冈县贺茂郡云见温泉南边两公里处的海里,发现距海面七米深的海底有一辆小轿车。山田孝三从玻璃窗朝里窥视,发现驾驶席上有一具女尸,副驾驶席上有一具男尸,于是立刻向当地警署报案。警方接报后,立刻通知有关部门打捞沉在海里的小轿车。根据山田孝三提供的情况,那是一辆白色小型花冠轿车,车牌号是相模–8963。警方以该车牌号为线索询问了陆上客运管理处。警方认为,这辆轿车是因过失或事故坠入悬崖下大海里的。该悬崖从南边的波胜海岸到石廊崎有二十米左右。车来自东京,初步判断是来自东京的避暑游客,车里的男女尸体大致是一对夫妇。

小山修三看到这里不由得跳了起来,立即从挂在西服大橱里的上衣口袋里取出笔记本。报纸上"白色小型花冠轿车"这几个字,似乎给了他大脑迎头一棒。他迅速翻开笔记本,然而微微发抖的手指并没有翻到自己想看的页面。有啦!

平岛庄次在跟踪报告上说,D号的私家车是白色小型花冠,车牌号是相模-8963。根据陆上客运管理处提供的情况,是今年二月一日以尾形恒子名义刚登记的。根据市政府提供的户籍资料,她住町田市中森町2-5-6,今年三十二岁,丈夫尾形良平今年三十九岁。

果然是尾形恒子!小山修三将笔记本上的数据与报道对照,完全一致。果真是尾形恒子死了!那么,副驾驶席上的男尸是谁?由于是今天上午发生的事情,晚报上的报道内容有限,深入报道的文章也许要刊登在明天的晨报上。然而送到与叶县胜浦这里的晚报,因运输原因印刷得很早。如果是都内,由于印刷时间迟,报道内容多半要比这里详细。

小山修三立即给神田自己开设的咖啡馆打电话,是妹妹久美子接的电话。

"有没有人给我打电话?"

"哦,哥哥,你从哪里打来?"

"从房州胜浦。"

"那可是好地方啊,鱼好吃吗?"

"比起鱼的味道,还是电话重要,有我的电话吗?"

"有,是羽根村小姐打来的。"妹妹说这话时提高了声音。

"是吗?什么时候?"

"四十分钟以前。"

如果是四十分钟前,无疑是看了晚报上的报道后打来电话的。

"那她没说什么吗?"

"我跟她说哥哥不在家,她问你什么时候回来,我说后天傍晚。我不知道哥哥住哪里没有办法回答。接着,她只说了后天傍晚再打电话就没再说其他事了……欢迎光临!"

也许是客人进来了,受话器里传来妹妹站在收银台前欢迎客人的礼貌用语。

"平岛君打来过电话吗?"

"没有。"

平岛庄次的反应好像很迟钝,按理说他绝不可能不注意晚报上的报道。即便不知道,羽根村妙子也应该通知他。

"喂,你那里有晚报吗?看一下社会版,理应刊登轿车坠海的报道。"

"等一下!"电话听筒里传来翻报纸的声音,还夹杂着优雅的背景乐曲。片刻,妹妹的声音又响了起来:"刊登了!"

"是吗?那好,你给我读一下那篇报道!"

妹妹朗读报纸,小山修三全神贯注地听。就内容来说,与这里出版的晚报几乎没什么不一样,也许伊豆记者站的采访迟了。

"明白了。"听完后,小山修三说,"我明天清晨乘车返回东京,如果羽根村小姐打来电话,你就这样告诉她。"

"行!为慎重起见,我把你住宿地电话号码告诉她。"

妹妹的话语里夹着笑声。现在这时候,羽根村妙子大概下班到家了吧?如果知道她家电话号码,现在就可以打电话给她了,可是从来没问过。如果海鸥制片公司里还有职员加班,打电话过去也许会告诉自己。小山修三思考了片刻后决定不打了,决定等明天的晨报。

那天晚上,他和绘画朋友们打麻将打到十二点过后,而羽根村妙子没有打来电话。渐渐地，睡意不断袭来，迷迷糊糊地睡着了。可是因为有心事，很早就醒来了。七点左右，晨报从门下面的间隙插了进来。小山修三拿起报纸，立刻翻到社会版。

是婚外恋吗？男尸身份不详——从西伊豆海底打捞私家车。

他从标题开始快速阅读报道文章，如下：

五日早晨从西伊豆海云见海岸打捞起从悬崖坠入大海的小型私家车，当地警署对男女尸体展开调查，并于当天傍晚核实了女尸的身份，住东京都町田市中森町2—5—6，是公司职员尾形良平（三十九岁）的妻子，叫尾形恒子（三十二岁）。车是尾形恒子的，男尸身份还没有核实清楚，但推断的年龄为三十岁左右。

现场是高约二十米的悬崖峭壁，路狭窄，并且潮流速度非常快，因此从海底打捞沉车时极其困难。那天傍晚从沼津调来大型打捞车，终于将它打捞上来。当地警署由于事先根据陆上客运处告知的电话号码通知了女尸家属，当天晚上，尾形良平驱车赶到现场，确认尸体是失踪多时的妻子。

尾形恒子是五月十二日早晨驾驶这辆车去东京新桥临时工作地点的，那以后便杳无音信。为此，尾形良平早就向警方提交了寻人申请。沉车的挡风玻璃破碎，人已经死了两个多月，尸体被鱼啄得伤痕累累，没有严重外伤。警方推断，沉车从大约二十米高的悬崖上坠落海里后，由于来不及逃到车外而溺水身亡。从尾形恒子身上穿的衣服看，还是五月出门时的外衣和喇叭裤，但皮包没有了。男尸身上是衬衫和过膝的衬裤，既没有随身携带物品，也根本没有能判断其身份的证件。鉴于上述疑点，警方于六日上午决定由法医解剖这两具尸体。

当地警署在调查过程中，没有把死因归结到事故和自杀等。分析调查过的云见温泉、下田附近的长冈和修善寺等各地温泉地，五月十二日以后没有他俩的住宿记录。由此判断为，尾形恒子于下落不明那天，在都内让该男子乘在副驾驶席上来西伊豆海岸兜风。

于是，警方在现场附近寻找五月中旬看到这辆小型私家车的目击证人。尾形良平说，由于妻子从五月十二日开始下落不明，自己便向警方提出寻人申请。真是做梦也没想到会是这样的结果。副驾驶席上的男子是谁，自己根本不认识，自己平时也不太介入妻子的交际范围。

九点过后，小山修三到达东京。走进自家咖啡馆的时候，还是供应廉价早餐的时间。几个学生客人一边吃烤面包一边喝着咖啡。"哎呀，你已经回来啦？"妹妹久美子吃惊地说。

"也给我一份烤面包吧！"

"怎么，你没有在观光地吃早餐？"

"嗯，我早上七点离开胜浦。没吃早餐就离开了。"

趁妹妹制作烤面包之机，小山修三翻开晨报浏览起来。关于在西伊豆海车与尾形恒子一起被从海里打捞出的男尸报道，与在胜浦看到的报道没有大的差别。尽管那样，小山修三还是非常认真逐字逐行仔细阅读组成报道的每个活体字。报道说，两具尸体解剖大概于今天上午十点在下田医院进行。他抬头看了一下墙上的钟，已经到十点了，解剖所需的时间大约在两个小时吧，今天的晚报上可能会刊登解剖结果。他急切地等待着。

假如结果是报道的那样，那么尾形良平对羽根村妙子所说的情况和自己的推测，可以说是言中了。这个不幸的男子虽向当地警署提出寻妻的申请，却在要求警方将寻人案变为凶杀案方面踌躇不前。他害怕妻子最近的行动被调查后公之于众。然而事与愿违，还是以他最不愿意看到的结果出现了，妻子与相好男人外出兜风时连车一起从悬崖上坠入大海。如果这是事故,还有掩盖的说法,可以编造借口，但是作为丈夫的内心深处已经觉得绝对是不可告人的丑事。

是事故还是情杀,通过解剖结果就可以判定。尸体在经过两个多月后,腐烂的相当厉害。鱼从破碎的车窗游入,啄食尸体,尸体表面简直是惨不忍睹。那个相好男人百分之八十以上是日荣广告代理公司的业务员小高满夫。他三十二岁,与报纸上推断的尸体年龄相一致。只是小高满夫没去公司上班和下落不明是在四月底,而尾形恒子的失踪则是五月十二日。两者音信全无的前后时间差是十二天。

实在是令人不可思议! 不管怎么说,尾形恒子于五月十二日之前还在家里。作为妇女回收员,每周三去抽样家庭回收记录纸带。如果和小高满夫在一起,她也必须四月底就出门,可偏偏在町田市自己家住到五月十二日早晨。既然这样,小高实际上也可以在公司工作到五月十二日。他四月底就离开了公司离开了家,多半出自什么理由。

小山修三想等羽根村妙子电话,可左等右等还是没有等到。因为,他以为妹妹昨天告诉羽根村妙子自己去了胜浦的情况。也许,羽根村妙子觉得自己不在家就不打电话了。

如果是这么回事,也许下午会来电话,可是等不及了,他还是给海鸥制片公司打了电话。

"羽根村小姐今天休息。"事务小姐接电话说。

绝不会想到她今天休息。如果在家,想请对方说出羽根村小姐的住宅电话,可是这话难以出口。另外想问平岛君是否在公司,也没有立刻说出口,于是说了一声"谢谢"就挂断了电话。羽根村妙子为什么今天休息呢?其休息是否与尾形恒子尸体被发现新闻有关,是否有其他重要事情,还一时难以做出判断。不过,他还总是觉得与该新闻报道有关。

假设是这么回事,羽根村妙子就有可能请假到处走访排查。两个月以来,尾形恒子失踪是她最关心的大事。没想到眼下是这样的结果,无疑,她已经忍耐不住了。就在小山修三焦急思考时电话铃响了,妹妹接听电话后告诉他是平岛君打来的,随后将电话听筒递给他。"你好,看报了吗?"平岛庄次大声说。

"看了。"

刚才自己打电话给羽根村妙子的事,不知他是否已经知道,眼下无法准确判断。

"看了。其实我昨天还在房州,是在那里看到的消息,真是大吃一惊。"

"我也大吃一惊,没想到会这样……详情我想今天晚报上会刊登的。警方知道了与尾形恒子一起死在车里的男子身份,果然是日荣广告代理公司业务员小高满夫。他家人看了报纸后从东京赶到那里确认了。"

"哦,是真的?"

"由于是意料之中,没有特别吃惊,并且解剖是一个小时前结束的。据说解剖结果警方也公布了,也会刊登在晚报上的。"

"那情况平岛君都清楚吗?"

"哦。某报社会部编辑主任是我的朋友,我问过他了,先跟你说说解剖结果……"

"等,请等一下。"小山修三急忙将收银台上的发票移到眼前,再把发票翻到背后,手握铅笔。

"该解剖结果的要点……"平岛庄次开始在电话那头说,"这对男女死了已经有一百天乃至一百二十天。"

"什么?他们死了有一百天乃至一百二十天了吗?"小山修三听后大吃一惊。

"嗯,警方是这样公布的。"

"这到底是怎么回事?小高满夫下落不明是在四月底,而今天是八月六日。假设他是失踪那天死的,那也只过去九十九天。而尾形恒子是在五月十二日失踪的,就算她也是那天死的,那也只过去八十七天。"

"哦,是吗?我只是按照警方公布的情况说。"

"啊,对不起……"

"嗯,也确实可疑,不过这情况可以解释。死后经过那么长时间的海水浸泡再进行尸体解剖,是很难判断出准确死亡时间的。其实,尸体放置时间越短,判断准确率就越高。"

"这我清楚!"

"因此,死亡时间越长,解剖医生对于死后经过时间的判断误差就越大。这样确定是为了使侦查安全进行。其次,拉大判断误差的幅度是维护解剖医生本身的威信。虽说法医学在发展,但即便那样也不能说医学万能,因为,法医学上的检查并不是绝对的科学行为。死后的时间越是有误差幅度,解剖医生越是可以放心自己的判断。"

"解剖医生的心理我清楚,但是尽管那样,这一回判断应该像刚才说的那样把小高满夫的情况暂搁一边。说实在的,我觉得对于尾形恒子的验尸判断的误差太大了,即便采纳死后有百天的验尸判断,也有二十天时间的误差。"

"哎,无论小高君还是尾形恒子,都是假设在失踪那天死亡的吧?"

"是的……"

"但是,因为死后经过时间的判断构成了侦查上的困难,所以要相反推算,把死亡时间往前移,可以说死后经过的时间是六十天。"

"……"

这说法有道理,这种可能性从理论上说得通。"这么说,假设两个人是同一时间死亡,那可不可以假设小高满夫提前失踪和尾形恒子在什么地方隐居了一段时间。"

"是那样吧!也许应该把尾形恒子和小高满夫的死后经过时间联系在一起思考。"

小高满夫的死后经过时间,应该与尾形恒子的死后经过时间联系在一起分析。平岛庄次的这番建议,姑且是合乎逻辑的。"即便那样,你不觉得死亡时间的误差幅度太大吗?"

"不,警方公布的解剖鉴定书上附有说明。结论在前面,解释在后面。"

"……"

"那两具尸体由于被鱼啄食过,即便只是那样,也已经腐烂到相当程度。加之死亡已有三个月左右时间,在水里腐烂得非常厉害,皮和肉皆被鱼食,很难判断出准确的死亡时间,因此,要求侦查时不要拘泥于上述情况。"

"如果解剖鉴定是这样解说的,推断的死后经过时间还有进一步减少的余地吧?"小山修三在电话里问。

"大概是那样的吧。正如你说的那样,尾形恒子失踪日是五月十二日,也就是她的死亡日,也就是小高满夫的死亡日!"

小高满夫是四月底开始不去公司上班的。假设尾形恒子的失踪日就是他的死亡日,那么,他这十二天里是在什么地方度过的呢?

"小高满夫真的与尾形恒子一起死的吗?"

"哎,你的意思呢?"

"一是小高满夫四月底不去公司上班太早了;二是尾形恒子五月十二日前一直在家里。即便驾车外出,也……"

"但两具尸体都在车里呀,不过小高满夫不去公司上班确实太早了点,好像在什么地方隐居,一直到尾形恒子下决心出走的五月十二日那天那段期间,他俩多半在哪里幽会等时间。"

"这么说,他俩是有意下决心驾车从悬崖飞向大海的吗?"

"解剖鉴定上认定,他俩临死前有微小反应。也就是说,他俩是在活着的时候驾车飞向大海的。"

那天下午,小山修三没有在家里等晚报,四点半左右就出门去了神田车站报摊,买了四份不同的报纸。当时报摊上已经有晚报了,与邮局送报员送到家里的报纸是相同的。他没有立刻赶回家,而是走到附近一家冰激凌冷饮店里急忙翻阅起报纸来。

轿车坠落于西伊豆岸边海底的连续报道,无论哪家报社的报纸都是用三段大小的版面进行报道。如果没有配上《男尸身份已经判明》的标题,报道文章的篇幅也许就一段那么大小。所谓连续报道,只要没有出现相当重要的新事实,报社是不会理睬的。

尽管买了四份不同的报纸,但报道内容都很简单。

五日,从西伊豆云见岸边海底打捞上来的轿车里的男尸,是与尾形恒子女尸一起溺水的日荣广告代理公司业务员小高满夫,今年三十二岁,公司地址在东京都港区艺町205。小高满夫是四月底开始缺勤并杳无音信的,其家属是于五日看了晚报后才去下田警署核实尸体的。尾形恒子与小高满夫的尸体,是下田市海南医院于六日上午十一点左右解剖完毕的,两具尸体在海里已浸泡三个月左右时间,腐烂程度严重,加之身体各部位被海鱼啄食过。解剖鉴定的要点如下:

一、死前没有受过外来暴力击打的痕迹;二、颈部没有绳索的勒痕;三、两人腹部都有裂伤,这是从悬崖上坠落海底时车里撞击造成的;四、肺部和胃部都有海水;五、颈部侧面略出过血,这也被推断为坠落时车里撞击造成的。

当地警署根据上述解剖鉴定推断:这辆轿车是行驶时从现场二十米高的悬崖上坠落于海里的,驾驶席上坐的是尾形恒子,副驾驶席上坐的是小高满夫。

四份不同报纸有关上述情况的报道,几乎没有不同的地方,小山修三瞪大眼睛搜寻,希望能找到独家新闻报道的报纸,哪怕一行也行,但是没能如愿。报上的解剖结果是由警方公布的,因而各报上刊登的内容也是一字不差,与平岛庄次从记者朋友那里打听来的情况没什么两样,只有"腹部裂伤……颈部侧面略出过血……坠落时车里撞击造成的"这句话,在小山修三看来是新的内容。

尾形恒子住町田市,小高满夫住平冢市。从他俩各自住宅去西伊豆海,距离不是很远。但报上说的情况,轿车是从高二十米的悬崖上飞速坠落大海的。根据尾形恒子手握着方向盘的情况来看,也许是她提议驾车跳海的。假设真是这样,尾形恒子比小高满夫更有决断力。

"二十分钟前,我接到城砦座剧团古泽先生打来的电话。"小山修三刚返回咖啡馆,妹妹久美子便告诉他说道。于是立刻打电话给古泽先生。

"哎,是小山君吧!"

电话那头传来古泽启助的声音,该音色在朗诵方面是大家一致公认的。

"老师,好久没有拜见你了!那个,听说你来过电话,可我不在家,真是对不起!"

"没什么,哎,你看报了吗?"

"是有关飞速坠入西伊豆大海的轿车吧?我当然看了!"

"吃惊了吧!是吗?"

"嗯,车里女尸曾经是收视调查公司的妇女回收员,你知道吗?"

"当然知道。仅报上刊登的姓名难以明白,可海鸥制片公司殿村君来过我这里,他和他那家制片公司的人都这么说!"大概不是平岛庄次就是羽根村妙子,看来,多半是平岛庄次吧。

"没想到会是那样的结果。我也委托过你调查收视情况,知道后心里实在是不舒服。"

"这与老师你没有任何关系!"

"话是这么说,然而我总是把这事放在心上。哎,你如果现在有空来我这里一下好吗?"

"行!我现在就去你那里。"

小山修三从神田车站乘上地铁,在青山神宫前站下车后喊了一辆出租车驶往高树町。路程较短,收费不多,司机一声不响,绷着脸,眼睛朝着前面,嘴里直嘟哝,距离这么近,年轻人应该走着去,偏偏……按理说,出租车又不是免费载客,只要挡风玻璃内侧竖有"空车"示意牌,不管路途近远都应该无条件载客,司机都应按乘客要求驶往目的地。只是近来，一些素质较差的司机服务态度粗暴，时常与乘客发生争执。现在自己急着要去老师那里，无奈只能极力忍耐。小山修三推开城砦座剧团的大门，旁边事务室的小姐赶紧上前将他请到宽敞的接待室。古泽启助的眼睛凹陷，但炯炯有神。

"啊，这么快就到了，来，坐这里！"

古泽启助指着桌子对面的椅子，他旁边坐着海鸥制片公司的殿村龙一郎，胖乎乎、圆脸，表情和蔼。小山修三向他俩问候后，古泽启助立即说道："殿村君刚才也告诉我，报上刊登的尾形恒子曾经是你和他部下一起跟踪过的目标，生前是收视调查公司的妇女回收员吧。"

古泽启助说完两肘撑在桌上，手指交叉合在一起。殿村龙一郎坐在旁边，静静地抽着烟。"是的。为了调查记录纸带上的收视数据是否真实，我们分别跟踪过一些妇女回收员。尾形恒子是平岛君的第一跟踪对象，掌握了她的姓名和住所。我和羽根村小姐去她住所附近，进行了简单调查。"小山修三说。

"这大致情况，平岛君和羽根村小姐已经对殿村君说了，殿村君也对我说了。"

古泽启助眉宇间皱起，轻轻地吐了一口气说道："我总觉得自己做了对不起别人的事。当时受到了既不像疑问也不像好奇的心理驱使，看见你在我这里的彩排场里，便想起让你调查收视实情，最终也委托了你，并且殿村君也联手合作，派出两个人协助你。你们开始跟踪妇女回收员，没想到她们其中的人患上神经衰弱症，以致发生像尾形恒子那样的坠海不幸事故……"

"哦，绝对不是那么回事！我们行动很谨慎，她们没有察觉。"

"是吗，那些妇女回收员难道真不知道你们在跟踪吗？"古泽启助满腹狐疑。

"你这么一问，我的自信心有点动摇。不过我觉得没有那种情况。"小山修三声音变弱。

"有的。"古泽启助的凹眼里目光闪烁，"……是那样的跟踪才让妇女回收员患上神经衰弱症的不是吗？不用说，公司里肯定有严格规定，让她们绝对保密抽样家庭的住址和姓名。被你们跟踪后，致使她们神经衰弱。"

看到小山修三脸上略出现软弱表情后，古泽启助说："呵，还是被对方察觉了，看来町田市的尾形恒子也是其中的一个。你们不是内行，跟踪时虽说想过尽量不让对方察觉，可还是让对方知道了，因为那是每周的星期三。"

被古泽启助这么一说，小山修三似乎也意识到了有那样的可能性。

"但是，先生。"他抬起头，眼睛看着古泽启助说，"我总觉得，即便我们的跟踪导致尾形恒子患上神经衰弱症，也与她带上小高满夫驾驶轿车飞速坠落大海的举止没有丝毫关系。"

古泽启助的脸朝着旁边，就像在舞台上脸不时朝着彩排的姿势。"那个嘛，我也难说，确实有些人得了神经衰弱症后会出现不受大脑控制的举动，在即便死也心甘情愿的冲动下突然寻短见。例如受到小高满夫殉情的胁迫后瞬间采取极端行动。我看多半是这样的。"

"这么说，她也许受到了花花公子的胁迫？"

也许是古泽启助说的那样，小山修三觉得，可能是小高满夫逼迫有夫之妇的尾形恒子为殉情献身。

"这个嘛，说不上来。虽说小高满夫是花花公子，但也许有许多鲜为人知的烦恼。比如有那么多先后相好的女性,数量太多难以摆平;另外在工作上感到走投无路……"

古泽启助说到这里猛然间似乎想到了什么,目光返回到小山修三的脸上问:"据说小高满夫是在尾形恒子失踪前就没去公司上班的是吗?"

"是的,他是四月底开始就再也没去公司上班了。"

"是吗? 这么说,小高满夫缺勤也许与尾形恒子无关?"

"为什么?"

"嗯,一定是工作上有烦恼! 因工作一筹莫展而不去公司上班的现象,在性格懦弱的工薪族中间时有发生。"

"小高满夫性格懦弱吗?"

"傻话! 与女人在一起鬼混,与性格懦弱没有关系! 可是,因工作停滞不前产生厌世的情况有。于是,把该情况向尾形恒子公开以取得她的同情。哎呀,好像通常有这样的情况发生。她呢,也正得了神经衰弱症。五月十二日,她将回收来的记录纸带送到公司后,便驾车带上小高满夫去了西伊豆海边兜风。驶到现场时,她可能神情恍惚而产生跳海的轻生念头。我看大凡是这样!"

"按你的推测,有必要核实小高满夫在工作上是否一筹莫展。"

"那倒是的。哎,据说小高满夫是代表日荣广告代理公司专职与各电视台和电台联系。哎,那是什么工作?"古泽启助朝着旁边的殿村龙一郎问。从一开始,海鸥制片公司的殿村龙一郎就没有吭声,默默听着他俩的对话,见古泽启助问自己,便从嘴上取下烟。

"作为日荣广告代理公司的业务员,他应该是负责与广告赞助商之间的联系。通常,他每天要去对口联系的广告赞助商那里。"

"哦,原来是这么回事! 小高满夫负责的广告赞助商是哪家公司？"

"这我不是很清楚。"殿村龙一郎脸朝着天花板,好像在茫茫的大海里寻找什么似的。

"我听说过,好像是化妆品公司。"

"化妆品公司？"古泽启助笑出了声。

"……这个,岂不是正对花花公子小高满夫的口味吗？是呀,太合他口味了！日荣广告代理公司也真会安排工作。"笑完,古泽启助突然歪起脑袋思索,觉得自己说的话里有疑点,嘟嘟哝哝地说,"但是……但是,如果小高满夫与化妆品公司是最佳组合,那么,工作上不应该有不顺心的地方。"说完,他的目光射向殿村龙一郎。

"殿村君,小高满夫负责与某化妆品公司对口联系是吧,他的工作很顺利吗？"

殿村龙一郎直截了当地回答道:"哎呀,我也只是偶尔在电视台里看到他,具体情况知道得不详细。"

"问哪里才能知道这些呢？"

"最好是问日荣广告代理公司。"

"哎,对不起,你能否给日荣广告代理公司打电话问问情况,广告代理公司里你也有好朋友吧？"

"嗯。"殿村龙一郎脸上是思考的表情,片刻后慢悠悠地站起身来,走到有相当距离的附近房间里装有电话机的角落处。

"请帮我找一下第二部的细川君。"紧接着从电话那头传来的声音,就连小山修三和古泽启助都能听见。

"我是海鸥制片公司的殿村龙一郎,你好呀,好久不见了……那个,我看了报纸,你们公司小高君的举动太出人意料了……我真是大吃一惊……可是,到底是什么原因……噢,大概是那样吧……

一定是与女人之间的事情。这么说,就像报上说的那样死于婚外恋吧……"

殿村龙一郎说到这里吸了口气。

"嗯,我想冒昧地请教一个问题。小高君对口联系的广告赞助商确实是化妆品公司吗……知道,知道,那是中天化妆品公司吗……哎?穆哉化妆品公司?噢,原来是那家公司。原来如此……那,小高君在工作上很顺利吧?是呀,发生了这样的情况,我觉得会不会是小高君在工作上不顺心。是这样的推测。我问得太多了,对不起。"

对方最终都回答了他的提问。殿村龙一郎说了感谢之类的话后放下听筒,慢腾腾地回到他俩旁边。

"小高君的工作,听说很顺利,说他对工作也很敬业,在外交方面也是得心应手。因此在广告赞助商即化妆品公司那里评价很好。"殿村龙一郎汇报了电话问询的结果。

上午八点左右,让人感到气候像正午时分那么炎热。小山修三从东京车站乘上新干线列车,于九点半左右在热海车站换乘开往伊豆的特快列车。去热海的是避暑客。驶往伊豆的快速列车里,大多是海水浴客人。在今井浜海边,聚集了许多游客。快到正午时分,小山修三在下田站下车。

小山修三立即去市内某公立医院,因为报上刊登了这家医院名称。他在传达室那里向接待小姐递上某周刊杂志的记者名片,说是想采访前些日子与车一起坠落大海的男女尸体的解剖情况。这张名片是从朋友那里借来的。自己在工作上与该案件毫无关系,虽说打听解剖情况是不得已而为之,但这办法绝无仅有。他向该朋友保证过,绝对不给朋友单位及其本人添任何麻烦。因此,小山修三采访这家医院必须以名片主人"白水义郎"的名义。如果医院给周刊杂志编辑部打电话,则由朋友白水本人负责接听。

他来到外科主任室,主任五十岁左右,红光满面,身体胖乎乎的,尸体就是他解剖的。小山修三踌躇起来,不知道跟他怎么说好。倘若开门见山,有可能让对方紧张。总之,这张周刊杂志记者的名片让对方多少产生了一点戒心。

"啊,你是福冈县的?"看着名片,外科主任问。白水这样的姓很少见,他似乎知道九州一带有许多这样的姓。

"是的,我的父亲是在博多出生的。"小山修三按朋友说的回答。

"我想是那样的。"医生似乎为自己的准确判断感到满意。

"主任的朋友中间有这样的姓吗?"

"没有,没有。《万叶集》里,有山上忆良吟志贺岛的白水浪歌。白水郎是渔夫,而志贺岛就在福冈市的附近,因此我用你的白水姓随便猜了一下!"

"不好意思,劳驾你了。"

"不不,是碰运气猜中的。"

初次见面中不自然的猜疑被消除了。外科主任脸上的表情放松了。

"听说,你是为了解我上次解剖的男女尸体情况而特意来访的。你想问什么?"

"是的……报纸上只是简短扼要地刊登了从西伊豆海边打捞上来的男女尸体解剖情况,但是……"小山修三一边看着从口袋里取出的剪辑报纸,一边问外科主任。

"噢,报道得也太简单扼要了!"解剖尸体的外科主任装模作样地说。

"看了这篇报道得知,这对男女死了已两个多月,两个人死亡大概也是同样时间?"

"是的,从两具尸体的腐烂程度来看,只能那样判断。"

"哦,实在是对不起!正如你知道的那样,女尸名叫尾形恒子,是在五月十二日驾车出门后就不知去向的。报上说,她那天去西伊豆海边,从悬崖上坠入大海,从海底打捞上来的时间已经是八月五日,鉴定结果是死后约三个多月。我认为是正确的。"

"谢谢!"担任解剖医生的外科主任胡须和嘴角都堆起满意的笑容。

"可是,男尸小高满夫是从四月底开始就没去公司上班的,他有家,住在平冢市。"

"哦,那情况我也是从警方那里得知的。据说小高满夫的家在平冢市,本人在东京一家广告代理公司工作。他妻子说,丈夫好像二十七日晚上住在别的什么地方,第二天早晨是直接从那里去公司上班的,随后就再也没有回来。"

"哎,小高满夫二十七日晚没有回家吗?"

外科主任从警方那里听到的情况很详细。前往警署确认尸体的小高遗孀,在那里接受了警方的情况了解。

"二十七日晚上,小高满夫住在什么地方?"

"那情况好像连他妻子也不清楚。小高满夫非常讨女人喜欢,据说过去经常夜不归宿,借口工作忙、赶不上末班电车等等,常在外面借宿。他好像是在外面寻花问柳,妻子对丈夫的所作所为也不闻不问。因此,当丈夫与有夫之妇的尸体在西伊豆海被发现时,她没怎么悲伤,似乎早就预料到这种结局。"外科主任从白大褂口袋里取出烟和打火机。

小山修三还是第一次听说小高满夫四月二十七日晚上没有回家,看来他的失踪是在二十七日傍晚。日荣广告代理公司的回答模糊不清,说是四月底开始缺勤,其实他是二十八日开始缺勤的。这究竟是怎么回事?小高满夫从四月二十七日晚上到八月五日这段时间在哪里呢?小山修三不再继续思索,而是直接问外科主任。

"小高满夫是四月二十七日晚上没有回的。假设他是那天晚上死的,到八月五日发现尸体这天正好是一百天。依此类推,尾形恒子死后经过了八十五天,他俩之间有十五天的时间差,这情况通过解剖能判断出吗?"

"如果死后已有三个月左右的时间,而尸体内脏腐烂的程度又相当严重,那是判断不出半个月差别的。这种情况只能计入误差里。"外科主任收起微微的笑容,皱了一下眉头回答,随后又接着说,"你为什么说小高满夫是四月二十七日晚上死的?他和尾形恒子的尸体不是都在车里吗?"外科主任细长的眼睛在小山修三的脸上直打量。

"不,我是突然这么假设的。因为你说死后三个月且高度腐烂的尸体,是难以通过解剖判断十五天左右时间差的。"

"是啊,确实难以判断。我想无论哪一位医生解剖,结果都是相同的。"性格温厚的外科主任稍稍加重了语气。

"不,我这样说,绝不是怀疑先生您的鉴定结果,只是对小高满夫四月二十七日晚上没有回家的新情况假设而已。"小山修三结结巴巴地为自己辩解。

"嗯,如果按你的想象,小高满夫是在那天晚上遇害的吧?"

外科主任脸上是出乎意料的表情。小山修三不知道怎么回答才好。

"嗯,是那样的吧!因为,他是和五月十二日前还活着的尾形恒子一起死于坠落海底车里的,是罪犯把四月二十七日晚上死亡的小高满夫尸体隐藏在什么地方,然后把尸体放到尾形恒子的轿车里是吧?照你这么一假设,小高满夫的死只有他杀所致!"外科主任说完,脸上的血色更浓了。

"先生,这只是我的空想,请您别发怒!小高满夫和尾形恒子的死因是溺水身亡的吧?"

"毫无疑问,两具尸体都是溺水身亡。"外科主任似乎按捺住了行将大发雷霆的情绪,嘴边再次堆起微笑,"……白水君,我对你的空想力表示敬意,但我们不可以怀疑科学推论。"

"是。"

"哎,请等一下。"外科主任从坐着的椅子上站起来,走到上上下下有许多抽屉的书架那里,拉开其中一个抽屉,从中取出薄薄的卷宗拿到小山修三跟前。

"嗯,这是尾形恒子和小高满夫的尸体解剖鉴定报告书。因为尸体解剖一结束,就要由两家遗属领回去火化。现在唯一的证据就是这份报告。"

外科主任把拿在手上的卷宗封面朝小山修三翻开。尸体解剖,通常分刑事解剖和行政解剖。刑事解剖,是通过尸体解剖弄清楚犯罪证据;行政解剖,是解剖死于自杀或事故等的尸体。这情况小山修三也清楚。

"嗯……"外科主任的眼睛沿着自己写的报告书看了五六行后说:"是啊,如果是他杀,尸体上应该留有刀伤,钝器击打的伤痕或者骨头凹陷。如果是绳索勒死的,应该在脖子上留有绳索印痕。如果是用手卡死的,咽喉的皮肤上应该留有双手指纹。可是,这些证据丝毫没有找到。"

"是的。这两具尸体经过近三个月时间,腐烂程度已相当严重了。据说海鱼将尸体啄食得惨不忍睹?"小山修三听了外科主任说的情况后,彬彬有礼地问道。

"是的。听说那一带海里有石鲷鱼(又名大头鱼)、黑鲷鱼,还有贝壳类,也就是螃蟹。水中有了这样的家伙,那两具尸体难免不遭殃。"

"如果是那样的状况,即便原来有肌肤割伤、骨头凹陷和脖子上的勒痕等,是不是也会变得辨别不出了?"

"你说的那种情况不会有。仔细观察是能够辨别得出的。"

外科主任似乎想说,其他医生情况怎么样我不知道,但我本人不会有那种辨别失误。

"并且……"外科主任自言自语地继续说,"如果尸体是死后扔入海里的,肺部和胃部不可能进水。可是两具尸体的肺部和胃里,水是满满的!也就是说,他们喝饱了海水。在喝下的海水里,我发现了有与现场海水里相同的微生物。这就证明他俩是溺水身亡的。"

所谓尸体肺部和胃部有海水,是外科主任说他俩是在活着时候溺水身亡的证明。他还说,肺部和胃部海水里的微生物与现场海里的微生物相同。看来,他的鉴定不会有失误的地方。然而,小高满夫是于四月二十七日晚上开始下落不明的,尾形恒子是五月十二日下午把回收来的记录纸带送到收视调查公司的。那天,她确实活着。小山修三仍然觉得,他俩死亡之间的十五天时间差里有隐情。

十五天里,小高满夫隐居在哪里?如果这十五天他活着,那么,对工作比较敬业的他理应去公司上班。当然,他习惯于见异思迁,也有可能跟女人鬼混而把喜欢的工作扔在一边。从小高满夫的性格分析,可以这么推测。五月十二日之前,尾形恒子肯定是在认真回收记录纸带。尽管那样,外科主任却一口咬定这两具尸体都是溺水身亡,还强调这种结论是科学的。小山修三的思路不由得混乱不堪起来,模模糊糊的,仿佛烟雾遍布整个大脑。

这当儿,小山修三突然想起一件事来。

"据说两具尸体的腹部都有裂伤?"

"有。"

"那是车坠落时受到撞击后形成的裂伤,还是……"

"啊……你是在怀疑它是否属于刀伤吧?"外科主任笑着说,"……这,不是你想的那么回事!其实判断刀伤或者裂伤,只要看到伤口就能明白。车是顺二十米高的悬崖滚落到海里的,再说车里有人,在滚落的过程中,车里的锐角致使腹部负伤是理所当然的。因为,人体最脆弱的部位是腹部。"

"先生,海水会不会从腹部伤口流到肺部和胃部里呢?"

"嗯!"外科主任歪了一下脑袋思考后说,"这,海水有可能经过腹部伤口流入内脏,但是流不到肺里和胃里。因为,这两个器官都是袋状的。"

"那么,肺组织和胃组织大概还是完好的吧?"

"……"

"这两具尸体在死后已经经过近三个月时间,刚才你也说了,腐烂得相当厉害,照此推断,内脏也相当腐烂了吧?"

外科主任对于这样的新问题,眼睛里出现了迷惘的目光。

"嗯,内脏也腐烂得相当严重了。"他微微点头。

"肺和胃也是那样吗?"小山修三的眼睛开始发光。

"是的。"外科主任可能猜测到了接下来的对方提问,勉强地回答。

"既然肺和胃也发生了腐烂,无疑这些组织已经不完整,如果海水流入腹腔,也会流入肺和胃的里面。"

"你可以这么假设,但就我的经验来说,人活着的时候海水是可以流入肺和胃里的。"

外科主任说话的语气,已经不再像刚才那样盛气凌人,固执己见的气势有所减弱。尤其是说"你可以这么假设"时,语气措辞很微妙。小山修三凭自己的直觉和目睹的情况,感到对方刚才的自信已经开始动摇。

"哦,假若肺和胃里有海水,在通常情况下可以认定是活着的时候流入的,也就是溺水身亡。但同时也可以认定,海水是在人死后从腹部伤口流入肺和胃里的。是这样吧?"

小山修三从自己的立场出发,还是打算不要伤及外科主任的面子。

"你是说死后?"外科主任瞪大眼睛责问,"……你是说那两个人在坠入大海前已经死了,尸体是事先被凶犯塞入车里的?"

"是假设,我所考虑的是假设在那种状况下……"

"照你的假设,这是一桩凶杀案?"

"嗯,如果假设成立……"

"那么,车辆是谁驾驶的?"

"假设那是凶杀案,凶犯多半把两具尸体分别放在驾驶席和副驾驶席上,随后发动引擎,踩上油门朝悬崖边上疾驶,在即将坠落大海之际跳车离开。罪犯可能是采用这种方法。"

"不管怎么假设……"外科主任嘟哝着说,"如果真是那样,罪犯是用什么手段杀害他俩的呢?"

"你说过皮肤已经腐烂但没有外伤。如果腐烂的胃里有海水,也许无法检测出毒药和安眠药之类的成分吧？"

"那，根本不可能。"

"先生，如果是服安眠药睡死的话，尸体上会不会有临死前的反应迹象？"

"……你是问那两具尸体临死前的反应？并不是很明显。"

外科主任的视线投向手里的解剖鉴定报告上。

"你说临死前反应不明显是什么意思？"小山修三问外科主任。

"如果是在陆地上发现死后三个月的腐烂尸体，尽管经过那么长时间，但出血之类的临死前反应还是比较明显。由于在海水里浸泡了三个月，无疑，残留在尸体上的临死前反应变得模糊不清了。我说的就是这意思！然而，并不是什么迹象都不存在了。"

外科主任从白大褂口袋里取出手帕擦拭额头，好像空调散发出来的冷气不起作用。

"假设被迫吞下安眠药后被扔入大海，那种时候的临死前反应是怎样的？"

"即便被迫吞下安眠药，车辆滚落时受到的撞击和掉落在冰冷海水里的感觉，神志也多半是清醒的吧！因为，滚落途中腹部被划出那样的伤口时，眼睛是不可能闭的。加之到溺水身亡时需要相当时间，有拼命朝车外逃命的意识。但是，那两具尸体没有拼命挣脱的痛苦迹象。可以假设是被迫服下安眠药后被扔入海里的。"

"不过，即便在车里坠落大海溺死自杀的场合，也多半有痛苦迹象吧？"

"如果是有思想准备的自杀，不会有朝车外逃命的意识，也就没有极力挣脱的举止。如果是在海底打算朝车外逃命，两只手上理应有被车窗玻璃划破的伤口，可那种情况没有。"

乍一听,外科主任的说法合乎逻辑。

"假若是用绳索勒死后扔入大海的,那是怎样的情况呢?"小山修三沉默片刻后问。

"就像我刚才说的那样,脖子上没有发现绳索勒过的印痕。"

"知道了。但是,大概有因皮肤腐烂而使绳索勒痕消失的可能吧?"

"纵然绳索勒痕消失,通过解剖也可以辨别出是否绳索勒死的嘛?"

"啊,那是什么情况?"

"是舌骨和甲状软骨是否骨折的情况,因为喉咙是被外部力量使劲勒的,这部分的……"外科主任把手放在自己粗颈脖子的旁边比划着说,"是软骨断了。所谓甲状软骨,俗称咽喉的要害部位。"

"噢,那,那两具尸体的甲状软骨没有骨折吗?"

"没有。"

"应该说尸体的腐烂程度是相当严重的,可是,那部位的情况还能看得清楚吗?"

"比较清楚,但是没有你说的那种情况。"

外科主任很明确地说,没有绳索勒杀形成的舌骨和甲状软骨的骨折状况。

剩下的,是被迫服下毒药死亡的情况。胃组织已经发生了腐烂且还有流入的海水,因此是不能证明的。假设被迫服下安眠药后和车辆一起被推下大海,他们本人由于精神上受到突如其来的打击而神志清醒,但却没有苦苦挣扎朝车外逃命的迹象。没有刀伤,没有钝器造成的骨面凹陷,也没有掐死和绳索勒死的痕迹。出现这种情况,外科主任的解剖结论还是死者驾车跳海自杀。

小山修三问不下去了,不过还是没有失去信心。小高满夫与尾形恒子失踪之间的十五天时间差,始终在他的脑海里挥之不去。既有三百六十个小时的时间差,还有在海里浸泡三个多月已经腐烂的尸体以致难以辨别的客观原因。然而,外科主任说这两条已经包括在误差里。

　　"报上说,小高满夫尸体上只有衬裤,没有穿上衣和裤子。这是否还是像警方公布的那样衣裤是被海流冲走的呢?"小山修三改变了话题,对外科主任说,"确切地说,小高满夫的衬衫和裤子里面只穿着过膝衬裤。对此,警方可能认为小高满夫因天气炎热而脱下衣裤把它们放在车里,后来掉落到海里被急流冲走了。"

　　外科主任也许因为小山修三改变了话题,脸上流露出稍稍轻松的表情。

　　"那个,为婚外恋而死的人会不会因为天气炎热而不管上衣和裤子都脱吗?"

　　"问题就在这里。"外科主任频频点头。

　　"……报上没有说,但警方大多认为是女人的无理要求。"

　　根据小高满夫脱去衣裤的迹象来看,他似乎是以摆脱热量的乘凉架势坐在副驾驶席上的。也就是说,他没有殉情死的打算,而是尾形恒子冷不防加大油门把车从悬崖上驶向大海。警方就是这么推断的。假设那样推理可以合理解释小高满夫脱去衣裤的理由,那么,尾形恒子是否有那样的举止呢?小山修三觉得难以想象。

　　"那一带海底的激流速度很快,衣裤被海水从破碎的车窗玻璃洞孔冲向大海,假若尸体不是在车里,恐怕也早就被海水冲向大海。"外科主任介绍了警方的观点,但小山修三仍然持怀疑态度。

　　"这么说,小高满夫并没有死的打算,是因为尾形恒子的无理要求成为殉情死的牺牲品。按理说,他的尸体上理应有向车外逃命的迹象。在这痛苦挣扎的过程中,理应有例如手上被玻璃划伤的伤痕等等……但在先生的解剖鉴定报告里,两具尸体上都没有那样的迹象。这到底是怎么回事?"

外科主任大声回答:"也许是女人紧紧抱住男人身体不让他朝车外逃脱的缘故!"

"……"

"大凡被女性手臂使劲抱住,以致男性无法动弹而溺水死亡的。"

"这么说,打捞上来的尸体是女尸抱住男尸的组合模样吗?"

"不,那过程可能就是几秒钟的时间吧?女性可能也因为难受,于窒息前松开了抱住男性身体的双手。"

"哦……"小山修三没有说话。

外科主任又用手帕擦拭额头上的汗水。

"这么说,先生……"小山修三好像突然想到了什么,问道,"……小高满夫身上的衬衫等内衣内裤上,是不是沾有轿车滚落时遭受撞击而致伤的血迹?"

"有,虽然大部分被海水冲洗掉了,但还有血迹。"

"尾形恒子是什么迹象?"

"女性身穿深红外衣和白色喇叭裤,里面的短裤上沾有腹部裂伤的血迹,也由于海水冲刷而颜色变淡了。"

"血迹面积很大吗?"

"活着时出血的场合,那量应该是相当大的吧?据说,临死前是有反应的。我曾经听说,死后出血的场合,由于心脏停止跳动以致动脉里的血液停止朝外流淌,只是滞留在静脉里的血液朝伤口外渗出。受到海水冲洗浸泡在海水里的出血尸体,与陆地上的出血尸体相比,大部分迹象是不同的。尽管那样,也可以知道临死前有否反应!沾在衣服上的血迹颜色即便变得再淡,然而血迹的面积相当大。再说解剖尸体时,也有相当的血液从尸体里流出。还有咽喉部位也出血,证实该部位临死前有过反应。"

"咽喉部位?"小山修三再次返回到关心的话题上来,即舌骨和甲状软骨的骨折。

"所谓咽喉出血,可能是因为舌骨和甲状软骨骨折的缘故吧?"小山修三提出这一问题,是因为觉得如果该部位出血是由骨折所致,凶手无疑是用绳索勒死被害人的。

"不,没有那回事,因为整个尸体都有出血迹象。"外科主任予以否定。

"尸体浸泡在海水里大约经过了三个月且已经腐烂是吧?尽管那样还在出血吗?"

"是的。"

"由于尸体是随着腐烂加剧而遭到破坏的,因而与此同时,尸体多半不会出血了吧?"

外科主任没有立即回答,用手帕擦拭脖颈上的汗水。空调排出的冷气确实没有作用,小山修三也感到房间里空气闷热。

"也有因为尸体腐烂而出血。虽说这种情况不能否定,但姑且也有非腐烂造成出血的症状。"外科主任的眼睛停留在自己的解剖鉴定报告复印件上说。然而接下来的强烈语气总让人觉得空洞,也许是理解方法不同而强词夺理!

"假设出血非腐烂所致,也就是假设咽喉部位有临死前反应,那么,该出血也可能不是由舌骨和甲状软骨的骨折所致!"

"凡是我解剖的尸体都没有那种情况。"外科主任的眼睛又心神不定地朝着桌上,仔细看着解剖鉴定报告书上的有关部分。"是的,是的,总之,尤其女性尾形恒子的舌骨和甲状软骨上根本就没有骨折。这上面记录得很清楚。"

"那是说尾形恒子吧,那么,小高满夫是什么情况呢?"

"小高满夫是和尾形恒子一起在车里溺死的,当然舌骨和甲状软骨上没有骨折。"

外科主任原本温和的脸上开始出现愠色"……你好像是一定要把他俩的自杀行为变成他杀案,然而那是不可能的!我非常清楚,你们杂志对这起事件饶有兴趣,打算把它作为重大新闻报道,但是我的解剖鉴定报告是不适合你们的。"

"对不起……衷心感谢!承蒙你用宝贵的时间接待了我。现在,我告辞了。"

"好,好。"外科主任的眼睛注视着小山修三站起来的脸上表情,"你不会用他杀视角把这起事件写在杂志上吧?"他说这话时,是焦虑的眼神。

"不,不,还不能写。"

小山修三向外科主任鞠了一躬后走出房间,朝医院玄关那里走的过程,外科主任像送客那样沿着长走廊跟在身后。小山修三见状,诚惶诚恐地转过身说:"先生,实在不好意思。"

说完,立即朝他鞠躬。外科主任的圆脸上现出目瞪口呆的神情,好像在担心什么。

"白水君。"外科主任按照小山修三递给他的名片喊道,"你打算在杂志上报道吗?"

"嗯,还没有确定。听了先生的解剖介绍,我想再认真思考一下。"

"那么,杂志会立即报道吗?"

"也不是那么回事。证据不确凿是不会报道的。"

"你说的证据确凿，是来自你的想象吗？是报道说，不是殉情死而是他杀……"

"我是有这一想法才登门拜访先生的。"

"你是不是在外面已经掌握了他杀的确凿证据？"

外科主任脸上的表情，好像在怀疑自己的解剖鉴定和自信。

"目前丝毫没有那样的证据。"

"啊，原来是这样。"

"对不起，我要告辞了。"

"请等一下！"外科主任又喊住小山修三，"你基本上是坚持你自己的怀疑，推断他们的死亡是被绳索勒死，是属于他杀案吧？"

"我还没有找到那样的证据。"

"我刚才想起来了。我仔细检查过尾形恒子的舌骨和甲状软骨部位，没有骨折！脖子部位有鱼啄食过的现象，出血是腐烂导致的。当然，那情况是死后发生的。没有骨折，也就与出血没有关系。"

"小高满夫的情况也是那样的吗？"

"是的，也是尸体腐烂和鱼啄食后形成的死后出血。"

"小高满夫的舌骨和甲状软骨的出血状况，你也像对待女尸那样仔细检查过了吧？"

"这……他是和尾形恒子一起溺水身亡的，只要检查女尸，就可以断定男尸的检查结果也是完全相同的。白水君，我是接受警方委托，不是司法解剖，而是行政解剖。再说警方也认定他俩是自杀，是所谓的殉情死。这结论是没有疑问的。"

小山修三顶着烈日朝车站走去。外科主任最后强调的"行政解剖"那句话，对小山修三来说印象最深。所谓行政解剖，是解剖不是他杀造成的尸体,例如比较明显的事故死亡、过失死亡和不是医生失职造成的突然死亡的尸体,以核实死因。

对于如此死亡的尸体,往往只是单纯地查找死亡原因,因而与寻找他杀疑点的司法解剖比较而言,行政解剖医生在尸体解剖上不是很认真,尤其公立医院的外科主任不是专门的解剖医生。在东京,除东京大学医院和庆应大学医院外还有都立监察医院,都是专门从事司法解剖和行政解剖的。如果是那样的情况,解剖见解也许与判定不会弄错。但是,非法医学专业的普通外科医生经常接受来自警方委托的解剖任务,从某种意义上说,也许可以说是外行鉴定。小山修三的上述担心,是出自曾经看过的由资深法医写的书,对其中一段话印象极深。

即便我漫长的解剖生涯里至今仍然没有自信的,是对于死后经过较长时间尸体进行的时间鉴定。不用说,鉴定死亡时间不太长的尸体比较容易。但是,尸体在经过一个多星期后即便检查相当慎重,也难以自信对于死亡时间的推定。不用说,尸体因季节和死亡场所的条件而异,死后经过的验尸所见也是不同的。在寒冷的冬季和水里,尸体腐烂速度比较缓慢。换作尸体在夏季或空气潮湿的场合,腐烂速度比一般气候要快。另外从水里打捞出长期浸泡在水里的尸体,一旦放在接触空气的地面上,尸体的腐烂速度更快。

即便把那样的情况考虑在内,也难以鉴定具体的死亡时间。例如,某人四月上旬左右遇害。一个月后尸体被发现,由于死者穿的是冬季服装,于是有的解剖医生会误断为二月或者三月被害。因为被害那天的气候时有丝丝寒意,被害人取出冬季服装穿在身上。那样的原因,导致我们鉴定死后经过相当时间的尸体时,出现相当程度的误差。这不是期待解剖医生在尸体鉴定上的安全,而是错误判断有可能导致罪犯逍遥法外，帮助罪犯伪造没有作案时间的合法假证。一想到这里，我们把包括误差的死亡日期书面通知警方，往往为该鉴定是否准确而感到忐忑不安。

在专门的解剖医生中间，甚至大法医家也有如此感受，即对于死后经过一定时间的尸体，在准确死亡时间的鉴定上没有自信。尽管把相当幅度的误差计算在推断的死亡时间里，还是有上述不安。给小山修三留下印象最深的，是公立医院主刀解剖尾形恒子和小高满夫尸体的外科主任医生，频频把误差挂在嘴上。强调误差，从某种角度上来说，可以证实外科主任对自己的鉴定结论没有自信。在外行人提出疑问的过程中，他对于自己的鉴定结论产生了动摇。

小山修三认为自己这个外行提出的疑问直截了当，但触及的往往都是根本问题。对于小山修三多次提及的"他杀可能性"，解剖这两具尸体的外科主任诚惶诚恐地问他，是否在外面已经掌握了确凿的他杀证据。外科主任由不安心理变成提问心理，想弄清楚小山修三是否把这次采访写到周刊杂志上。面对周刊杂志，解剖医生对于自己说的解剖见解居然如此恐惧，担心出现在杂志上。如果有确凿的他杀证据，那他的解剖鉴定报告就会因误断而在声誉上一蹶不振。因此外科主任好像在担心解剖鉴定报告里自相矛盾的地方。但是，他最后自言自语说的"没有疑问"这句话在耳边回响。

离开医院后，小山修三心想，外科主任也许会打电话给出借名片的周刊杂志社记者白水义郎那里。届时，一旦露出马脚会使自己的处境变得难堪，感觉有必要给白水义郎打个电话，告诉他怎么回答。小山修三走进车站广场邮局，给东京那家周刊杂志社打电话，白水凑巧在办公室。他简明扼要地说了自己与外科主任之间的对话,还说如果那个外科主任打电话来,请他照自己说的回答。白水义郎接受了他的要求, 接着在了解了他这次具有商业价值的采访后说,该案非常精彩,如果可以请把收集到的材料出售给杂志社。

小山修三接着给神田自己经营的咖啡馆打了个电话, 是妹妹接的。"有我的电话吗?"

"有的! 是平岛君打来的。"

"平岛君说什么了?"

"我说哥哥外出了,他问你去哪里了,我回答说今天早晨去西伊豆了。于是他说,原来是这样,便把电话挂了。"

"还有谁打来电话?"

"是羽根村小姐打来的。"

"她说什么了?"

"我跟她说哥哥去了西伊豆,她说原来是这样,随后问你什么时候回来,其他没说……哥哥,失望了吧?"妹妹久美子在电话那头哧哧地笑。

从下田广场车站驶向西伊豆海岸一带的巴士和出租车,因为海水浴客和避暑游客的到来而忙得不可开交。东京和横滨的游客们朝着石廊崎、下贺茂、子浦、云见、岩地、松崎、堂之岛、宇久须、土肥和户田等温泉地和海水浴场,蜂拥而去。像这种情况,如果不事先预约住宿,即便到那里也无法住宿。小山修三向下田车站里的旅行指南所打听,但立刻遭到了回绝。夏季游客每年都要在一年前向旅馆预约房间,没有预约,今天是无法住宿的,肯定不会有空房间。即便私人旅馆也一样,到处都挂着"客满"的招牌。

由于是夏季,小山修三觉得借不到住宿,就是在露天下的空地上睡一夜也没有关系。他抱着最后的希望,打算去下田市内加入了咖啡联盟的会员咖啡馆试试。这家咖啡联盟,是为咖啡馆经营者组成的联谊会团体。小山修三想起了时常在联谊会上见面的下田咖啡馆经营者。

这家咖啡馆叫"南国苑",坐落在商业街里。小山修三拜访后,年龄比他大三四岁的店主非常热情,用电话向知道的旅馆打听。

"云见温泉的旅馆和私人旅馆都已客满,云见以北约三十公里的地方有宇久须温泉。由于旅馆原本就少,也已经客满。如果是私人旅馆,也就一家可以商量,你住那里行吗?"

店主手持电话听筒转过脸来问小山修三。

"行!"店主把小山修三的意见告诉了对方。

"刚才电话那头是贺茂村委会所属观光协会,那家私人旅馆的经营者叫石田五郎,好像是以打鱼为生的!"

"只要可以睡,不管哪里都行。"

"我帮你喊出租车吧。司机也是我的朋友。"

经营者十分热情,什么都给他安排好了。看来,是要参加同行联盟组织。在等车的过程中,店主聊起生意上的事。大约三十分钟后,驶来一辆私人出租车,司机的年龄在五十岁左右,体形微胖。

"我刚送完客人到子浦回来,听老婆说你打来电话,于是扔下在车站广场上排队的乘客就来了。"司机一边擦汗一边说。

出租车没有从下田驶往石廊崎,而是从下贺茂温泉驶到妻良,随后从那里驶入收费公路。这一带渔村沿着不高的海岸地面向下延伸,连接中间的山路必然是朝有山巅的丘陵地带延伸。山路一侧沿海,是悬崖峭壁。在悬崖旁边行驶,有时能看到峭壁下面的大海,有时隔着距离看不见大海。

"这里是延命菊公路段。在靠海的斜面梯形坡地上种植了延命菊,所以给这条公路起了漂亮的名称。"司机一边驾车在收费道路上行驶,一边向乘客介绍。

作为冬天少有的鲜花,由于长期盛开,延命菊花圃令人赏心悦目。如果山路在悬崖旁边,花圃就在悬崖下的陡坡上,即便斜面上梯形状的坡地,一排排延命菊的周围长着野草,组成挡住强大海风的屏障。到了冬天,洁白色的花圃呈现出一派美丽景象。

但是现在,高地茂密的树林里已经出现了野营帐篷,道路向下伸向海岸的地方有村庄。停靠在码头的渔船,其洁白船舷在强烈阳光的照射下朝周围反光。沙滩上聚集着身穿彩色海水服的人群;收费公路,因为轿车和巴士而拥挤不堪。

"啊,简直像大城市的交通高峰阶段。这种状况,司机根本无法按照自己想的那样行驶。"司机发起了牢骚。下午四点,太阳还高高挂在大海的上空,即便戴上太阳镜也能看见柏油山路在闪光。

"虽说从我们这角度看不见,但左边是波胜崎。延伸到海边的山,是野猴聚集居住的地方。海岸是峭壁悬崖,给它起的是中国风味的名字叫'波胜赤壁',还有游览船,可以从大海看到断崖。云见温泉附近,也有路从悬崖旁边经过。

"过了云见,像那样的地方多得不计其数。"

"哎,司机,就在四天前的报上有这么一则新闻,说有一辆轿车从悬崖柏油山路上滚落到海里,被发现打捞上来后,车里有男女两具尸体,验尸人说死者死后已经经过三个月了。这情况你知道吗?"

"啊啊,知道,知道。我也是在下田看到那篇报道的。传说那女人故意将车从悬崖道路上驶向大海。"司机一边笑一边点头。

"知道现场在哪里吗?"

"出事现场应该就在前面,不过距离这里好像还有许多路。"

"这里距离云见温泉还有多少路？"

"驶完这条收费的延命菊公路，再下面一些便是云见了。"

报上报道了五月十二日以后的调查情况，也就是说他俩在"驾车坠落大海为殉情而死"之前是否住过云见温泉旅馆。

"我想知道那个女肇事者驾车驶向大海的地点。是的，我其实是临时工，给小杂志撰写消遣类作品，赚取零花钱。这一回我想把驾车女人的心理活动作为主题写成小说，因而特意来这里收集素材的。"

司机听后说："那好，我在云见有熟人，帮你问一下。"

出租车一到达云见便驶入一条小路，司机将车停在一家旅馆门前下了车。那家旅馆也是门庭若市，挤满了游客。

"明白了。"司机返回出租车时对小山修三说，"听说那里是松崎前面的安良里和宇久须之间，路就在悬崖边上。"

"宇久须？就是我今晚借宿的私人旅馆那里？"

"是的，是的。"

这机会太好了！看来，在那里可以打听到详细情况。离开云见后，车又往上坡行驶。此前可以从海边看到道路，一点点往上延伸的断崖上有建造在路边的白色护栏，时隐时现。许多蜿蜒曲折的海岸线，凡是与大海连接的地方就有小岛。紧接着，柏油山路离开海边后立刻沿山与山之间向前延伸。穿出荻谷隧道后，依然是崎岖的下坡道。

"咦！"小山修三视线停留在竖立于路边的雕塑，起初只是一座白色雕塑，也就没有太在意。随着车不断向前行驶，发现左侧和右侧都塑有那样的雕塑，前后间隔一定距离，于是不由得关注起来。有女神那样的希腊风格雕塑，有裸体美女雕塑，还有抽象的少女雕塑。这些作品主题各异,风格不同。在材质上有石膏的,有砂岩质的,种类繁多。乍一看就知道,是不同雕塑家的作品。

"把这种雕塑排列在路边,于是被称为雕塑公路段。"司机解释说。

"……刚才经过的那段路叫延命菊公路段,与雕塑公路段相得益彰,也许这里是由雕塑代替了菊花而起这一名称的。当地人也为打造游览胜地动了不少脑筋。"

为了让小山修三浏览这一座座陈列在大自然里的雕塑,出租车司机减慢了车速,可是身后车辆频频驶来,又不得不恢复原来的车速。

"哎,你注意到了吗?大型雕塑之间好像有小地藏菩萨。"

被司机提醒后,小山修三这才注意起来。由于与明亮材质做成的现代雕塑不同,因风化后变成漆黑色的地藏菩萨难以发现。"哦,看见了,看见了,在草丛的前面。"

"尊敬的地藏菩萨在热情地陪伴我们呢!"

"哎,在这种地方竖立地藏菩萨该不会失窃吧?尤其前些时出现过地藏菩萨热。"

"那下面采用水泥固定,没关系。再说迄今还没有听说地藏菩萨失窃过。"

雕塑公路段在进入松崎前终止。从松崎到堂之岛的海岸也是悬崖,朝上延伸的国道弯弯曲曲。炙热的太阳也躲到与海面险些贴着的云彩背后,那周围犹如在高炉火焰映照下光耀夺目,将下面的波浪染成了朱红色。在悬崖和暗礁迟迟没有变成黑褐色的时候,还看得到白色的山路护栏在峭壁山腰上时隐时现。

经过堂之岛进入安良里一带后,羊肠般的国道渐渐靠近悬崖上面,大海在眼皮底下越来越近。海上的遥远前方由于傍晚云雾的陪伴,富士山变成了紫色影子。这一带尽是暗礁,来到这里时已经看不见海水浴客的身影。

"这一带叫黄金崎,夕阳被染成闪光的金黄颜色,但时间要迟一点。"

正如司机说的那样,太阳完全被云层包围后,天空失去了红色的光泽,只留下一半清澈的蓝色。"顺便去瞭望台好吗?"司机用左手指着凸出的地方,那里有路边餐馆。

"行,就直接去那里。"

出租车朝右边转弯后驶入隧道。景色变得耳目一新,海湾弯弯曲曲,从正前方高高的海角朝着低处不断地延伸。洼地般的海边聚集着渔民的住宅和渔船。

"那是宇久须,旅馆就在与温泉稍有一点距离的地方。"车沿着几乎是贴着悬崖边的下坡道朝下行驶,进入宇久须渔村。司机停下车走进烟店,打听小山修三预约的那家户主叫石田五郎的私人旅馆。

车沿着村庄里的小路朝前行驶,仅有的几家温泉旅馆与村庄有一些距离。这里根本就没有旅馆般的建筑物,与此相反,挂着"家庭旅馆"招牌的私人旅馆随处可见。在胡同般的路上,成群结队的海水浴客带着孩子行走着,头上都戴着麦秸草帽。

石田五郎的家离海边很近,一楼客房与二楼分开,其中一间客房是主人设法腾出的。五十岁出头的主妇用擅长接待客人的语调说,再拥挤也请凑合着住下。

小山修三住的那间客房面积约十五平方米,就一个房间。整个用于住宿的一楼房间,是为客人借宿而刚改建的,屋里的设备,也是尽可能按照城市风格购置的。隔壁房间和前面曾经是主楼的二楼里,都住有海水浴客,没有空房间。

这家家庭旅馆好像忙碌得很,小山修三吃晚饭时已经晚上八点左右。此刻,窗外的夜空早已星罗棋布,星空下面不时散发出海水味。晚餐的菜肴是清一色的鱼,因为渔船回家时带回来的主要是鱼和贝壳类,不管用鱼的哪一部位,做生鱼片都十分鲜嫩可口。主妇端来套餐饭菜,她性格随和,坐在旁边一边为小山修三夹菜一边和他聊天。

"我看过报纸,说四天前从西伊豆海里打捞上来的轿车里有男女两具尸体,请问是在这一带吗?"小山修三一边用餐一边向她打听。

"啊,如果是问那事,地点就在距离这里稍南面一点的地方,就是与安良里之间的地方。"身穿单衣系着围腰的主妇立刻答道。

"哦,离这里那么近?"

"是的! 来这里的途中有黄金崎。你知道吗?"

"出租车司机解释给我听了。"

"那辆车坠落大海的地方,距离安良里仅一公里左右。那一带的路,几乎贴着大海悬崖边上,弯道也特别多。"

听了主妇这番话,小山修三一路上看到的风景不由得浮现在眼前,车窗下面确实是很深的大海,惊险、刺激,每次沿道路转弯时,眺望大海的视角就随之变化。

"听说是连同车一起坠落大海的地方,驾车的是女人。女人一旦做出决定,可以说是胆大无比。"

主妇听后笑了:"是啊,我们只是从悬崖朝下看都会吓得两腿直打哆嗦。"

"因此,驾车驶向大海无疑是在晚上,警方好像是这样跟我丈夫说的。一到晚上,这一带漆黑一团,下面根本就看不清楚,驾车人心里大概不会很害怕。再者,车是三个月前掉到大海里的。据说是五月中旬前后,如果确实是那个时候,既没有海水浴客来,夜路上也没有车辆行驶。"

"原来如此。"小山修三点点头,询问主妇警方把该情况告诉她丈夫的理由,"警方为什么要对你丈夫说那情况?"

"因为发现那辆车的人是住在我家的客人,我丈夫也是一起坐船出海的。"

"真的?"小山修三回忆起报上曾这样写道,说是有海水浴客人在潜入海底时发现的那辆车。眼下,真是无巧不成书。

"那客人因为遇上这种事说心里不舒服,于第二天早晨回东京了。这房间是他预约住一个星期的,现在突然退房也就空了出来,这才有了你住的地方。"

等到小山修三用餐结束后,主妇收拾干净后离开房间。这时,走进来一个身着浴衣年近六十岁的男子。他就是这家的主人石田五郎。

"我妻子说得没错。"石田五郎的脸和胸被太阳晒得黑黑的,盘腿坐下对小山修三说,"那客人潜入海底浮出水面后嘴唇变成了紫色,手抓住船舷指着海底说,下面有一辆车,车里有死人。当时,我也吃了一惊!"

"原来是这样。第一次发现的人多半吓得不轻吧!"小山修三边扇扇子边说。

房间里的空调似乎不起作用。夜晚时分,就是靠近海边也还是没有风,非常闷热。

"住在海边的人看到漂浮在海面的尸体,并不是什么稀罕事。

然而这一次，我是有生以来头一回看到人死后在海里浸泡了三个月，不仅肉体腐烂，尸体还被海里的鱼啄食得惨不忍睹。先生，你是晚餐结束了我才说这番话的。我对警方说自己也是第一个发现的，他们便让我看了被打捞上来的轿车。那是一辆白色小型轿车，车颜色是白的，因而潜入海底的人很容易立即发现它。"

"噢，原来是这么回事。那辆车是沿悬崖外面径直坠落的吗？"

"不可能吧，因为，海岸线的海面下边是顺着悬崖往下延伸的石场。车是在那里横倒后没有继续下落，即便那样距离海面也有十米左右。"

"距离悬崖上的那条路是多少高度？"

"大约二十五米，几乎接近垂直，因此车坠落途中没有任何东西阻挡，而是直接滚落到大海里的。车坠落的地点，好像是在实地认真勘查后选定的。因为，悬崖下面的大海里没有凸出的暗礁。"

"按照你夫人刚才说的情况，驶入大海的时候好像是夜晚。也就是说，因为天色黑得伸手不见五指，所以让人觉得可能是毅然决然驾车坠海的。但如果是晚上，让人觉得，既然看不清楚悬崖下面的情况，当事人他们是不会选择那里的。"

石田五郎的脸上是语塞的表情，这样说道："嗯……那情况呢，警方说，他俩大概驾车坠海的中午来现场仔细观察过现场地形。"

就警方的推断来说，驾车坠海是尾形恒子主观上极端的心理所致。但是小山修三有疑问：尾形恒子事先果真去过现场调查地形吗？小山修三接着问石田五郎，有关那辆打捞上来的车辆状况。

"挡风玻璃的上半部分破碎了，有大窟窿。取出尸体先吊出水面，用绳索系住那辆车，依靠稳定在悬崖上的打捞车打捞。当吊出水面时，车里的海水像瀑布那样朝外涌出。"石田五郎被阳光晒黑的胸部,从贴身浴衣上面敞开的部位朝外裸露。

"其他窗玻璃怎么样?"

"只有挡风玻璃上面有一个大洞,车尾窗玻璃以及车的两侧玻璃都没有碎,但有一点点破裂。挡风玻璃的刮雨器因为撞在岩角上而弯曲了。"

"啊,这么说,车沿悬崖峭壁坠落时,挡风玻璃主要是撞在岩角上的吧?"

"嗯,大概是吧。我的想法多半是,一个坐驾驶席,一个坐副驾驶席,车坠落时,重心朝前而变成那模样的。"

"也许是吧。"小山修三佩服旅馆主人石田五郎的推断,但是他的眼前浮现出洁白色的护栏。看上去,护栏相当结实。

"悬崖边的护栏上,唯独那部分凹陷弯曲,因此驾车人将油门猛踩到底,车飞速朝前猛冲,加之那里是沿路角转弯的下坡道,犹如推波助澜使车速更快。我也驾驶小卡车时常从那里经过,非常清楚那里的路况。"

小山修三回想起从安良里来黄金崎的途中,那一带几乎全是贴着悬崖的道路,但是没有注意到护栏上有那样的撞痕。

"护栏已经被修过了!当得知车是从那里坠入大海后,立即进行修复,不过护栏修过的痕迹非常明显。"

"如果方便的话,能否带我去那里看一下?"

石田五郎看了一眼小山修三的脸,好像对客人竟有如此好奇心里暗暗吃惊。

"哦,我呢,其实是在杂志社工作的,编撰一些给临时工看的读物,为此一直在收集最新素材。因为,女人驾车为殉情而死的材料很精彩。"

"那,明天早晨乘我的小型卡车,我带你去现场。"

"可以现在就去吗?我这个人性急,想快些去那里看看。"

十点半左右,小山修三已经走下旅馆主人驾驶的小型卡车,站在石田五郎说的"现场"。

地点是在从黄金崎出发距离安良里一公里左右的国道上。石田五郎没有弄错,朝南驶出山顶隧道的地方接近该转弯角,那里尽是下坡道,弯道多。大海和陆地漆黑一团,渔村的一长溜灯火是海岸线的象征。距离岸边较远的海上,也亮着夜间捕鱼的灯火。带着大手电的石田五郎,来之前已经脱下浴衣换上衬衫和短裤,半蹲在地上将灯光对准护栏上下左右打量。圆形的照明光束里,白色的油漆令人感到恐惧。

"哎,是这里,是这里。"

循声查看石田五郎手指的地方,这段护栏长约两米,与左右两边的其他护栏相比,感觉上要新许多。那里是道路转弯角,靠近悬崖,倘若从下坡道朝前行驶,凑巧是与该护栏正面相对。如果不转方向盘继续直接朝前行驶,势必撞击护栏正面,假若车速飞快,车必然撞弯护栏,随后向前飞出,从悬崖上朝下面的大海滚落。这是完全可能的。

"看来,肇事者驾驶的车是飞速沿这条坡道朝下疾驶的。警方还推测说,车多半是从那转弯角开始加速。"

石田五郎转身指着背后的黑暗处,转弯后的道路是黑暗里朦胧泛着白的颜色。从那转弯角到这里之间的目测距离,大约有两百米。将油门踩到底疾驶两百米,加之下坡道陡峭坡度形成的车速,撞弯护栏直接冲向大海。这是毋庸置疑的。小山修三看了一眼从该护栏到悬崖边的间距,草丛浮现在石田五郎照亮的手电光束里,但是在十米左右的地方被黑暗的夜色吞噬了。那里便是悬崖。撞倒护栏的车冲到悬崖边的那段距离，仅十米的短距离，无疑，眨眼工夫便消失在悬崖下面。"这悬崖下面斜坡的角度大概很陡吧？"小山修三问站在旁边的石田五郎。

"哎呀，斜坡相当陡！那辆飞速坠落的车辆，途中没有丝毫阻挡的障碍。明天早晨再来这里，在白天光线下观察那里，可以看得比现在清楚！"石田五郎建议说。

坐在返回宇久须的小卡车里，小山修三和旅馆主人石田五郎又交谈起来。

"警方说那辆车是什么时候坠落大海的？"

"警方估计是五月十二日晚上。据毅然决然驾车坠海的女性死者的丈夫说，妻子于那天驾车出门后再也没有回来。警方说，那天晚上，伊豆的各温泉地没有他俩住宿的记录。因此，从出发地径直驾车来我们西伊豆，随后便在悬崖边飞车坠海的吧？"

石田五郎一边驾车，一边传达警方的推断。五月十二日下午，尾形恒子把从抽样家庭回收来的记录纸带送到公司。假设那以后就驾车从东京来这里的坠海现场，多半是在途中接小高满夫上车的。小高满夫从四月二十八日开始杳无音信，但他却和尾形恒子同乘一辆车来这里。由此可见，他俩之间一直在秘密联系。在这里殉情死也是事先商量好的。这是警方的看法。

可是，虽说尾形恒子五月十二日晚上没有回家，伊豆温泉地也没有他俩那天晚上住宿的记录，但也不能断定他俩为殉情死而驾车坠海自杀的日子就是五月十二日夜晚。也许，他俩十二日以后还在别的什么地方生活过。这情况，只是警方不知道而已。就在两人交谈的过程中，车不停地与隔壁车道迎面驶来的车辆擦肩而过，有轿车,有出租车。每次有车从前面转弯道出现时,副驾驶席上的小山修三的眼睛,不时被对方射来的耀眼灯光刺得眼花缭乱,并且那后面的车辆源源不断地跟着驶来。望着沿海边道路弯弯曲曲驶来的一辆辆车,宛如萤火虫的车灯光束从黑暗宇宙里由远及近地爬行着。一看手表,已经是深夜十一点了。

"瞧,这么晚了,这条路上行驶的车还是不少。"

"嗯,因为是夏天,驾私家车和乘出租车的人几乎都是来这里洗海水浴的。等这季节一过,白天也许还有游客来,但夜晚时分,这条路上就变得鸦雀无声。"

"五月前后的情况如何呀?"

"如果是五月前后,这条路晚上仍然是静悄悄的。"

尾形恒子驾车坠海的那天晚上,在这条国道上行驶的其他车辆不会很多。

"先生,我们换一个话题,就说说这条路吧。过去,即便白天经过这里时也是光秃秃的,什么景物也没有,让游客扫兴。于是,村民们商量制作了一些亮丽的景点。这不, 就是连接前面的雕塑公路段,道路两侧排列着民间工艺品玩具,打算给它起'民间工艺品公路段'名称。"石田五郎一边笑一边说。

"你是说'民间工艺品公路段'?"小山修三附和石田五郎的话套近乎。这么晚劳驾他开车带自己到这里,仅仅是让他介绍自己想了解的东西,觉得自己的要求太过分了。

"是的。据说民间工艺品热最近正在持续,我相信这条路段会受到游客们的好评。"石田五郎似乎充满了自信。

"我认为肯定会得到好评。我今天也经过了雕塑公路段,尽管欧洲风格的雕塑也不错, 可民间工艺品更能吸引游客驾车或乘车从这里路过的好奇心……但是，把民间工艺品排列在路边，难免受到损伤。也有可能被贼盗走。"

"这些有地方特色的民间工艺品乡土玩具，都不是真的，是根据真品放大十倍左右制成的，材质都是塑料的，是用水泥把它固定在石台上的，不摇不晃。其与真品不同，再怎么日晒雨淋也不会腐烂。仿制工艺品的体积大，不会失窃的。"

"啊，原来是这样，那也许是个好主意。"

"不过，尽管那样说，还是觉得像你担心的那样有可能失窃。比如遇上那些喜欢民间工艺品的人，这仍然是件头疼的事。瞧！雕塑公路段那里也有欧洲风格的雕塑，在它们之间按照间距设置了许多地藏菩萨和观音菩萨。那些菩萨都是用石头制作的。"

"是的，是的。一开始稀少没有察觉。被出租车司机提醒后，我察觉了，是放在野地里的菩萨。"

"哦，那些菩萨是从附近收集来的，即便那样也还是在今年被盗走了两尊，一尊是在今年二月前后盗走的，另一尊是在五月前后盗走的。总之，可能是来自其他地方不知廉耻的家伙干的。"

"果真有这种事。看见地藏菩萨时，我就觉得有被盗的危险。因为地藏菩萨热还在持续。"

他俩之间的交谈中断了。因为，不知什么时候车已经驶入寂静的宇久须村。

躺在床上的小山修三没有立即入睡，大脑仍然不停地思索。尾形恒子驾车诱骗小高满夫来这里为殉情坠海死亡。当地警方的这种推断，是小山修三怎么也不能接受的。他否定了这种推测。这对男女死后经过三个月才被人发现，完全有可能是被害后装到车上的。问题是凶犯的行凶现场在哪里。如果两具尸体是被装到车上从悬崖坠落到海里是抛尸犯罪,那么,杀害他俩是行凶犯罪。倘若根据发现顺序假设沉车的海底为抛尸现场,那么,尚未发现的行凶现场又在哪里呢？是东京都,还是在驶往这里的西伊豆途中?

总之,车来到抛尸现场,即悬崖附近的国道时,尾形恒子和小高满夫都已经死亡。可见,这辆车是由第三者,也就是凶犯驾驶来到这里的。两具尸体一定是被横放在车内后座上的,并被毛毯之类的东西蒙得严严实实。凶犯驾驶被害人尾形恒子的车运送两具尸体的时间,大致是夜晚。如果是白天驾驶,未必不被其他司机看见。

凶犯将车停在现场的国道上,关上车灯后改变尸体的安放位置。尾形恒子尸体被从后座移放到驾驶席上,小高满夫则被移放到旁边的副驾驶席上。因为是尸体,全身是耷拉着的状态,在坠落途中前后左右晃动,纵然滚落到轿车里的地上也是一回事。因为,车辆坠落到海底的时候,尸体的状态反正是相同的。凶犯无疑选择深夜在这里作案,因为夜间很少有车辆经过,即便有朝这里驶来的车辆,明晃晃的车灯光束已经在远处道路上出现,这可以让凶犯提前警觉。

其实,这种地形对于凶犯作案提供了最好的机会。如果远处车灯的光束越来越近,则可暂时停止作案,伪造在途中休息的假象。

如果后面驶来的车辆还在远处的时候,便可预测那辆车驶到这里是否来得及作案,随后实施抛尸计划。那么,驾车坠海又是怎样进行的呢？看来,凶犯是把车停在道路转弯道的下坡道上面,然后坐到驾驶席即放有尾形恒子尸体的边上,将油门踩到底后紧握方向盘,笔直朝正前方大约两百米距离的道路护栏驶去。在快要撞上护栏时,凶犯则飞身跳车来到路面。这当儿,载着两具尸体的车撞倒护栏后冲到悬崖边,随之朝大海坠落。多半是这样的过程。然而,小山修三又觉得这一推断有不足之处。从海底打捞上来的车,门窗是从里面插上保险栓的。

警方把车打捞上来后,石田五郎现场亲眼目睹了这一切。根据这种情况,凶犯大凡难以跳到车外。小山修三躺在床上沉思……车的门窗是从里面插上保险栓的,那是毋庸置疑的。但因车型不同,有的是从车外用自动钥匙关闭门窗;有的从外面上锁关闭门窗。总之,都是与内侧插保险栓的状态相同。因此,即便从内侧插上保险栓,也弄不清楚与外面自动上锁之间的区别。尾形恒子的小轿车从制造日期来看,是从外面上锁的。

凶犯把油门踩到底,从道路斜坡上开车是毋庸置疑的。但是,他从驾驶席跳车后究竟是否有时间在外面锁上车的门窗。这种可能性,似乎可以说根本没有。其实,即便从全速行驶在斜坡道的车上跳到地面也要冒很大风险。对于这样的推断,小山修三觉得还有难解的地方。

凶犯踩油门踏板后跳车来到地面后,那辆装载尸体的车果真还能飞速行驶吗?并且还能撞倒护栏后继续冲上悬崖飞向大海。即便脚踩油门踏板时全速行驶,疾驶后脚还是要离开油门踏板,因此车会刹那间减速。纵然车有下坡时的加速惯性,也不会恢复刚才的疾速。在这种情况即使撞上护栏,车多半也不得不停下。护栏非常牢固,来势稍稍凶猛的车,就是撞弯了护栏也难以冲出道路飞向大海。

那辆车撞倒护栏飞上悬崖后,像扔出去的石块从悬崖坠落到大海里。由此可见,凶手在踩油门踏板时,必须将全速保持到冲上悬崖的那一刻。究竟是否有这样的凶犯愿意冒如此的风险呢?在苦苦的思索中，小山修三忽然想到在油门踏板上可以放上重物。只要给油门踏板上压重量，车理应可以全速持续到最后。这与人的脚一直踩住油门踏板的效果相同。假设在油门踏板上放有一定重量的物体，那么，什么物体可以相当于脚的重量呢？

小山修三躺在床上毫无睡意，瞪大双眼，不由得想起石田五郎在回家路上说的那番话。

五月前后，"雕塑公路段"上的石制地藏菩萨曾经失窃过，据说那与二月份失窃的野地石制地藏菩萨不同，盗贼是用钢凿和铁锤野蛮地将其拆下盗走的，就连石制地藏菩萨下边的基座也掉了，残片还留在原地。石制地藏菩萨会不会是压在油门踏板上的重量呢？它的重量足足有五公斤之多。由于重石块是突然想到使用的，因此地藏菩萨很有可能被野蛮地从石座上拆下。如真是这样，盗贼盗走它是不会用于观赏的。

被人从雕塑公路段盗走的地藏菩萨，一定是把它作为重石块压在油门踏板上，代替脚维持油门踏板上的压力。当其中奥秘恍然大悟时，小山修三的呼吸突然急促起来，没想到该疑点就这样在思索中轻易解开了。接下来的问题是，雕塑公路段的地藏菩萨是在五月哪一天失窃的。也许是五月十二日晚上，或许是五月十二日以后的某个晚上。偷盗地藏菩萨的人，有可能是驾驶尾形恒子的车从道路朝悬崖方向疾驶的人。也就是说，两者是同一个人。

小山修三觉得，接下来寻找证据的事相对比较简单。只要以车坠落的场所为中心朝周围海底搜索就行了，理应可以在那一带找到从破碎的挡风玻璃中滚落到海底的石制地藏菩萨。迄今一直认为挡风玻璃撞上悬崖角和海底暗礁而破成大洞，致使海水从那里流到车里。但实际情况并非如此，是因为车坠落过程在空中翻滚，致使压在油门踏板上重达五公斤重的地藏菩萨在车内滚动，随后撞击玻璃使之破碎。

挡风玻璃破碎后，海水顺着玻璃上的窟窿涌入车里，两具尸体也就遭到鱼的啄食，之后随着内脏腐烂的同时，海水渗入体内组织。如果能在坠车的海底位置找到石制地藏菩萨，就可以证明凶手曾把它压在车内油门踏板上。由此可见，驾车坠海不是尾形恒子生前的自愿所为，而是有人将她和小高满夫杀害后一起塞入车里制造了殉情死的假象。

……小山修三的眼睛紧盯着昏暗的天花板，脑子里不停地思索，有一疑点仍没有解开，即从外面给门内侧插上保险栓。该状态与从车里给门窗插上保险栓相同，再者石田五郎也见过被打捞上来的车，说是从内侧给门窗插上保险栓的。即便一开始就推断为殉情死的警方，也可能是这样断定的。

当石制地藏菩萨压在油门踏板上的时候，车便立刻从陡坡向下疾驶，几乎没有时间在门外给门窗内侧插上保险栓。车以全速沿长二百米的下坡道朝下疾驶，随后撞倒正前方道路转弯道上的护栏。这过程不需要三十秒钟，可以说是一刹那间。那么，门窗内侧的保险栓是如何插上的呢？倘若插上门窗内侧的保险栓，那就在把石制地藏菩萨压在油门踏板上的同时，还要把转动的车轮刹住。

这样，才可从外面插上门窗内侧的保险栓。这是绝无仅有的办法。做成这样的状态，才可以有充分时间给门窗内侧插上保险栓和在两个车轮前面放上制动石块。疑点终于破解了！小山修三高兴极了，心里一阵激动。片刻后，他再次检验了自己的推测过程，刹那间停止了思考。油门踏板上放有地藏菩萨重量的车，正要以全速朝前疾驶，而整个车身不停地颤抖着，正要朝着下坡道拐角转弯。遇这种场合，石块也多半不起作用。这和车发动引擎停在坡道上的情况不一样，不是捡来石块放在车轮下就可以制动的。无疑，凶手多半将制动车轮的石块放在车上带到现场，那种石块用完后应该可以扔到海里。或许放到其他车上带离现场。其他车辆……是啊，凶犯肯定还驶来另一辆车。

驶到现场的有两辆车，一辆是尾形恒子的车，上面装有两具尸体；另一辆是凶犯自己的车。沿这条万籁俱寂的道路从现场去渔村，距离很长，也就是说，让尾形恒子的车坠落大海后，罪犯多半也是回不去的。虽可以走着去村庄，但势必引人注目。这一带，既没有列车也没有电车。如果一定要去渔村，可以乘巴士或者出租车，然而必须等到第二天早晨。如果晚上借宿，虽北有宇久须和土肥，南有安良里和堂之岛，但害怕被发现的凶犯在深夜寄宿在温泉旅馆或私人旅馆，有可能暴露自己。作案结束后，最安全的是驾车火速离开现场。如果驾车离开，不会引起别人注意。

凶犯不止一个。有开车将尸体运送到现场的凶犯，有在尾形恒子车坠落大海后驾车逃离现场的凶犯。凶犯至少有两个。明白了，凶犯也许是好几个。既然是几个凶犯作案，制动块有可能是事先装在车上带来的。但是在准备工作上如此细致入微的凶犯，为什么忘了带固定油门踏板的重物？为什么途中雕塑公路段的石制地藏菩萨被盗？难道凶犯事先没有准备？

第六章　天国里的三角婚外恋

好不容易等到早晨十点，小山修三要求借用石田五郎的电话打到东京，是打算给化妆品公司挂电话。因为，他听说过该公司是小高满夫负责联系的广告赞助商。住宿客人早就去海边了，剩下的孩子们在准备海水浴服，吵吵嚷嚷的。化妆品公司的广告科有人接电话了。小山修三冒充客人，自称是化妆品公司的老主顾。

"贵公司经常在报纸和杂志上刊登广告，产品一直处在领先的时尚地位，我一看到它，就会情不自禁地购买贵公司产品。"

"谢谢！"广告科职员很有礼貌地致谢。

"你们的商品广告也非常吸引人。"

"谢谢！"

"我想收集贵公司的宣传资料，已经在一点点地收集，此外还有什么宣传材料吗？"

"有宣传手册。经销我们产品的百货公司和特约化妆品柜台上理应都有。你如果来总公司，我们可以赠送你各种宣传手册。"

"此外还有吗？"

"让我想一想！虽不是宣传手册，但还是有少儿动漫节目。"

"什么，少儿动漫？"小山修三感到意外。

"是的,我公司的化妆品不仅适用于青年,就连太太们也很喜爱。为此,我们将少儿动漫用在产品宣传上。"

原来是这么回事,询问后得知化妆品宣传和少儿动漫有关。这时,小山修三感到有光在眼前闪过。"你们也在做电视广告吧?"

"是的,是的。"

"电视广告上除了向大人宣传外,还制作了面向孩子的节目吧?"

"其实,那不是电视广告,而是面向少儿的节目,有动漫电视片啦,有少儿电视剧啦等等。那不是电视广告,只是剧片前后印有我们标志性的商品和公司名称而已。一个月前,我们的《超人阿农》动漫电视片深受孩子们欢迎,如今我们又制作出怪兽和科学少年团群斗的电视剧,同样也获得广泛好评。"宣传科干事自豪地说。

小山修三仿佛觉得,电话里对方的声音从耳朵径直流到心里。

"喂,喂,想打听一下。"小山修三情不自禁地兴奋起来。

"请说吧,请说吧。"

"贵公司广告,不,贵公司电视广告是由哪家公司代理呀?"

"是问我们的广告代理公司吗?"

宣传科干事对意想不到的提问感到困惑,但考虑到顾客是上帝,语气变得柔软了。

"电视广告由日荣广告公司代理,报纸和杂志的广告则由其他公司代理。"

"噢,是日荣广告代理公司。"果然如此。小山修三极力抑制内心的激动。

"如果是日荣广告代理公司,应该有我高中读书时的晚辈小高满夫。前不久报上说他在西伊豆因事故不幸身亡,吓了我一跳。"

这一回,对方没有吭声。

"喂,喂,我叫田中,住藤泽市,我妻子和妹妹都喜欢贵公司生产的化妆品。"

"哦,谢谢她俩用我们的产品。"

"……其实,小高满夫是与我对口联系的,小高君真可怜!"

"噢,小高君与你对口联系?"

"是的。他对工作很敬业,去日荣他自己的公司的次数,远远少于来我们公司。"

通常,广告代理公司外交员为了与委托方联络感情,去自己公司的次数远远少于去对口联系的广告赞助商,否则工作难以展开。

"这么说,小高君对于少儿电视节目也很热心吧?"

"是的。从制片公司的策划阶段就开始介入,还每天在上午和下午观看其他广告赞助商赞助的少儿电视节目,进行比较和研究,总结比较研究的结果。托他的福,他的此举很有参考价值。"

"什么?他每天上午和下午都在观看少儿电视节目?"

"是的,各电视台播放的少儿节目每天约有六至七个。小高君几乎天天把所有的少儿节目看完,同时还向我们谈他的观后感以及提案,是对工作十分敬业的人。我们只关注收视率,而他注重比较和观察电视画面,他的意见非常有益。他的去世,可以说我们公司失去了重要的朋友。深表遗憾。"广告科干事的声音里充满了惋惜的语气。电话结束后,小山修三返回房间陷入沉思。迄今为止,自己存在大的错觉。平岛庄次从长野夫人处借来的三盘记录纸带,是尾形恒子回收的,是长野博太重视的,那上面有早晚少儿节目的收视记录。虽说根据该情况结合惠子被拐案进行过推理,可现在看来这是根本性的错误思路。

事实上，小高满夫是出于对工作敬业而每天观看少儿节目。根据日期和时间不停转换频道的情况，现在才得以理解。作为参考，小高满夫观看了其他电视台的少儿节目。迄今为止，一直以为小高满夫在惠子被软禁的家里随心所欲地频频转换频道。

曾经给日荣广告代理公司打电话时，确实听说过小高满夫是联系化妆品公司的，根本不知道化妆品公司也赞助少儿节目。小高满夫如果联系食品公司和糕点糖果公司，也许早就推断出来了。刚才的电话使自己了解到，化妆品公司的广告宣传原来与少儿节目之间有关。

由此，小高满夫与记录纸带里的少儿节目收视记录挂上了钩，可以说非常密切。现在回忆起来，自己的推断和侦查绕了远路，又是分析惠子被拐案，又是怀疑电视大评论家冈林浩。直到现在，才终于来到过去一直认定最不值得怀疑的花花公子小高满夫的周围。

这么一来，小高满夫的"死前行动"渐渐明朗起来。他去了记录纸带里有少儿节目收视记录的抽样家庭，利用早上和傍晚的时间在那家观看少儿节目，观看时间段至少从有该收视记录的四月十六日到四月二十八日。

第一盘记录纸带，是从四月十四日星期二开始记录的，但到十五日为止记录的是普通节目；第二盘记录纸带，记录的全部是早晨和傍晚的少儿节目；第三盘记录纸带，记录的少儿节目是到二十八日星期三为止。

太巧合也太偶然了，居然与惠子被软禁期间完全一致，所以产生大错觉走了弯路。说到错觉，不用说，小高满夫没有观看二十九日的少儿电视节目，因为四月二十九日是节假日。由于日荣广告代理公司那天也休息,小高满夫也可能由于"观看电视节目工作"而休息!

但是,这样分析还是不能说谜团已经解开。虽说四月二十九日是节假日,可小高满夫未必不看少儿节目。根据记录带上的收视数据,以二十八日傍晚观看的少儿节目为最后一次,十五日开始的第十四天恢复收看普通节目,早晨和傍晚被锁定在 NHK 的新闻频道。

因此,四月二十八日傍晚以后,小高满夫肯定发生了什么情况。由此可见,尾形恒子和小高满夫之间没有丝毫关系的情况也越来越清楚。那是因为尾形恒子家不是抽样家庭。小高满夫被谋杀的原因,还是在于提供三盘记录纸带的抽样家庭。他不是在那家观看了十三天的少儿节目,而是去该抽样家庭"玩"的时候,出于天生对工作的敬业观看了少儿节目。

问题是该抽样家庭的住所在哪里。由于平岛庄次从长野夫人借来的记录纸带上面,有关抽样家庭住址、姓名和编号都被长野博太撕了,就现在来说,仅凭记录纸带无法查找。为了调查,长野博太把记录纸带从公司带回家里,撕去写有抽样家庭情况的标记,无疑出于保密。

小高满夫去抽样家庭"玩"的理由,结合他最近的性格分析,也能找到答案,觉得焦点逐渐清晰起来。旅馆里几乎所有的客人都去了海边,空荡荡的房间像虚幻的世界万籁俱寂,这时从走廊上突然传来一阵脚步声。紧接着,女主人推开房门走进来说:"小山先生,小山先生,有你的电话!"

"哦?"小山修三心里直犯嘀咕,是谁打来的?没有人知道自己在私人旅馆住宿呀!转而一想可能是下田咖啡馆店主打电话来嘘寒问暖吧,因为,是他帮助自己找到这家旅馆的。

"是一个叫羽根村的小姐打来的。"

"哎!"小山修三惊讶地站起来。咦,自己没有把住这家私人旅馆的情况告诉妹妹。那么,她怎么会知道呢?也许,她那里有什么新线索了!他三步并作两步地跑到电话房间,拿起电话听筒,上气不接下气地说:"喂,喂。"

"你好,我是羽根村。"羽根村妙子咯咯地笑了。

"啊,你好!羽根村小姐,你怎么知道我住这里的?"这是小山修三最想知道的。

"我打电话你不在,问你妹妹后,说你去旅行了,我猜想可能是去了现场。"

"哦,原来是这样。被你猜中了!可你是怎么知道我住在这里的?"

"那是请人调查的。"

"请谁?"

"如果是去现场,我猜想小山君住的地方距离那里不远。因为,住远了去现场不方便。于是我请西伊豆私人旅馆指南所逐个向户田、土肥、宇久须、安良里、堂之岛和松崎的民营旅馆协会打听。反正,我估计你已经订不到宾馆了。"

"嗨!你是那样找到我住在这里的吗?"

"宇久须的旅馆协会昨晚与我这里的旅馆协会联系,说打电话问过石田五郎的家了,了解到小山君住在他家里。"

"我这里?你那里的旅馆协会在什么地方?"

"距离宇久须很近。"

"哎,这么说,你这电话不是从东京打来的?"

"嗯。我是昨天来西伊豆的!现住在浮岛温泉的浮岛宾馆。我很幸运订到了宾馆的一个房间。浮岛是在安良里的南边,距离堂之岛很近。"

"那,离我这里很近的,嘿,吓我一跳。"小山修三吃惊不小。

"……昨天晚上我给石田先生打电话,是佣人接的电话,说小山君跟石田先生乘车外出了。"

"是的。"这家旅馆的女主人并没有说起民营旅馆协会打来过询问电话,也没有提起羽根村妙子打来电话,可能是女佣人没有告诉她。

"于是,我想你回家比较迟,昨晚也就没再打电话给你……小山君,你昨晚去的地方是现场吧?"

"嗯,没错,是去那儿了。"

"有什么收获吗?"

"不,什么收获也没有,因为天太黑了。"

小山修三回答。可从羽根村小姐的语气里,似乎让他觉得她昨晚也在现场。

"你那里有收获吗?"小山修三反问。

"我是昨日大白天去的,没有发现什么。说实话,我想打算重新去那里。小山君,咱俩约一下时间在现场的公路那里见面好吗? 现场的位置你大概记住了吧? 就是道路护栏上有修补痕迹的地方。"

"行! 那地方我昨晚已经记住了。我是想对你说说那事。"

小山修三自己也没想到,听了羽根村妙子的说话声后,希望能立即见到她,因而情绪也随之微微激动起来,再者这里的新鲜感也驱使了他。

"是吗?"羽根村妙子不由得提高嗓音,似乎是一拍即合的口吻,"我很想见你。"

他俩商定四十分钟后见面。石田五郎不在家，也不可能再给那辆小卡车添麻烦。从沼津开往下田的巴士，要过十五分钟驶来这里的车站。小山修三走出旅馆，头顶烈日行走在狭窄的路上。旁边行走的人们，是从各旅馆出来的游客，身着海水服，头戴麦秸帽，他们的孩子们则光腚走着。正在露天下工作的当地人，是用毛巾遮在脸上。小山修三在巴士车站边上的商店里买了一顶麦秸帽。

驶来的巴士上挤满了乘客，车厢里既有年轻伴侣，也有家庭成员结伴。海风和海涛声不时地从窗外飘来，与乘客们的说话声组成大合唱。巴士沿坡形国道向上爬行，悬崖前方的大海变得宽敞起来，身后挤满了浴客的宇久须海水浴场，随着车子的远去越来越小了。富士山蒙上了雾茫茫的光泽。巴士时而朝左时而朝右忙着改变方向朝前行驶。自备车和出租车，则不停地超车。隔壁车道迎面驶来的汽车，一辆接一辆地顺着坡道朝下行驶。

穿过短隧道后，翻过一座山顶。光线明亮的时候，巴士已经在下坡道上缓慢行驶。到了黄金崎车站，有许多乘客下车，他们慢悠悠地朝瞭望台走去。小山修三下车后正要朝白乎乎的国道迈步，这时从路边餐馆前面停着的车群里驶出一辆白色轿车，朝着他驶来。驾驶席车窗里坐着的小姐正在朝他微笑，头戴白色垂檐帽，鼻梁上架着黑色眼镜。哦，原来是羽根村妙子小姐。羽根村小姐走下车，打开旁边的副驾驶车门。

"我想你还是坐这里好，比坐后面说话方便些。"

白色帽子宽檐下边阴影里，是黑糊糊的太阳镜，闪动着反射形成的光线，脸的下半部分被耀眼的阳光照得白晃晃的。白色连衣裙上稍稍裸露的乳房中间部位，悬挂着一枚外国古代金币。裸露的臂膀周围，渗有微微汗水。颈脖子的阴影部分和胸脯上的白色部分，相互对照,富有鲜明的立体感。

小山修三不曾如此端详过身材健美的羽根村妙子。紧贴着苗条身材的连衣裙下摆,随着海风轻轻飘动,帽檐下的刘海随之微微摆动。羽根村妙子从车尾绕到驾驶席上,但坐在旁边的小山修三并没有立即开口说话。门窗关闭的车厢里由于空调作用,冷风凉丝丝地吹在身上,感觉十分舒服。小山修三摘下麦秸帽。羽根村妙子手握方向盘,扭动脖子观察左右和后面,挂上启动挡后,穿着白色凉鞋的脚轻轻地踩下油门踏板。这辆车没有排挡,是无级变速。

"看你的表情好像很吃惊是吧?"羽根村妙子驾车插入车道朝着南面驶去,随后主动与小山修三搭讪。

"嗯,是吃了一惊!"小山修三回答。

"对不起,突然给你打电话。"羽根村妙子表示歉意地说。

她那侧脸的嘴角周围堆起微微笑容,身上散发出淡淡的香水味。

"因为我压根儿也没想到你会来这里。"

"这,我是突然想来这里的。昨天早晨驾驶着这辆车,花了六个小时来到浮岛温泉。一路上,不论东名高速公路还是这条从三岛延伸过来的国道,都非常拥挤,几乎全是去避暑场和海水浴场的车辆。"

前面也好,后面也罢,车辆呈一列队形慢腾腾地朝前行驶,是沿上坡道向上行驶,对面方向驶来的车,则是沿下坡道朝下行驶,也不怎么拥挤,流速很快,让他俩羡慕不已。不用说,上坡道频频地弯来扭去,好像难以提速。

"我是昨天下午两点左右到前面现场的。返回宾馆后,我给你打电话,是你妹妹久美子接的。她说你一大早就去很远的地方了。

我猜想,小山君肯定也和我一样来这里了,无论如何想见到你。"

大海在右侧草丛里时隐时现,天空一望无际,强烈光线犹如无数颗粒洒向地面。

车来到转弯角上,小山修三直起腰,手指着靠悬崖边上的道路护栏。虽说昨天晚上一团漆黑,但多少还有点印象。羽根村妙子一边转动方向盘一边点头。车继续朝前行驶,路仍然是上坡道,正面又出现一个转弯角。从挡风玻璃朝前目测,与刚才的转弯角之间有两百米左右的距离。对面驶来的车辆,迎着明媚阳光沿下坡道快速朝下行驶。

她没有多余的解释时间。车驶到上坡道的转弯角那里立刻转弯了,接着减慢车速,因为道路右侧有让车处,于是把车驶到那里刹车停下。

她说:"途中无法停车,我们就徒步从这里返回那里去吧。

小山修三先下车。羽根村妙子紧跟着下车,以女人特有的仔细转动着车把锁上了车门。当她把钥匙放入包里转过身来时,察觉了小山修三的视线。

"你对这辆车还有印象吗?"小山修三一时想不起来,她忍不住笑了,"你忘啦? 就是那辆在收视调查公司门前用于监视的车。"

"哦,原来是这样……"

"小山君也好,平岛君也罢,不都是坐这辆车监视从大楼里出来的妇女回收员吗?!"

"是的。"白色的车顶在强烈的阳光照射下闪烁,靠窗的座位没有光线。

当时,平岛庄次和小山修三没有车,都使用羽根村妙子的车。他们三人有时在车里等人,有时坐在若草咖啡馆里监控收视调查公司。此外，羽根村妙子好像还驾车跟踪过妇女回收员。

"那段日子真让人怀念。"

"是吗？"

从让车处返回，行驶的路与来时相反，是下坡道，到第二个拐角需要步行五分钟的路。

"昨天你在现场发现了什么？"

在需要步行五分钟的路上，他俩边走边交谈。快车道上的车辆来往如梭，而人行道狭窄，两个人无法并肩行走。

"不，没什么特别情况。从尾形恒子的车坠落大海算起，迄今已经过去三个月了。说到线索，只有护栏上留下的修缮痕迹，其他什么也没有……小山君，你有什么发现吗？"

"我昨晚来这里之前，白天去了一次下田，见到了主刀解剖两具尸体的外科主任医生。"

"他说什么了？"羽根村妙子跟在小山修三身后一边走，一边问。

"报上说是下田市公立医院外科主任解剖的，因此我直接找他了解并向他提出许多问题。"

来到转弯角的时候，小山修三停住脚步，也不说话了。这里是下坡道，下面还有转弯角。那里的白色护栏犹如部分篱笆，背朝蓝色大海，正面朝着他俩。

"就是那里！"

从羽根村妙子说话的语气分析，她也是第二次来这里了。他俩现在站的地方，是凶犯驾驶尾形恒子的车朝着护栏正面启动的位置。与夜里不同，柏油路完全暴露在耀眼的阳光下。昨晚目测的距离，即到正面护栏的两百米路程，在如此明亮光线的照射下也没什么不同的地方，坡道角度似乎有 10 度左右。正在快车道上行驶的车辆由于距离转弯角近,不得不减慢车速。

小山修三默默行走,暗自思忖,眼下与羽根村妙子说那些情况还为时过早,需要按照顺序解说。为避开几乎没有间隙行驶的车辆,两人站成一列纵队走着,没有慢腾腾地交谈。小山修三低着脑袋,边走边紧盯着路面,寻找路边是否有什么能卡住车轮的制动石块,仔细得连小石块也不放过。但是,丝毫没有能吸引眼球的东西。

毫无疑问,小心谨慎的凶犯不是把制动石块扔入大海,就是装在自己开来的车上带走了。三个月过去了,现场及其附近的道路上还会有什么痕迹吗? 走在身后的羽根村妙子,不知道他心里在思考上述情况。小山修三心想,她也许觉得自己慢腾腾的走路是在担心车辆从身边经过的危险,或许想象自己默默无言是因为过多车辆从身边经过而感到焦躁不安吧。

他俩走到转弯角正面的护栏那里。护栏上遭损后修缮过的地方,即便不仔细查看仍然能一目了然。两米左右宽的护栏已经被换上,与原来的一模一样。羽根村妙子转过脸望着背后,接着抬起脸仰望坡道上面的那个转弯角,似乎在想象那辆车正从转弯角那里朝他背后的护栏疾驶。小山修三跨过护栏,站在外面的草地上。

羽根村妙子犹豫不决,小山修三见状把手伸向她。她先坐在护栏上,被小山修三的手扶住。跳到地面之前,她的体重瞬间全压在小山修三的手上。体重的感觉,即便在眺望大海后,也仍然像香水熏过的余香那样长时间地残留在小山修三的手上。太阳眼镜背后的眼眸和太阳眼镜下面的嘴唇,与自己近在咫尺。即便她离开自己伫立在草地上,她刚才的模样也还是无法从眼前立刻消失。也许是幻想的缘故,好像觉得她马上就要倒在地上,握着她的手似乎还有用力的感觉。小山修三努力摆脱眼前的错觉。这时,天空中出现了雷雨云层,炙热的阳光洒向大地。

"从这儿到悬崖边上的距离是多少?"小山修三问,可是耳朵里听到的仿佛不是自己的声音。虽说这是错觉,可是心却还在怦怦跳个不停。

"哎,那里有灌木丛!我想正面偏右的地方就是悬崖边的上面,站在那里可以立刻看到大海,距离这里大约有七到八米。"

羽根村妙子的声音十分平静。小山修三刚才激动的内心还没有完全平静下来,仍然在回味刚才的错觉。这当儿,海水味和夏天的青草味不时地扑向他的鼻孔。这时从海上传来广播声音,只见白色的游览船朝着悬崖下面的大海驶来。淡蓝色的富士山影子倒映在海面上。

"瞧,小山君。"

"哎。"

"从那里的转弯角坡道上……"

羽根村妙子转过脸来,脑袋上戴着白色帽子,鼻上架着太阳眼镜。

"……尾形恒子的车是沿下坡道快速驶向这里而撞倒护栏的。因此,我估计那辆车在这七八米的草地上疾驰了不到两秒钟时间,然后眨眼工夫就从那片有灌木丛的悬崖上坠落到下面的大海里。"羽根村妙子说道,但是非常恐惧说出这番话。她似乎认定尾形恒子的飞车坠海是为了殉情死。这时候,小山修三没有立刻否认这种结论的心情,打算进一步思考后再说。

"其实,我昨天调查过这里的草地。"

"哦,是这里的草地吗?"小山修三眼睛朝下。

"是的!因为车撞倒护栏后大致是呈直线驶向悬崖边的。我仔细查看了从修缮过的护栏到悬崖边这段距离的草地，可是没有发现车轮压过的痕迹。夏季的草生命力强，即便三个月前被车轮压断，要不了多久又会重新朝上长，与周围的草没有什么两样。"羽根村妙子道出自己昨天的失望心情。

"昨天，你连那情况也调查了？那，你是翻过护栏来到这草地上的？"

小山修三问，羽根村妙子点点头，脸上是稍稍羞涩的表情。

"不过，车从悬崖滚落的地方我清楚了。"

"哪里？"

"这前面没有灌木丛吧，其他地方有，偏偏……之所以没有，是因为那里的灌木被压断了。是被车压断的。"

"也许灌木是被车压断的，或许灌木本来就没有……"

"是被车压断的，因为是三个月以前压的，所以，瞧！压断的截面部位已经变黑了，有很长时间了。"

"哎？"小山修三朝羽根村妙子看了一眼，只见她腼腆地微笑着小声说："昨天，我是沿着这草地爬到悬崖上面的。"

"不危险吗？你爬到那里。"小山修三不由得训斥道。

"不过，我当时是这样想的，不彻底看清楚现场心里不踏实。因为，从这悬崖到下面的大海是现场。"

"那倒也是……那么，当时有谁在你身边，揪紧系住你腰部安全绳什么的？"

"我是独自一人。"

对于羽根村妙子为搜集到第一手资料而勇于冒险的精神，小山修三感到惊讶。"太危险了！"他回忆起曾经去纪州大台之原，从悬崖上探出上身打量下面山谷时的情景。当时是用绳索系住腰部，再把该绳索系在岩石上,绳端部分让担任向导的僧侣抓住。

"悬崖下边也并不是笔直伸向大海的,那呀,一开始是头昏眼花的深度,斜面途中的坡度像断层谷底那样。"

"你真够大胆的啊!那,你看见什么了?"

"车坠落的时候,好像悬崖绝壁下面的岩角掉了一块,但已经有点风化,不过比起其他岩石的颜色要新,一看就知道。"

"在哪里?我是不是也去那里查看一下?"

"真的吗?如果这样,那我在身后抓住小山君的皮带。"

"不要紧吧!因为你也是一个人俯视的。"小山修三趴在草地上匍匐着前进。

羽根村妙子半蹲着从身后跟着朝悬崖边移动。悬崖边的灌木丛里果然有草断的痕迹。

小山修三爬到悬崖边,用双手抓住一撮草。脸探出悬崖上端,那下面就是斜面20度左右,宽一米左右的岩棚,表面长着短短的杂草。但是,那下面不再有类似的岩棚,也并不是笔直朝下,岩棚斜面呈锐角坡度,凹凸不平地朝大海延伸。一望无垠的大海仿佛就在眼前,将白色波浪推上暗礁。趴在这里朝下俯瞰,仿佛就要被浪花吞噬似的。

"看得见吧?"在他身后弯着腰的羽根村妙子问小山修三。

"看得见。但是,很可怕!"

尾形恒子的车在这下面的海底浸泡了三个多月,就像现在这样仅下面的波浪在喧闹。一想到这情景,不由得全身紧张起来。

"斜坡的岩角上有缺口的痕迹,你看见了吗?"羽根村妙子问。

"嗯,看见了,那里确实与周围颜色不同。"

悬崖的峭壁面是近似于黑色的茶褐色,而掉了岩角的地方是最近出现的红色。该悬崖的峭壁面上有许多纵向的沟痕,深深的纵向沟痕里有黑影,而纵向沟痕的边上在阳光下闪光,以立体对照的惊人力度映入眼帘。小型自备车撞倒护栏驶过这里后,像玩具轿车那样沿悬崖峭壁翻滚着朝下坠落,雪崩般的石块和泥土犹如烟雾紧跟着车尾扑向大海。该情景,似乎穿过当时的黑暗出现在眼前。小山修三终于镇定下来,双目凝视悬崖下边长在岩棚上的短草之间和悬崖的峭壁,该视线改变角度,时而朝着左下方打量,时而朝着右下方打量,最终没有找到在强烈阳光下反射的碎片。

"你干什么?"见小山修三的脸时而朝左时而朝右,站在背后的羽根村妙子问道。

"我猜想那里可能挂有玻璃碎片,就是破碎的挡风玻璃,但是好像找不着,也许车玻璃在这里还没有破碎,是在沿悬崖峭壁坠落时破碎的,而碎玻璃片掉到了海里。"

小山修三的脑袋里,还挂念着放在油门踏板上的地藏菩萨。地藏菩萨多半是横卧的姿势,头部压在油门踏板上,那样放在上面非常稳定,不必担心它在车沿下坡道疾驶过程中离开油门踏板。不用说,车朝着悬崖下面坠落时,地藏菩萨理应也跟着滚动而撞碎挡风玻璃。

"尽管玻璃碎片在途中被挂在什么地方,但也有可能因为风而掉落到海里,再说已经三个月过去了。"

这时候,相当强烈的大风从悬崖下边的海面直扑而来,吹动着小山修三的头发和胡须。

背朝着经过替换了的护栏外侧,羽根村妙子和小山修三面向大海并肩站着。

"那话只说了开头就断了!请问,解剖医生是怎么说的?"

见羽根村妙子问到这一话题，小山修三便把见到下田公立医院外科主任后交谈的情况说了一遍，用了相当长的时间。因为，是小山修三围绕着自己对解剖鉴定报告的疑问与外科主任之间的问答内容。羽根村妙子眼睛望着炙热阳光下光芒四射的海面，仿佛那里漂浮着一层油，耳朵专心致志地倾听小山修三的叙述。

"解剖医生是外科主任，说死者的肺和胃里有海水，因而断定他俩是活着时溺水身亡的。我说尸体在海水里浸泡了三个多月，肺和胃的组织都已经腐烂，有可能进入海水。再说车在坠落时，两具尸体因车内的锐角物撞击而划破腹部，海水便从那里流入内脏。"

"有关这一情况，外科主任是怎么回答的？"

"他说，该尸体上有死者临死前的反应迹象。但是腹部被车内锐角物划破是三个月以前发生的，同时又在海里浸泡了很长时间，尸体里的血液几乎被冲刷得差不多了。黏附在尸体上面的血究竟是活着的时候还是死后裂伤引起的，实在判断不出。可见，外科主任的回答比较模糊。"

"看来非常棘手。"

"嗯，两具尸体从海里打捞上来解剖时都有血渗出。外科主任说那是死者临死前的反应。毕竟尸体在海里浸泡了三个多月，且已经腐烂，无论内脏组织还是皮肤组织都溃烂了，只要一翻动尸体，多少就会有血渗出。外科主任强调自己不是那么想的。"

"作为向警方提供解剖鉴定报告书和鉴定结论的外科主任，多半是那样回答的吧？"

"该外科主任察觉我提出有绳索勒死的疑点时说，如果是绳索勒死，死者的舌骨和咽喉部位的甲状软骨应该是骨折。还说，假设皮肤腐烂和鱼类啄食而无法核实颈脖子上的绳索勒痕时，通过解剖应该能找到证据，然而舌骨和咽喉部位的甲状软骨没有骨折现象。但是我认为，该外科主任在解剖前大脑里已经有了警方'殉情自杀'口头结论的印象，因而没有像他杀那样细致周密地查看尸体，尽管舌骨和甲状软骨没有骨折症状，但由于尸体腐烂程度非常严重，仅凭一次检查是不可能清楚的。我认为，舌骨和甲状软骨部位一定发生了骨折。"

"为什么？"羽根村妙子急切地问。

小山修三答道："这，因为外科主任无意中提起他看到过咽喉部也有出血症状。当然他本人说，是与其他部位出血混在一起。但我认为，只有咽喉部位出血才是临死前的唯一反应。"

"这么说，该部位出血是来自舌骨和甲状软骨吗？"

羽根村妙子好像是避开充满恐怖的问题，脸仍然朝着大海。

"是的，我是这么认为的。"

"对于这一问题，外科主任是什么意见呢？"

"可能是我一再那么说而引起了他的担心吧，当我告辞走出办公室后，他特地追上来说，由于死者尾形恒子的舌骨和甲状软骨都没有骨折，所以推断小高满夫也是如此。但是他那种说法，其实是在坦白自己没有周密地检查小高满夫的尸体！因为外科主任说，自己受警方委托，这两具尸体不是按照他杀的司法解剖程序进行，而是依照行政解剖程序进行。他还说，警方技术鉴定科的验尸结论也断定是自杀，即殉情自杀。因此，自己认为关于尾形恒子和小高满夫飞车坠海自杀的解剖报告没有疑点。说'没有疑点'时他还接连嘟哝了两遍，好像是说给他自己听似的。"

"真的吗？"

"外科主任的这种举止，我认为是他对自己的解剖报告失去了自信。我这么说,并没有非难外科主任解剖过失的意思。因为,即便专门解剖尸体的警方监察医院的医生,偶尔也会出现失误。虽说对死后时间的准确推断里有相当程度的误差,可尽管那样,在案件侦破真相大白之前,他们的内心一直是焦虑不安的。像这类告白,我曾在某书上读到过, 也就没有深入追问那位非专门尸体解剖医院的外科主任。"

"我理解你的良苦用心。"

羽根村妙子点点头,面朝大海的脸转向小山修三,宽大的帽檐下,鼻梁上架着太阳墨镜的脸堆起了微笑,好像是赞赏小山修三对外科主任追根究底的举动。

"调查尸体解剖的情况就上述这些。不过,我察觉了另一个重要情况。"

"是什么重要情况?"

"平岛君从长野夫人那里借来的三盘记录纸带里记录的少儿节目谜团,被我破解了!"

"哎,那到底是怎么回事?"

"小高满夫连续每天去抽样家庭观看少儿节目,是为了自己对口联系的广告赞助商。"

小山修三说这番话时,沉浸在凭自己能力"发现"的幸福之中,兴奋得连胡须也抖动起来。他双眼紧紧地注视着羽根村妙子,观察她的反应,期待她听完后脸上出现吃惊的表情。

然而出乎他意料的是,羽根村妙子居然没有吭声,脸色也没有变化。

"说日荣广告代理公司小高满夫对口联系的广告赞助商是化妆品公司,这曾经听说过。但那家化妆品公司是少儿节目的广告赞助商,这是最近才知道的。过去根本就不清楚化妆品公司赞助播放少儿节目,听后感到意外。不过那次打听以后,我认为果然与双方都有关系。"

"我通过电话询问那家化妆品公司,但还是持有那样的想法。然而重要的是,小高满夫出于对工作敬业而观看少儿节目记录带!问题是,不论上午还是晚上他都去那户抽样家庭。他为什么要这样做?并且,那户抽样家庭又为什么每天都欢迎他呢?"

羽根村妙子移开视线。

"尽管说是每天,但那是记录纸带里记录了少儿节目的期间。该节目是四月十六日傍晚开始,到当月二十八日傍晚结束。"

在这里,小山修三对羽根村妙子说,该期间凑巧和惠子被拐案期间相同,于是将少儿节目与之联系在一起而产生了错觉。另外,小高满夫是从四月二十八日开始没有音信,与该记录纸带里少儿节目结束记录的日期相符。

"我也有过许多困惑,但现在终于有了胜利在望的感觉。对于小高满夫从四月十六日傍晚开始到那户抽样家庭去了连续十三天的疑问,我觉得,可以从小高满夫是花花公子这一点上解开!也就是说,那户抽样家庭里有小高满夫的相好。那相好女人也许是家庭主妇。"小山修三叙述了推断理由,"就收视调查公司来说,我想他们挑选抽样家庭时是不会把单身家庭选为抽样对象的。因为没有其他家庭成员,外出时就没有人收看电视,也就成了猫收视率。出于那种情况,我认为,小高君的相好女人是该抽样家庭的主妇……其次我总觉得,小高君在百货店或者街头勾引的女人年龄比年轻姑娘大一些,大多是超过二十五六岁的少妇。对付那样的女人,小高满夫是很内行的,也就是你说过的那种马路求爱者类型……"

羽根村妙子聚精会神地听着小山修三叙述。背后隔有护栏的道路上，来往如梭的车辆引擎声依然在继续。前面的大海上，偶尔飘来游船上的广播声。

"我呢，其实还不清楚小高君的死因究竟是什么。只是确实与收看少儿节目的抽样家庭有关，因为那样的收视记录不合常理。还有，小高君是去该抽样家庭收看了一段时间。"

羽根村妙子根本就没有点头，只是微微转动白色帽子。

"尾形恒子的悲剧，大概就是我们过去推测的那样！长野博太怀疑那三盘记录纸带，而尾形恒子是根据长野博太指示调查自己负责回收的抽样家庭。我想，可能是调查过于深入而惊动对方后被杀害了。"

"这么说，杀害小高满夫和杀害尾形恒子的凶手是同一个人？"终于羽根村妙子提问了。

"可以这么说，只是尾形恒子是过了一段时间后遭到杀害的。"

"哦，那是不是说她在小高被害后进行了种种调查，惊动对方后被杀害了是吧？"

"是的。他俩大概都是被绳索勒死的吧？虽然解剖尸体的外科主任极力否认，但我紧追不舍地询问舌骨和甲状软骨的情况后，外科主任的话语里出现了动摇的语气，出现了一点点人情味。我认为，那就是他解剖失误的最好证明。"

"那么，小高满夫是什么时候被害的呢？"

"他是四月二十八日开始杳无音信的，二十九日则是节假日。"

"你推断的杀人现场在哪里？"

"我现在还不是十分清楚，但怀疑是在抽样家庭，有可能小高满夫早晨观看少儿节目时凶手从他背后偷袭，用绳索勒死了他。"

"早晨?"

"是的。上午的少儿节目是播放到早晨九点,记录纸带里也有那段时间的收视数据。因此我猜想,小高满夫被害后电视机仍然是开着的,收视记录器仍在继续记录。"

"该期间无论是上午还是下午,记录纸带里都有少儿节目的收视数据。这么说,小高满夫是住在那户抽样家庭里的吗?"

"小高满夫是从四月十六日晚上到二十八日住在那家里的,也是从那家去日荣广告代理公司上班的。傍晚就不说了,他不可能为了特意观看早晨七点开始的少儿节目,而清晨就从自己家去该抽样家庭的吧?因为,十二天里每天都要这样。"

小山修三在对羽根村妙子说的同时,感到自己的脑海里好像在整理思路。尚未固定的模糊思索,随着与他人交流变得具体了,就连原来没有想到的地方也不时地闪现。小高满夫从四月十六日到二十八日住宿在该抽样家庭,直接从那里去日荣广告代理公司上班。这,是在与羽根村妙子交谈时突然想到的。他察觉到,如果不是那么思考,从时间上就说不过去。

"我认为罪犯不止一个。"小山修三因为脑瓜子里已经存在的印象而肯定地说。

"不是一个人吗?"

羽根村妙子戴着太阳镜的脸转过来朝着小山修三,她的眼神因隔着太阳镜而模糊不清。

"嗯,只有那么考虑……假设小高满夫是四月二十八日,也就是一失踪就被杀害的。尾形恒子的被害,是五月二十日星期三下午,也就是把从抽样家庭回收来的记录纸带送到公司后。这段期间,是整整的十四天。我之所以这么说,是这十四天的时间里,小高满夫被害后的尸体被隐藏在什么地方。"

羽根村妙子点点头。

"将尸体隐藏十四天，并不是困难的事情，因为可以埋在土里。但困难的是，从土里挖出尸体时，如果是四月底到五月上旬的气候，尸体腐烂的速度相当快，臭味可能也是相当浓的。由于要避开附近邻居耳目把尸体装到车上，还要把勒死的尾形恒子尸体装到那辆车上运送到这里抛尸。因此我觉得，单凭一个罪犯恐怕是不行的。"

"罪犯如果是晚上作案，家家户户都关门睡觉了，我想应该闻不到臭味了吧？"

"这也不是不可能，然而一个罪犯实施这样的行为是极其困难的。但是呢，比起这些，起决定作用的，是驶入抛尸现场的车有两辆。"

"两辆？"

"是的。不用说，其中一辆车上装载着两具尸体；另一辆车则是凶手用于抛尸后逃离现场的。装有尸体的车被坠入大海后，假若没有另一辆车，凶手就只能走着回去……"

小山修三继续介绍他迄今对案情推理的过程。假设徒步去附近街道和村庄借宿旅馆或者宾馆，罪犯只要稍稍考虑警方迟早对周围实施排查的可能性，那驾车逃跑是最安全的。

"可是不妨考虑一下，凶手那天晚上是在附近住宿。"

羽根村妙子平静的声音一下打断了他的思路。

"是野外露宿吗？……那我不是没有考虑过。"小山修三回答了羽根村妙子的不同意见，"通常，罪犯不会在野外露宿，完全是以车代步！他们习惯驾车，而且两具尸体又是用车运到这里海边的。因此选择驾车逃跑,比次日乘坐巴士回家要安全许多。"

"是啊!"羽根村妙子似乎很佩服他的这一推断。

"接着,罪犯将装有尾形恒子尸体以及她的车从坡道上全速起动撞击护栏的时候……"

小山修三转过身体,手指着坡道推断说:"把重物放在油门踏板上固定,再从外面将门窗锁上。将油门踏板保持脚踩在上面的状态的,是从雕塑公路段那里盗来的石制地藏菩萨。据说尾形恒子的车不是手排挡,而是无级变速,因此,在油门踏板上放置重达五公斤左右的石制地藏菩萨,当挂上起动挡时就可以自动加速。如果是普通的手动排挡车,驾驶员要全速行驶,则要把排挡推到第四挡;但如果是无级变速,该操作是自动的。所以,罪犯没有必要留在车里……你的小型车也是无级变速的吧?"

"是的。"

"我刚才观察了你下车后给车门上锁的整个过程,只花了一分钟时间。罪犯在锁门窗前要把石制地藏菩萨放在油门踏板上,因此包括上述时间和做成起动状态的时间,大约需要两分钟。反过来说,罪犯必须同时坐在驾驶席上死者尾形恒子的旁边驾车,当然驾驶动作很别扭,要发动引擎,要把油门踩到底等等。车驶出后,必须在快要撞上护栏的时候开门跳车,跳到地面后还必须从外面锁上门窗。由于车是沿坡度 10 度左右的下坡道朝下全速行驶,因此实现那样的飙车是非常困难的。

"为了使它变成可能,必须寻找石块挡住已经处在全速行驶状态的车轮前行,该状态必须保持到上述作业完成。也许需要一分钟,或许需要两分钟,可以稳稳地将传动装置挂到起动挡上,把石制地藏菩萨固定在油门上,然后来到车外锁上门窗。此前,首先要把毛毯裹着的尾形恒子尸体抱到驾驶席上，再把小高满夫的尸体移到助手席上。像这样的作业，时间比较充足。我想，罪犯是在上述准备工作全部完成后，再搬走卡住车轮前行的石块发车的。"

羽根村妙子聚精会神地聆听着小山修三的解说。

"哦，小山君刚才步行时就是因为这搜寻路面的是吧？"她赞同似的问道。

"是的……但是，根本就没有石块之类的重物。案发已经过去三个月了，路上不可能还留有那样的东西。我想，罪犯不是把它装到车上带走，就是扔到海里或其他什么地方！按一般思维，石块是用来卡住装尸体车的前轮，让它处在起动但不转动车轮的状态，可见凶犯是有计划的抛尸体犯罪，因此不会在现场临时寻找石块。"

"嗯，那倒是的。"

"为使处在全速起动状态的车轮不朝前转动，制动物就必须是相当结实的石块等。在现场寻找过程中，也许担心遭到其他经过这里车辆的怀疑，加之将车坠落大海必须是短时间内完成，因此凶犯一开始就已经把制动物放在车上带到现场。我觉得，还是这想法正确。"

"嗯，说的也是。"

"至于偷盗石制地藏菩萨用于压住油门这一假设，我总觉得不合逻辑。"

"……"

"如果罪犯事先备有制动块，那么，压住油门的重物也应该是事先备好带来的。"

小山修三被羽根村妙子这么一说语塞了，觉得她说得有道理。

"肯定是那么回事。即便凶犯是有计划抛尸，心理上的疏忽也是可能的。装载两具尸体去抛尸现场,说明凶犯在心理上也是相当缺乏冷静的。也许,凶犯最初的打算就是将车坠落大海,只是实施方法尚未具体化。凶犯驾车去西伊豆途中突发奇想,加之经过雕塑公路段时发现车灯光束里有石制地藏菩萨,于是策划把它放在油门上。因此,制动石块可能是在那一带发现而装到车上的……我的推断是否准确,让潜水员潜到悬崖下的海底寻找就可以断定。我想,雕塑公路段失窃的石制地藏菩萨兴许能在海底找到。"

小山修三说这番话时,语气似乎对该推测还是缺乏自信,期待着从海底找到证据。

两人徒步返回停车处,羽根村妙子坐驾驶席,小山修三坐副驾驶席。这辆车在没有树荫而是炎热太阳下烘烤了几个小时,车厢里宛如炙烫闷热的桑拿房。

"我现在送你回宇久须旅馆。"羽根村妙子的右脚轻轻放在油门上,车起动后插入车流行驶在国道上。

"谢谢!"因为,小山修三说行李在旅馆。

"哎,你是乘巴士经过下田还是去三岛乘新干线返回东京?"羽根村妙子边驾车边问。

"是今天吗?我不打算今天回东京,而是留在这里继续琢磨。"

这出人意料的回答,让羽根村妙子瞪大眼睛惊愕不已,虽说有太阳镜的遮挡,但那番神情清晰地映入小山修三的眼帘。"那,今晚你还是住这里?"

"是的,如果小高满夫和尾形恒子不是同一天被害,那他们分别是在不同场所被害,死后被塞在同一辆车上。目前,该推断还不是很成熟。"

虽然小山修三对于该推测大致有谱,但细节不进一步斟酌,是不能令他满意和放心的。

"……伤脑筋的是,我住宿的旅馆仅限于昨天晚上,因为今晚有事先预约的游客,我必须离开那里。"

"有其他没有预约可以住宿的旅馆吗?"

"不太清楚。我打算到达宇久须后去所有的私人旅馆打听一下。"

"嗯,现在打听肯定不行!也许所有旅馆都满员了!"

"也许是的。要真那样,我就野外露宿。现在气候不错,权当野营睡草地过夜。"

"如果打算在野地露宿,我倒带着必备的用具,不过要事先准备一下……小山君。"

羽根村妙子的嘴里好像咽了一口唾沫,随后嘟哝着说:"你去我那家宾馆住好吗?"

她两眼紧盯着前方,手牢牢地把握着方向盘。

"去你借宿的浮岛宾馆,那儿有空房间吗?"小山修三问羽根村妙子。

"我估计没有空房间。"

车沿拐角转弯后,前面出现了堵车,左侧是大海,是下坡道,虽说是再次来到尾形恒子的车坠落大海的案发现场,可正前方的道路护栏被前面车列挡住了。

"没有空房间,去了不也是白搭吗?"

"住我的房间。"

"嗯?"

由于侧脸有长发的遮挡,看不清楚她此刻的表情,只有握住方向盘的手在微微晃动。

"我打算住宾馆经营者夫人的房间。昨天开始,我和夫人已经很熟悉了,我去求她,估计不会落空的。"

如果不同意,怎么办……小山修三没有继续问下去,觉得还是不问的好,心跳开始加快。她把头发朝后扎成一束,目光敏捷地射向他。这一瞅,小山修三简直六神无主了。

"路堵得太厉害了,怎么回事?"

羽根村妙子两眼盯着挡风玻璃,嘴里直嘀咕。小山修三觉得,羽根村妙子说这话是为了掩饰羞涩。其实,前面的车流正在缓缓地移动。

"好像是突然堵车。真没想到,会有这么多的海水浴客和避暑游客。"

"嗯,好像不光是那样,说不定前面还发生了事故。"羽根村妙子说。

经她这么一说,确实发现对面驶来的车流量猛然减少了。通常,一有事故,道路上就会出现堵车,只有熬到驶过事故现场时才能加速。这现象,与遇上限制车速的道路相同。车驶到正前方的护栏那里,大概需要超过十五分钟的时间。他俩刚才翻越护栏去过的悬崖上的那片草地,出现在小山修三的眼前。在这里,也可以看到下面的大海。车坠入海底前压断的灌木丛,非常清晰地映入了眼帘。

羽根村妙子说,她昨天独自来过这里查看了现场和悬崖。对于她的胆量和勇气,小山修三不得不打心底里佩服。她居然冒险爬到悬崖边上一边俯瞰一边查看,真不简单。刚才自己查看悬崖下面时,危险的峭壁和蔓延的白色浪花在脑海里闪现。车转弯后视野变得开阔起来,约一百五十米前方的事故地点清楚地展现在眼前,是快要进入黄金崎隧道的地方。车非常缓慢地行进,车顶被火辣辣的太阳晒得滚烫,车内冷空调似乎失去了作用。面对眼前无可奈何的路况,心情烦躁起来,加之车里的闷热,小山修三汗流浃背。

羽根村妙子的额头也在出汗,她一只手靠近皮包打开包扣,取出放在里面的手帕。尽管那样,车还是在慢慢地朝前行驶,注视着前面的两眼和握着方向盘的手不能马虎。当她打开包取出手帕时,一枚闪光的红色碎片被手帕从包里带出后滚落到她的膝盖上,她惊讶得赶紧抓住它放到包里。没想到,这一慌张举动映入小山修三的视角里。

那是什么? 女人随身携带的物品里有男人不知道的东西,作为男人不能直截了当地问。再者,从她慌慌张张把它放到包里的模样分析,显然是不想让男人知道的东西。其实小山修三很想询问,作为礼貌还是觉得不问为好。那么小的红色碎片,瞬间是判断不出什么的。

车仍然缓慢地朝前爬行,一米左右的路程竟然要行驶两三分钟,几乎是停滞不前。司机们纷纷从车窗探出脑袋,查看前面的事故真相,唯独出事车辆的红色尾灯一亮一灭,朦朦胧胧的。很长时间过去了,车才终于行驶到出事车辆的旁边。这辆车靠在路边,车厢里充满了一筹莫展的气氛,座位上是中年妇女和两个孩子,驾车的好像是丈夫,他此时此刻站在道路护栏边上焦急等待抢修车的到来,看上去大约五十岁,身上穿着时髦衬衫和长至膝盖的短裤。这般大城市人打扮的服装,更加烘托了他此刻的尴尬心境。

"可怜!"羽根村妙子朝右大幅度转动方向盘,经过事故车的旁边时说了一句。

什么可怜! 呆头呆脑地站在这里,简直是添乱! 由于这辆车挡道,小山修三急得像热锅上的蚂蚁,暗自大骂。转过脸朝后看,后面的车辆排列在事故车后面,一眼望不到尽头。就在这一瞬间,小山修三的脑海里好像掠过一道电光,仿佛明白了那辆车坠入大海的圈套,仿佛觉得旁边大海的波涛声朝自己的胸膛飞来。镇静!如此推断符合逻辑吗?他急忙检验刚才瞬间的推断。穿过昏暗的隧道出口后景色顿时变了,至土肥的峭壁悬崖的海岸线像半岛那样伸向大海,形成海湾凹陷的地方便是宇久须的温泉和渔村。

"呀,驶过事故车的旁边后,人便一下变得神清气爽了。"

羽根村妙子的声音爽朗而感慨。这时候车流量小了,加之下坡道,一派崭新的景色。宇久须的住宅群越来越近,海水浴场里人头攒动,都是清一色蓝装和红装相间的打扮。小山修三没有向羽根村妙子透露自己茅塞顿开的秘密,顷刻间变得沉默寡言。稍顷,石田五郎经营的私人旅馆到了。

"我在这里等你。"

羽根村妙子把车停住,从驾驶席下车后说:"我口渴,想喝一杯水。"

"好的,稍等片刻!"

见女主人出来,小山修三便拜托她端一杯水给羽根村妙子,自己则走进借宿的房间。说是行李,其实仅一只小旅行箱而已。他的手没有搭在箱子上,而是蹲在地上抱着脑袋思考。

走廊上,旅客小孩跑来跑去地嬉闹。这时,旅馆主人石田五郎走进房间问道:"哎,那位喝水的小姐是你的同伴吗?"

"不是的,是我的一个熟人,在黄金崎那里偶然相遇。"

小山修三觉得旅馆主人问这话的神情很奇怪,刚回答完,旅馆主人石田五郎嘟哝着说:

"今年春天,那女人也驾车来过这里。"

"哎？今年春天？"

"没错，我是从松崎回家路上看到她的。当时，我就是驾驶那辆昨晚载你的波罗车从她身边经过。现在想起来，确实是飞车坠海发生的时候。只见她把车停在路边，独个站着，车里没有任何人。刚才她进入我家时，见她那张脸有点熟，便立刻想起来了。确实是她！是今年四月左右。"

小山修三在听了旅馆主人这番话后，决定晚上不去浮岛温泉宾馆住宿了。因为，他心里明白了羽根村妙子"邀请"的用意。

从上午开始一整天烘烤大地的太阳，终于在热量释放完后渐渐躲到了西边的云层里，然而天上还是余光朝周围蔓延，映照在大地上。街头灯光还是零零星星的，白天的景色仍然在持续，皇宫的石制围墙和护城河水都银光闪闪的。再过一会儿，这一带与道路对面的住宅区将在夜色下变幻成大型剪影画。路上的车辆来往如梭，这条路延伸到朝护墝河凸出的千鸟渊公园，那里有似曾在戏剧里见到过的布景、城墙、河堤斜坡上的草坪，还有盆景般造型美观的松树。千鸟渊公园里，盆景般松树对面的椅子上坐着一对男女。

在旁观者的眼里，他们俨如一对情侣在夏日黄昏里肩并肩地相互倾诉着什么。如果有人走到他俩边上，可以见到男子脸上的络腮胡子，低声说话的表情极其认真；而身边的长发女郎无精打采地听着男子说话。这是他俩于西伊豆分别两天后的一个傍晚，时间和地点都是由小山修三指定的。今天早晨，他特意打电话到海鸥制片公司约见羽根村妙子。

"我呢，曾经说过雕塑公路段失窃的石制地藏菩萨沉在海底，如果潜水员潜入海底多半可以找到它。现在，我纠正这个说法。"

他俩约好下午五点半在千鸟渊公园里会面。小山修三说出上述这句话时，会面已经有四十分钟了。"为什么？"羽根村妙子背对着小山修三，双眼眺望白色城墙。

"因为我改变了推断，放在油门踏板上的重物是凶犯事先准备的。也就是说，雕塑公路段上石制地藏菩萨的失窃，与尾形恒子车坠入海底的阴谋无关。我从旅馆主人石田五郎那里听说了石制地藏菩萨被盗的时候，根据时间上的巧合把它和该案连在一起推断。现在看来，这是我的错觉。当然，你三天前也在现场说过，既然凶犯的抛尸行动是有计划的，为什么事先没有配备压住油门踏板的重物和卡住车轮的制动石块呢？这疑问成了我的心病。"

"那心病已经解决了吧？"

"姑且解决了！承蒙乘你的车去宇久须旅馆途中，让我看到了事故车造成堵车的现象。"

"当时，事故车堵住了仅一条同向行驶的双车道，车简直没法朝前行驶。"

羽根村妙子是当时驾车的司机，当然记得十分清楚："……不过，那怎么会成为侦破那起车坠落案的启发呢？"

"我说过凶犯是两个以上，另一个凶犯驾驶尾形恒子的车，载上两具尸体从行凶现场运送到抛尸现场。因为，凶犯设法将车坠落到海里后需要返回的交通工具。根据该情况，可以推断现场还有一辆车。"

"是的。"

"卡住坠落车辆前轮的制动物，不是石块，而是凶犯那辆车。"

"你这么说是……"

"把那辆车放在坠落车前面，也就是说，那辆车成了制动物。"

"请解释。"羽根村妙子仍然一边眺望城墙前面的松树和草坪，一边向小山修三提问。

"尾形恒子的车是无级变速，凶犯把它停在坡度相当陡的路上，只需把重物放在油门踏板上，再把传动装置挂在全速行驶挡上就可以了。我想凶犯是这样实施的。驾驶席上放有尾形恒子的尸体，使空间狭小，凶犯在狭小的驾驶席空间里完成跳车前的作业，跳车后从外面把车的门窗锁上。完成那样的动作程序，我想最少需要一分钟时间，但该过程必须牢牢控制处在全速发车状态的车辆，因此仅依靠普通制动石块是没有作用的，何况又是在坡道上。我认为，制动石块是罪犯事先配备好的，使用完后或装到车上带走或扔入海里。如果是这样，放在油门踏板上以及我假设凶犯盗走石制地藏菩萨用作制动块的想法，与上述推断自相矛盾……然而，假设还有另一辆车，将它代替石块阻止尾形恒子的车前行，就不自相矛盾了。如果该假设成立，'庞大的制动物'代替石块完成阻止车轮前行的任务后，在凶犯的驾驶下逃之夭夭了。"

"不过，坠落车处在全速发动状态，阻挡在它前面的凶犯车也有可能遭到它的猛推而撞击坡道下面正前方的护栏呀。"

"如果凶犯车是引擎停止状态，可能发生那样的情况。但是，凶犯车的传动装置如果被挂在倒车挡上，司机又是踩着油门踏板后退，那么，即便坠落车处在全速发动状态也无法前行。也就是说，朝前行驶的坠落车和朝后倒退的凶犯车在相互推搡。"

小山修三用两只手比作成两辆车相互推搡的状态，以此向羽根村妙子解释。

"我想，凶犯在它们相互推搡的时候锁上了后面坠落车的门窗。该程序结束后，前面的凶犯车立刻把倒车挡换成前进挡，随即快速朝前行驶，并且转变方向避让到对面车道。于是，后面的坠落车全速朝着坡道下面的正面护栏冲撞。"小山修三说。

尽管太阳已经降落到地平线下面,但周围仍然沐浴在余晖下,不过正在渐渐减弱。

"我有一些疑问。"羽根村妙子抬起脸来仰望从皇宫松树林里飞起的鸟群。

"……如果凶犯是像你假设的那样实施抛尸阴谋,那两辆车会不会相撞?因为后面的坠落车是全速,前面的凶犯车不可能立即全速,所以我觉得,凶犯车避让到隔壁车道的瞬间有可能遭到坠落车的撞击。"

"这情况我思考过,只要用小石块之类的制动物卡住坠落车的前车轮就能减速。当凶犯将车避让到隔壁车道时,后面的坠落车因为瞬间受阻而减速,不过它会立刻撞飞石块或者越过石块沿下坡道笔直前行。然而,在受到小石块阻挡而缓冲的几秒钟里,前面的凶犯车争取了时间而可以安全地行驶到隔壁车道,因此不会遭到后面坠落车的冲撞。我想,凶犯一定是这样实施的。"

"明白了!是否会冲撞凶犯车的问题解决了。可是,这一连串动作大概需要多少时间?"

"正如刚才说的那样,坠落车停在坡道上,凶犯车停在坠落车前面处在倒车状态,与此同时,用小石块卡住坠落车的前轮,再让坠落车处在全速前进状态,最后下车用钥匙关上门窗。我想,这些操作完全可以在两分钟内结束。因为时间过多,后面的坠落车就会引擎停止……你会开车,我说的情况你应该明白。"

小山修三将视线移向羽根村妙子的侧脸,只见她点头却没有出现他所期待的表情。

"不过,假设该实施过程可能有其他车辆从身后驶来,或者可能是前面的凶犯车打算避让到隔壁车道。如果当时碰上隔壁车道有车辆迎面驶来,岂不是走投无路了吗!"

对于羽根村妙子的这一提问,小山修三是有思想准备的。他曾经和旅馆主人石田五郎夜晚去过一次车坠海底的现场,心里早就有底了。

"我认为,凶犯可能是在深夜伪造尾形恒子和小高满夫驾车坠海殉情死假象的。因为深夜时分车辆稀少,再说那条国道沿途的海岸线是弯弯曲曲的,所以需要经过的车辆,其车灯光束在很远的地方就已经一目了然,使在现场的凶犯有了时间上的准备。凶犯根据距离推算时间,得心应手地实施坠车前的作业。而用于凶犯车避让的隔壁车道,当然也是在时间上准确估计过,绝不会有车在那种时候从对面车道驶来。因此,不可能发生正面冲撞的情况。"

从千鸟渊出发,沿番町大道行驶的车也好,沿在这里转弯的三宅坂和一桥之间高速公路高地行驶的车也罢,都非常清晰。司机们打开车灯,是暮色渐渐转为夜色的缘故。

羽根村妙子一边听着小山修三的推断,一边眺望眼前川流不息的车灯行列。

"哎,我这推断里有什么疑问吗?"

"我觉得非常严密。"

羽根村妙子用手指撩开遮在脸上的长发,目光移到小山修三的脸上,眼睛里流露出佩服的眼神:"只是有一两个问题可以问一下吗?"

"请!"

"小山君,你说挡风玻璃是被石制地藏菩萨在车内滚动时撞坏的,而海水是沿碎玻璃孔涌入的。如果不是石制地藏菩萨撞击玻璃,那会是什么样的结果呢?"

"结果是相同的!因为,放在油门踏板上的重物有可能导致挡风玻璃破碎。虽然不知道该重物是什么,但多半是石块吧,考虑到它的稳定性,罪犯也许事先带来了旧混凝土墙的砖块。假设在海底找到那样的重物,那么,多半也是和海底的许多废弃物混在一起,没有什么可以值得奇怪的。何况即便没有那样的重物,只是坠落时的撞击也有可能使玻璃破碎。"

"明白了。接下来的问题是,凶犯车与坠落车之间的相互推搡。坠落车在后面,处在沿下坡全速行驶的前进状态;凶犯车在前面,为阻挡坠落车前行而处在倒车状态。我觉得,这两辆车相互推搡时马力很大,而接触点呢,一辆是车尾保险杠,一辆是车头保险杠。"

"是的。"

"这么说,两辆车的保险杠上是否会留有凹坑和伤痕呢?"

"很有可能。尾形恒子的车在坠落到海底时车头保险杠完全变了形,可无论谁都不会去关心那里。而凶犯车的尾部保险杠上,多半不会有推搡导致的凹坑和伤痕,即便有也只是留下一点点痕迹罢了。"

他俩围绕着保险杠损伤的话题展开交谈。

"不单单保险杠,激烈的相互推搡会导致坠落车的车头与凶犯车的车尾摩擦,那么,两辆车上会不会都沾有对方的油漆呢?"羽根村妙子问小山修三。

"假设坠落车的车头沾有一点油漆,那么我想,调查从海底吊起的坠落车时就能识破凶犯用车代替制动石块的阴谋。但是坠落车的车头上好像没有那种情况,如果有,警方理应启动侦查程序。之所以没有沾上油漆,我想,也许是坠落车没有与凶犯车发生摩擦。尾形恒子的车是小型的,也许其保险杠与凶犯车保险杠的位置是同样高度。可见,凶犯车也是小型的。"

周围笼罩着傍晚的云雾,蔚蓝得像海水那样。附近停着一辆白色的小型轿车,犹如那辆坠落车趴在没有光线照射的海底,四周是茫茫无边的海水。那是羽根村妙子的车。她一言不发,仿佛心里在推敲小山修三叙述的推理逻辑,又仿佛受到某种精神打击而说不出话似的。

"我觉得,凶犯的心理活动是自信与担心的相互交替,一是相信自己作案完全成功;二是担心是否有意想不到的失误。这两种意识的心理活动在持续,有时是自信清楚地流露在脸上,有时不安的情绪不经意间浮现在脸上。前者是凶犯怀着乐观态度,后者是凶犯怀疑自己,担心作案过程中留下蛛丝马迹而胡乱猜疑,时而扩大疑点,时而假设疑点。"

小山修三没有看着旁边的羽根村妙子,继续说道:"凶犯变得如此猜疑,那是担心作案前没有想到的细节。我看过的外国小说里有这样的情节,说某男子潜入别人家里作案后,由于忘了戴手套而担心起自己的指纹是否留在现场,再次潜入那家擦拭手可能接触的地方,但是恐惧感突然在头脑里掠过,因为门上、墙上和地上都有可能留下指纹,于是不停地到处擦,一直到拂晓还在那里擦啊擦的。"

"小说即便只是听就够有趣的了,可这故事与现实有关吗?"羽根村妙子问。

"伪造车坠海底,制造殉情死假象的凶犯,其实也是最近才担心自己作案是否有疏漏的地方。用刚才的话解释,凶犯的心里产生了猜疑。事实上,凶犯在作案后已经三个月过去了,也许没有失误

312

或者说没有漏洞。举现在小说里的例子来说,已经在反复回忆现场是否留有自己的指纹。"

小山修三说到这里,羽根村妙子连忙问:"你是说凶犯在现场留下了指纹?"

"我说的,是小说里的情节。说到现实社会发生的案件,罪犯确实因为不慎而把物证留在现场了。"小山修三说这番话时,压低了嗓音。

"三个月前被警方定性为殉情死的西伊豆海岸坠落车事件,最近,他杀可能的疑点开始浮出水面,于是,凶犯担心起来,前往现场调查。这不是调查,是猜疑三个月前亲手实施的抛尸案有失误或者有漏洞。翻越那段护栏,也就是当时被坠落车撞倒的护栏,甚至爬到悬崖边上调查,还在草地里匍匐着寻找是否留下成为物证的东西,以及是否有被人看到而成为线索的东西。那范围也不是很大,当然困难是有的,因为草在酷暑气候下长得特别茂盛。"

"这么说,现场也许有凶犯疏忽留下的物证?"

羽根村妙子说这话时,语气很平静。也许是主观上的推测,问话的声音变得嘶哑。

"不是很清楚,那情况必须进一步思考,但是我好像发现取回了什么。"

见羽根村妙子没有吭声,小山修三下决心似地说道:"你站在护栏那里,指着悬崖上缺少灌木的地方对我说,那里原先有灌木,是被坠落车驶向大海时压断的。当时,我感到不可思议。距离护栏有七八米远的灌木断了,你怎么知道它是被车轮压断的?如果不是前天到过现场的人,是不知道那情况的,并且还爬到危险的悬崖边上。当时我才意识到,你那么致力于调查,好像还有调查以外的其他目的。"

天空中还恋恋不舍地留有微弱的光线，可是大地几乎已经被夜色笼罩，前面的城墙由于黑暗降临已经看不见了，没有一丝风的夜晚显得非常闷热。然而，还是没有市民外出乘凉。似乎，纳凉是很久以前的事了。如今，家家户户装有空调，待在空调房间里是十分凉爽的。

"你去现场，不只是我和你一起去的那天。"小山修三说，这里就他和羽根村妙子两人。

"该策划，多半是最大限度地利用了现场自然条件。我突然想到，凶犯不是抛尸那天去现场的……而一定是事先去那里观察和研究过现场地形：一是呈下坡状的国道；二是让车顺下坡道径直疾驶直接坠落到悬崖下的大海里；担心从道路到悬崖边上的距离过长；担心悬崖下面的海里有暗礁。因为，一旦被发现海里暗礁上有坠落车时，伪造车内绳索勒死的男女尸体是殉情死假象的阴谋则立即败露，必须要让坠落车呈直线滚落到海岸边上有一定深度的海底，最好是海底下水深的地方。否则，从海面上可以看到坠落车的车身。还有，发现坠落车的时间尽可能迟些。果然，坠落现场的海底水深，因而长达三个多月没有被发现。如果不是海水浴客在那里潜水，发现那辆坠落车的时间可能更迟吧?! "

羽根村妙子没有随声附和，而是默默聆听着。

"说那里是天衣无缝的作案场所，我觉得，那不是凶犯作案时偶然发现的，而是凶犯早就调查过该场所，可以说是在仔细勘查现场的基础上策划了这起犯罪……我借宿的那家旅馆主人石田五郎，在你进屋喝水时对我说他见到过你，说今年四月前后的一天你在现场出现过。他说，他当时担心女人独自站在那里也许是自杀，还特意仔细端详后记住了你的脸……请问,真有那事吗?"

"是的,他说得没错。"羽根村妙子回答时没有抬起脸来。

"谢谢你勇敢承认这一事实。接下来,我还有一个问题想请你回答。为了送我去宇久须旅馆,你让我坐你的车去。瞧!就是现在停在那里的车。"

小山修三转过脸看着远处在路灯下微微泛白的小型轿车。

"那辆浸泡在海底的坠落车是无级变速,而你的车也是无级变速。所以,你清楚地知道只要在油门踏板上用重物固定,随后将传动装置挂到前进挡上,车就能自动加速。只要明白该原理的人,就可联想到把自己驾驶的同类车作为制动挡住前行的坠落车。"小山修三按捺不住内心的喜悦,说道。

"你这推断有什么证据吗?"羽根村妙子用手撩起额前的长发问。

"有!你让我坐你的车去宇久须的途中,恰逢隧道口有故障车而引发交通堵塞,当时你由于炎热从包里取出手帕擦汗,不料皮包里一枚红色小碎片被手帕带出掉在你的大腿上,于是你急忙把它放回皮包。我思索了好一会儿,才终于明白那是车尾红色刹车灯罩的碎片!"

羽根村妙子微微抽动了一下肩膀,似乎猛吃一惊。

"可以断定,红色刹车灯罩碎片是从你车上掉落的。也就是说,两辆小轿车在国道上相互推搡时,由于后面坠落车的车头保险杠在大力推搡,弄破了你车尾的刹车灯罩。不用说,你大致是第二天才知道自己车尾的刹车灯罩被坠落车的保险杠弄破了。但是,你当时觉得没什么大不了的。该碎片就是被发现,也不会怀疑你用自己的车阻挡坠落车的阴谋。你怀着侥幸心理,觉得可能有好心人担心戳破车胎而将它扔掉而放心到现在。"

"……"

"然而,掉落的刹车灯罩碎片被扔到哪里了? 不用说是护栏到海边的草地,也就是说,最有可能的是到悬崖边上的草地里。于是你害怕了。那么,你为什么在三个多月后的今天才开始注意到碎片呢? 那是因为我介入了调查。如果该碎片掉落在现场草地里,那么,就有可能被我解开坠落车和制动车的阴谋。

"也正如我刚才说的,你本人在怀疑自己的作案过程中有漏洞,从而渐渐变得神经质起来。并且你还赶在我的前面去现场,由于夏天草长得茂密,没能找到刹车灯罩的碎片。你察觉到灌木被坠落车压断的时候,可能是……你害怕我的侦查行动,从浮岛温泉宾馆打电话到我在神田经营的咖啡馆,从我妹妹那里打听到我去西伊豆的行踪,便委托私人旅馆指南所寻找我住的旅馆……你为什么那么关心我在西伊豆的行动? 那是为了观察我的动向。即,我对你的阴谋真相了解到什么程度。一半是上述担心,还有一半大概是对我的一无所知感兴趣。"

小山修三在只有灯光的夜景下朝着羽根村妙子继续说:"你通过私人旅馆指南所打听到我居住在宇久须一家私人旅馆里,便打电话到那里约我在黄金崎瞭望台前面见面,乘你的车去现场。当时,你在草丛里发现了红色刹车灯罩的碎片。那大概是什么时候呢? 当时我和你在一起,如果你捡起碎片放到皮包里,按理我会立刻察觉到。因此,那一定是我的视线在聚精会神看其他地方时。"说到这里,小山修三吸了一口气。

"也就是我趴在悬崖上窥探下面峭壁的时候,你认为我危险而从身后拽着我的皮带。当时,你的视线随即移向长得密密麻麻的草丛,偶尔发现了那里躺着红色刹车灯罩的碎片。你前一天来时无论怎么寻找还是没有发现要找的东西，没想到就在眼前。你伸手拾起它，就在我从悬崖边上匍匐着后退时，你随即将碎片放到包里。除此以外，我无法觉得你还有别的什么机会，因为其他时间段里有我的视线。"

羽根村妙子的脸转向被夜色吞噬的皇宫，双目凝视，一句话也没有说。

"堵车时我看到了那枚红色碎片，是你掏手帕时不小心带出滚落在大腿上的。当时，我做了这样的推断。至于证据是什么？那就是你刚才来这里驾驶的小型轿车。"

小山修三指着黑暗里的白色小轿车。

"那辆车上损坏的刹车灯罩，理应在汽车配件商店或者汽车修理站被换上了新的，时间大致是五月十三日和五月十四日前后。因为五月十二日夜晚，你将载有两具尸体的车坠落到了悬崖下的大海里。我不知道帮你调换刹车灯罩的汽车配件商店和汽车修理站在哪里，有可能是在距离你家很远的地方。要找到帮你调换刹车灯罩的地方，唯握有那种权力的警方侦查部门……还有，保险杠调换也可能是那么回事。你的车尾保险杠，在受到后面坠落车保险杠的强力摩擦时理应多少有点凹陷。因此，你的保险杠也被汽车配件商店和汽车修理站调换了。你现在车上的后保险杠以及刹车灯罩，理应是三个月前被换上的。不用说，车头保险杠也被调换了，因为唯车头是旧保险杠，难免招来怀疑。"

"如果你现在检查我的车，能认出保险杠和刹车灯罩是新的吗？"她用嘶哑的声音问道。

"那是三个月前换上的，加之如果故意把它伪装成旧的，就有可能分辨不出。并且在这么暗的地方查看，即便拿手电照着它也很难分辨。但是,如果换作内行在明亮的阳光下查看,也许就能明白。要使其成为决定性的推断,还是需要握有侦查权限的警官出面,也就是找到汽车配件商店和汽车修理站的时候。"小山修三说。

"小山君怀疑我,果然是前天我去现场时开始的?"

"那是因为我在现场察觉了迄今说的情况。除此以外,还有一件事。"

"什么事?"

"是我明白了你引诱我的时候。"小山修三说这话时,像吐出憋了长时间的气那样。羽根村妙子似乎受到突如其来的精神打击,身体猛地颤抖起来。这情况,映入了小山修三的眼帘。于是,他像倾盆大雨那样劈头盖脑地数落起羽根村妙子:"你听说我没有预约而必须离开旅馆时,便引诱我那天晚上住你借宿的浮岛温泉宾馆,可是你说只有一个房间,不过你说你可以去该宾馆经营者夫人的房间睡。你是这么说了,然而那是引诱我,你没有保证不装作某种偶然来我房间。因为一旦遭到经营者夫人拒绝,结果就是那样。但是,我不知道你是否会落实到行动上。虽不知道,但你至少让我持有那种奢望。我想这是事实。因为,你察觉到我识破了你伪造殉情死的秘密。你清楚这一情况,一直在观察我,直到引诱我,以企图阻止我深入调查和希望我不要告诉别人。"

"我明白了。你既然这么想象,那我也就无法解释了。那么,我为什么要杀害小高满夫?杀害尾形恒子?杀人动机是什么?"羽根村妙子问话的声音判若两人。

"你和小高满夫是情人关系。因为,你早就接受他的引诱和他勾搭上了。"

这既不像是愤怒又不像是悲哀的话与感情交错在一起,仿佛一吐为快似的,从小山修三的嘴里脱口而出。羽根村妙子嘴里不由得发出"啊……"的低吟声。

"虽不知道你俩在哪里认识的,但大概是你在路上行走或者逛百货商店时,小高满夫主动上来与你搭讪……"小山修三说到这里没有继续说下去。小高满夫主动找她搭讪,用她曾经形容过的说法是"马路求爱者"。以此为契机,她坠入了小高满夫编织的情网。他觉得,那样的事情只说开头就行了。

在小山修三的眼里,小高满夫不仅俗不可耐,还是花花公子,而羽根村妙子却轻易坠入他的情网里,觉得她愚蠢、悲哀,以致数落时语气渐渐变得轻蔑起来。那是因为,他俩以后的过程没有必要使用推理的说法。

"但是,你以前就有男友。如果不那么想,这种悲剧谜团就无法解开。"小山修三立即结尾说,"趁你男友患病或者去外地出差,例如去海外旅游等原因不能在你身边的时候,你邀请小高满夫到某住宅,而他对工作敬业,每天观看上午七点开始和傍晚五点开始的少儿节目。这期间,是四月十六日傍晚到四月二十八日傍晚。也就是上述十三天的期间,小高满夫是在你身边观看早晨和傍晚的少儿节目。为此,他不得不借宿在该住宅里。因为,少儿节目是从早晨七点开始播放,该收视情况被清楚记录在记录纸带里。

"小高满夫为了早晨七点赶到该住宅,就必须早早离开自己的住宅。在时间上,也要取决于他自己住宅和该住宅之间的距离。假设要乘一个小时的电车,那就必须赶在早晨六点前出门。由于很难做到, 小高满夫便在该住宅住宿。看完早晨七点开始的少儿节目后,小高满夫才去日荣广告代理公司上班。为了赶上傍晚开始的少儿节目,他又必须返回该住宅,晚上还得住在那里。我想,这就是小高满夫从四月十六日到四月二十八日期间的生活状况。

"可是,报上刊登的小高夫人的话是这么说的,丈夫虽每天很晚回家,但从不在外过夜,早上也不是清晨就离开平冢自己的家。因为,如果格外早离开自己家的话,夫人会把该情况告诉警方的吧。日荣广告代理公司的上班时间是九点,从平冢到东京乘电车需要一个多小时,因此,可以推断小高满夫是七点三十分从自己家出门的。不用说,赶不上去该住宅观看少儿节目。由此,我的推理在这里搁浅了。"

夜晚的千鸟渊公园里,没有散步的人走到他们身边,依然是一长溜车的灯光在流动。

"但是,如果小高满夫录制早晨的少儿节目,那他不管什么时候都可以在家里观看。也就是说,把早晨的少儿节目录制到录像带里,以后再观看当时录制的录像带时,只要把录像机上的按钮与该电视频道一致,便与录像机的再生画面无关,是实际频道的节目在直播,其便成了记录器里的收视记录……是的,从四月十六日到四月二十八日傍晚,你就是那样与小高满夫每天见面,在某住宅度过的。二十八日晚上,你的男友突然回到了该住宅。"

小山修三由于兴奋而滔滔不绝地说着,说话速度快,好像没有打算中途停顿。

"你的男友回来后在该住宅看到了什么? 不用说,他在那里大发雷霆。无疑,他臂力过人,殴打小高满夫后把他推倒在地,顺手拿起地上的绳索勒死了他。你战战兢兢的,目睹了整个过程。"

"……"

"接着,是处置小高满夫的尸体。暂且,要把它埋在某个地方。我想,大概是埋在你家的地底下。因为,长野博太发现记录纸带里突然有少儿节目而感到怀疑,遂让尾形恒子秘密调查。要说长野博太为什么有疑问,这也许是我的推测,他与我一样也把惠子被拐案和异常记录纸带联系在一起了。你和男友发现自己被尾形恒子盯上而感到了危险,当然你也遭到男友的威胁,被迫和他一起把小高满夫的尸体埋在地下,由此你也成了同案犯。只要该案被侦破,你当然得接受法律制裁。你男友虽有可能杀害背叛自己的女友,但毕竟你们之间有一定感情,他觉得杀了你倒不如让你协助他处置尸体,让你也成为同案犯。这是最好的办法,让你束缚自己的行动。”

一望无际的车灯灯光, 还在他俩身后的道路和眼前的高速公路上不懈地穿行。

“接着……”小山修三咽了一口唾沫继续说道,“你们决定除掉正在秘密调查的尾形恒子回收员。该主意多半出自你的男友。因为,如果伪造小高满夫是殉情自杀的假象,就可以获得一举两得的效果。但是把两具尸体装在车上送到西伊豆海岸坠入到海底,也许是你出的主意。不熟悉那里的人,大概是不会炮制那种阴谋的……为此,你事先去现场勘察。回来后,接着勒死了五月十二日傍晚驾车来你家了解情况的尾形恒子。你俩随后从地下挖出小高满夫的尸体,把它与尾形恒子的尸体一起装到尾形恒子的车上。驾驶这辆车到西伊豆海岸的,可能是你男友。你呢,是驾驶着自己的车去那里的。到了那里以后的过程,就是我刚才说的……我就是这样推测的。不过,还是有解不开的地方。”

说到这里,小山修三压低嗓音对羽根村妙子说:“那些情况,希望你告诉我。我刚才叙述的推测经过,需要有两项前提条件,没有它们则不能成立。一是该住户被收视调查公司指定为抽样家庭。因为,三盘记录纸带是来自该住家。哎,该抽样家庭不会是你家吧?”

对小山修三的提问,羽根村妙子仍然保持沉默,只是摇晃她那张被长发遮盖住的脸。

"这么说,那住户是抽样家庭,说不定是你男友的家。但如果真是那样,在他家里杀害小高满夫和尾形恒子就变得不可能了。因为他家里理应还有其他人,否则不会成为抽样家庭。如果是单身汉,人一走则成了猫收视率。就收视调查公司来说,理应在确定该抽样家庭前事先调查过。因此应该还有其他家庭成员,按理你俩不可能在家里实施杀人行为。是的,不仅杀人不行,按理你也不能去他的家。当你俩在他家逗留期间,如果他家里其他成员首肯后都外出则是例外。但是,就那样也不能把小高满夫引进屋里。就是这里,我百思不得其解。"

小山修三在黑暗里抱着脑袋继续说:"……接下来,还有一项前提条件,就像我刚才说的那样,你用录像带录制少儿节目让小高满夫看,这样的操作是不可或缺的。可是,录像机价格昂贵,就像电视机那样不是任何家庭里都有的。这么看来,该家庭有一定经济实力。倘若有具备这三项条件的住户,即有钱,有家庭,家在尾形恒子负责回收的东京南部区域里,那只有你来回答。无论谁怎么推理,都不可能知道。必须是当事人,才……"

突然,羽根村妙子站起身来,朝着车灯灯光你来我往的道路,弯下腰,手遮住脸,开始悄声抽泣,肩膀不断地颤抖,像喉咙噎住那样呜咽。小山修三觉得自己精神上也受到打击似的,一动不动地坐在椅子上。

他听着羽根村妙子开始抽泣,一直听到她的哭声越来越响,但是察觉她的哭声变调了,不由得吃了一惊。抽泣声,呜呜呜地变成了按捺不住的笑声。小山修三蒙了,是自己耳朵有问题,还是羽根村妙子精神异常？此刻,她把身体弯成九十度不停地笑着。这时,两道车灯光束离开道路朝他们跟前靠近。

车停在跟前,车灯还是亮的,引擎也没有关闭。司机从乘客手中接过车钱,掉转车头走了。那个从出租车上下来的男子,背上布满远处路灯的灯光,晃动着黑色的身影朝他俩走来。"喂,你俩交谈差不多结束了吧？"他朝着小山修三和羽根村妙子主动说话。

"啊,平岛君!"小山修三从椅子上直起腰,听到声音愣住了,全身僵硬得像一尊雕塑。

"晚上好!"平岛庄次跟小山修三打招呼,随后眼睛转向羽根村妙子,"喂,你是在笑吧？"

羽根村妙子把手帕从脸上移开放到皮包里。"失礼了!"她这话是朝着小山修三说的。小山修三瞠目结舌地站在原地,望着眼前的情景。刚才,自己是穷追猛打地紧逼羽根村妙子,可她却咪咪地窃笑。而这时又出现了平岛庄次,时间上太紧凑了。看来,他俩事先串通好了的,但就现在的情况还说不上来。有关约会地点千鸟渊公园,小山修三是在电话里告诉羽根村妙子的。然而,她肯定把这一情况告诉了平岛庄次,还商定让平岛庄次事后赶来这里。

平岛庄次为什么来这里？小山修三是考虑到羽根村妙子的情况和她的立场,故意把地点约在这里,以避免无关紧要的人掺和进来。但是,羽根村妙子是打算向平岛庄次求助吧？尽管那样,羽根村妙子从说话当中就开始笑,而来这里的平岛庄次脸上也没有紧张的表情,这让小山修三无法理解,眼睛突然呆滞起来,看着平岛庄次弯腰坐到椅子上。

"小山君把我说成那起案件的凶手,出色地解开了尾形恒子车坠入海底的谜团,还有凶犯车用于制动坠落车的阴谋也被他戳穿了,他还说'凶犯车'就是我那辆停在路边的私家车。"

羽根村妙子对平岛庄次说完这番话转过脸来的时候，只见平岛庄次瞟了一眼那辆车,脸上是微微的笑容。

"我仔细听了小山君的推理过程,还有没有解开的部分,可他说那是要我坦白的部分。虽然尾形恒子和小高满夫的被害地点无疑是在家里,但在抽样家庭里实施是不可能的……"

"小山君,羽根村小姐不是凶手!"平岛庄次的脸从羽根村妙子转向小山修三,"……我来到这里借助路灯灯光瞅了她一眼的时候,发现她眼睛里的泪水直打转,心想她被你欺负得不轻,当知道那是笑嘻嘻的泪水后才放下心来。当然,在我的印象里她不是为小事哭泣的女人。"

平岛庄次说这番话的时候,依然是装模作样的腔调,接着说:"听了羽根村小姐刚才说的话,我大致明白了,但还是想请你推测得再详细一点好吗? 请不要过多占用时间。"

平岛庄次借助远处射来的路灯灯光看了一眼手表。小山修三的脑瓜子还处在混乱之中,但经过再次思考后觉得好像找到了"根据",觉得羽根村妙子喊来平岛庄次是唱双簧企图蒙混过关,越发觉得不能原谅他俩的对抗行为，于是把对羽根村小姐说的推理过程复述了一遍。叙述过程中唯独将羽根村小姐引诱他去浮岛温泉宾馆的细节省略了,由于经过整理后的复述,抓住了要点,使听者容易理解。

平岛庄次一边"嗯,嗯"地附和,一边专心致志地听。整个叙述过程,一共用去二十分钟左右。但是整个推理过程把羽根村妙子视为案件当事人,只见站在边上的她好像是满脸痛苦表情,或者说又好像是满脸不知所措的表情。

"你原来是这样推理的。"小山修三说完后,平岛庄次使劲地点头说道,"照你这么推理,最后尚未解开的问题是,羽根村小姐、男友与小高满夫之间因为三角恋爱引发的行凶现场, 还有就是该抽样家庭的地址在哪里?"

小山修三回答说:"是的。"

"回收员尾形恒子被卷入这起凶杀案,而上述抽样家庭就在她负责回收的区域里。看来,那也许是东京南部从町田市到神奈川县大矶町以东的范围吧?"

小山修三点点头。

"具体地址在哪里,你的估计呢?"

"目前还不是十分清楚,假若估计,最有可能是在大矶町,一与小高满夫说的平冢市也不远,二是因为收视率有疑问而给报社写信的地址也是那里。曾经,我和羽根村小姐在大矶町一带寻找过读者来信上的地址。那一带尽是高级住宅,家里有高级录像机不是什么奇怪事。"

"原来如此,是大矶町吗?"平岛庄次听了小山修三说的情况,不由得抽动起下巴来。

"……大矶町,果然是应该值得关注的地方。报上刊登了读者来信后,先后有两家电视台赶到那里。"他说这话时,带有稍稍强调的语气,"尽管那样,还是没有解决该抽样家庭在哪里的问题吧?"

小山修三回答:"是的。"

"被选为抽样家庭的家里,应该有大人有孩子。但是,恋人双双去那样的家里谈恋爱是不大可能的。"平岛庄次重复,"如果把少儿节目录制到录像带里,就必须每天在该抽样家庭的家里。倘若羽根村小姐是该家庭成员,该假设姑且放一放,但倘若不是该家庭成员，录像带也不是可以随便摆弄的。"

"是的，这情况我怎么也不明白，不知道如何是好。"

"不知道如何是好，那是理所当然的。按你的推理，无论谁都会一筹莫展……所以，小山君，请剥离记录纸带里的疑点后思考好吗？"

"剥离？"小山修三看了一眼平岛庄次的脸，还没有马上理解"剥离"的意思。

"是的，杀人是在室内进行，但可不可以试想那不是在抽样家庭的家里。"

"这么说，那记录纸带呢？"

"它来自与凶杀案无关的家庭。"

小山修三"啊"地一声叫了起来。

"这么说，杀人现场在室内的难题就可以解开了。"

"……"

"还有录像带的难题也解开了。"

"哎，平岛君，那盘记录纸带不是长野夫人借给你的吗？"

"是的，但是记录纸带上没有抽样家庭的名字、地址和编号。因为，那些数据都被撕掉了。"

但是，回收员尾形恒子被杀害了哟！长野博太不就是她失踪时去町田市她家的吗?! 他乘坐的出租车司机在立交公路道口因交通事故死亡的情况，也是离开她家以后发生的。

"至于记录纸带，也是来自尾形恒子负责回收的抽样家庭区域。她的被害，是因为执行长野博太命令调查记录纸带时过于深入！怎么能说与记录纸带没有关系呢？"小山修三反问平岛庄次。

"是啊，尽管那样，记录纸带与尾形恒子负责回收的抽样家庭还是没有关系！你拘泥于记录纸带钻牛角尖,就会陷入泥潭里。"平岛庄次在黑暗里说。

"哎,那是谁回收的记录纸带？"

"也不是谁！不是妇女回收员送到公司的记录纸带。"

"那,是收视调查公司直接去抽样家庭回收的记录纸带吗？"

"凡是收视调查公司选定的抽样家庭,他们家的记录纸带都是由妇女回收员回收。"

"我不明白。"

"我也为记录纸带感到烦恼过。有一次,我浸泡在浴缸里洗澡时突然想到,三盘记录纸带说不定是伪造的。"

"伪造？有那样的傻事？"小山修三打算一笑了之,继续说,"……那是收视调查公司的专门记录纸带,上面还有记录器孔！不可能是伪造的……"

刚说到这里,小山修三忽然觉得自己的脑袋瓜某部位受到打击似的。

"如果是收视调查公司里的人,岂不就可能了吗？"平岛庄次接着说。

"……"

"如果是调查公司里的人,把没有用过的记录纸带和记录器拿到外面也不是不可能。"

"但是……"小山修三反复思考后说,"不管是不是调查公司里的人,能做得到吗？记录器的台数理应是有限的,据说数量非常少,收视调查公司对外声称有四百五十台,但具体数字谁也不清楚,所以抽样家庭数量被称为谜团。抽样家庭在关东地区电视观众家庭的户数中,是 0.0055%。由于数量太少,有要求进一步增加数量的呼声。但是据说,收视调查公司因记录器价格昂贵而无法增加。这,也许是广告赞助商和电视台没有拿出添置记录器的费用吧?总而言之,记录器非常少,不能假设收视调查公司里有多余的。不管是不是该公司的人,按理绝不会把记录器偷偷拿到外面。"

"公司里可能连一台备用记录器也没有吧?"平岛庄次不慌不忙地说,"……但是,公司外部有一台可以通融的记录器。"

"调查公司外部有可以通融的记录器吗?"

"记录器,好像是每半年在抽样家庭移动一次。"

"是的。同样的抽样家庭里不会放上一年。据说,是在关东地区地图上描绘漩涡形状图案,在该图案里任意地移动选定抽样家庭。"小山修三回答平岛庄次说的话题。

"移动时可以伪造一户抽样家庭。例如是收视调查公司的职员。"平岛庄次说:"……例如东京都内,假设把杉并区 A 抽样家庭更新为世田谷区 B 抽样家庭,而调查公司里只有那样的报告记录,实际上不是世田谷 B 抽样家庭,而是把 A 抽样家庭的记录器移动到完全无关的其他家庭。"

"无论是不是调查公司里的人,能那么随意移动吗?"

"如果是掌握抽样家庭管理实权的负责人,不是没有可能。"

"可是该记录纸带怎么回收?不可能让妇女回收员去该舞弊地点回收。"

"是的,不会让妇女回收员去,由负责人亲自回收记录纸带。"

"负责人出门去哪家回收?"

"不,是放在自己家里的,从家里把记录纸带带到公司就行。"

小山修三哼道:"嗯嗯,是收视调查公司管理科原副科长长野博太!"

"是的。管理科副科长是实权派，手中握有选定抽样家庭和选定妇女回收员的实际大权。正如我刚才说的那样，把杉并区 A 抽样家庭更新为世田谷区 B 抽样家庭是他的权力范围，对他来说不费吹灰之力。"

"这么说，那三盘记录纸带里的收视数据，是来自长野博太安装在自己家的记录器吗？对于这种情况，他夫人不感到奇怪吗？"

"夫人一定以为那是丈夫的工作，也就没什么不可思议了。无论谁家的夫人，大多不是十分清楚丈夫单位的情况，因而认定是丈夫把公司工作带回家里加班。"

"可是长野博太死后你去了他家，他夫人把三盘记录纸带借给了你，她当时为什么没说是丈夫生前在家里用于记录收视情况的呢？"

"长野博太把第三盘五月四日为止的记录纸带作为在自己家的最后数据，随后，把记录器移到其他新的抽样家庭。该移动属于他的权限范围，他可以自由决定，不会有人知道。那后来，长野博太一度把三盘记录纸带从家里拿出去，而后再带回家里交给妻子。不用说，那上面已经没有抽样家庭的姓名等标记。当然，他会对妻子说，你把这些东西保管好。"

"请等一下！"小山修三用手使劲抓自己的长发，"这么说，长野夫人应该知道丈夫从四月十六日到二十八日在家里看少儿节目，并用记录器记录收视情况啰？"小山修三一边抓头发一边问。

"当然知道，但是丈夫叮嘱她别对任何人说。"

小山修三将视线投向羽根村妙子。在他与平岛庄次之间的问答开始后，她就没有吭声，而是蜷缩着身子坐在椅子上。

"小高满夫一直在引诱长野博太的情妇吧？"小山修三的声音

仿佛卡在喉咙里似的。

"是的,在长野博太情妇的外出地点,小高满夫引诱她,瞒着长野博太在其他地方幽会。"

"他的情妇是谁?"

"是尾形恒子。"

"尾形恒子……"小山修三茫然不知所措,嘟哝道,"真没想到。"

"一开始我曾怀疑这种推断,但愈是调查愈发感到情况确实。在所有妇女回收员中间,尾形恒子长得年轻漂亮,脸蛋迷人,再说穿着打扮也很时尚。"

他这说法,小山修三觉得可以接受。记得在监控收视调查公司时,进出该公司大楼的妇女回收员,年龄大多都在四十岁左右,面容憔悴。只有身着白外衣和红色喇叭裤的 B 号妇女和身着黄色罩衫和红色喇叭裤的 D 号妇女稍显富贵,而 D 号就是尾形恒子,她是唯一被全程跟踪过的妇女。长野博太与尾形恒子在工作上有接触,被她迷住是很有可能的。但是那以后,小高满夫引诱她也是在情理之中的。尾形恒子可能喜欢外出,把回收来的记录纸带送到公司离开大楼后也并不是马上就回家,多半去咖啡馆、电影院和百货店。而那些地方,正好是"马路求爱者"寻找女人的最佳场所。

"长野博太嗅出尾形恒子与小高满夫暗地里相好的情况。"平岛庄次又对小山修三说,"我不清楚长野博太当时是否对小高满夫起了杀意。但是随着那样的情况发展下去,我想他本人有过预感,也就是可能会发展到不可收拾的地步。就像我刚才说过的那样,他考虑到万一的结果发生,开始使用记录器记录四月十六日开始的少儿节目。"

"长野博太调查过小高满夫联系的广告赞助商是化妆品公司

的情况吗？"小山修三问。

"长野博太在收视调查公司工作，对于电视广告赞助商和广告代理公司之间的情况敏感。小高满夫虽是花花公子但工作敬业的情况，他也许通过秘密调查了解到的，于是在自己家自行制作记录有少儿节目的三盘记录纸带，伪造从某抽样家庭回收来放在家里的记录纸带。"

"他为什么要这么做？"

"那是到了不得不杀害小高满夫的时候，可以伪造杀人现场是在提供该三盘记录纸带的抽样家庭家里。也就是说，由于那些记录纸带里突然出现了少儿节目的记录数据，觉得非常奇怪，说带回家里调查，打算把它送交警方。"

"如果是那样，送三盘记录纸带回公司的妇女回收员将受到警方调查。"

"如果觉得必要，他甚至让该回收员永远消失。因为，她反正背叛了自己。"

"尾形恒子也……"

"因为尾形恒子被消灭后，长野博太便可以对警方说，这三盘记录纸带是尾形恒子回收来的。由于记录纸带上没有了姓名等标记，无从知道尾形恒子从哪户抽样家庭回收来的。还有，警方打算向尾形恒子了解该抽样家庭的地点，但她没来公司上班，联系后也得知她不在家，终于也就无从知道了。长野博太如果那么说，提交三盘记录纸带的抽样家庭的家也就变得愈发奇怪了，抽样家庭则成了收视调查公司的秘密。"

"但是，警方如果责令收视调查公司交出所有抽样家庭的住址和户主姓名等资料，该公司大概是不能拒绝的吧？"

"不需要给警方看全部抽样家庭的姓名等资料,因为该抽样家庭提供的记录纸带里,数据一目了然。"

"但是就刚才说的情况,长野博太决定把杉并区 A 抽样家庭的记录器移动到世田谷 B 抽样家庭, 然后在自己家把少儿节目记录在三盘记录纸带里是吧? 这么一来,虚构的 B 抽样家庭不就成为警方追查的对象了吗?! "

"长野博太完全信赖的妇女回收员是尾形恒子, 有了她的推荐,大凡连 B 抽样家庭情况也没有调查就仓促决定了。因为,该大权就在长野博太的手上。长野博太的这种策划倘若持续实施,就会出现许多矛盾。因此,杀了小高满夫,还必须杀了尾形恒子。如此一来,所有矛盾就可以嫁祸于死去的尾形恒子身上。我想,长野博太多半考虑过这样的方案。"平岛庄次说。

这时候已经夜深人静,快车道上来来往往的车灯灯光突然减少了。羽根村妙子的手放在脸颊上默默听着他俩的对话。"还有,"平岛庄次叹了一口气后继续说,"在收视调查公司内部派系争斗中,长野博太败北而成了牺牲品。他被迫离开公司,也就是该原因。他与主流派展开坚决斗争,终于被解职。该公司是因为主流派的进言而解除他工作的,因而对外是这样解释的,说他暗中把公司绝密的收视调查情况透露给竞争企业。可是就像知道的那样,长野博太好像是公司让他感到不快和厌烦,另外尾形恒子又背叛了他,多半出于自暴自弃的心理而全力于策划谋杀小高满夫和尾形恒子的方案。"

"长野博太是什么时候杀害了小高满夫的?"

"那是四月二十八日晚上。第二天是节假日,也是小高满夫所在日荣广告代理公司的休息天。那天的前一天晚上,他和尾形恒子去了经常幽会的情人旅馆。"

"你说是情人旅馆？"

"长野博太本人与尾形恒子之间的幽会地点是东京都的情人旅馆。然而，小高满夫和尾形恒子是乘尾形恒子驾驶的车去情人旅馆的。那家情人旅馆名叫'美林庄'，在相模原市，虽在国道边上，但与市区不连在一起，想必夜里是非常冷清的地方。"

"他俩去那里，你有证据吗？"

"我手里有日荣广告代理公司职员拍摄的快照，上面是小高满夫。我出示他的照片让'美林庄'情人旅馆员工辨认。他们看了照片后说，就是他！尾形恒子则是我们以前在收视调查公司大楼门前见过的，我描述了她的特征后，他们也说认识她！我估摸，那家情人旅馆大概就在町田市附近一带，便徒步一家一家地打听才找到那家情人旅馆的。"

"这么说，是不是长野博太察觉后闯入他俩借宿的房间杀死了小高满夫的？"

"那是绝对不可能的。我问过'美林庄'情人旅馆的员工，都说没有男子闯入他俩的房间。如果有，肯定会大声叫喊的。"

"那么，当时什么情况也没有发生吗？"

"有，凶杀案发生了。不过杀人现场在室外。该旅馆周围还到处有武藏野风格的杂树林，当时连行人也没有。"

"怎么回事？"

"也就是说，长野博太在门外等候小高满夫和尾形恒子从'美林庄'旅馆出来，是亲自驾车来的。接下来是我的推测。长野博太见他俩来到门外，便喊住他俩说有话要说。小高满夫和尾形恒子见到他都大吃一惊，但不可能逃跑。自知理亏的小高满夫乖乖坐上长野博太的车，尾形恒子则驾驶自己的车跟在他们后面行驶。小高满夫怎么也不会想到长野博太会对他下毒手，既然他称有话要说，也就同意听他说，心想只要认了错，跟长野博太再道个歉，保证不再与尾形恒子来往也就差不多了。车停在离开国道的昏暗林荫道上，他们三人下车交谈，还没说上几句，只见长野博太朝小高满夫猛扑上去。"

"尾形恒子当时干什么了？"小山修三吸了一口气，仿佛昏暗的杀人现场就在眼前似的。

"尾形恒子被眼前突如其来的这一幕惊呆了，目瞪口呆地站在旁边看着小高满夫被长野博太勒死的过程。她是驾驶自己的车来这家旅馆的，是在长野博太的命令下来到这里的，不可能逃走。"平岛庄次说。

"长野博太有私家车吗？"

"没有，虽有驾驶执照，但没有私家车。车，是从他大学同学龟井哲也那里借来的。"

"那后来怎样了？"

"我想，小高满夫的尸体是被埋在那一带杂树林地下了。当时为了防止小高满夫的身份暴露，便脱掉他身上的西服和裤子，还把他随身携带的物品都带走了。当时，他身上只剩下一条短裤。宽阔的山丘周围，还有许多地方没有住家。"

"那后来，长野博太又勒死尾形恒子了吗？"

"十四天后的五月十二日，也就是五月的第二个星期三，她驾车去抽样家庭回收记录纸带，把记录纸带送到公司后，按照长野博太的吩咐去了东京都一个比较偏僻的地方。不用说，是太阳下山后，长野博太在那里等她。当时，他也是借用大学同学龟井的车驶到那里的。"

"尾形恒子驾驶的是自己的小型车,长野博太驾驶的是向同学借来的小型车。噢,两辆小型车是相同的。"小山修三脱口说道。

"是的,两辆小车驶到埋有小高满夫尸体的相模原市的杂树林里。长野博太的车上载有铁锹之类的挖掘工具,没费多少时间,只穿着短裤的小高满夫尸体被挖了出来。由于埋在土里已经十四天,尸体开始腐烂。"

"那十四天里,尾形恒子在干什么?"

"她每天都是在提心吊胆地过日子吧。她已经无法从罪恶的深渊里摆脱出来,对于自己丈夫尾形良平的不忠,对于第一情夫长野博太的背叛,还有第一情夫杀害第二情夫的同案犯嫌疑。然而要摆脱这样的境遇,就只能按照长野博太说的做,帮助他把小高满夫的尸体扔入大海。假若抛尸顺利,杀人罪就可以永远隐匿,仍然可以跟长野博太重归于好,对丈夫的不忠还能继续隐瞒下去。"

"那天晚上,长野博太和尾形恒子去西伊豆海岸了吗?"

"去了。长野博太可能对她说,悬崖海边的海底水很深,把尸体抛在那里不会被人发现。"

"那小高满夫的尸体装在哪辆车上?"

"当然装在尾形恒子车上!假若装在长野博太从同学那里借来的车上,就会留下尸体臭味。"

他俩之间的问答,在夜晚的千鸟渊公园里继续着。

"尾形恒子把小高满夫的尸体装到自己车上,驾车到达黄金崎附近,也就是抛尸现场。那么,长野博太是驾驶他朋友龟井的车在前面带路吧?"小山修三仿佛做梦似的问道。

"是的,那两辆车是在深夜时分到达现场的。接下来,你可以推测了吧？"

"长野博太到达那里后当场勒死了尾形恒子……"

"是的，长野博太在国道上根据远处有无车灯推算该车辆通过现场的时间。尾形恒子原以为来这里是协助第一情夫抛尸，没料到也去了天国。她的尸体被放在驾驶席上，小高满夫的尸体被放在副驾驶席上，接着，长野博太把传动装置挂在前进挡上，又把重物压在油门踏板上。该重物可能是同铁锹一起装在车上带到现场的，多半是长方形状的混凝土块，该形状重物不会从油门踏板上滑落。接着，他将方向盘调整到径直方向，再发动引擎将车处在前行状态，而阻挡该车前行的是长野博太驾驶来的小型车。他下车后锁上尾形恒子车上的门窗，随后上了自己驾驶的那辆车。他一人打点两辆车，也许忙得不可开交。"

"请等一下！那辆阻挡坠落车前行的凶犯车，是什么时候成倒车状态的？如果后面尾形恒子的坠落车已经呈全速前行状态，那凶犯车不就是被坠落车往前推搡时呈倒车状态的吗？那里凑巧是坡度10度的下坡道，是相当陡的哟！"

"不，是在后面坠落车呈前行状态前，让凶犯车的车尾对准坠落车的车头后呈倒车状态的！尽管那样，坠落车在凶犯车的倒车状态下没有怎么后退，因为车本身的重量和两具尸体的重量，另外又是下坡道，不必担心后面的坠落车后退。"

"……"

"接着，长野博太将传动装置从倒车挡变换成前进挡，将方向盘转向右面驶入对面车道逃离现场，而载有两具尸体的尾形恒子的坠落车则全速径直疾驶，撞倒正面护栏后直奔悬崖上面的那片草地，瞬间坠落入大海里。"

"啊,凶犯只有一个!"小山修三在嘴里嚷道。

对于凶犯用其他车先阻挡后以致尾形恒子车坠落大海的推断,他和平岛庄次的推测几乎相同。可是他推测罪犯至少有两个,分别驾驶两辆车从东京来到现场,随后按预定的方案实施。但是,平岛庄次推测的罪犯是一个。还有,小山修三没有想到尾形恒子是自己驾车去现场的,而且她被害的地点与自己的推测不同。对于凶犯来说,一个人作案比两个人作案更加安全。小山修三之所以怀疑羽根村妙子,是因为觉得凶犯车和坠落车应该是两辆,因而推测罪犯也应该是两个,于是推断羽根村妙子与其男友共同作案。现在,如果按平岛庄次的推断,是长野博太一人作案,不存在同案犯,该案的推理过程不应该这么复杂。

"你刚才的推理有证据吗?"小山修三问平岛庄次。

"当然有。长野博太向大学同学龟井哲也借来的小轿车,刹车灯罩已经换了新的。这便是证据。当你看到羽根村妙子在现场拾到灯罩碎片后,不也是自然而然地怀疑她就是凶犯吗?"

平岛庄次犹如黑暗里的影子,看了一眼坐在椅子上的羽根村妙子。目睹他视线移动的模样,小山修三猛然察觉他俩之间无话不谈,就连自己看见灯罩碎片时对她产生的怀疑,她也告诉了平岛庄次。上星期平岛庄次销声匿迹,打电话到海鸥制片公司,回答说他外出。小山修三现在恍然大悟,他利用一星期时间特地调查了他刚才说的情况。无疑,他在上星期里与羽根村妙子始终保持着联系。四天前,羽根村妙子前往西伊豆海现场是为了寻找灯罩碎片证据吗?小山修三觉得他俩好像在愚弄自己,但又感到他俩又不属于那种使坏心眼的人。

"长野博太修车的地方被我们找到了。我在寻找的过程中,估计那家汽修站可能距离他家住址高园寺不远的地方，于是便在那一带走访，果然是中野区的小型汽修站。长野博太是五月十二日上午向大学同学龟井哲也借的车，十三日下午送到那家汽车修理站，是车尾右侧灯罩被撞。他让修理工将左右刹车灯罩全换上新的，随后把车还给龟井哲也。十三日下午是作案第二天，这也是证据！我还问了修理工，他回答说车尾保险杠没怎么伤着。"平岛庄次说。

"如果是这样，长野博太死于交通事故是遗憾，只留下物证而不能听到他本人告白。"小山修三低下脑袋说。

"嗯，确实有点遗憾。"平岛庄次表示同感后说，"……不过，我从别人那里听说了有关长野博太犯罪的证词。"

"你从其他人那里听到了有关长野博太犯罪的证词？"小山修三惊讶地问平岛庄次。

"你认为长野博太乘坐的出租车在町田街与卡车相撞是单纯的交通事故吗？"平岛庄次没有立即回答，而是问小山修三。

"只能认定为单纯的交通事故，驾驶车辆的是出租车司机……也许卡车司机是杀手，故意驾驶卡车撞长野博太乘坐的出租车吧？"小山修三困惑地说道。

"其实，那起交通事故与卡车司机之间一点关系也没有，是长野博太精神错乱或者打算自杀造成的。"

"哎，怎么回事？"

"长野博太去尾形恒子家与其丈夫见面后，在回家路上发生那起撞车事故的吧？"

"是的，尾形恒子失踪了，长野博太回到东京后立即去她家。以前，就是这样推测的。"

"你知道长野博太为什么去关西吗？"

"辞去收视调查公司工作后,需要再找工作呀!"

"辞去收视调查公司工作,是卷入公司内部派系斗争最终失败的缘故。因此,它与本案没有直接联系。但是,他的关西之行并非找工作,而是筹集巨款。"

"筹集巨款……"

"是的,他为了筹款在大阪和京都的朋友之间来回奔波。这是我通过调查后得知的。据说总额是一千五百万日元,是长野博太对朋友和熟人这么说的。"

"啊,这……他有必要筹集那笔巨款吗?"

"因为长野博太受到了尾形恒子的丈夫尾形良平的恐吓。"

"那,尾形良平知道妻子是她上司长野博太杀的吗?"

"不知道。当时装有两具尸体的尾形恒子的车还没有在西伊豆海被发现,但是尾形良平早就察觉妻子的情夫是长野博太。妻子突然下落不明,而且持续多日。尾形良平觉得,妻子的死好像与她和长野博太之间的婚外恋有关。于是悄悄喊他来家盘问,不用说,长野博太一口否定,但是,从尾形良平的话里得知他已经察觉到自己和尾形恒子之间的婚外情关系,于是动摇了。尾形良平看出这一情况,对长野博太说,今后无论妻子的结局如何,自己绝对不闻不问,条件是长野博太必须拿出一千五百万日元。在长野博太看来,倘若尾形良平向警方报案,自己好不容易伪造的男女殉情飞车坠海的假象就会被揭穿。无奈之下,他只得应允。"

"尾形良平膝下没有孩子,与妻子之间关系冷淡,没有爱情。"平岛庄次继续说,"尾形恒子在与长野博太的交往中成了他的情妇,后来又经不住小高满夫的引诱,爱情不专一。作为丈夫的尾形良平,是有不足之处的。不管怎么说,那样的丈夫缺乏情趣,发生什么事情的时候很冷酷。所以,妻子失踪,他推测为长野博太造成的,说只要他交出一千五百万日元,什么都好说。尾形良平年近四十,担心在公司里没有翻身之日,加之又是三流公司前途渺茫,希望拥有巨款。从年龄上,从环境上,有那种心理变化的条件。"

"那,长野博太从大阪回来后立刻去了町田市尾形家,把钱交给尾形良平了吗!"

"没有,他只筹集到三分之一的款项五百万日元。尾形良平暴跳如雷,命令他尽快补足剩下的一千万日元。长野博太离开尾形良平家后在町田市内上了出租车,在快要驶上立交公路前与迎面驶来的卡车相撞而死,那是……"

"那怎么会是长野博太自杀呢?他乘坐的是出租车呀,司机……"

"坐在出租车里的长野博太,一想到今后因钱款的事难逃尾形良平的威胁折磨,心情就无法平静下来,剩下的一千万日元不是小数目。在关西大阪一带, 他花了整整一个星期才筹集到五百万日元。这数目对他来说,已经是极限了。剩下的一千万日元是绝对筹集不到的,并且光是这种情况也无法与妻子商量。可是一千万日元不尽快交到尾形良平的手中,也许他会向警方说出什么。为了伪造男女为殉情在西伊豆海岸悬崖飞车坠海的假象绞尽脑汁, 好不容易使其顺利过关。如果尾形良平哪天乱说一气,杀人抛尸的罪恶无疑会渐渐露出破绽。这当儿,适逢对面道路驶来一辆大卡车,心烦意乱的长野博太孤注一掷,突然从背后抱住司机,拽住他的双臂。"

"……"

"司机被乘客突如其来的举动惊呆了,握住方向盘的双手又被长野博太摁住,于是失去方向的出租车冲到卡车前面。我觉得,这种推测比较符合客观实际。"

"那是出于他歇斯底里冲动,还是想自杀?"

"究竟是前者还是后者,现在无法断定。既可以说是绝望和过激造成的冲动,也可以说是无奈之下选择了自杀。值得同情的,是无辜的出租车司机。"平岛庄次叹息道。

"听你说到现在,我觉得并不完全是推测,其中一部分说的是事实。"小山修三在听完平岛庄次的全部叙述后说。

"是的,这是尾形良平在警方那里叙述的情况,所以我刚才说这是证词。"平岛庄次说。

"你调查和推理尾形良平的情况,都对警方说了吗?"

"说了,是不得不说的。"说完这句话,他俩之间陷入沉默。羽根村妙子依旧发呆地坐在椅子上没有吱声。夜深了,沿番町大道护城河边和沿高速公路行驶的车辆,越来越少了,唯独车速在加快。天上,星空清澈。

"喂,差不多该离开这里了吧?"平岛庄次突然张嘴说道。

小山修三站起身来,羽根村妙子也从椅子上站起身来。这当儿,小山修三走到羽根村妙子跟前低下脑袋:"……对不起!"

小山修三误认为她是凶犯而表示了歉意。与其说是赘言,倒不如说是发自肺腑之言。

"没什么,没什么。"羽根村妙子脸上露出微笑。

"……因为我也一直非常困惑。不过,小山君怀疑我与刑事侦查警官不同,是一种关爱。"

小山修三着实大吃一惊,仿佛心脏被刺入银箭。说"关爱"时,她那洁白的牙齿在黑暗里显得格外分明。

平岛庄次装作与己无关的模样走在前面,朝停在隔有一段距离的羽根村妙子的轿车那里走去。在公园里宛如小太阳般灯光的路灯照射下,那辆白色小轿车犹如在黑暗里的地面漂浮。

羽根村妙子打开车锁后,为他俩开启车的后门。

"哎,让小山君坐在副驾驶席上怎么样?这是对他怀疑你的惩罚。"

平岛庄次一边朝羽根村妙子笑一边说,自己弯着腰坐到后座上。

羽根村妙子打开副驾驶席的门等候小山。

"不,不,我坐这里。"小山修三慌慌张张地坐到平岛庄次旁边的座位上。

"为什么坐我旁边呀?"平岛庄次目光锐利地看了小山修三一眼,问道。

"不,好像还早了一点。"小山修三忙乱地抚摸胡须。

羽根村妙子驾驶着车,朝亮着车灯的车流驶去。

译 后 记

叶荣鼎

当我完成三部中的最后一部译稿时，一阵扑鼻的粽子香味从厨房传来，我这才想起，已经快到端午节了，自己在忙忙碌碌中又度过了一段翻译岁月。从春天开始耕耘，经历了酷暑和严冬，放弃了所有的节假日，几乎是每天埋头于这三部小说的翻译，一心希望尽可能早些把优秀的异国文化送到读者手里。可是怎么也快不了，语言转换是非常艰巨的工作，因为它不仅是字面上的 180 度转换，而且是准确无误地传递异国文化，并恰如其分地传送作者的创作思想。原著作家松本清张在日本古今作家中排名第八，曾获得芥川奖等大量文学奖项，写作手法和对社会观察的深度和广度与其他日本作家不同，因而在翻译过程中，我经常不得不停下笔来琢磨多时甚至多日，查阅有关资料，否则难以下笔定稿。

我是 1981 年考入宝钢翻译科从事翻译工作，1982年开始涉足文学翻译，1983 年发表处女文学译作，从此一发而不可收拾。以后,两度赴日留学,一边深造一边继续翻译文学作品。2000年,我翻译的江户川乱步小说全集《少年大侦探系列》(现名为《少年侦探全集》)26本获得国际APPA文学翻译金奖。于是借这股东风,我又翻译了江户川乱步小说全集《青年大侦探系列》(现名为《青年侦探全集》)20本。这期间,受聘于东华大学担任翻译与文化硕士生导师教授、三峡大学特聘教授、扬州职业大学商务日语专业带头人兼职教授以及其它大学的讲座教授,出版了《日语专业语篇翻译教程》等5册专著。

由于翻译过程中涉及许多学科,因而要求翻译人有一定的知识面,何况日本属于经济持续发展的大国,因而我在翻译的同时,研究翻译、文学、哲学、政经、经营和环境等学科,好在我在日本的大学和大学研究生院里学过这些课程。

在我近38年的翻译历程中,松本清张与江户川乱步一样,是我最喜欢的日本作家之一。翻译他作品的时候,你会感受到他的创作激情,他对社会敏锐的洞察力,他对平民始终有高度的责任感,为百姓鸣冤、鞭挞社会阴暗面,歌颂美丽东方风土人情和大自然等。有学者说,阅读他的作品等于浏览和解读日本社会,同时领略东方文化的博大精深和大自然的神奇美丽。我在演讲时跟大学生们说,欣赏松本清张的作品时必须静下心来细细品味,切勿像阅读侦探小说那样只看情节。

翻译是文化现象,而文学翻译是翻译领域里的最高殿堂,是推动文明社会发展不可缺少的组成部分。一个国家的文化里都或多或少地融入了异国的优秀文化,在吸收过程中必须经过相撞、磨合、融入三阶段。通常,优秀异国文化吸收得多的国家,其经济等各方面的发展便突飞猛进,同时语言的丰富和改良的速度也是日新月异,使语言走可持续发展之路。因此,翻译人的心里应该时时刻刻装着读者,配合出版社不断了解读者心里在想什么,读者的阅读欲求是什么,在满足读者的同时还要引导读者读好书,读有利于驾驭自己人生航船的好书。

《黑影地带》鞭挞了某国会议员勾搭多个情妇姘居,结果受其中一情妇引诱陷入政治劲敌设下的圈套死于非命。作为国会议员,肩负着选民们赋予的重任和厚望,理应处处严格要求自己。他在男女关系方面非但不是社会的楷模和榜样,还反其道而行,最终断送了自己的政治生命。同时,小说歌颂了主人公为了纯洁的爱情,为了帮助对方早日摆脱犯罪泥潭,被卷入酒吧妈妈桑和国会议员被害的凶杀案而出生入死,历尽艰险,不仅获得了真正的爱情,还使对方在他的正义感召下弃暗投明,金盆洗手。

《黑色福音》展现了侵略战争失败后的日本在一个时期里饱受西方的凌辱,即便在被视为净土的天主教堂里也是如此,神父不仅无视日本法律从事黑市贸易,还猖狂走私和贩毒。而日本高官为了迎合自己的需要草菅人命,出卖国家利益,给神父提供保护伞。同时,神父违反神圣的禁欲教规,与日本女子姘居,还有神父利用女信徒的虔诚肆无忌惮地进行性骚扰。一日本姑娘天真幼稚,明知神父不能与之结婚还是满足他的性欲,从而走上了死亡之路。宗教信仰是自由的,但必须全面了解宗教的清规戒律,尤其与神父接触的年轻信徒,千万不能在感情上越雷池一步。因为此"信"不等于彼"性"。

《黑点漩涡》怒斥了电视行业十佳收视和排行榜的猫腻,存在舞弊现象,无视公开、公平、公正和透明的评比原则,出现了本不应该有的不和谐之音,扰乱了正常的社会秩序。富有正义感的副科长伪造写信人姓名给报社写了一封读者来信,揭露了排行榜评比背后的内幕,没想到被上司识破而被迫离开了收视调查公司。他尽管富有正义感且已有家室,却也好色,在有职有权期间勾引有夫之妇,而该有夫之妇又被另外有妇之夫勾搭上,由此形成了奇异的三角婚外恋关系,最终这三个人以他杀和自杀的形式先后去了天国。如果这位副科长只把爱情献给自己的妻子,加上他的正义感和责任感,可以依法律程序在荡涤社会丑恶现象上出力,即便受到打击报复也还可以留下英明和先进事迹,而不应该是这样的结局。

由此可见,只有《黑影地带》里描述的情恋才是社会提倡的,因为它是无配偶当事人之间的真心相爱的恋爱关系;而性恋和婚外恋,是有悖于婚姻道德和一夫一妻制的,应该老鼠过街人人喊打,让他们在今天的社会里永无立锥之地,以建立和维护正确的婚姻文化。我们的共和国大家庭是由千千万万个夫妻家庭构筑起来的,家庭稳定是构建和谐社会不可缺少的重要组成部分。同时,未婚年轻人在选择恋爱对象时切不可一时冲动,切勿步《黑色福音》女主人公的后尘,稀里糊涂地登上断送自己前程的破船。

构建和谐社会,除上述必备要素外,还应该健全公开、公平、公正和透明竞争的社会秩序,尤其是收视率、销售排行榜和评奖之类的评比活动应该纯洁,主办单位更应该自律、自重、自觉接受监督,防止《黑点漩涡》里的明暗面出现,杜绝不和谐之音的产生。企业是经济体,是大家庭的重要成员,也是人们通过辛勤劳动和智慧换取生活报酬的重要场所,因此保证企业在正常社会秩序下展开竞争,是发展企业和构建和谐社会必不可少的要素。

《黑影地带》《黑色福音》和《黑点漩涡》,由日本平民大作家松本清张创作,确实是难得的好书。为了它的中文版问世,我付出了近一个春秋的岁月,眼角上多了纹,脑袋上多了白发,然而这辛苦是值得的。因为,我为社会文化的发展引进了优秀的异国文化,让读者们有机会在日本平民大作家松本清张构建的丰富而又高尚的精神世界里徜徉,吸取营养,学得怎么做人,学得怎么把握自己,学得怎么辨别真爱情和伪爱情。

36 年来,我为中日文化交流翻译了著作逾 100 本、短中篇译作逾 300 篇、翻译字数逾 1000 万。其中,我翻译的《江户川乱步小说全集》46 本被珍藏于坐落在作者家乡日本名张市的江户川乱步纪念馆里,荣获日本颁发的翻译江户川乱步小说全集感谢状,还先后荣获如下殊荣:

国际亚太地区出版社联合会 APPA 文学翻译金奖,国家新闻出版总署三等奖,上海翻译家协会荣誉证书,大世界基尼斯外国文学译著数量之最证书,上海市科技翻译学会突出贡献奖,入选上海市委组织部《上海留学人员成果集》。

今天,在上海三联书店和日本新潮社的支持下,我翻译的《黑影地带》《黑色福音》和《黑点漩涡》终于问世。我深信,本文学系列将在中国大地上畅销和长销。

一部巨著的诞生凝聚着许多同仁的心血,谨此,感谢上海三联出版社总经理陈启甸、总编辑黄韬、责任编辑陈马东方月和其他相关工作人员,感谢宣传和推介本书的中日新闻媒体,感谢我国广大读者对本书的青睐。谢谢!

2018 年端午节于上海东华美寓所

图书在版编目（CIP）数据

黑点漩涡 / [日] 松本清张著；叶荣鼎译 .—上海：
上海三联书店，2019.4
ISBN 978-7-5426-6531-7

Ⅰ.①黑…Ⅱ.①松…②叶…Ⅲ.①长篇小说—日本—
现代Ⅳ.① I313.45

中国版本图书馆 CIP 数据核字（2018）第 241845 号

UZU
by MATSUMOTO Seicho
Copyright ©1977 MATSUMOTO Yoichi
All rights reserved.
Originally published in Japan by SHINCHOSHA Publishing Co., Ltd., Tokyo.
Chinese (in simplified character only) translation rights arranged with
SHINCHOSHA Publishing Co., Ltd., Japan
Through THE SAKAI AGEGCY.

Simplified Chinese edition copyright:
2018 Shanghai Joint Publishing Company
All rights reserved.

黑点漩涡

著　　者 / [日] 松本清张
译　　者 / 叶荣鼎
责任编辑 / 陈马东方月
封面设计 / 零贰壹肆设计工作室
监　　制 / 姚　军
责任校对 / 叶学挺

出版发行 / 上海三联书店
　　　　（200030）中国上海市漕溪北路 331 号 A 座 6 楼
邮购电话 / 021—22895540
印　　刷 / 上海盛通时代印刷有限公司

版　　次 / 2019 年 4 月第 1 版
印　　次 / 2019 年 4 月第 1 次印刷
开　　本 / 889×1194　1 / 32
字　　数 / 300 千字
印　　张 / 11.25
书　　号 / ISBN 978-7-5426-6531-7 / I·1467
定　　价 / 45.00 元
敬启读者，如发现本书有印装质量问题，请与印刷厂联系 021—37910000